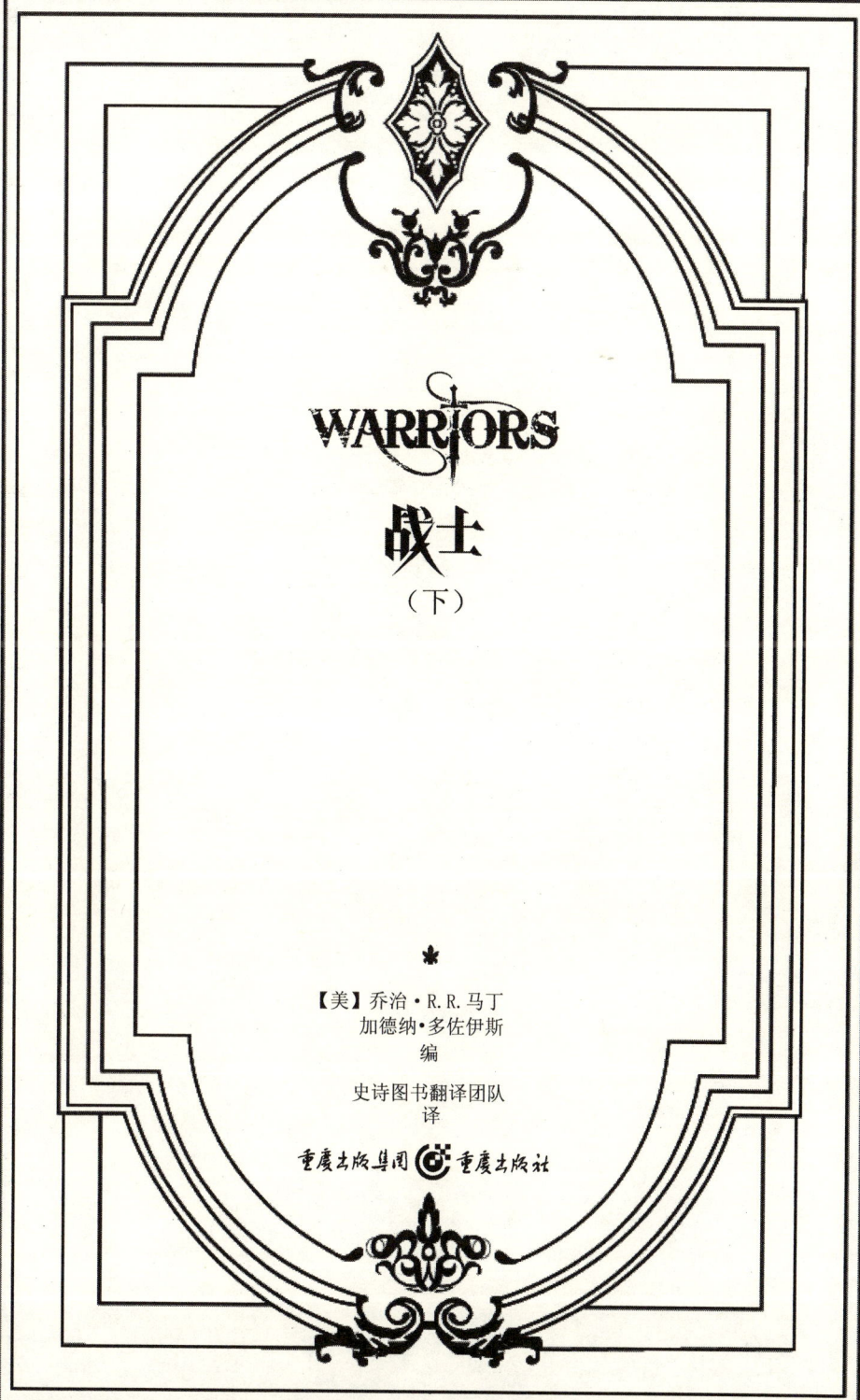

目录
Contents

古法…………………S.M.斯特灵著　姐拉译【1】

卷轴…………………大卫·鲍尔著　小邮飞译【36】

士兵…………………乔·R.兰斯代尔著　无机客译【68】

边塞…………………罗伯特·西尔弗伯格著　梁涵译【97】

惯犯…………………加德纳·多佐伊斯著　宝树译【132】

挪威之王……………西西莉亚·霍兰德著　刘壮译【151】

永远的羁绊…………乔·霍尔德曼著　蔡瑜译【188】

军中惯例……………戴安娜·加瓦尔东著　梁涵译【228】

神秘骑士……………乔治·R.R.马丁著　屈畅、赵琳译【306】

S. M. 斯特灵

斯特灵被许多人看作或然历史小说①之王哈利·图多夫（Harry Turtledove）的继承人，他在幻想界如超新星般迅速崛起，作品有畅销一时的"楠塔基特"系列，包括《时间之海中的岛屿》《逆时之潮》和《在永恒的洋上》和"德拉卡"系列，包括《进军佐治亚》《压迫之下》《石头狗》和《德拉卡》，此外斯特灵还亲手编辑了一本其他人写的关于德拉卡的故事选集《德拉卡故事》。

在前一系列小说中，楠塔基特被抛掷到公元前1250年，演绎出许多故事；后一系列小说则描写保守党人从美国独立战争中逃走，在南非建立了一个军事政权，最终征服了大半个地球。斯特灵的其他作品还有"余烬"系列，包括《死火》《保护者之战》和《相遇科瓦利斯》，五卷本的"第五千年"系列和七卷本的"将军"系列（与大卫·德雷克合著）。他还写过其他一些独立的小说，例如《征服者》《白沙瓦枪骑兵》《天空之民》。斯特灵曾与雷蒙·E.费斯特、杰瑞·波奈尔、霍莉·莱尔、雪莉·迈耶、凯伦·魏斯坦因和曾出演《星际迷航》的詹姆斯·杜翰合作撰写小说，对"巴比伦5号""终结者2""世界大战"和"克金之战"等系列亦有贡献，他的短篇小说收录于《冰、钢铁与黄金》中。斯特灵最新的系列作品是"余烬变革"四部曲，目前已出版三卷，分别是《日出之地》《上帝之鞭》和《夫人的剑》；他最新的一本书是《天空之民》的续篇《血腥王的宫廷》。

---

①改变历史长河中的某些关键事件，从而诞生出新的分支世界的幻想小说。

斯特灵出生于法国，曾旅居欧洲、非洲、加拿大，目前居住在新墨西哥的圣达菲。

在下面这篇激动人心的故事里，斯特灵向我们描绘了两位截然不同的勇士如何结成了一个看似不可能的联盟，共同去完成一项更加不可能的任务，任务中潜藏着惊心动魄的危险，这将考验他们的决心、智慧和勇气——以及友情的极限。

ANCIENT WAYS

古法

　　那是七月里炎热的一天，在我主降生后两千零五十五年；或者说，在巨变之后五十七年零几个月。伏尔加河中游草原上，羽毛般的草叶在他周围沙沙作响，齐膝高的金色草浪起起伏伏，直至天际。谢尔盖·伊万诺维奇趴在地上，嘴里缓缓嚼着无味的干羊肉条，时不时从皮囊里呷上一口。皮囊里装的是兑过水的玉米白兰地，喝起来不那么刺激。他从双筒望远镜里看见一个陌生的骑手出现在浩渺的蓝色天穹下，像蚂蚁一样渺小。

　　"这回是谁，可怜的老马？"他一边懒懒地对着马儿自言自语，一边回忆了一下自己的武器放在哪里，"黄铜球，竟然单枪匹马来这儿。要不就快点儿，基督作证。"

　　等待像坐船般令人焦躁不安，他小心地嚼着肉条，时而拿匕首削下一小片。谢尔盖有一副年轻人的好牙口，他可不想那么快就糟蹋掉。他爹伊万·米哈伊洛维奇四十八岁时嘴里剩下五颗褪色的牙桩子，只能靠煮过的甘蓝和汤活命，不过众所周知，大部分时间他都喝得酩酊大醉。

　　不管陌生人是谁，他靠近的速度够快的——马儿一路小跑，后面还牵着两匹换乘的马。别尔哥罗德①那些商人来的时候，三匹马一定会大受欢迎。

　　"呃，他是朝这边来呢还是去哪儿呢？"

　　谢尔盖来这儿是想碰碰运气，看能不能撞上几头塞加羚羊或野

---

①俄罗斯西部城市，位于其欧洲部分。

马什么的；也是为了从斯坦尼特萨——哥萨克语里这个词的意思是村庄——里逃开一会儿，逃开家里那间狭窄的土屋，逃开弟弟妹妹们的号啕尖叫，逃开无穷无尽的杂活，趁着秋收还没把所有人都耗住。

还有一个原因是他爷爷米哈伊尔死了，在别人面前为一个八十岁的老头过于伤心不大得体——这是上帝的意志，也是自然规律，哥萨克人应当藐视死亡。米哈伊尔是个大人物，巨变之前就已成年的人活下来的不多，他是其中一个；他也是见证了顿河组织复兴的领袖之一。

我是最后一个了，这是老人咽气前说的最后一句话，最后一个，我一死，世界会再死一次。

谢尔盖不懂米哈伊尔爷爷说的是什么意思，不过他还是觉得眼睛涩涩的；他猛地甩开回忆，把注意力集中到手头的事情上。

"而且他掷斧子的手艺简直像天使，"谢尔盖咕哝着，"基督欢迎你，爷爷。"

地上有残破的建筑物遗骸，北面环绕着旧果园的遗迹，还有一丛树，只剩下这些东西能证明在机器停止工作以前，这里曾有人耕作。大河在东边拐弯，离这儿八十公里，但他们斯坦尼特萨的人从不往那个方向去，除非不要命了。那边游荡的扁面孔异教徒太多。俄国佬与鞑靼人之间的世仇比红色沙皇①和巫师的年代还久远得多，简直可以追溯到传说中的蒙昧年代。

"这么靠北的地方，有时那些库班杂种也会出现，"他默默地想，"还有达吉斯坦人……安静，撒旦蹄子。"坐骑有点儿不安，他低喝了一句。

骨瘦如柴的大灰马训练有素，趴在他身后一动不动，人和马在

---

①指斯大林。

正午的烈日下都大汗淋漓。谢尔盖用两边手肘轮换着重心，小小的白蚂蚱从草秆里一拥而出，空气里弥漫着臭氧和干草的气息——还有人马的汗味儿、皮革和金属味。

"荣耀归主，永永远远，"他喃喃自语，双筒镜里陌生人面孔和衣服的细节渐渐清晰起来，"我觉得他肯定不是鞑靼人，至少不是诺盖人①。"

伏尔加河沿岸的扁面孔部族如今自称诺盖人，透过战争、贸易和零散的抢婚，谢尔盖的族人对他们颇有了解。陌生人戴着钝角的圆锥形头盔而不是头巾，头盔顶上有根钉状的东西，帽沿围着一圈毛皮带子；他的黑发编成一条猪尾巴，马镫皮带调得很长，不是耸膝的哥布林鞑靼风格。

"也许我不该杀掉他，至少不是现在。如果我为了抢马杀掉一个基督徒，切里潘宁神父会骂我的。"

况且不先问几个问题也很可惜，谢尔盖能觉出自己的好奇心像被蚊子叮了一样痒痒的。米哈伊尔爷爷总看不起年轻人，因为年轻人一辈子都钉在一个地方；他吹嘘说，在巨变之前的老年月里，自己曾为大俄罗斯服役，从德国一路漫游到中国。谢尔盖这一代的大多数人没什么时间去了解红色沙皇时代的事情，不过有时他很想听听那些故事。斯坦尼特萨里的日子有时非常无聊。

要是奥尔加发现了斯维特拉娜的事儿，那就刺激过头了！

骑手缓缓策马而来，他骑的马和这位哥萨克人以前见过的都不一样：腿短短的，毛发蓬松，头长得像个桶，身子圆滚滚的。虽然看起来不怎么像样，不过它的活儿干得不赖。后面两匹用来换乘的是又高又瘦的鞑靼马，比它漂亮得多，它们背上只搭着很轻的一对褡裢，看起来却比前面那匹小马更加筋疲力尽。

---

①鞑靼人的一支，主要分布于达吉斯坦共和国及乌拉尔河一带。

"他要么是来打架的，要么刚打过一架，多半是刚打完逃走的。谁会一个人骑马出来？马骑得不错，"谢尔盖自言自语，"跟哥萨克人一样棒。长得有点儿矮，不过肯定不是庄稼汉，不是乡巴佬。"

当然，所有哥萨克人都以贵族自居，尽管他们得亲自干活儿。

来者的武器也很精良，腰上挂着内弯的土耳其马刀，背上背着一个样子古怪的箭筒，手里还握着一张弓；马鞍前穹上挂着镶皮的圆形藤盾和套索。此外，他还穿着靴子和皮裤，皮革上衣外套铠甲，这么大热天，穿这些总不是为了保暖，肯定是随时备战。就在谢尔盖观察他时，陌生人停下脚步，谨慎地回头观望，从马镫上直起身子，举起一只手遮挡在眼睛上方。

谢尔盖暗自点头，他收起双筒望远镜，抓起长矛，对马儿吹了声口哨，老马站起来的同时，他毫不费力地跳上了马鞍。陌生人立刻作出反应，反手去抽背上的箭；他离这边大概有三百米远，差不多是一个强壮的男人尽全力能达到的极限射程。谢尔盖把长矛水平举过头顶，然后反转指向地面，表明自己的善意，他的弓纹丝未动地挂在左膝旁，陌生人的动作停了下来。然后，谢尔盖静静地等着陌生人缓缓靠近，在可以交谈的距离上停下。

他们互相打量着对方。谢尔盖是个年轻人，刚过二十，差一点六尺高，肩膀宽阔，肌肉像绳索般精干，鼻子长而直，身上伤痕累累——能看见这么多伤疤是因为他只穿一条宽松的羊毛马裤和高帮靴子，宽宽的皮带上挂着恰希克军刀[①]、匕首和轻斧，斧柄足有一米长。他的头剃得光光的，只留下一绺长长的黄发，用细长皮带编起来，从右耳上方垂到肩膀下。他嘴唇上有毛茸茸的胡须，和头发一样是玉米的金黄色，黝黑的脸上微斜的浅绿色眼睛炯炯有神。

[①]一种单面开刃无护手的单手刀，哥萨克传统武器。

对方看起来有点儿像鞑靼人，不过比绝大多数鞑靼人黑——深棕色皮肤，黑发编成辫子，脸平得几乎凹陷下去，高颧骨，狮子鼻，狭长的蓝眼微微上斜。不过长期以来，这里的人们一直在来回抢夺妇女，所以单靠长相无法判断一个人的来路。陌生人比谢尔盖矮，看起来挺壮，但又很瘦，而且显而易见是个少年，刚刚长到能做侦察兵的年纪；他脸上的毛发就算在鞑靼人里面也算少的，光滑的面孔毫无表情，脸上有晶亮的汗珠。

陌生人先开口："俄国人[①]？"他指着谢尔盖问，声音听起来比他的脸还稚嫩。

哥萨克人点点头，拍拍自己赤裸的胸膛，胸前的银质耶稣受难像跳了一下。

"是，俄国人，基督徒。"他分别用俄语和哥萨克语说了一遍。

"我名字，多扎·阿巴科夫。"陌生人回答。

"我，谢尔盖·伊万诺维奇·霍尔金那。我是哥萨克人，来自顿河组织波罗瓦村，我的首领是奥列格·安德烈伊维奇·阿希波夫。你呢，扁脸男孩？"

"唐奇人；卡尔梅克人，你们俄国人说。我的统治者是埃尔斯特的额尔德尼可汗。"

那么远，谢尔盖想着，眉毛惊讶地扬了起来。

他从没听说过那位可汗，连卡尔梅克这个名字都只有模糊的印象，那些人在里海岸边阿斯特拉罕南部的干草原上放牧畜群，搭建帐篷。多扎带东方口音的俄语实在糟糕，不过还能听懂——他说话时会从喉部发出低音，这样的发音习惯大概来自他的母语。

"穆斯林？"谢尔盖狐疑地问。

[①]原文为俄语。

多扎不屑地吐了口唾沫，摇摇头，指向天上。"崇拜腾格里·埃茨格——父神长生天——和阿弥陀佛，不是书上的蠢神。"

对神圣的正教信仰来说，这可以视作侮辱，不过卡尔梅克人接下来的话吸引了谢尔盖的全部注意力，他简直崇拜起这个东方来的小混蛋了：

"诺盖人跟着我，杀我。五加二。"

"七个鞑靼人？"谢尔盖惊叫。

多扎点头。"七，是，是这么说。"他及时举起一只手，又用另一只手比出两根指头。

"他们最开始跟着我，有九个。"多扎补充，他笑起来，露出整齐的白牙，他拍了拍土耳其马刀的刀柄，然后指着换乘的马，"那些，他们的马。现在，我的马。"

谢尔盖流利地咒骂了一通，他终于开始后悔自己没伏击这小子了。如果鞑靼人发现了他的尸体，没准会掉头回去，这里离斯坦尼特萨太近了，不安全。现在……每个诺盖人发现落单的俄国人以后一定会把对方射成刺猬，如若不然，那肯定是想留着折磨或卖作奴隶，更别提这小子现在背着血债。眼下没有停火这一说，而且从任何一种意义上说，这里也不属于别尔哥罗德-伏尔加铁路沿线任何一条公认的商路。

他按捺住疾奔而逃的冲动。要是他就这么跑了，怎么保证这个多扎不会远远跟着他？

那些黑屁股的魔鬼会追踪我们俩！难怪这个卡尔梅克小杂种在笑！

这家伙被抓住的可能性刚刚降低了一半。

不过我赤手空拳对付过三个人。魔鬼的祖母！

他大笑起来，在马鞍上前倾身子，伸出手。"反正我有阵子没给人放血了。"谢尔盖说。

多扎握住他的手,又接过谢尔盖的皮囊痛饮了一大口,他从褡裢里取出一些面包和盐,就着酒吃下去。作为回报,哥萨克人也喝了卡尔梅克人水罐里的马奶酒,那是用发酵过的马奶酿成的。比水强,只能这么评价。

"我们再喝点还是打一架?"多扎问,"这是地盘,你的……不,你会说这是你的地盘。"

谢尔盖环顾四周,注意到卡尔梅克人的马。它们看上去又渴又累,口吐白沫,吐出舌头。如果被追赶的人没时间饮马,那追赶他的人没准也……

"嘿,哥们,那边的农庄废墟里有一口老井,"他若有所思地说,"鞑靼人也知道,他们也许会去那儿饮马。"

多扎咧嘴笑了,他点点头,指向西边,做出一个拐弯的手势,表示向北转弯,回到与他们现在的路线平行的方向。

"偷偷抄后路躲在房子废墟里?他们很快就要到了,没准——"

他指指太阳,又指指大约一小时内太阳会走到的地方。

"要是我们跑快点儿,这么长的时间够打个来回。"

谢尔盖大笑起来,卡尔梅克人领悟得很快嘛。

"没错。西边四公里外有条朝东北去的深谷,我们可以利用一下,然后再从北边转到废墟里去,如果动作够快的话。我喜欢你思考的方式,卡尔梅克人!走吧!"

鞑靼人有七个,那些家伙上唇的胡子乱蓬蓬,下巴上却很稀疏,绿头巾脏兮兮的,羊皮上衣又长又脏……但他们的武器很干净,养护良好,这实在讨厌。

谢尔盖透过一片脏兮兮的旧玻璃碎片往外看,敌人在老农庄中间疏落的草丛里下了马,他们附近有一堆废铁,在机器停转之前,那曾经是恶魔的魔牛之一。

拖拉机，在那些古老的故事里，他们是这么叫的。红色钢铁沙皇手下的巫师将它从地狱里召唤出来，用来压迫可怜的农民。至少奶奶是这么说的。米哈伊尔爷爷总是说它们只是些机器，就像钟和收割机一样，耕作时能省不少劲儿，比一群牛还厉害。谢尔盖对此很怀疑——如果它们不是靠魔鬼的力量驱动，那为什么会同时停转呢？

不管真假，爷爷讲故事总是煞有介事。坐着也能犁地，就跟在小酒馆里休息一样！

诺盖人离他们不超过二十米，他们的靴子重重地踏进土里，从稀疏的草丛中带起一阵小小的烟尘。靠得这么近，哥萨克人能闻到他们身上汗水和黄油混在一起的腐臭味，跟废墟里干土、古砖块与木头的气味一样清晰。

古井周围有一圈陶制围栏，还有一块坚硬的木盖板。农庄里有用的东西早被洗劫一空，连砖头都被大车拉走了，外围的房屋框架也已被年复一年的野火烧毁；但无论哥萨克人还是鞑靼人，甚至游荡的土匪，干草原上的居民绝不会破坏水井。那些鞑靼人看起来很累，虽然每个人都有三匹换乘的马，但他们的坐骑看上去更累，而且也渴坏了。一闻到水味儿，坐骑就骚动起来，斜眼的鞑靼人不得不抓紧缰绳，朝马鼻甩鞭子，饥渴的马匹推推搡搡，不安地摇晃着脑袋，鞑靼人咒骂起来。

鞑靼人跑得很快，这些都是好马。哥萨克人思忖，多扎一定带着他们绕了不少圈子。

谢尔盖心里对那个东方人又高看了几分。

他可不是什么迷路误入干草原的小男孩，虽然他还没长胡子。

诺盖武士一路追踪谢尔盖和多扎的脚步，确认他们没到过水井那边，然后才回到这里；而那两位偶遇的战友向西疾奔了三公里，从北边绕过深谷，离开原来的路线，直奔井边。

鞑靼人以为自己的猎物还在向西狂奔，他们打算先饮马，再继续紧追不舍，逼死猎物的坐骑，因为马没水喝会死得很快。可即便在看似安全的地方，奥尔杜的诺盖骑手仍是经验丰富的战士。他们留了两个人骑在马上持弓放哨，其他人搬开沉重的木盖，找到隐蔽的水桶，用随身的套索垂到井里打水上来。

　　来这儿的路上谢尔盖已经穿上自己的短上衣[①]，外套一件无袖皮背心，背心是用老式的不锈钢机器缝制的，和他的光头上现在戴着的红军圆头盔一样是爷爷留下来的传家宝。他看了看多扎，敲敲他的弓，然后举起两根手指头，来回示意两个鞑靼哨兵：

　　北边那个归我，南边那个归你。剩下的能干掉多少是多少。

　　卡尔梅克人严肃地点点头，残壁有四码高，他在下面藏得严严实实。谢尔盖从箭筒里挑出三支阔三角头的狩猎箭，因为那些鞑靼人看起来都没穿盔甲。他小心地把两支箭头朝下放在地上，另一支搭弓上弦。多扎也依样照办。他的箭有黑色箭羽，是游牧民常用的样子；哥萨克人更喜欢使用从克里米亚进口的昂贵孔雀毛，尽管有的朋友因此嘲笑他是花花公子。

　　就像配合练习过多年一样，两人同时一跃而起，控弦而发。

　　"乌拉！"谢尔盖高喊。

　　多扎则只兴奋地尖叫了一声，听起来像锉刀磨金属。弓弦"啪"的一声，几乎与此同时，他们听见湿重的撞击声；十米的距离上，角和筋制成的强弓射出的箭速度比想象中更快。谢尔盖的靶子猛地一退，朝后摔下马鞍，羽箭贯穿了他的胸口，又从后背丝毫不减速地飞出，溅出几点血滴。多扎的箭则射中另一个哨兵的腋下，直没至羽，哨兵轰然倒地，号叫起来。

　　谢尔盖伸手去拿第二支箭，他还没拉弓，多扎的箭就已破空而

[①]特指一种在领侧系扣的短上衣，较宽大，是俄罗斯传统男性上衣。

出,一个没骑马的鞑靼人踉踉跄跄地后退几步,不可置信地盯着自己胸前的箭,然后向后倒下,手里抓着刚刚还拽着的水桶。长长的皮套索缠住了他背后的箭杆,他发出一声尖叫,头朝下轰然倒地。

"还剩四个!"谢尔盖喊道。

诺盖人跳上马鞍,开始还击。谢尔盖猛地低头,箭雨从他头顶呼啸而过。两人在断壁前停下,那边响起了野蛮的战争呐喊:

"突!突!突!"

接着是如雷的蹄声。两人回头就跑,谢尔盖大笑起来,他们跃过废墟低矮的后墙,在一段较高的残壁和一棵大橡树之间向左急转。

"这下子那些异教猪连撒尿都不敢下马了,要是他们办得到的话!"

这正是他们的目的。领头的鞑靼人骑术超群,他跃过谢尔盖和多扎刚跳过的矮墙,在空中射了一箭,谢尔盖大叫一声,急急转弯,箭从他左耳边"嗡"一声擦过,扎进地里。多扎在谢尔盖身旁翻身下马,摸索着地面;巷道里的鞑靼人控马稍退,等着战友追上来,然后再次高举长矛,疾奔而出。

"拉!"谢尔盖大喊。

"我在拉,哥萨克蠢牛!"多扎喘着气说。

一根绳子猛地从地上弹出绷直了——他们俩把套索连在一起,一头牢牢地绑在橡树上,另一头绕着残破砖墙上的突起打了个半扣结。两人死死站住,拼命向后拉,可尽管有半扣结的摩擦力帮忙,前面两匹马绊住时,绳子仍猛地陷进他满是老茧的手掌里。一匹马来了个完美的前滚翻,正好落在骑手身上,就像厨房里女人用的木质肉锤落在猪肉排上一样;另一匹则倒地前滑,把骑手远远甩了出去。后面两匹马人立而起,后腿蹦跳,叫得比自己背上的骑手还大声,骑手们正手忙脚乱地试图躲开前面那摊人马混在一起的模糊血肉。

谢尔盖从皮带上拔下短斧，紧紧握住，抡圆了投了出去。斧柄在手掌中留下的木屑带来完美投掷后会产生的奇妙润滑感。几乎同时，钢制斧柄击中了一个鞑靼人的脸，那人应声而倒，用手拍打着地面，闷声号叫。

多扎已经拔出土耳其马刀。他像猫一样灵活地闪躲着最后一个骑手仓促地挥砍，举起手中镶皮的圆藤盾格挡，然后将弯弯的马刀砍进马腰。马匹不受控制地弓身跃起，诺盖人猝不及防，一时无暇挥刀。这就够了。

快得像猫！谢尔盖想着，眼见锋利的大马士革钢刀划过鞑靼人的大腿，在空中带出一道优美简洁的弧线。肌肉被完全割开，深可见骨，多扎跳开，鲜血喷涌而出。

从马上被甩出去的鞑靼人以黄鼠狼般的敏捷翻身落地，滚了几圈，一跃而起。他的弓丢了，但他几乎在同时拔出了随身的舍施尔弯刀。

"真主至大！"他一边喊一边用刀护住头冲了过来，"突！"

"操你妈[①]，"谢尔盖用俄语回答，他咧嘴大笑，站得稳稳的；鞑靼人没准听得懂——脏话学得最快，"乌拉！基督复活了！"

他的恰希克军刀比游牧民的武器长，呈内弯的浅弧形，有球状鹰头装饰。鞑靼人在马背上是可怕的对手，可站在地上，大多数鞑靼人不比冰上的猪好多少。谢尔盖拨开诺盖人砍来的一刀——双刀相击时他轻哼了一声，这家伙真壮——"叮"的一声，溅起一串火花。鞑靼人像庄稼人给谷子脱粒一样全力进逼，谢尔盖顺势后退，然后他看见多扎绕进了视线角落。谢尔盖立刻停止后退，向前进

[①]原文为Yob tvoyu mat，俄语国骂。

逼——傻子才跟鞑靼人讲究什么公平对战，除非迫不得已。

几秒钟后，诺盖人痛苦地惨叫一声，倒下了，土耳其马刀割断了他的腿筋，哥萨克人的军刀砍进了他持刀的胳膊。多扎杀人的手艺比他强，谢尔盖震惊了一秒钟，又哼了一声。

"魔鬼会把你装进袋子里带走！"他愤愤不平地说，低头检查自己的刀锋——没缺口，感谢圣徒。"你为什么要这么干？"

多扎没理谢尔盖。他一脚踩在受伤的鞑靼人胸口，用土耳其马刀指向对方的喉咙。鞑靼人朝他吐口水，然后刀尖陷进肉里，鞑靼人只能发出哀鸣声。

"公主在哪里？"多扎问……他说的是鞑靼语，谢尔盖能听懂一点儿。

"送去阿斯特拉罕了，你永远也找不到她，你这个邪恶的混——"

刀尖捅了下去，咒骂戛然而止，鞑靼人的脚在地上弹动几下，安静下来。多扎在游牧民的羊皮外套上擦去马刀和靴沿的血迹。

"公主？"谢尔盖一边帮这位偶遇的战友检查其他人，一边漫不经心地问。

"斧子玩得不错。"多扎答非所问。

谢尔盖从伤者脸上反手拔出斧子，用钝的那头重重砸在诺盖人的太阳穴上，发出"嘎吱"一声。敌人抽搐一下，停止了颤抖。

"下地狱吧，黑屁股。"他快乐地说，然后把武器抛向空中，接住斧柄。

"米哈伊尔爷爷在特种部队[1]干过，他教我们的，"谢尔盖不经意地举起斧子——这个姿势不是特别有威胁性，但也并非全无威胁，"公主？"

---

[1] 指俄罗斯在苏联时代成立的特种部队。

多扎叹了口气,坐到断墙的残桩上:"我们可汗的女儿,我是她的保镖,"他说,"不是军队的那种保镖,只是……私人保镖。"

出身高贵的小伙子小心侍奉着公主,谢尔盖想。

他早就注意到多扎的靴子质地不错,土耳其马刀上镶着银饰,还有他的坎查匕首①,腰带的做工。多扎的腰带扣是一只蓝珐琅的狼头,胸甲铆接得很好,精通铁艺的人才做得出来。

然后,他不情愿地想到:这么年轻,还是个贵族,但他很能打。

"我们送她去伏尔加河上游——去嫁给尼古拉耶夫斯克的彼得公爵。然后这些鞑靼人袭击了我们,他们是奇斯托波尔可汗手下的水盗。"

谢尔盖若有所思地点点头:"异教狗不希望尼古拉耶夫斯克跟人结盟,强大起来。"

多扎捶了身边的砖块一下:"我本以为他们会杀了公主,但他们只是把她掳走了打算卖掉。所以我逃跑了,他们没有伤害她——"

"可汗的女儿,又是处女,在阿斯特拉罕能卖不少钱。"谢尔盖若有所思地说。

他转身解下自己的套索,将它展开结成一串绳圈。"我们上路吧,"谢尔盖说,"他们留下了十八匹马。你能骑着马睡觉吗,小屁孩?"

多扎咧嘴笑了:"你行吗,农民?"

"哦,在草原上!②"七天后,谢尔盖一边在马背上摇摇晃

---

①一种刀鞘装饰华丽的双刃短剑。
②俄罗斯传统民歌。

晃,一边用悦耳的男中音放声高唱,没踩马镫的脚自由自在地在空中晃荡。"带上水,开心点儿!来吧,姑娘,让我的马儿痛饮——"

"安静点儿,哥萨克猪!"阿斯特拉罕北门的火枪兵军官说的是粗哑的俄罗斯东南方言。

军官的下巴上留着青色胡茬,上唇黑色的小胡子长得盖过下巴,他身后站着扛十字弩和短矛的士兵。军官捻了捻胡子,算上骑的,这两个年轻人带着二十匹好马,一身行头也很不错。他们大概有钱行贿,又是外乡人,没有朋友。其中一个光头上留着一绺头发,这是顿河哥萨克的标志,肯定不会错;卡尔梅克人的特征也同样明显。额尔德尼可汗没跟阿斯特拉罕开仗,不过双方也不算特别友好。

"你们来这儿干吗?"

"当然是来喝伏特加玩女人的,你说呢,蠢货,"谢尔盖高举水囊晃了晃,张大嘴巴接住里面的最后几滴,满足地叹了口气,把空空的皮囊一扔,"啊!你要请我喝一杯吗,大头兵?还是说让我往你妹妹的丑脸上套个袋子,操她一通就算完了?"

军官涨红了脸,城门口熙熙攘攘的人群中传来一阵笑声。人群里有衣衫褴褛的农民,拉着装蔬菜的双轮小牛车,他们是从城外的沼泽地里来的;有牵着货驴的小贩;有鹰钩鼻的亚美尼亚商人,身穿土耳其长袍,头戴无檐便帽,腰带上挂着弯刀;连给亚美尼亚人拉大篷车的骆驼也抬起头,响亮地咕噜了一声,好像也在笑一样。笑得最大声的是两个戴羊羔皮黑圆帽穿吉尔吉萨羊毛外衣的库班哥萨克人。虽然库班人和北边的顿河表亲没什么交情,但他们还是喜欢看哥萨克人戏弄城里人。

火枪兵环顾一圈,显然是想看谁在笑他,好找个比哥萨克安全点儿的对象揍一顿出气。

"我们是来卖马的。"多扎插了一句,他皱眉抚弄着土耳其马刀柄上的银饰。

多扎举起手里的缰绳——除开在遭遇战中摔断腿或扭伤的以外,诺盖人的马全都归他们了。面对伏尔加三角洲这座城市里陌生的嘈杂和气味,四腿修长的高头大马打着响鼻,东张西望。

民兵军官轻蔑地哼了一声:"这些马哪儿来的?"他问,"都是好马。"

"别人送的礼物。"谢尔盖回答。

"礼物?"

"没错。死掉的鞑靼人送的,"谢尔盖说,"要不说是遗产也行。"

笑声更响亮了;一个库班人笑得太忘形,差点从马上摔下去。几个戴头巾的鞑靼人盯住谢尔盖,人群后面有人大声叫火枪兵少管闲事,赶紧让路。

"现在你是打算放我们过去,好让我们像基督徒一样解解渴,还是打算在这儿聊一晚上?"谢尔盖问。

夏天天黑得晚,离太阳落山还有不到半小时,没人愿意城门关闭的时候被留在外面。军官举起长柄双手斧,懒洋洋地用拇指拭着弧形斧刃。天热得要命,他却穿着钢制胸甲,戴着头盔,汗水从他瘦削的黑脸上流下。他接着问多扎:

"卡尔梅克小孩,你为什么跟这个扎辫子的魔鬼呆在一起?"

"为了在我发脾气时让他拉住我!"多扎朝城市民兵弹出一枚硬币,"拿去!"

民兵一把攫住硬币,咬了咬银质迪拉姆[①],脸色充满了敬畏——上面打着奇斯托波尔铸币厂的标记。他们俩现在有不少这种银币,死掉的诺盖人挺大方。有人付了那些家伙不少钱。

"好吧,放行。"军官开口,下面的小兵让到一边,盼着分到

[①] 古阿拉伯货币。

自己那份钱,"不过记住,伟大的鲍里斯·博热诺夫沙皇为这座城市维持着良好的秩序——小偷送去锁成一串做苦工,武装抢劫处刺刑[①]或鞭死,酒后闹事的就去布图克[②]里醒醒酒。"

他翘起拇指,指指不远处那堆表情呆滞的小混混,他们手脚都被枷住,坐在地上。几个小孩朝他们丢马粪取乐,偶尔也丢石头。

"沙皇!"等他们穿过砾石和混凝土筑成的厚墙,走进嘈杂拥挤的大街,多扎嗤之以鼻,"鲍里斯的爷爷自称的可是主席。"

谢尔盖耸耸肩。"公主啊,大公啊,可汗啊,沙皇啊,老年月里,都这么叫,"他说,"还有党委书记,我爷爷说的。"

他还说那时候他会像鸟一样飞,还能从天上跳进战场,谢尔盖心想。冷静,他是我见过的最好的骗子,也许真的有滑翔机、气球之类的东西吧,可是……算了,反正他的斧头掷得像天使一样棒。

"在城门那儿你非得那么大声吵闹,跟公牛似的?"多扎接着说,他的俄语有进步,不过有时也没谱。

谢尔盖再次耸肩。"谁听说过哥萨克人会低声下气?"他说,"那就太可疑了。另外,你的主意不错:就得让那些鞑靼人听见我们说的,然后上门来报仇。不然的话,我们怎么赶在你家公主被卖给大头鲍里斯或者哪个替布哈拉的埃米尔[③]充实后宫的哈萨克奴隶贩子之前找到他们?这座城里总有三四万人吧。"

"七万五千人。"多扎心不在焉地说。

"我的天啊!"谢尔盖惊叹,"这一定是世界上最大的城市了,比过去的大莫斯科还大!"

多扎摇摇头。"他们说温彻斯特和这儿差不多,而且更富裕。"谢尔盖一脸茫然,多扎接着说,"温彻斯特在英国,西边很

[①]把人钉在尖桩上的一种刑罚。
[②]俄罗斯中世纪一种木质刑具。
[③]Emir,某些阿拉伯国家对统治者的尊称。

远的地方。印度和中国那边还有很多大……比这里大得多的……城市。"

谢尔盖咕哝了一声，那都是世界边缘了，那儿的人没准脑袋朝后长，要不就只有一条腿。阿斯特拉罕至少有别尔哥罗德的两倍大，而在他的世界里，别尔哥罗德就是最大的城市了。

米哈伊尔爷爷说我们是蜗牛，因为我们既没见过大莫斯科，也没见过海参崴，谢尔盖想。可是现在，我开始像他一样周游世界了！

他们牵着马，穿过熙熙攘攘的手推车、四轮马车和人力车，偶尔也有自行车或三轮车，有轨马车被他们甩在身后，这种马车的钢轨嵌在路面中——它是城市繁华的另一种标志。街上走的大部分是本地人——他们勉强可算作俄罗斯人——也有格鲁吉亚人、亚美尼亚人、希腊人、切尔克斯人，来自数十个不同部族的鞑靼人和库尔德人，以及来自远东绿洲城市的旅行者。赶时髦的家伙穿着镶金边的猩红外套，头戴从波兰流行起来的羽饰帽子。这里还有里海船队的水手，搬运工人蹒跚而过，背上的包裹堆得高高的……

"这儿真臭。"多扎无奈地说。的确很臭，这座城市大多数地方地势低洼，而城外包围着天然的沼泽，空气里弥漫着湿润浓重的下水道腐臭味。"最好别喝这儿的水。"

"我不喝水。当然，拿来洗澡还行。"谢尔盖说。不管是不是真需要，他每隔两周就洗一次澡，这点和有的人不一样，哪怕是冬天他也要洗蒸汽浴。

他们路过一幢建筑，这座楼恐怕有十四层高，谢尔盖努力控制住自己别跟乡巴佬一样张嘴傻看。这是巨变前留下的遗物，还没被拆掉回收金属。城里大多数房子建于巨变后，只有两三层高，用砖块砌成，外墙漆得五颜六色；北边高耸着本城克里姆林宫的外墙，高墙后能看见大教堂与宫室的镀金洋葱形圆顶。街上琳琅满目，商

贩和工匠高声叫卖，他们的胳膊挥舞得像风车一样，用几十种语言吹嘘着自己的低价；商品应有尽有，中国的丝绸、格鲁吉亚运来的茶砖、产自南方海滨的阿塞拜疆橘子，还有的商贩铺开黑布，摆出一套漂亮的刀剑。

若非多扎黑着脸猛地拧回他的脑袋，谢尔盖肯定会折去欣赏磨得发亮的金属那令人心醉神迷的光泽。他们挑的客栈是最普通的那种，夯土砌成的高墙里有许多四方形屋子，有一片地方是专门隔出来做马厩的，还有个有人看守的仓库，多付点钱就能把货存在里面。谢尔盖闻到了菜香，他使劲抽抽鼻子，今天可真够长的。

一个愁眉苦脸的男人过来接手他们的马匹，这人穿得破破烂烂，领子却熨过。

"这儿，苦役，"哥萨克人抛给他一枚银币，"伺候我们的马儿吃好喝好——喂点苜蓿和碎大麦，别光喂干草。"

银币照亮了奴隶的脸，也让他更加心甘情愿地干活……无论如何，人们总觉得哥萨克兄弟应该慷慨大方，况且他现在花的是捡来的钱和战利品。谢尔盖不喜欢把自己的马托付给一个苦役，不过这样的地方奴隶到处都是。

客栈里的许多住客蹲在泥砖砌成的小屋门口，在小火盆上做着晚饭。而那些不在乎宗教戒律的人则围着火坑周围的长搁板坐成一圈，客栈老板带着帮手从一头整羊和两头乳猪身上割下肉来，喷香诱人，人们一圈圈传递着面包、生洋葱和甜瓜。

"老兄，劳驾让点儿位置。"谢尔盖说。

一个人扭头看了看谢尔盖，咕哝一声，又低头吃。

"嘿，大头兵，多谢你让座。"谢尔盖说。

然后谢尔盖一把抓住那人衣服后背把他拎了起来，"砰"一声丢到地上，紧接着他的盘子和面包也飞了过去。"晚饭来了，哥们，操你妈。"

在俄语里,"操你妈"不一定是侮辱的意思——如果是朋友之间,这句话可能只是"认真点儿"的另一种表达——不过谢尔盖说这话的语调一点都不友善。他站在原地,拇指插在皮带里,对那人哈哈大笑。那人已伸手握住刀柄,不过思考片刻后,又灰溜溜地走掉了;空出来的位置两边的人往旁边让了让,给新来的腾出地方。

"我只是教他点儿该懂的礼貌,他没啥好抱怨的。"哥萨克人在长凳上坐下,使劲拍打粗糙褪色的杨木桌面,"拿点酒和食物!看在基督之血的分儿上,难道一位怀揣金银的绅士,一位顿河组织的骑士,非得饥渴交迫地坐在这儿吗?"

一个女仆捧着木质浅盘和陶制马克杯匆匆走过,她若有所思地看了谢尔盖一眼。趁姑娘还没走掉,谢尔盖整整仪容,又用大拇指顺了顺小胡子,他也没漏掉姑娘抛给自己同伴的那个媚眼。

"屁股圆滚滚的,真不赖。"多扎在他身旁坐下来时,谢尔盖说,"腰腿像耕马一样健壮。不过,哥们,我觉得她看上的是你。或者说看上了你的漂亮靴子和外套。上吧!"

卡尔梅克人深橄榄色的脸涨得通红,他伸手从面包条上撕下一块。谢尔盖笑了,这小伙子挑剔讲究得跟刚从神学院里出来的牧师一样,要脱下他的裤子,恐怕得等到石头或小树把它划破。这点来这儿的路上谢尔盖就注意到了,虽然说实话,一路上他们除了在马背上狂奔、睡觉、嚼肉干之外也没时间干别的。由于一人有十匹马,他们尽可以一路疾行,一天走两百公里以上。

我们需要跑这么快,考虑到还浪费了好几个小时从井里把死掉的鞑靼人捞出来……

"老不用的话你那玩意儿会发霉的,年轻人,"他说,"再说了,外头像你这样精干的小伙子干起来都跟发情的兔子一样。"

多扎的脸更红了,谢尔盖狂笑起来,喝了一大口劣质红酒,多扎对他怒目而视。

伊戈尔叔叔头一回跟我说这个的时候，我的脸也红成那样，他想着。当然了，我那时才十三岁，卡尔梅克人怎么也不止了吧。

"最好别喝醉，"多扎冷冷地说，"走运的话，也许我们今晚有活儿要干。"

"喝酒是俄罗斯人的乐趣，"谢尔盖理直气壮，然后耸耸肩，"再说了，葡萄酒而已。哥萨克人喝葡萄酒是不会醉的，我们生下来嘴里就含着颗葡萄。"

但他还是只喝了一杯，毕竟小男孩说得有道理。他从猪肋排上啃下最后一点软骨，用匕首尖剔着牙朝自己的屋子走去，路上他把骨头扔给了一条看起来比那个苦役还饿的狗；他走得非常警惕，如果有人正盯着他，也许会觉得他真喝醉了，回去就会呼呼大睡。

狗改不了吃屎，鞑靼人不会放过仇人，他想，他们可不像我们基督徒这样宽容平和，普爱众生。

他们故意没关门——旅馆里许多住客都这么干，伏尔加河三角洲的夏天又热又潮，哪怕有一点点风都好。谢尔盖微微睁开一只眼，他枕着自己的褡裢，穿着内裤，睡得四仰八叉。月光下长弯刀的刀锋闪了一下，三个黑衣人潜进房间，脸全用头巾蒙了起来，只露出两只眼睛。其中一人弯下腰，高举弯刀，准备捅进谢尔盖的肚子。

"砰"。

谢尔盖抬脚直踹那人胯部，脚趾蜷曲起来，满布老茧的后跟就是最好的武器。这一脚直接把对方的睾丸踹进了耻骨，就跟拿锤子敲铁砧上的铁块一样。那人发出一声尖叫，听起来像是垂死的兔子，然后哥萨克人的膝盖顶在他垂下的脸上，发出沉重的声音。鞑靼人朝旁边倒下，不知是晕过去了还是死了；谢尔盖顺势翻身弹起，屈膝蹲伏在地。

与此同时，多扎也行动起来。他手握腰带，腰带另一头用搭扣系着的砖头划出一道弧线,拍进第二个刀客的脑袋;长长的匕首从无力的指尖掉下,那人转了半圈,瘫倒在墙边。

第三个鞑靼人十分谨慎,动作也够快:他把刀子掷向多扎,转身就溜。卡尔梅克男孩发出一声痛苦的叫声,谢尔盖没管他——待会儿有足够的时间包扎伤口——和身扑向鞑靼人,一把抱住对方的膝盖,将其绊倒在地,拖了回来。鞑靼人脸朝下摔倒在地,呼地喷出一口气!哥萨克人也好不到哪儿去,不过他仍朝前扒拉着还在挣扎的敌人,骨节嶙峋的拳头砸进对方后腰——颅骨会硌碎指关节,攻击腰部比较好,爷爷总这么说。他砸了一拳又一拳,敌人终于瘫软下去。

"安静点儿,杂种!我们正要像基督徒一样安睡!"隔壁屋子有人喊。

"对不住,兄弟,"谢尔盖抱歉地说,"愿圣徒保佑你的美梦。"

然后他抓住鞑靼人的脚踝,将其拖回屋,这才去检查多扎。卡尔梅克人穿着内衣裤,左臂下方的亚麻布上染着一条长长的血迹。他夹紧胳膊,摇了摇头。

"擦伤而已,"他声音绷得很紧,显然是在撒谎,"弄到我们知道必须的东西要紧——我们必须知道的东西,我是说。"

谢尔盖若有所思地"嗯"了一声,透过昏暗的光线观察着三个刺客。被他踹过又拿膝盖顶过的那个还有气,微微抽搐着,但凝滞的眼睛瞪得很大,已经不行了。被他用拳头砸的那个晕过去了——也许肾脏破了,会有内出血。就算他醒过了,也只会惨叫。

"好吧,基督作证,你下手倒是很有分寸!"谢尔盖说,被卡尔梅克人打晕的那个已经开始醒转,"活儿不赖——手够巧的。我那两个都差不多完蛋了,一点儿不顶事。"

"哥萨克不兴巧劲儿,嗯?"多扎露出痛苦的微笑。

谢尔盖哈哈大笑,拽过那个鞑靼人,扯下腰带将他的胳膊反绑到背后,又往他嘴里塞了一块布。

那人完全清醒后,挑衅地对他们怒目而视。谢尔盖朝他弹了弹手上的水,说:"好吧,大头兵,你觉得能好好谈了就点点头,怎么样?现在不准大吵大闹,别人都在睡觉。"

"让我来。"多扎说。

谢尔盖看了看他。卡尔梅克人用一件多余的上衣包扎了胸口,又套了件衣服,他挪动时小心翼翼。谢尔盖耸耸肩,让到一边。多扎捡起一把鞑靼人的匕首,握在手中,俘虏注意到刀锋的反光,眼睛像猫儿一样瞪圆了。当他的内裤滑落下去以后,眼睛瞪得简直凸了出来,只过了几秒钟,他就开始拼命点头。他还想叫嚷,可这只让湿布在被撑大的嘴里陷得更深,他被呛住了。

多扎用刀尖挑开塞嘴布,然后让刀子悬停在空中,鲜血一滴滴落到鞑靼人脸上。谢尔盖微微一缩,按捺住用手捂住自己裆部的冲动。趁卡尔梅克人自信地用鞑靼语问话时,他穿上衣服,多扎说得很快——他说图尔卡方言比谢尔盖说俄语还流利,虽然口音有点陌生,用词也不大一样,这说明他不是在伏尔加河中游学来这种语言的。讯问全面而专业:人在哪儿,什么时候送来的,多少看守,口令,连珠炮一样的问题让痛得发晕的俘虏根本没空编谎话。

"杀了我吧。"最后,鞑靼人嘶声说,灰白的脸上冷汗淋淋。

多扎点点头,猛地一刺,匕首湿润的钢刃轻松完成了使命,只发出"嗤"的一声。多扎把匕首留在俘虏胸口,免得鲜血喷出,然后他站起来……晃了一晃,眼睛上翻,毫无生气地向后瘫软下去。

"老天!我可没料到他伤得那么重!"谢尔盖一跃而起,把卡尔梅克人拖到稍微干净点儿的地方。

他掀开多扎的上衣,仓促包扎的绷带松垮垮的,鲜血从里面渗出。谢尔盖盯了很久,眨眨眼睛,摇摇头。

"我的天哪!"他逐渐回忆起过去一周的点点滴滴,禁不住狠狠拍了自己额头一下,"啊!我当真是头哥萨克蠢牛!"

多扎睁开眼,伸手去摸自己的肋骨,伤口已紧紧扎起来,手法很专业。然后她的手闪电般握住了身旁土耳其马刀的刀柄。

谢尔盖笑了起来。她目光如电射向他,借着漏进来的一丝月光,刀锋在黑暗中闪着幽幽蓝光。

"喂,妹子,我看着你杀过几个人了?"她的蓝眼睛眯起来,他继续说,"四个。我认识你才八天!要是我对你的瘦屁股有什么打算,肯定不会把那把刀留在你手边,对吧?"

"我听见了。"多扎倚着泥砖墙坐起身,马刀横在膝上。

"而且,作为一个男孩,你太娘气了,不怎么好看;可作为女孩的话,你又太像男的了,不合我口味。我们分吃过面包和盐,也为彼此打过架。所以,我们还是接着去救那位'公主'吧……她是你的朋友还是姐妹?"

多扎勉强笑笑。"同父异母。我母亲不是可汗的正妻,她有一半俄罗斯血统。孛尔贴是和我一起长大的……就是那位公主……把我训练成保护公主的武士让可汗很高兴。"笑容突然加深,"我嫉妒她!但我们也是朋友……多多少少。她很……聪明,是一位学者。"

谢尔盖咕哝一声,把手里的皮水囊抛给她。多扎喝了一大口,然后站起身,试着走了两步。

"怎么样?"谢尔盖问。

"不太坏,"多扎回答,"我不想拉弓,不过还能打架,你包扎得不错。尸体呢?"

"墙那边,"谢尔盖说,"街上那些猪今晚有口福了;要不就是乞丐。"

他站起来,挥挥长长的胳膊,咧嘴一笑:"我们出发吧!"

现在,怎么做?

鞑靼人把公主——谢尔盖猜想她长得像尊圣像,穿着死板的金丝刺绣袍子——关在一个有钱的库尔德商人家里,那人做的是丝绸、棉花和奴隶生意。透过一条狭窄的小巷,可以看见房子的侧墙,不过那边漆黑一片,因为巷子太深了,大街上的汽灯照不进去。房子靠这条街的一面是坚固的厚墙,墙后有一座四层高的塔楼,楼壁上开着狭窄的小窗,一扇窗户里透出灯笼的亮光,别的地方仍是一片漆黑。

"灯笼给我。"多扎轻声说。

谢尔盖把灯笼递给她。这本来就是她的,而且很不赖,金属制品,烧的是蒸馏过的石油。直到现在,他才发现按一下把手,灯笼顶就会弹开合上。卡尔梅克女人要的就是这个,长—短—短—长—长—长。这套信号他不明白,不过……

多扎重复了一遍,窗户里的灯光熄灭……然后又亮了,和这边的信号一样,就像有人在灯前挥一块布一样。多扎一下子放松下来,默默地松了口气。

"她在那边,"卡尔梅克人说,"呃,她说的是'来我这儿'。在埃尔斯特,我们想从可汗的房子里溜出去时就用这套暗号。"

"你们俩肯定给那位老爹找了不少麻烦。"谢尔盖在黑暗中笑了。

"嘁!"多扎回答,"现在怎么进去最好?"

"有人沿墙巡逻,"谢尔盖说,"最好从入口进去——要是我们手脚轻点的话。"

"我能行。来。"

他们绕了一圈,没出什么岔子,只碰见一条猎猎咆哮的野狗,它正使劲闻排水沟里躺着的一动不动的醉鬼,或者说是具尸体,看见有人过来就溜走了。这片街区相当体面,意味着夜里街上没什么人。最后,两人踏上了通往库尔德人宅邸正门的大道,月光在街道右边投下浓重的阴影，他们借助阴影隐藏行踪。月亮照得门口亮堂堂的，门前的哨兵倚在自己的长矛上——磨过的矛尖闪闪发亮，闪亮的还有哨兵无袖锁甲上经过发黑处理的层层鳞片。

"怎么解决这家伙？"谢尔盖低声问。

"交给我吧。"多扎回答。

"我弄出的动静太大，如果你打算割下他的——"

卡尔梅克女人瞪了他一眼，然后她把刀、盾、弓和箭筒都倚在墙边，轻快地朝哨兵走去。哨兵迷迷糊糊地站起来，不过当多扎靠近他，哨兵立刻站直身子，朝她端平了长矛。

"谁会大半夜的来易卜拉欣·埃尔范尼家？"他用鞑靼语咕哝着。

多扎开口了。谢尔盖惊讶地眨眨眼。撇开口音不说，卡尔梅克人跟他说话的嗓音一直都像个小男孩——别忘了，就是这样才险些骗过了他。可现在……

"我来寻找一位英勇无畏的武士，"多扎的声音又甜又腻，充满诱惑，谁都不会以为这是男人的声音，任何年纪的男人都不可能，"看来我找到了。"

谢尔盖又眨了眨眼，鞑靼人重新把长矛靠回墙边，两个身影叠在一起。片刻之后，鞑靼人轻哼一声，瘫了下去。谢尔盖出现时，多扎正用左手手背用力擦嘴唇。

"这手段我可学不了。"谢尔盖把她留下的武器递过去。

"嗐！"她说——也许是卡尔梅克语，也许仅仅表示轻蔑——然后往弓弦上搭了一支箭，"拿他身上的钥匙，我来掩护你。"

"安全工作太差劲了，"谢尔盖一边照办一边评价，他巧妙地调整了一下尸体靠在墙上的姿势，让他看起来像是个睡着的人，"大门应该反锁上，里边还该有换班的人。"

不过商人要防的是小偷或想偷潜进去的人，可不是他们这样的

硬骨头——习惯一时间很难改变。厚重的橡木门上装着一层用回收钢打造的栅栏,栅栏交叉的地方全钉着大螺钉,门锁润滑良好。

安全工作果然差劲。锈住的门锁会发出巨响,这样才好惊动里边的人。

大门朝外开了一点,刚够他们俩挤进院子。庭院呈狭窄的长条形,铺着鹅卵石,一边是马厩、棚屋和仓库,前面有一排喂马的食槽,另一边则是商人自己住的地方,估计还有个独立后院给女眷住。塔楼孤零零地立在远处的墙壁那边,大概是修来供暴乱时藏身的,值钱的货物估计也藏在里面。

"等等。"谢尔盖说。

他从腰带里抽出爷爷留下来的另一件遗物。这根金属丝十分灵活,两头有木质手柄。他把金属丝套在门锁的闩上,来回拉动,几乎没发出任何声音,只见金属屑纷纷滑落。他很小心,动作很慢——爷爷警告过他,如果金属丝过热就可能报废断裂,这年头可没哪个铁匠还能造出这样的好玩意儿。

"宇尔贴一定会感兴趣,她喜欢巨变之前留下的东西。"多扎柔声说。

她信守承诺,警戒着整个庭院,弯弓半张,随时准备控弦而射。半分钟后,锁闩掉了下去,在它落地之前谢尔盖一把接住。然后他轻轻关上门,锁上,把钥匙留在锁孔里。也许没什么用,不过没准也能骗过某些人,让他们以为这扇门关得很严实。谁知道呢,说不定就能派上用场,爷爷总这么说……

他们向塔楼前进,路过食槽时谢尔盖掬起一捧水,润了润有点干的嘴唇。周围黑漆漆的房子像是一双双警惕而愤怒的眼睛,他缩了缩肩膀,总觉得暗处会突然射出一支冷箭或是十字弓的弩箭。在干草原上,甚至在森林里,他自在得像在自己家里一样,可现在,简直像是在棺材中打架。

门上开了道小窗，有人说了一种流水般悦耳的语言，但装着金属栅栏的门太厚，听不大清楚。

"口令是'亚兹拉尔①之剑'。"多扎用鞑靼语回答，这是死亡天使的名字。

里面不友好地咕哝一声，又是听不懂的话。多扎再次开口道："别咩咩叫了，说点儿能听懂的，你们这帮爱慕虚荣的库尔德叛徒。主子派我们来看看那个卡尔梅克女人。"

"我们看得很紧，比看易卜拉欣·埃尔范尼老爷的老婆还紧！"里面的男人用糟糕的鞑靼语回答——比多扎遇见谢尔盖时说的俄语还糟。

"他老婆有他儿子的五十个野爹看着，"多扎嘲讽道，"要不就是库尔德太监——瞧我说得，好像库尔德还有长着蛋的男人似的。她是我们抓来的，现在我们要见她。"

"她要是出点什么事，掉的是我的脑袋，"守卫抱怨，"管他呢，那个邪恶的女巫应该带着她从撒旦那学来的炼金术下地狱！"

谢尔盖默默松了口气，他要开门了。

"要是我不照主子说的办，掉的就是我的脑袋，"多扎回答，"我的脑袋比你的值钱多了。我告诉你口令了——开门！要不我就去找攻城槌来，再带把剥皮刀，剥你这个饭桶的皮！"

"世界不是围着你们鞑靼人转的，只不过你们自己那么觉得罢了，"男人发牢骚，"等会儿，那就给我等一会儿。"

他们听见"嗒嗒"的响声，门开了一条小缝，缝隙上横着一道粗链子。一只蓝眼睛从缝里往外打量，随后惊讶地瞪大了；就在这一瞬间，多扎的土耳其马刀捅进了这只眼睛，刀锋刺穿眼窝和大脑之间薄薄的骨头，发出"嗤"的轻响。男人像一棵被砍倒的树一样

---

①Azrael，指伊斯兰教中的死亡天使。

向后倒去，谢尔盖用肩膀挤开多扎，掏出金属丝套在门链上，开始干活。

"快点儿！"多扎催促。

"说不定我们还用得着，我可不想把它弄断，"谢尔盖倔强地说，"再说了，这是我爷爷留下的。"

多扎用母语暴躁地说了句什么——不过很小声——锻过的铁链很快断开了，坠到石地板上，发出"当啷"一声。门开了，谢尔盖无声地出了口长气。

要是这扇门还有一把锁的话，我就真不知道该怎么办了！

塔楼门厅空荡荡的，那个鞑靼俘虏房说两边的房间都是用来存货——门厅中间有一根混凝土方柱，从外形上看是旧世界遗物。楼梯在左手边，两人无声而迅速地冲了上去，谢尔盖在前，卡尔梅克女人跟在后。空气中有一股刺鼻的怪味，爬得越高，气味越浓。多扎在他身后"咯咯"笑起来。

"是孛尔贴。"她说。

孛尔贴有石油和硫磺的味道？谢尔盖困惑地想。

门外边没锁，缝隙里透出一线灯光，照在厚厚的楼板上。谢尔盖举起军刀，推开了门——也许里面除了公主还有看着她的守卫。门动了一下，然后被什么软软的东西顶住了。谢尔盖咕哝一声，用靴子顶住门，使劲往里推。背后的多扎用自己的语言说了句什么。

门滑开了，谢尔盖像猫一样敏捷地扑了进去，企图在一瞬间看清三个方向……然后他看见一个身穿帽卡夫坦长袍的女人，手提一盏灯笼，于是他稍微放松了一点。女人身后的房间里飘出酸和陌生金属的气味，他看见房间里有工作台，还有奇奇怪怪的玻璃设备。

他首先注意到自己脚边有具尸体：这男人是个大块头，真的很大，坚硬的肌肉上盖着厚厚一层脂肪。男人缠着头巾，却没留胡子，体积庞大的上身光溜溜的，下身穿着猩红色宽松马裤，脚踏一双鞋尖上翘的靴子，粗得像香肠一样的手指边躺着一把弧形阔剑。他脸上残留着惊惧的表情，眼球凸得厉害，几乎要从面团一样光滑的脸上掉下来了。

有意思，谢尔盖想，他打量了一下房间，注意到一副打翻在地的棋盘，大概是那个死人干的；屋里到处是软垫和小块地毯，没有椅子，库尔德人家就是这样。有什么东西杀了他……

多扎从他身边挤过去，土耳其马刀插回刀鞘。"孛尔贴！"她喊道。

"多扎！"那个女人也很激动，她把灯笼放在地上。

两人紧紧拥抱在一起，然后多扎退开一臂距离，抓住异母妹妹。

"你还好吧？"她说的是俄语，大概是为了让他听懂。

"挺好的。就是无聊。他们把我的设备留了下来，蠢货，所以我有足够的时间准备。"孛尔贴回答，"你怎么耽搁了这么久？"

"出了点……问题。"

孛尔贴掀开自己的兜帽。谢尔盖眨了眨眼，家族遗传从不骗人，虽然可汗的这位女儿比多扎矮一些，也没那么瘦。年轻女人漆黑的长发披落下来，比多扎的更光滑。她也长着狮子鼻，皮肤是娇艳的粉红色，嘴唇饱满，狭长的黑眼微微上斜。

也许是灯光从下往上照的缘故，看见那张脸时，谢尔盖的前腹和后背觉出一丝刺痛。她让谢尔盖想到某种像猫一样的东西，或者更准确一点，像雪貂——个头娇小，行动迅速，漂亮迷人，无比邪恶。那双黑眼睛上上下下打量着他顾长的身子。

"你从哪儿搞到这头哥萨克好牛的？"她的俄语十分好懂，带点教科书式的旧口音，"带着个拖后腿的，难怪你来晚了。"

多扎耸耸肩。"干粗笨活计时他很有用，"她说，"现在我们走吧！"

"你怎么杀掉他的？"谢尔盖好奇地问，眼见女孩抓起一个包袄,像背背包一样甩到背上。

谢尔盖用脚把尸体推到一边。孛尔贴的个子比多扎还小,而且她那么矜持,谢尔盖完全看不出她能用刀子杀死这么大个的男人,除非对方毫无防备。地上没有血——哪怕是一把很小的刀子捅进人体不拔出来,也总会漏出一点血。

孛尔贴笑起来,露出洁白细小的牙齿,两颗门牙有一点点尖。她没回答谢尔盖的问题,而是举起手,掌心握着一块皮革,里面藏着根钢针。针尖上有血,针尾的血迹已褪成淡紫色。

"不过我让他赢了最后一局,"她说,"他不是坏人。在太监里算好的。"

谢尔盖咽了口唾沫。"你姐姐说你是位学者。"他说。

"是啊,"她笑得更开心了,"化学学者。"

哥萨克人抱紧自己的胳膊。

"操你妈,"谢尔盖咒骂。这总比狂喊"我们完蛋了"更有男人味。他拍了自己的前额一巴掌。

楼下的灯光和人声都还很模糊,不过却越来越亮,越来越吵。这座塔楼没有别的出路。愤怒的叫嚷盖过了争执声,肯定有人发现了看守的尸体和锯断的门链。

"我们完蛋了。"多扎说完这句,就用卡尔梅克语咒骂起来,恶狠狠地踢着墙壁。

不公平,谢尔盖说,她不需要有男人味。

像个英雄那样牺牲,这样的念头在你喝得醉醺醺,听吉卜赛流浪艺人弹着三角琴,唱着骗人的歌儿时挺带劲,可当你真的置身其中,就不那么舒服了。谢尔盖脑子里无数念头左冲右突,就像他曾见过的一头困兽一样。突然之间,他理解了那头困兽为什么会绝望地嗥叫。

"我们杀过不少鞑靼人。"多扎说,但她声音中流露出显而易见的犹疑。

"没错,"谢尔盖附和,"但那会儿我们要么是伏击,要么是奇袭。明刀明枪地来……"

他耸耸肩。多扎也耸耸肩,她用土耳其马刀挽了个花儿,活动活动手腕。

"我们知道这样很冒险。"她说。

"没错,"谢尔盖再次附和,"好吧,反正命长的哥萨克人没几个。"

背后传来掌声。谢尔盖转身看着孛尔贴,这姑娘从里边的房间拽出来一个麻袋,她又拍了拍手。

"这就是我们的勇士①,"她揶揄道,"这就是我们的英雄!听听他怎么毫不畏惧地面对死亡——因为死比动脑子容易得多。"

多扎对妹妹怒目而视。谢尔盖也瞪着她。要是这会儿有空,我真要开始讨厌这女人了,他想着。

孛尔贴从麻袋里掏出一个盖紧的陶罐,高高抛过谢尔盖头顶,谢尔盖惊叫一声躲开。罐子利落地掉到下面那层地板,碎掉了。楼梯井里漆黑一片,他看不见里面有没有东西漏出来……但空气一下子充满呛人的气味,简直能把肺撕成两半。谢尔盖咳嗽起来,他揉着自己泪汪汪的眼睛,立刻改了主意。

"它比空气重。"孛尔贴说。

"毒药?"他问。下面愤怒的叫骂声变成了因窒息而发出的哀嚎。

"是氯,很要命的。它会往下沉。来!"

她转身把麻袋拖进里面的闺房。桌上摆着阴影似的曲颈瓶和玻璃绕成的曲管,谢尔盖看都没看,底楼门厅里的方柱穿透了这个房间,柱子上开着一扇门,露出里面崭新的绳子,而不是锈迹斑斑的

---

①蒙语中的勇士又译为巴特尔、巴图鲁。

古代缆绳。这条路看起来比一路打下去好多了,虽然外面的空气更新鲜些——当然,现在也不新鲜了。米哈伊尔曾提起旧时代的毒气战,也曾吹嘘自己在远东用毒气对付敌人。公主从袋子里掏出半打陶罐,扔进门里面。

"要是下面有谁守着的话,这够他们受了。"她说,"墙下有条隧道通往外边,那个太监告诉过我。这么好玩都是他的功劳,对吧?"

"哈,哈。"谢尔盖一边说,一边觉得自己的睾丸都要缩回肚子里去了,"如果那玩意儿会把肺烧坏,那我们下去就没命了!至少我没命了,你这巫婆!"

"有这个就不会啦,"她从麻袋里掏出临时做的几副面罩,"呆在这儿时我一直都在想办法,勇士。幸运只垂青有准备的人。"

"她会一直说下去的,"多扎拿起一副面罩,检查用来把它套头上的系带,"父亲想把她嫁去要走两个月的地方,一点都不奇怪。"

"这玩意儿能保护我们?"谢尔盖问。

宰尔贴又笑起来。"里面的化学物质需要尿酸才能激活。"

"什么意思?"谢尔盖没听懂。她说的是俄语,可这些词儿他从没听别人说过。

她告诉了他。

半小时后,谢尔盖一把扯下脸上的面罩,不停吐口水。"你很享受嘛!"他嚷道。

出乎意料,多扎和妹妹一块大笑起来:"我只是享受你脸上的表情,哥萨克人。"

谢尔盖环顾漆黑的街道,这里离码头很近,越过房顶能看见船只桅杆,有的桅杆顶上有星星点点的亮光,那是上面挂着的航灯。

"那么,我们是不是该把你送回你父亲身边。"他说。真奇怪,我要失去多扎了。她妹妹也很有意思。很可怕,但很有意思。

宰尔贴向南方望了一会儿。"为什么?"她说,"他只会把我嫁给另一个又肥又蠢的家伙。"

谢尔盖惊得后跳了一步。"为什么，为什么——"他脑子乱了，"不然我带着你去干啥？"

多扎开口："你不会相信还有比阿斯特拉罕更大的城市，"她惆怅地说，"我也没见过。可他们说在中国……"

黑暗中孛尔贴朝她转过脸，"他们说在中国，现在掌权的是王汗。"她若有所思地说，"他是个独裁者，不过和我们一样也是蒙古人；很久很久以前，我们的祖先从那儿开始向西迁徙——现在我们和他们的语言仍很相近。那位可汗至少统治着戈壁附近的疆域，他们还提到图鲁尔可汗在和更南边的汉人打仗。我想……我想，也许他用得着精通古法的学者？传说他在西安的宫廷是全世界最富裕的地方。"

"黄金，"多扎若有所思地说，"丝绸，头衔。"

孛尔贴摇摇头。"书！"她的眼睛发出炽热的光芒，"学者！图书馆！"

突然之间，谢尔盖兴奋起来，他哈哈大笑，"我真是个'博加特里'[①]——这个词儿的意思是英雄！一路逃亡，脸上裹着女人的围巾，还浸透了尿！"

"你最好换个自我介绍。"孛尔贴建议。

"他干重活的确不错。"多扎说。

谢尔盖又笑了，笑声似乎连周围的库房都震动了。要是他回家里去，奥尔加和斯维特拉娜估计正等着他，手里没准攥着打谷子用的连枷。

"走哪条路去中国？"他问。

（姐拉　译）

---

① 东斯拉夫传说中的英雄。

大卫·鲍尔

大卫·鲍尔做过飞行员、石棺工匠和商人。他的足迹遍布六个大洲的六十个国家,在为小说《沙之帝国》做研究的过程中,他曾四次横穿撒哈拉沙漠;他也曾搭乘大众公交车探索安第斯山脉。除此之外,他还曾游历中国、伊斯坦布尔、阿尔及利亚和马耳他。他在纽约开过的士,在喀麦隆安装过电子通讯设施,在丹佛翻修过维多利亚式的老房子,在大特顿山脉打过油井。他最畅销的小说包括:建于详尽的历史考察之上的史诗作品《铁火》《沙之帝国》,现代恐怖小说《中国快跑》。他现与家人住在落基山脉附近自己建造的房屋中。

在接下来这个冷酷的故事里,鲍尔将带领我们来到十七世纪的摩洛哥,目睹一场残忍的猫鼠游戏。在这个游戏里,如果幸运的话,奖品将是死亡……

卷轴

囚犯感到腹部有东西滑过。他睁开双眼,看到一条蛇。

是条毒蛇。它在黎明之前的寒意中行动迟缓,仿佛在体验他身体的温度。工程师几乎不敢呼吸,他缓缓抬头,直视那双煤黑色的小眼睛:冰冷、无情、死寂,如同他自己。最初的恐慌从血液中消退,他终于能深深吸入一口气,对自己的好运难以置信。一周前,他的一个手下翻身时压到了一条类似的蛇,或许正是这一条。没错,他受了一番折磨,但很快便永远摆脱了此生。经历了这么多之后,难道结局来得如此容易?

他抬起手,为它制造一个明显的目标;他感到心脏"怦怦"作响。

空气如浓稠的液体般压抑。

毒蛇的舌头闪动了一下。

求你了,上帝,带我走吧,立刻带我走。

毒蛇无视他的手。它抬起头,凝视着工程师。他轻拂毒蛇,蛇向后退去。没有进攻。他被惹恼了,决心要激怒它,于是他重重一拍。粗糙的手掌感觉到冰凉的鳞片,但没有毒牙导致的灼烧,也没有毒液涌入。这是个梦,一定是个梦;或许是皇帝正以另一种形式再次残忍地嘲弄他。又一次被写在苏丹的卷轴上,又一段无力改变的命运。

随后,一切不再重要。毒蛇游动离去,消失在地牢的洞中,捕捉老鼠去了。

巴普蒂斯特呼出一口气,平躺下去。一滴泪流过脸颊。暑气已渗入地牢,他与五百个囚犯一起被关在同一间囚室,其中有四十个曾是他的手下,但如今只剩下六个,其他人早被不计其数的苦难带走:疾病、饥饿、毒蛇、蝎子、苦工、绝望、折磨、自杀,当然,还有苏丹。

他听到祈祷时芦苇的声响,但没听到卫兵的脚步声。这一天是礼拜日,基督徒囚犯可以多出半小时的休息时间,甚至有机会一同祈祷。现在他听到了牧师熟悉的念诵,他正在穿流而过的溪水旁举行礼拜:"于痛苦中寻求安乐,孩子们,因这是上帝的意愿。"巴普蒂斯特咧嘴一笑。毫无疑问,囚犯们在寻求安乐;当他们挣扎着开始每一天,他能清楚地听到他们的痛苦。

他闭上眼睛,直到洞口开启,一缕阳光照亮身旁的地面。上方垂下一条绳梯。伴随着呻吟和铁链的撞击声,囚犯们开始争夺绳梯上的位置,因为最后一个爬上去的人将因怠惰而遭受毒打。其他人总会让工程师最先上去,因为巴普蒂斯特掌握着他们的生杀大权。他们中的大部分人听过皇帝那熟悉的问候:

今天你会为朕杀戮吗,工程师?

没有人愿意被选中受死,也没有人试图与他交朋友,因为他们见识过,这可能是致命的。但不管怎样,没有人伤害他——他们知道,如果巴普蒂斯特活下来,他们中只会有几个人死去;如果巴普蒂斯特死了,他们全都会死。

他爬到顶端,准备开始地狱中的又一天。他在令人目眩的摩洛哥阳光下眨眨眼睛,不太确定刚刚是否真的见到了那条蛇。

◆

"今天你会为朕杀戮吗,工程师?"第一次听到苏丹的问候不知是几生几世之前。一百世?一千世?人们纷纷丧命,只因他的软弱和苏丹的无聊，因为一场游戏和一张卷轴，因为那张可憎的泛黄羊皮纸，而他只有猜测的权利。

巴普蒂斯特是一名军人，但他从未相信自己会动手杀人。他是工程师，是沃邦[①]的左膀右臂。沃邦精通围城艺术，他能建立一切，也能摧毁一切。他们曾一同为连年征战的路易十四设计精妙的进攻策略，随后再创造出更胜一筹的防御手段。

巴普蒂斯特热爱城垛、堡垒及一切战争工具，却恐惧战争本身的噪音和气息。他不喜欢弄脏整洁壕沟的尸体与鲜血，不喜欢毁坏城墙的炮弹，事实上，也不喜欢杀戮。这违背了上帝的旨意，扭曲了他的生活。没错，他的工作让其他人的杀戮更迅捷、更有效率，但他的双手是干净的，与战争毫无关系。他热爱精准的制图工具，也热爱它们画出的纤细图案。战斗中，他常常坐在敌人的炮火范围之内，低头沉迷于自己的工作，完全无视人们的尖叫、枪炮的怒吼与迫在眉睫的危险。正是在这些时刻迸发出的设计灵感最终挫败了敌人，甚至拯救了无数生命。这是他的天赋：预见尚未存在的事物，看到其他人看不到的事物，让它们跃然纸上，再让其他人将他的灵感转化为泥、木与铁。他在历次战役中做出的设计证明了其价值，沃邦亲口宣布巴普蒂斯特为天才，并晋升了他。

事后证明，这是一次不幸的晋升。他成了一群工程师的统领，负责用两艘帆船从土伦的军械库往马赛运输军火。他的儿子安德烈也入了伍，当时在第二艘船上。巴普蒂斯特站在栏杆旁冲儿子挥手——儿子浓密的黑发中夹带着几缕家族特有的白发，即使隔着一段距离也很容易辨认。他们被卷入战争已经三年，一直期待有一次短暂的休憩。船在无风带中陷入停滞，而后被卷入罕见的大雾。船长向大家保证，最迟明早，风会重新推动船前行。他给每个人都倒

[①] 沃邦（1633—1707），全名塞巴斯蒂安·勒普雷斯特雷·沃邦，法国元帅、著名军事工程师。

上朗姆酒。人们喝得酩酊大醉，东倒西歪，跌跌撞撞。当那艘海盗的小型三桅船发起袭击时，大部分人睡得正香，警报尚未发出，甲板上就已挤满了摩尔人。没费一枪一弹，整艘船就沦陷了。当巴普蒂斯特被铁链捆着丢下船时，他心里唯一的安慰是：儿子所在的那艘船没有被俘。

三桅船的统领说，他们将被运往摩洛哥。"与那里的日子相比，你们基督教的地狱倒还不错。"统领狞笑道，"说到折磨人，穆莱·伊斯梅尔①才是大师；跟他相比，撒旦不过是个小学生罢了。"关于那个以残忍而闻名的暴君苏丹的谣言在船上不胫而走。阿提格尼，一个艾克斯的工兵，曾在那里被关押六年，整个人差点都毁掉了。"伊斯梅尔是个天才，"阿提格尼郁郁寡欢地说，"他正在修建一座城市，好与凡尔赛一较高下。但他也是个怪物，嗜血、疯狂。他亲手杀人，只因他将自己的快乐建筑在别人的痛苦之上。我之所以能活下来，是因为我在马厩里找到了活干。在摩洛哥，马比人活得好！最后我被赎了出来，但已家破人亡。我的父亲穷困而死，不可能再有人赎我一回了。"

"胡说八道。"巴普蒂斯特告诉他，"肯定会有人来赎我们，要么是家人，要么是教会。"

"一旦伊斯梅尔发现我们是工程师，他绝不会放我们走。他的工程需要我们。我不能回到那儿去。我无法再忍受一回了。祈祷他不会注意到你吧，船长先生。他会随机挑选囚犯进行非人的折磨。他会玩弄我们。被苏丹注意到的人，连上帝也救不了。"

巴普蒂斯特试图哄他开心，但显然无法安慰到他。瞭望员发出

---

① 穆莱·伊斯梅尔（1647—1727），摩洛哥阿拉维王朝第二位苏丹。他在位期间收复了大部分为欧洲人占领的沿海据点，并在欧洲和奥斯曼帝国的夹攻下保持了独立，奠定了阿拉维王朝长期统治摩洛哥的基础。

陆地信号的那天早晨,阿提格尼终于成功地用铁链把自己勒死了。

帆船上的军械出卖了巴普蒂斯特这一船人的工程师身份。他们从港口城市萨利被带往首都梅克内斯。没有经过任何仪式,他们就被强迫开始修筑城墙;正如阿提格尼说过的一样,日子残酷无比,死亡司空见惯。他们没日没夜地做苦工,忍受无情的鞭打,直至死去;尸体被搅进石灰,筑进了城墙里。

一天早晨,皇家马队雷鸣般席卷而来,穆莱·伊斯梅尔一马当先,长袍随风飘舞;他的私人精英卫队在两翼一字排开。来不及躲避的人被马蹄踏成了烂泥。随后,皇家马队猛地停步,而后纷纷下马。卫兵迅速散开,强迫人们跪在地上。在苏丹面前,除了匍匐就只能蜷缩。巴普蒂斯特与其他人一样将前额紧紧贴在地面上。片刻之后,他看到了苏丹的脚趾。"起身。"苏丹命令。巴普蒂斯特不知苏丹是不是在对他说话,但他快速站了起来。

摩洛哥苏丹个头矮小,身穿毫无装饰的朴实衣物。"你是沃邦的工程师。"他和善地说。

"没错,陛下,我曾有幸为他服务。"

"是你设计了这些草图吗?"伊斯梅尔问。巴普蒂斯特认出从自己的船上掠走的文件。

"是的,陛下。"

伊斯梅尔容光焕发,愉快地点点头。"那么,朕很高兴能获得你的服务。"他说道,仿佛巴普蒂斯特是自愿来到这里的。"来吧,跟朕走。"他转身大步流星地走进宫殿,巴普蒂斯特目瞪口呆,步履匆匆地紧随其后,完全不明白事情会如何发展。这是穆莱·伊斯梅尔,摩洛哥阿拉维王朝的苏丹,先知穆罕默德的后裔。穆莱·伊斯梅尔——把英国人从丹吉尔赶走、把西班牙人从拉腊什击退的传奇战士。穆莱·伊斯梅尔,他驯服了柏柏尔人,手上沾满六千妇孺的鲜血。穆莱·伊斯梅尔,他打败奥斯曼土耳其,用敌人的司令官和一万士兵的人头装饰马拉喀什和菲斯的城墙，借以展示自己的和平诚意。穆莱·伊斯梅尔，萨利的海盗们以他的名义在欧洲海岸抢掠，绑架不计其数的男人、女人和孩童来勒索赎金，或是强迫他们修筑他的帝国。他修建了宫殿、道路、桥梁、堡垒，实行严刑酷法，为这片除战争之外一无所知的土地带来了和平。"朕的人民既有面包又有秩序。"他边走边自吹自擂，"这个帝国很快会重新崛起，比阿尔莫哈德人时期还要强盛——那时，摩洛哥的艺术、建筑和文学在文明世界广受赞誉。你见过阿尔罕布拉宫吗？"

"没有，陛下。"

"朕也没有，但我们都听说过它有多惊人。不过，朕能修建更伟大的建筑。你要帮朕，工程师，你要帮朕达成这番奇景。"

"陛下，我——"

"跟朕讲讲马斯特里赫特之围。"伊斯梅尔命令。他们停下脚步，巴普蒂斯特在沙地上画出示意图，详细地回答见多识广的暴君提出的问题。他似乎对围城的艺术与技术满怀兴趣。"他们向朕保证，这里的城墙能在围城战中坚持五年。"他得意地说。

"或许吧。"巴普蒂斯特说，他以训练有素的双眼审视着碉堡上的城垛，"但它有缺陷，可能会被聪明的敌人利用。"

"当然了，你要修正这些缺陷，工程师。你要为朕修建一座比马拉喀什古城和菲斯古城更伟大的城市，甚至比你那异教徒国王路易的凡尔赛还伟大。"

参观持续了三个小时，苏丹得意洋洋地向他介绍世界上最大的建筑群：马厩与粮仓占据了广阔的内庭；宫殿、后宫、朝堂、私人住所、宴会厅、厨房、兵营、浴室、清真寺……无边无际，尘土飞扬。热情洋溢的苏丹不停地迸出新主意，时不时停下脚步对监工们下达命令——看到苏丹在场，他们一个个战战兢兢。对巴普蒂斯特来说，这个下午的参观倒是十分宜人。

他们回到巴普蒂斯特的营房，伊斯梅尔注意到一群奴隶，他显然觉得他们走得太慢了，于是从身旁卫兵的腰间拔出一把剑，以惊人的速度砍下两个人的脑袋。巴普蒂斯特瞬间变得面无血色。软弱的神态从他脸上一闪而过，却被伊斯梅尔捕捉到了。刹那间，巴普蒂斯特的命运改变了。

伊斯梅尔将剑递给他，指着趴在他脚下的还活着的奴隶。"今天，你愿意为朕杀戮吗，工程师？"苏丹问。

巴普蒂斯特还以为这是个玩笑："我不杀人，陛下。"

"你是个战士，对不对？"

"是工程师，陛下。"

"你的作品不会杀人吗？"

"其他人用它们来杀人，陛下，但我不杀。"

"这有什么区别？"伊斯梅尔饶有兴趣地望着他，"如果你不能带来死亡，力量从何而来？人们为什么要怕你？"

"我不关心其他人怕不怕我。我也不能决定他们如何使用我的器械。我只知道，我永远不会亲手杀人，除非是自卫。"

苏丹大笑，语调升高了："永远可是很长一段时间。你确定？"

"确定，陛下。"

伊斯梅尔仔细打量着巴普蒂斯特，脸上带着专注的神情。而后，他召唤皇家书记员，命其坐在身旁的矮凳上。伊斯梅尔低头在书记员耳旁低语，后者将苏丹的话语记录在长长的卷轴上。巴普蒂斯特安静地站着，起初还期望苏丹的私语与自己毫无干系。然而，伊斯梅尔边说边扫视他，表情时而严肃、时而愉快。苏丹低声说着，时不时停下，仿佛陷入了沉思，而后又继续轻声细语；这持续了几乎一个小时。巴普蒂斯特满心恐惧，不知一切结束之后会发生什么。他想起了阿提格尼的话：祈祷你别被他注意到吧。

最后，穆莱·伊斯梅尔对巴普蒂斯特说："先知的血液流淌在朕身上，让朕看到安拉为某些人设定的道路。"他续道，"朕在卷轴上写下了你人生的关键点，它将被藏在宫殿大门的横梁之上，所有人都能看到，但除了书记员之外没有人能触碰。朕会时不时读一下，确认安拉如何向他卑微的信徒——朕——证实他为你铺就的道路。"书记员将羊皮纸紧紧卷起，用丝带绑住，塞进门上的缝隙里；一名卫兵被指派守护卷轴。

巴普蒂斯特被带回去工作，他忧心忡忡地捱了几天，才再一次听到雷鸣般的马蹄声。苏丹停在不远处，却没召唤他，只是照常检查城墙，巨细无遗。就在此时，一名奴隶的柳条筐破了，沉重的砂石滚了出来。奴隶匍匐在地，哆哆嗦嗦地捡石块。苏丹走了过来。

"啊，工程师。"他看到了巴普蒂斯特，语调轻快地说，"见到你真是太幸运了！"他冲奴隶点点头，"他对苏丹的工作如此怠惰，你愿意帮朕惩罚他吗？"

"陛下？"巴普蒂斯特犹疑地摇摇头。

"今天，你愿意为朕杀戮吗，工程师？"伊斯梅尔的声音如此愉快，仿佛只是在评论天气。巴普蒂斯特感到胃部一阵翻腾；摩洛哥的统治者盯着他，沉默地等待着，皇家卫队冷漠而安静地站在皇帝身后。巴普蒂斯特手握沉重的棍子，但面对那瘦弱的西班牙小子，却无力举起；奴隶意识到了自己的命运，正拼命祈求宽恕。

"不？"苏丹问。

"不。"工程师回答。

"很好。"伊斯梅尔说。他夺过巴普蒂斯特手中的木棍，没几下就把那个西班牙小子打死了。他指了指另一个奴隶，一个阿拉伯人；卫兵把他丢到苏丹面前，他哆哆嗦嗦地哭泣着。这噪声无疑惹恼了伊斯梅尔，他挥动手中的木棍，直到奴隶陷入死寂。接下来，他从惊恐不已的人群中随机挑中第三个受难者，这次是个苏丹人。

伊斯梅尔把他的脸朝下按进一摊灰泥，用脚踩住。伊斯梅尔盯着巴普蒂斯特，工程师呆若木鸡地望着眼前的杀戮。第三个受害者停止挣扎之后，伊斯梅尔挪开脚，连大气都没喘。他让书记员拿来卷轴。

书记员读着上面的记录："如之所载：第一日，三人死去，工程师却坚定不移。"

苏丹快活地拍拍手。他翻身上马："看见没？今天果然有人死了。不是你亲手所杀，却是因你而死，工程师。三个换一个。对朕来说是不错的消遣，对你来说却不是桩好买卖——对他们就更不用说了。以这个速率，你的建筑工事很快会因缺乏人手而慢下来，这又会导致更多人受罚而死。或许明天，你会愿意为朕杀戮？"

面对暑气、尘土和死亡，巴普蒂斯特的泪水在眼眶里打转，却不敢伸手擦拭。伊斯梅尔尖声大笑，策马远去。尸体被拖到墙边，很快被砖块和石头盖住。那些人现在永远地成了苏丹工程的一部分。

巴普蒂斯特一动不动地站了很久，试图击退恐惧，找回理性。据他判断，苏丹不可能具有先知的魔力。无需超自然力量也能预见，工程师不可能仅仅为满足苏丹的一时兴起而随便杀人。

之后几天，巴普蒂斯特的同僚几次听到马蹄的隆隆声，却只是从远方经过。然而接下来，当马蹄声愈来愈近，他们便知这次轮到他们了。工程师继续下达命令、审视图纸，试图不让声音透出紧张；马蹄声愈来愈响亮，奴隶们弯腰工作，对即将来临的挑选恐惧不已。卫兵们暗暗打赌接下来死的会是哪一个，但当苏丹的队伍抵达之时，连他们自己也战栗不已，深恐死于苏丹那喜怒无常的剑下。

穆莱·伊斯梅尔似乎并未带着杀戮之心而来。他让巴普蒂斯特陪在身旁一同视察工程；他们穿过苍翠的庭院和高耸的柱廊，而后沿一道城堡外墙的地基向前走。伊斯梅尔仿佛没注意到巴普蒂斯特的紧张，只是一味兴致勃勃地谈论堡垒的位置和花园中的溪流。他戳了戳石墙的连接处，对强度表示满意。"这一段城墙跟异教徒国王路易的所有产业相比都毫不逊色，"他快活地说，"你说呢？"

"您说得没错，陛下。"

"这些柱子之间的工程完成得不错。是个英国人监工的。"

"英国人很朴实，陛下，但缺乏想象力。如果用大理石，效果会好得多。"

伊斯梅尔沉思着点点头："那么就用大理石吧。"

他们继续穿过一片工程。工程师巴普蒂斯特为一段石头城垛提出了改进意见，苏丹甚至允许他享受橄榄园与花园中清新的芬芳。很快，他们回到了开始的位置，卫兵们在马旁等待。穆莱·伊斯梅尔正准备上马，却突然转过身，露出愉快的微笑。

"今天，你愿意为朕杀戮吗，工程师？就杀一个？"

巴普蒂斯特的脸涨得通红，双膝发软。他一声不吭，用尽浑身的力气，却只能摇摇头。

"不？很好。"伊斯梅尔挑了两个柏柏尔人。第一个沉默地死去了，第二个却破口大骂，到死还在冲执行者吐唾沫。伊斯梅尔双眼充血，他挑了一个巴普蒂斯特手下的工程师，后者立刻呜咽起来。卫兵正要动手之际，巴普蒂斯特跪了下来："求求您，陛下，他是我的手下。求您开恩。杀了我吧。"他弯下腰，将脖子递到苏丹的剑刃之下。

伊斯梅尔犹豫片刻："啊！你的手下！朕真是太不小心了。很好，今天朕会对你的法国同僚开恩。"那个工程师放松下来，一下子晕倒了。伊斯梅尔大为不快，几乎改变主意，但同僚们很快把动弹不得的工程师拖走了。

"你说，英国人很朴实。"伊斯梅尔提醒巴普蒂斯特，"朕也同意,跟刚刚获得赦免的法国人比,他们的价值要小得多,对不对?不如——"苏丹的黑眼睛闪了闪,"两个换一个,怎么样?"

巴普蒂斯特摇头反对:"陛下,我不是这个意思。"

"啊,但你说出口了,朕也听到了。现在,让我们看看你的选择有什么后果吧。"

片刻之后,两个英国人死于非命,那个负责监工的倒霉鬼也在其中,他们的血渗进巴普蒂斯特脚下的沙子。工程师几乎无法直视因自己的无心之语带来的死亡。

"对一个不肯杀人的人,死亡却如影随形,仿佛豺狼觅食一般。"伊斯梅尔大笑,"这么多的杀戮!谢天谢地,没有一个人是你亲手杀死的!你的良心还是清白的,对不对?"

苏丹骑上那匹高大的阿拉伯马。"据说朕看人很准,工程师,咱们会知道的。或许明天?或许你现在就想让朕读出卷轴的内容,想知道自己究竟有多顽固?"

巴普蒂斯特不知该如何回答,于是一言未发。一个卫兵用木棍无情地打了他。"如您所愿,陛下。"巴普蒂斯特低声说。

伊斯梅尔大笑着摇摇头:"再过几天吧。"

尸体又一次混入灰泥,成了城墙的一部分;下午,工程照常进行。巴普蒂斯特知道,如果他的属下不继续工作,监工会揍他们。因此,他从喉咙里挤出声音,继续下达指令,并研究图纸。但他握不住手中的笔。他感到其他囚犯的目光落在自己身上,可当他抬起头来,他们都在埋头干活。他双手颤抖,线条变得杂乱无章。他能感觉到他们的恐惧,以及因他没能阻止不必要的杀戮而生的愤怒。

巴普蒂斯特夜不能寐、食不下咽。每当他闭上眼睛,噩梦便如影随形——先是那条蛇,而后是被砍下的头颅,接着是有人读卷轴的声音。

他曾爬上自己监工的一段城墙,决心跳下去。这是唯一的方法。他闭上眼睛,深呼吸,却感到一阵晕眩。他恐慌地睁开双眼,发现自己做不到。

不!自杀是不可饶恕之罪,也是桩糟糕的交易——虽然能暂时逃离穆莱·伊斯梅尔的处罚,却将永远陷入撒旦的地狱之火。他不知道这是不是真相,抑或自己只不过是个懦夫;但他爬下了城墙,毫发无伤。

他想以不同的方式离开,带着荣耀,无需自杀。他并未等待太久,便找到了尝试的机会。第二天,一个监工正因自己的嗜血欲望残忍地殴打一名无辜奴隶,巴普蒂斯特抓住监工的木棍,拼命反击。没打几下,卫兵就把他拖开了,监工浑身是血,但还活着。卫兵并没有如他所愿当场杀了他,却把他带到苏丹面前。苏丹对卫兵的报告似乎毫不惊讶。伊斯梅尔露出了然于胸的微笑,召唤书记员上前,打开卷轴。"'工程师试图激怒一名卫兵借以寻死。'"书记员读道,"如之所载。"

巴普蒂斯特麻木地听着那些句子。他真的如此容易预测吗?他曾拥有过自由意志吗?还是已经失去了?他无法理解发生的一切。该死的卷轴。他一定能活着见到自己的儿子,也一定能再次拥抱妻子。

他听到伊斯梅尔遥远的声音:"……朕知道你的异教信仰不允许你自杀,"苏丹说,"然而,趁早断了靠激怒士兵来寻死的念头吧。你死了,朕会不高兴,因为朕欣赏你的才能。所以朕命令,从此之后,你的安全和健康将成为所有人的责任。如果你死了,所有人都活不成,连同他们的家人。这一命令适用于全体监工、卫兵、官员及摩洛哥市民,也适用于在你手下建造梅克内斯的所有奴隶。你决不能死,异教徒,决不能死在朕辉煌的领土上。如果你敢死,成百上千的人将因你而死。"伊斯梅尔指派一名卫兵作巴普蒂斯特的监护人,那是一个沉默的大个子,名叫塔夫里。

塔夫里残酷无情、时刻不停地盯着巴普蒂斯特，盯着他工作，盯着他休息，盯着他吃饭……寸步不离。只有夜晚时分，当巴普蒂斯特下到地牢里，才能暂时摆脱塔夫里的目光；而此时，巴普蒂斯特的狱友们便会为了保住自己的性命而接过监视他的重任。梅克内斯的每一个人都知道这条法律：巴普蒂斯特不能死，他不能自杀，也不能死在他人手上。

他的命运被写在皇帝的卷轴中，只有它才能揭示他的结局。如之所载。

巴普蒂斯特继续日复一日地做着苦工。苏丹那雷鸣般的马蹄声在通道中回响，他的城市在奴隶的血肉之躯上建立起来。每一次，巴普蒂斯特都会面临仪式性的选择：杀死一个人，或眼睁睁看着三个人死去。"人死到某个程度，你就会为朕杀人了，工程师。多少人呢？十个？一百个？你的数目是什么，工程师？究竟到什么时候，'永远'才会结束？"

巴普蒂斯特依然冥顽不灵。人头不断落地。

"或许该有个小小的改动，"伊斯梅尔善解人意地说，"如此有原则的人不该孤独地工作。"他命手下将人头插在旗杆上，再将旗杆插在巴普蒂斯特工作地点的城墙顶端。六个人头变成了八个，而后是十个。工程师能感到他们的目光落在自己身上，直到乌鸦将他们叼走。在死亡的间歇里，苏丹会带他巡查其他建筑；苏丹总是像孩子一般兴致勃勃，自吹自擂，针对花园中鸟儿的羽毛提问或点评几句，而后突然变脸，开始杀戮。

巴普蒂斯特绝望地抓住心中的信念：自己做的是对的。然而当越来越多的人死于伊斯梅尔那可怕的游戏，他心知自己能阻止一切，至少能避免一部分不必要的死亡。一个人的死不是好过三个人吗？当然，这不公平，但公平又有什么用呢？他只是不知道该如何跟一个如此狡猾、嗜血和疯狂的人斗争。牧师曾告诉他，自杀是错的,杀人也是错,所有的血都沾在伊斯梅尔手上。"于苦痛中寻求安乐,"他说,"这是上帝的意志。"

死亡与噩梦一同膨胀,直到他再也无法忍受。他屈服了。苏丹将宣告胜利,一切将会结束。

这次轮到一个阿比西尼亚人,他在干活时偷懒,活该受死;这个瘦削的高个奴隶总是面带微笑,甚至当他脑袋落地时依然如此。一切结束之后,巴普蒂斯特站在原地,手中握着滴血的剑,胸口剧烈起伏,脸上却毫无表情。他意识到苏丹在审视他,于是拒绝暴露自己的灵魂,拒绝令他心满意足,他拒绝流露一丝一毫的厌恶——否则,伊斯梅尔一定会命他再做一次。

苏丹愉快地大笑,命令书记员展开卷轴。侍臣、卫兵与市民涌进庭院,紧张地望着书记员的动作。

"'只需十八个人死去,工程师便会给出致命一击。'"书记员读到,"如之所载。"

"哎呀,是十九个,如果朕没数错的话。"伊斯梅尔说,"太可惜,不过朕猜,对某些人来说应该是一种幸运。如果是十七个的话,就得多死一个了。或许下一个预言会更精准。"他盯着巴普蒂斯特,"尽管朕早已在卷轴中看到这一切,但对朕而言,你太过懦弱了,工程师。"他说,"如果你信仰坚定,可能会死掉一千人,或许是一百万人。你真的这么容易背离信仰吗?"他哈哈大笑,回到了宫殿。卷轴被藏回缝隙里。巴普蒂斯特走到休憩处,感到浑身无力。

如之所载。这仅仅是皇帝幸运的猜测吗?还是他太容易被看穿了?这么多人死去是他的错吗?如果他不是如此顽固,是否至少有一打人能幸免于难?如果他继续坚持,不计代价呢?

噩梦并未离去。它们愈发炽热,充斥着阿比西尼亚人的笑容。他尖叫着醒来,另一个囚犯按住了他。

"都结束了。"囚犯说,"他用他的方法对付了你,工程师。都结束了。"

但一切并未结束。这只是开始。阿提格尼是对的。

苏丹喜欢玩弄人。

更多死亡随之而来。一周三个,接下来的两周无人死去,接着一周又是三个。每当新的审判到来,巴普蒂斯特都不能自已,他在无助和沉默之中拒绝承认一切。每次都是三个。穆莱·伊斯梅尔似乎能从争辩与杀戮之中汲取力量。他试验自己的新武器:德国战锤,或是土耳其弯刀,或是苏格兰长矛——能一次刺穿三个人——他似乎对每一次死亡在巴普蒂斯特身上造成的影响颇感兴趣。他缓慢地、永不停歇地、花样百出地折磨工程师。

"为什么要这么对我,陛下?"有一天,巴普蒂斯特与苏丹走到一片果园中时,他开口问,"我的死亡不值一提。为什么不能赐予我先知的怜悯,放我去见我的上帝呢?"

穆莱·伊斯梅尔摘下一只杏子,汁液流过下颌,钻进他的胡子。"因为这让朕高兴。"他说,"因为朕喜欢看到你这样的人对朕屈服。因为朕有一天会让你明白伊斯兰的优美与真理。因为你能看到尚不存在的东西。你像我一样是个真正的男人,但你罪孽深重,缺乏勇气。但你不要绝望,当会客大厅修筑完成,朕会放了你。"他真诚地说。

"这也写在卷轴里吗,陛下?"

苏丹微微一笑,目光中没有流露答案。

卷轴缓缓展开,书记员精确地朗读着工程师的一举一动:他将杀人,他将动摇,他将试着耍花招,他将假扮,他将被看穿,他总是试图阻止死亡,却永远无法成功。

白发在巴普蒂斯特头上蔓延。他因缺乏睡眠而目光阴翳。时光流逝,人们相继死去,梅克内斯日趋完工。他沉思着,工作着。但会客大厅完工之日，苏丹找到了一个推迟释放他的理由。

巴普蒂斯特花了十一个月时间，带着八个手下，从地牢中挖出一条隧道。他们白天为苏丹劳作，夜晚为自由忙碌，直到双手渗出鲜血，膝盖坑坑洼洼，身体几乎垮掉。将隧道中挖出的泥土偷偷丢掉倒并不难。一年里有六个月时间，大阿特拉斯山脉的融雪顺流而下，与地下泉水汇成一处，他们便在水中生活与睡眠。他们将泥土倾入水中，泥土很快被冲散，没有留下任何可能被卫兵发现的痕迹。他们贿赂小贩以获得情报，了解该往什么方向去、该躲在哪里；他们花了难以置信的高价购买蛀虫啃咬过的农民衣服。在一个秋高气爽的夜晚，他们开始了逃脱计划——这是最理想的季节，足以让他们在通往海边的七十里路上避免酷暑与严寒的考验。他们只在夜间列队行动，克服种种艰险，在三天内逃离了梅克内斯十五里之远；然而就在此时，一名牧羊人撞见了他们，发出警报。所有牧羊人都很警醒，因为一旦有奴隶经由他们的村子逃脱，他们便需缴纳罚款。又过了四天，多逃了十七里路之后，他们被狗追上了，紧随其后的是骑马的卫队。追随工程师逃出隧道的八个人里，只有五个被活着带回梅克内斯。

这五个人被带到穆莱·伊斯梅尔面前，他命书记员拿来卷轴。

"'工程师将尝试越狱'，如之所载。"

苏丹快活地拍手："朕高兴极了，安拉赐你继续活下去！"他叫喊。他下令杀死巴普蒂斯特的同僚，并在那之前用沸水和穿刺活活折磨了他们一整天。"太可惜了，你的同胞跟你不一样！如果他们有你的技能，或许朕已经宽恕他们了！啊，如果朕有一千个像我们一样的男人，他们有朕的眼光和你的眼睛，那么跟梅克内斯的黄金大道相比，凡尔赛不过是颗可怜的小石子儿罢了！"

"让我死吧。"工程师乞求道。

"啊，但我们有一辈子的活儿要干呢。"伊斯梅尔说，"十辈子的活儿。从现在的进度来看。"他挥挥手，对自己的首都深感自豪，"我们都得多活一阵子，对不对，工程师？"

"我生无可恋了，陛下。"

"太可惜了。"伊斯梅尔说，他眼睛一亮，"朕看到了一个释放你的可能。"

"陛下？"

"放弃你错误的信仰，接受穆罕默德为真主的使者。"

"绝不。"工程师感到自己从未如此坚定，"绝不。"

"走着瞧，工程师。"伊斯梅尔兴高采烈地说，"我们会看到卷轴上记载的东西。"伊斯梅尔刚好看到另一个奴隶，他的脚在一次事故中被挤伤了，再也无法搬运砖块。"今天，工程师，你愿意为朕杀戮吗？"

巴普蒂斯特试图说些别的："最好还是专心赶工吧，陛下。他是个技艺精湛的瓦工，无需双脚就能工作。让他为建造您的城市而死吧。让他为完成您的荣耀之碑而死吧。"

苏丹爆发出一阵狂笑。跛子被释放了，卷轴再一次预言正确："'工程师将用巧妙的诡计救下一条命。'如之所载。"

"那么，工程师。"伊斯梅尔问，"生命究竟是命中注定，还是希望使然？"巴普蒂斯特无法回答，但接下来的一周，类似的策略不再有效，两个人在巴普蒂斯特手下死于非命。现在他比以前杀戮得更频繁了。巴普蒂斯特祈祷苏丹会对他的游戏感到厌倦，但穆莱·伊斯梅尔从未流露出丝毫征兆。

"于苦难中寻求安乐。"牧师说。

巴普蒂斯特对一个男孩产生了兴趣。他是个信使，在驿站之间传递消息，赤脚踏在红色陶土上飞奔。男孩瘦削黝黑，有一双大大的眼睛，一头密实的卷发，总是满心好奇、两眼发光地盯着工程师的图纸。工程师让他留下自己的印记，男孩觉得这是一种奇妙的魔法。他对数字和字母颇有天赋,在等待指令的间歇里,他日复一日地学习着新知识。

有一天,伊斯梅尔说:"朕听说,你跟一个男孩交上了朋友。"

巴普蒂斯特感到胃里一阵翻腾。当然了,塔夫里,他的卫士,会事无巨细地汇报一切。他冷漠地耸耸肩:"只是个信使罢了,陛下。他为监工们传递消息。"

"你爱谁更多一点,工程师?是那男孩,还是朕?"

巴普蒂斯特十分后悔自己没有远离那男孩。如今,无论他如何回答,后果都将十分危险。如果他选择那男孩,穆莱·伊斯梅尔一定会杀了男孩;如果他回答:"是您,陛下。"苏丹则肯定不会相信,然后一样会杀了那男孩。怎样才能阻止伊斯梅尔?

"没有区别,陛下。我的上帝告诫我,要博爱众生。"

"你是个傻子,居然认为安拉会将苏丹与奴隶男孩放在同样的位置。"伊斯梅尔生气地说。工程师知道他害了那孩子,然而一个月过去了,又一个月过去,那男孩依然在驿站之间传递消息。他开始放松下来,但再也不敢对男孩示好了。

一天,伊斯梅尔看到了男孩,他递过自己的长矛。"今天你愿意为朕杀戮吗,工程师?"

巴普蒂斯特的眼睛湿润了。"陛下,不……求您了。最好留下他为您服务吧。他是个绝好的信使——"

"这会让朕开心。"当巴普蒂斯特终于动手杀了那男孩时,已有六个人丢了性命。

六个月之后,相同的事情又发生了。他只不过因为一个石匠领班说的话笑出了声。塔夫里看到了,那石匠便成了这场永无终结的游戏中另一枚棋子。又一个用盐腌过的脑袋被挂在城墙上。工程师不再与其他人做伴。他自言自语,自己画图,白发愈来愈多。

每当夜不能寐,他便试图回想家人。他告诉他的孩子安德烈和安娜贝拉,一定要有幸福的婚姻,生很多很多小孩,让他们来纪念祖父——他原本是个心地单纯的工程师,但命运被一个卷轴束缚,最终变成了杀人凶手。随后,他会陷入断断续续的睡眠,伴随着永无止境的噩梦。蛇盘上他的肚子,盯着他的双眼,但从不攻击。

"您已经赢得了游戏,为什么还要折磨我?"他们站在塔顶,巡视着这座城市的防御工事。伊斯梅尔一如既往地无视了巴普蒂斯特的痛苦,只为自己脚下的伟大工程赞叹不已。

"为什么?当然是为了验证卷轴是否应验。"伊斯梅尔说。

"不是您自己写的吗?您不知道它的结局吗?"

"是真主安拉写的,我只是把它抄了下来。当然,我知道它说了些什么。"伊斯梅尔说,"但你不知道。"

"让我知道又如何?谁能参透自己的命运?"

"你知道什么都没关系。"穆莱·伊斯梅尔沉思着说,"你做什么才重要。"

每次穿过宫殿正门,巴普蒂斯特都会盯着卷轴。他渴望把它拽下来,读完它,摆脱它。但卫兵一直守护着它,除此之外,他并不真心想知道里面写了些什么。他只知道卷轴令他堕落成野兽,令他失去人性,被掠去尊严和自由意志。他只知道飞驰的马队会带来死亡,只知道地牢里散发恶臭的悲惨生活,只知道梅克内斯是建筑在鲜血与死亡之上的永恒地狱。他永远无法彻底睡去,也永远无法彻底疯掉。他害怕自己会活很久,永远为苏丹建造城池,为他杀戮无辜。

他知道自己是个懦夫。他恐惧死亡胜过生存,恐惧穆莱·伊斯梅尔胜过上帝。上帝的暴怒以后才会到来,穆莱·伊斯梅尔却近在眼前。或许接受现状不是件坏事,他自嘲。如果牧师的话没错,那么这一切苦痛都是上帝的意志吗?或许上帝有更宏大的目的,而他的思维太过简单，永远无法理解。或许他该活下来建造这座城市，为那些比他伟大的人增添砝码，而他们才能得到来自——上帝？安拉？——的垂青，拥有统治其他人的权力。穆莱•伊斯梅尔并不比那些君权神授的国王要求得更多。巴普蒂斯特在怀疑谁呢？数不胜数的可怜奴隶的生命又算得了什么？

每当这些理由一点一滴地噬咬他的意识，苏丹总会在一个晴朗的早晨出现，一如既往地问候他："今天你愿意为朕杀戮吗，工程师？"又一条无辜的生命烟消云散，有的是他认识的，有的则完全陌生。这样的事总能给他迎头痛击，令他重新悬在疯狂的边缘。

伊斯梅尔对他了如指掌，很清楚什么时候该再次许下庄严承诺。"明年春天，朕就放了你。"他说。于是巴普蒂斯特工作、杀戮、等待，直到来年春天。但春天来了，自由却不知所终。"现在不行，工程师，朕需要新修一个亭子。修完之后，等到秋天，朕就放了你。"四季变换，工程师从未丧失希望。上帝自有计划。等到适合的时候，他会给我自由。

不过，尽管他努力相信这一点，却也从未停止抗争。他破坏了一个源源不断生产砖块的石灰窑。他做得很巧妙，没人能追查到他。他用砖块引导热空气进入石灰窑上层，这将导致墙体倒塌。他计划了许多天，在脑海中反复演习，在自己睡觉的泥地里画出草图；他弯腰观察石灰窑内部，装作在检查砖块；他训练有素的双眼审视着墙体的厚度和韧性，而后在石灰窑被清空时监督工人们重新排列砖块。这一切都在塔夫里的眼皮子底下进行，但塔夫里对此一无所知。工程师知道，需要经过一整天的加热，坍塌才会发生。石灰窑为在西侧宫殿城墙工作的四百个奴隶提供原料，还有一批人负责运送陶土，另一批人运走砖块。它的坍塌或许只能将苏丹的工程延缓一个小时或一天，最多不超过五天，甚至苏丹压根不会注意到。但对巴普蒂斯特却有意义。

石灰窑如计划中一样坍塌了。他们需要从菲斯运送特殊的陶土来修复它，这让建筑工程停顿了几乎一周。苏丹当时不在，但等他回来，第一时间便视察了石灰窑。看到眼前的场景，他的表情因暴怒和怀疑而扭曲了。巴普蒂斯特真诚地提供了科学解释，声称这是暑气导致的结构问题，但苏丹对此不屑一顾。伊斯梅尔说，在过去十五年的建造过程中，这种问题从未发生。他并未指责工程师有意破坏——至少并未直接声明。他命人带来卷轴，上面的记载同样含糊不清："'奇怪的事情将会发生，查不出人为痕迹。'"卷轴上写道。

巴普蒂斯特很高兴自己愚弄了命运，但伊斯梅尔并不满意。既然无人能对此负责，那么所有人都要对此负责。石灰窑坍塌时在附近工作的十四个人全部被投入新的石灰窑活活烧死，借以警示所有人任何延误工期的行径都将严惩不贷。整整一周，工程师都闻得到自己的小破坏导致的后果，炎热的夏日和几乎静止的空气让那可怕的恶臭久久不散。在地牢中，他痛苦地击打水面，呜咽不休；每天清晨，他都在噩梦带来的一身冷汗中惊醒。有生以来第一次，他能回忆起自己的噩梦，那些噩梦没有一个比他清醒时的处境更可怕。

永无止境的折磨，日复一日，月复一月，年复一年。他没有计算时间的流逝，因为那将带来更严重的自我羞辱与折磨。他拖着沉重的脚步麻木前行，只有想到家人，才能坚持下去。现在，他的妻子应该四十多岁了。他们青梅竹马，在他第一次离家之前结了婚。她在他的记忆中愈发美丽。有时在夜里，当他躺在地牢中的垫子上，她会来找他、爱他。孩子们的面容依然清晰，仿佛被时间锁定。女儿的酒窝，儿子蓬乱的白发。安娜贝拉应该同她母亲一样美丽了，或许嫁了人，有了孩子；安德烈跟父亲简直是一个模子刻出来的，现在应该仍在为国王的战争而拼命。他想象着他们的生活，祈祷他们幸福快乐，忍不住想知道卷轴是否预言了他们的重逢。他诅咒这一想法：他怎能相信卷轴呢？

每个月有两三次，护墙处会传来喇叭声，宣布新鲜血液的到来。他会爬到城墙顶端，望着大篷车缓缓驶来。总是老一套：五十或一百个乃至更多的奴隶步履沉重地穿过大门，喂饱梅克内斯这头贪婪的野兽：男人做苦力，女人丢入后宫，孩子养大再说。有人衣衫褴褛，有人的破烂衣服还看得出上等布料的痕迹；所有人都精疲力竭、饥肠辘辘、恐惧万分。他们身旁是前来赎人的牧师，牧师被允许来梅克内斯谈判，好带走某些特定的奴隶。钱有时来自囚犯的亲属，有时来自西班牙、法国或英国慈悲的市民，他们渴望拯救自己的同胞免受奴役之苦。牧师们将经历一场旷日持久且十分艰难的谈判，通常苏丹会直接参与，他的金库因永不停歇的建筑工事而总是濒临枯竭。一切循环往复：一千人涌入梅克内斯的大门，二十人蹒跚离去。

巴普蒂斯特望着他们走近。他不知其中谁会死在他手上，也不知是否有一天，他能与那些重获自由的人们一起走出去。这会是卷轴的结尾吗？他很怀疑。再多赎金也无法买断苏丹的游戏，再高的价钱也不足以弥补工程师的价值。除此之外，他得不到任何关于家人的消息。牧师们知道，伊斯梅尔对他怀有特殊的兴趣，为他传递口信可能会害了其他人。他唯一能期待的得到自由的方式就是疯狂或死亡。因此，他继续杀戮、建造，梅克内斯一天天繁荣起来，最荒凉的沙漠之中崛起一座伟大的城市，而卷轴随着他的生命缓缓展开。

城市与宫殿不断扩张。尖塔、城墙、兵营、宴会厅、瞭望台、犹太区、巨型马厩。噢，那些马该有多幸运啊！他扩展了马栏，每一匹马有两个奴隶来服侍；他在城镇和宫殿中穿行，他的监视者塔夫里寸步不离。他建造、指挥、画图，只有工作才能让他从痛苦中得到片刻解脱。接到杀人的命令之后，他会把图纸放到一旁，不再发出指示，却将双手伸入混合了沙子与鲜血的石灰坑。如同最低贱的奴隶一样，他会挑重物、爬梯子，直到双脚流血；他会亲手为门廊垒砖块，直到背部受伤；他在烈日之下工作，直到精疲力竭，直到昏迷不醒，而监工会将他抬进地牢，用绳索捆住他，将他下放到比地狱更深的地方，度过另一个痛苦不堪的夜晚。

梦境之中，鬼影憧憧。

死亡如影随形，但从不落到他头上。

一个春日，阿尔及利亚人袭击了泰佐，那座城市距菲斯有两天路程。穆莱·伊斯梅尔聚集了一部分熟悉战略战术的基督徒囚犯，许诺只要他们帮助击败敌人，便会释放他们。令巴普蒂斯特惊讶的是，苏丹允许他与其他人一同前往，只是塔夫里始终跟随。他们在沙漠中度过了炎热难耐的几个月，表现十分出色；巴普蒂斯特如同以前一样坐在硝烟之中，完全无视敌人的炮火，为胜利做出精彩的设计。苏丹的敌人被击垮了，回到梅克内斯，许多基督徒如愿得到了自由，但巴普蒂斯特却没有。"'工程师将为摩洛哥帝国做出巨大贡献。慈悲的统治者将会予他赏赐。'如之所载。"

"你的时刻会到来，"卷轴被拿走之后，穆莱·伊斯梅尔告诉心灰意冷的工程师，"但不是今天。若非你的帮助，我的城市将陷入怎样的悲惨境地！如此精妙的计划！如此巨大的功劳！你今晚会得到赏赐。"

傍晚时分，他被从地牢中召唤出来，得到洗澡的机会。他们带他来到内宫一道门前，他闻到香水和精油的气味。一个梨形体态的太监领他穿过一条条走廊，走进一间满是蜡烛、散发着薰香气息的房间。一个意大利奴隶女孩在等他。这是苏丹的礼物，十二年来他见到的第一个女人。他抚摸她的肌肤，哭了。他什么也做不了，这令她万分恐慌，因为如果无法取悦他，她的下场不是残废就是死亡。他们躺在一起，轻声编造谎言，就这样过了一夜，什么也没有发生。

第二天早晨，她不见了。随后，书记员从卷轴中朗读道："'工程师将在诱惑面前保持贞洁'，如之所载。"伊斯梅尔认为他的贞洁很可笑。巴普蒂斯特后来听说，那女孩被处死了。他唯一的安慰是她并非死在他手中。但这是真的吗？

一天早晨，一个名叫雅雅的官员来找巴普蒂斯特。他是个腐败而谄媚的家伙，右耳戴着宝石耳环，贪婪的胃口深不见底。巴普蒂斯特能通过调整囚犯的工作安排来获得报酬，雅雅平日里也从中分得了一杯羹。他帮巴普蒂斯特设计了一个绝妙的逃脱方案。他说，只要给一笔钱，他就能安排另一个囚犯从城墙上跌下，摔进某个石灰坑里，假扮他的模样；而巴普蒂斯特本人可以躲在为皇帝腌制人头装点城墙的犹太人车子里安全逃脱。石灰能让人完全无法分辨受害者的身份。皇帝会相信，他的工程师只不过是在危险的城墙上不慎跌落罢了。

"我不能用另一个人的死亡来拯救自己的生命。"他说。雅雅大笑："你每天都在这么做，工程师，但如果你坚持，我们可以用一个已经死掉的家伙。安排这件事并不困难。"

"我们怎能骗过卫兵？塔夫里每时每刻都在监视我。"

"你目前的监视者或许无法贿赂，但他们并非全部如此。别害怕，事情发生的那一天，塔夫里会被下药，代替他的人是我很熟悉的家伙。当你检查城墙时，他会从下面监视。他会发誓死的是你。"

巴普蒂斯特认真考虑了一番。这是个合理的方案。至于他死去之后其他人要承受的后果，他早已明白，反正试图拯救他人的努力全是徒劳。苏丹的喜怒无常令他无法欺骗命运和卷轴。如果有人将死去，他们便会死去，他无力阻止。他只能哭泣。

他有一些钱，但还需要更多。雅雅对他狮子大开口。巴普蒂斯特花了几个月尽可能积攒每一分钱。多年的囚禁生活里,他第一次发现自己带着渴望与期待爬出地牢。

在约定的那一天,希望在他心底升腾——这是第一次,塔夫里没在外面等他。另一个卫兵站在他的位置上,流露出同谋的表情。石灰坑也确实在计划好的位置。冒牌的尸体是前一天死去的布列塔尼人,他已被安放在城墙顶端合适的地方。用来掩护工程师的车子藏在一扇门旁。监工和奴隶们在附近工作,但看不到这里发生的一切。

巴普蒂斯特开始接近梯子,这时,他听到雷鸣般的马蹄声由通道远方传来。他心底咒骂着,但知道这不过意味着一两小时的延迟——只要他能满足苏丹对建筑的好奇,或杀死一个人,或做点别的事来验证卷轴上写的东西。

苏丹不过是想检查其中一个城垛。这趟视察花了一小时,并未发生什么。苏丹正要离开,突然停步。"啊,朕差点忘记了,工程师。"他说,"朕有个礼物要给你。"其中一个卫兵走上前,递过一个油布包裹。

"礼物?"

"小小的宝石。代表朕尊重你做出的贡献。朕知道,你的工作并非总是出自热情。"

巴普蒂斯特警惕地接过包裹。"但首先,"苏丹说,"朕得听听卷轴说了什么。"巴普蒂斯特的心跳加快了。

"'将会有诡计出现,伴随着背叛'。"卷轴上写道,巴普蒂斯特感到头脑发涨,膝盖发软,"如之所载。"

苏丹冲包裹点点头。巴普蒂斯特麻木地解开上面的绳结。里面真是一块宝石,伴随着曾经戴过它的耳朵。他膝盖一软,跪在泥土之中,包裹从他手中跌落在地。

苏丹哈哈大笑:"如果你问过朕,用不着花这么多钱,朕就能为你安排一样的事情。"他说，而后脸上浮现出疯狂的阴沉，如同每一次杀戮发生之时一样，"你不应该欺骗朕的好心，工程师。"

"难道卷轴里不是记载了我的行动吗？"巴普蒂斯特喃喃道，"依照早已设定的轨迹行事，何错之有？"

伊斯梅尔大笑着鼓掌："啊！精彩的还击！你已经明白了，自己的命运早已注定。我们进步不小。"他再次拍拍手，代替塔夫里的卫兵被拖进广场。他的生殖器被绳子绑住，另一端拴在一匹骡子的鞍具上。骑手巧妙地让围观群众快活了一个小时，但接下来，骡子一次太过剧烈的反应终结了一切。巴普蒂斯特被强迫观看，当卫兵终于死去，他毫无感觉；他也被强迫着观看犹太腌制专家的脑袋被插到城墙上——当然，这次没被腌过。苏丹需要招一个新的手艺人了。

"于苦痛中寻求安乐。"牧师告诉他，"上帝自有其法。"

巴普蒂斯特分配自己到泥坑中工作，人们在那里将砖块与稻草混合。他疯狂地挥动锄头，试图将那些画面从脑海中驱逐出去。他听到雷鸣般的马蹄声，但没有转身，只是低头工作。片刻之后，他与苏丹肩并肩站着，苏丹的胳膊也陷进泥坑之中。伊斯梅尔谈论建筑，谈论异教徒太阳王和他可悲的凡尔赛——信使们早已告诉了他那座城市的缺陷；他谈论石匠技术，谈论法国的和摩洛哥的泥土有何不同。苏丹大声吼出命令，指指点点，随后像奴隶一样弯腰工作。巴普蒂斯特注意到，同奴隶一样，苏丹暴露了自己的脖颈。他意识到，只要简单地挥动手中的锄头，就能折断眼前这段脖子，从而终结五万人的苦难。他感觉到塔夫里和其他卫兵的目光，即使如此，他也能一击毙命。他闭上眼睛，积蓄力量，就在肌肉准备好动作的那一刻，苏丹玩够了，走出了泥坑。时机稍纵即逝。伊斯梅尔洗手擦干，盯着巴普蒂斯特，露出高深莫测的微笑。他命书记员取来卷轴："'工程师将错过复仇的时机。'如之所载。"

伊斯梅尔刺耳地大笑："这种时机一辈子可只有一次。"他说，"浪费真是太可惜了。"巴普蒂斯特知道，卷轴早已告诉皇帝这次测试的时机，他故意将自己暴露在巴普蒂斯特的武器之下。然而，如同其他测试一样，他都失败了。

巴普蒂斯特想到，如果他能够比以往建造得更快更好，或许能阻止苏丹的杀戮。如果苏丹看到梦想中的进度，如果他在各个方面都能心满意足，或许其宝剑会少挥动几次，或许也不会如此迫切地希望看到工程师的屈服。巴普蒂斯特不经意地提出建造一座新宫殿，伊斯梅尔可以在那里接见和娱乐特使与贵族。这座宫殿相当于伊斯梅尔在世上的雕像，是一座壮丽的行宫；它不仅包含一个宴会厅，更包括一个巨大的庭院，树立着十二座亭子，每一个亭子上面都铺设着精美的瓷砖与装饰。伊斯梅尔很喜欢这个主意。巴普蒂斯特全身心投入到这项工程，他看着大理石从沃鲁比利斯的罗马遗址中运来，木匠用橄榄树做成华丽的内嵌木板，墙上雕刻着苏丹的丰功伟绩。十二座亭子里铺设的镶嵌花纹一座比一座更为惊人地繁复美丽。宫殿以前所未有的速度修建，在苏丹的日常视察中，他说这座宫殿十分壮观，很合他的心意。接下来几月都是如此。经历了一个冬天和一个春天，工程师前所未有地投入到工作中。正如他所期待的，很少有人死去；超过六十天没有人死在他手上。卷轴留在缝隙里。

宫殿落成之日，苏丹大办宴席，邀请官员与使节前来品尝御厨做出的美味，欣赏乐师的表演与四十个奴隶女孩的舞蹈。巴普蒂斯特只能想象这热闹的场景，因为整个夜晚他都蜷缩在地牢里。第二天，伊斯梅尔宣布自己很不高兴，因为宫殿整体而言并不比每一部分加起来更好。他命人们毁掉宫殿。不到一周，巴普蒂斯特的作品成了废墟，等待落成其他建筑。工程师被邀请来杀死十四个监工中的六个。"他们配不上你的才华。"穆莱•伊斯梅尔说，"你愿意为朕杀戮吗，工程师？"

他不知道还能做什么。无论他工作得快还是慢，无论他建造得好还是糟，无论他抵抗还是放弃，苏丹的游戏都会继续；似乎只有卷轴知道接下来会发生什么。不同的事件来来去去，但结果从未有过任何改变。皇家马队踏过长长的走廊。宝剑挥舞，人头落地，人们活着而后死去，如同建筑落成而后毁坏，全在皇帝的一念之间。厚重的宫墙无情地伸展，一寸接一寸，里面填满曾为之工作的人们的血肉与骨头。梅克内斯确实壮观无比。

"感谢上帝予你苦痛，"牧师告诉他，"为真正的信仰而忍受一切，是件光荣的事。"

一天早晨，当一名奴隶死去，卷轴被读出之后，书记员对苏丹轻声说了些什么。

"你卷轴中的记载快要结束了，"穆莱·伊斯梅尔说，"只剩下一条记录了。"

巴普蒂斯特全身僵住了。

"你不想猜猜那是什么吗？"

"真相，"片刻之后，巴普蒂斯特说，"并不重要，只要它会结束。"

苏丹大笑，宣布当一周之后的晨祷结束，他将下令读出卷轴的最后一条。

巴普蒂斯特回到自己工作的城墙上。他谁也没看，只是大声吼出指令。在漫长的囚徒岁月里，这是头一次他拒绝给予自己希望和绝望。终于要结局了。

周六清晨，他听到喇叭和铁链的声响。大篷车由萨利而来。这是一周内的第二次，看来海盗们战绩不错。驴子与骡子中间一如既往地夹杂着风尘仆仆的商人，肩负着赎买囚犯任务的牧师带着钱袋与祈求前来，他们身后蹒跚而行的是新囚犯和他们的卫兵。一百个进来，五个出去，这就是梅克内斯恐怖的数学。对这些人将要面临的悲惨命运，巴普蒂斯特并不关心，他只扫视了一眼行进的队伍，便将注意力转移回新修建的宫墙之上。但有什么抓住了他的视线。他感到恐惧的触角在心底蔓延开来，于是再次抬头望去。透过人群之上升腾起的尘土，他的目光在那些面孔之中游移。

在那儿。

接近队尾的地方，在一个卫兵身后，密实的黑发间夹杂着一缕白色。他恐惧地盯着那里，直到确信无疑。

安德烈！我的儿子！上帝啊，一定是我的眼睛欺骗了我！

但他不可能搞错，望着儿子如同望着自己的倒影。安德烈抬头望向城墙，他容光焕发，他看到了自己的父亲，于是挥手叫喊，声音几乎遥不可闻："父亲！父亲！是我！安德烈！父亲！"

巴普蒂斯特极轻微地摇摇头，警告儿子闭嘴，但安德烈喊得更大声了。"父亲！"他的声音淹没在喇叭声中，他的面孔淹没在众人之中，他消失在拐角处。

巴普蒂斯特站在原地，动弹不得；他头晕目眩，几乎无法呼吸。他缓缓转身，看到了塔夫里。

一如既往地，塔夫里时刻监视着他。他看到了父亲与儿子之间的交流。他的圆脸上毫无表情，但一切已经来不及了。

"求求你。"巴普蒂斯特的声音几近耳语，"为一个可怜的父亲，为他的儿子，发发慈悲吧。什么也别说。求你了。"他从腰带上拿下钱包，塞进不可能被收买的士兵手中。塔夫里任由它跌落在地，面容如磐石般冷峻。

巴普蒂斯特跪倒在地，靠在墙上。毫无疑问，监视者会将一切告诉苏丹。

巴普蒂斯特知道卷轴上最后一条是什么了。

他的儿子将会死去。死在父亲手上。

◆

官员与特使们急匆匆地赶来,试图找一个好位置来聆听卷轴的最后一条,再一次见证苏丹的远见卓识。只有穆罕默德真正的后裔才拥有此等先知的能力。

苏丹命塔夫里将工程师带来。随之一起而来的还有其他基督徒,在这个礼拜日的早晨,他们正在聆听异教牧师带来的安慰。

"朕得知,工程师的儿子跟随大篷车从萨利而来。"伊斯梅尔说,"带他上来。"

人们纷纷退开,两个卫兵将法国人押送到苏丹面前。他并非来自奴隶中间,而是来自赎买者之中。他不是囚犯,而是求情人。

"你来为父亲乞求自由。"伊斯梅尔说。

"是的,陛下。"安德烈说。他显然精心准备过此番演讲。穆莱·伊斯梅尔以掠取赎金和出尔反尔而臭名昭著。"我们乞求您的慈悲,也带来一大笔赎金。我们确信——"

穆莱·伊斯梅尔不耐烦地挥挥手让他闭嘴:"对这个人来说,你带来了什么并不重要。重要的是卷轴上写了什么。我们很快就会知道你父亲的命运。"

卫兵回来了,脸色苍白。

"工程师呢?"苏丹问。

塔夫里跪倒在地,"请原谅,陛下。他死了。"

苏丹脸色阴沉,怒火中烧,双眼充血:"怎么发生的?"

"他死在睡垫上,陛下,喉咙上有毒蛇咬过的痕迹。"

在场所有人都在等待伊斯梅尔如何发泄怒火。但他只沉思片刻,而后挥手召唤书记员。书记员匆匆而来,打开完好无损的卷轴,整个大厅鸦雀无声。书记员清了清喉咙:"只有一个词。"他说。

"读出来。"苏丹命令。

"'自由。'"书记员轻声道,"如之所载。"

安德烈无法抑制地痛哭出声,而后扑倒在地,他痛苦的抽噎淹没在人群的低声议论之中。其中一名牧师赎买者帮忙扶住了他。

"直至此刻,你的父亲一直是个好仆从。"伊斯梅尔说,"然而朕的小实验最后没能完全令朕满意。很可惜,你父亲选取了错误的自由之路。"伊斯梅尔看了一眼自己的卫兵,"把他抓起来。"

年轻的工程师在震惊中停止了哭泣,在铁链碰撞的声响中,他被人按在地上。"咔嗒"一声,铁链锁上了。伊斯梅尔对书记员说了些什么,后者展开一卷新的卷轴,羽毛笔静止不动,等待着。

可以预见的新乐趣令摩洛哥苏丹精神百倍,他冲安德烈露出最灿烂的笑容:"在这个帝国里,儿子必须为父亲的错误承担后果。"

安德烈不知所措地站在原地:"陛下?"

"告诉朕,工程师的儿子。"伊斯梅尔快活地问,"今天,你愿意为朕杀戮吗?"

(小邮飞 译)

乔·R. 兰斯代尔

多产的德克萨斯作家乔·R. 兰斯代尔赢得过埃德加·爱伦坡奖、英伦奇幻奖、美国恐怖文学奖、美国侦探文学奖与国际犯罪小说家奖,并七度荣膺布拉姆·斯托克恐怖文学奖。兰斯代尔最为著名的作品,大概就是《夜行使者》《打鬼王》《河滩地》《剃刀之神》与《兔下车影院》这类的恐怖或惊险小说,然而,他也创作了极受欢迎的"海普·柯林斯与伦纳德·派恩"侦探小说系列——《野蛮时节》《邪恶魔符》《双熊曼波》《坏辣椒》《隆隆跌倒》《无理上尉》——以及《细黑线》和《血舞》等西部小说,还有一些完全无法分类的跨类型小说,诸如《齐柏林西部》《魔法大篷车》和《燃烧的伦敦》。他的其余长篇小说包括《西部的死者》《重击》《日落与锯屑》《爱的举动》《冻伤》《阴影华尔兹》和《兔下车影院2:"不只是他们中的一个"续篇》。他也为"蝙蝠侠"与"人猿泰山"等系列创作小说。他的诸多短篇小说已经被收录于《怪诞之手》《死者后背的紧绷小缝线》《长故事》《兰斯代尔妈妈最年轻的儿子创作的故事》《畅销书保证》《在凯迪拉克沙漠的遥远一面,与死者一道》《电力冈波》《紫色怒火的作家》《充满故事(和文章)的拳头》《迈出来,六八年之夏》《大丰收》《好的,坏的,漠然的》《再来几篇故事》《疯狗夏天与其他故事》《国王与其他故事》《高之棉:乔·R. 兰斯代尔的故事选集》。作为编辑,他制作了《最佳西部小说》《怀旧纸浆故事》《剃刀马鞍》(与帕特·罗布伦托合作)《心中的黑暗》(与他的妻子凯伦·兰斯代尔合作)以及旨在向罗伯特·E. 霍华德致敬的文集《穿越平原宇宙》(与斯科特·A.卡普合作）。有一部向兰斯代尔的作品致敬的文集名叫《剃刀之主》。他最近的作品是《皮革处女》以及一部与约翰·兰斯代尔合作创作的《地狱的赏金》。最新的文集《怀旧纸浆故事的儿子》出版于二〇〇九年。他与家人现居住于德克萨斯州纳科多奇斯。

以下是一篇滑稽而又快节奏的作品，两个男主角做了哈克贝利·费恩与汤姆·索亚梦想的事情，"奔向自由之地"——结果遭遇了预料之外的大麻烦。

士兵

他们说，假如你去西部，加入到黑人士兵中，他们会付给你北方佬货真价实的美元，一个月有十三块大洋，保你吃穿无忧。如今既然有人想抓到我，对我用私刑，参军看起来像是个聪明的主意。呃，他们找我并不是邀请我去教堂敲钟，或者唱一小首灵歌，他们可是把我当主宾，准备伸起我的脖子，就跟对付星期日晚宴上勒住脖颈的鸡仔一样。

我干那件事根本不是故意的，我只是沿着路走，准备去劈点柴火换点小钱，买罐果酱。我一边走，一边打量了一下周围，瞅见一个白人女孩在晾晒衣服，她弯下腰，圆鼓鼓的屁股紧贴在方格棉布裙上，旁边还站着个白人小伙，大概是女孩的兄弟吧。他看见我瞅了女孩，就大动肝火，压抑不住。

接下来我只知道自己上了悬赏榜，罪名是向白人女孩动粗，说得好像我会闯入女孩家的院子，把胳膊插进她屁眼似的。可我啥也没做呀，除了正常的行为，比如在有机可乘时瞄了眼女孩的丰满屁股。

我如今的生活里，杀人也杀动物。我在同一个晚上于同一张床上跟三个女人做爱，其中一个女人只有一条腿，那条腿部分还是木头做的。有次我穿越山岭时，甚至吃过死尸。这件事我不想多说，我只想声明我和他不熟，而且肯定不是亲戚。我干的另一件事是赢得了一场科罗拉多州的正规射击比赛，对手是几个相当著名的射手，全是白人小子，但那是另外的故事了，与我想要讲的这个不沾边，并且我还想补上一句，就像其他事情一样，我这次说的像日落一样真实。

请原谅。我如今年纪大了，有时会发觉自己本来要讲一个故事，结果却讲了另一个故事。不过还是言归正传吧……是这样子，有人要把我抓去用私刑吊死，于是偷了父亲的马，还有他用油布包好、藏在木屋地板下的那把六发左轮手枪，给那把又大又旧的手枪满载子弹后，溜之大吉，就像有人在我屁股上放了火一样。我骑着那匹可怜的老马，一直到它被我拍打得筋疲力尽。我只得在纳科多奇斯郊野的一个小地方停下，又偷了匹马，这并不是因为我是个贼，而是因为我不想被民防团逮住、绞首示众，他们兴许还会把我的鸡巴切下来，塞进我嘴里。哦，我还偷了只鸡。当然，这只鸡如今不在身边，我在路上就把它吃掉了。

总之，我留下了老马，给那个被我偷走马匹和鸡的人，还留给他一只破怀表，就放在扶栏柱上头，然后我骑马到了德克萨斯州西部。我花了很久很久才到那儿，中途必须停下来偷食物、从溪涧饮水，并用偷得的玉米喂饱马。几天后，我估摸自己甩掉了那些追踪者，索性把姓名也一道换掉。我的本名威利福德•P•托马斯，P不是什么缩写，就是P而已；现在我选择了纳特•威利福德这个新名字，而且一边骑马一边练习。当我说出这个名字时，我想要它从嘴边自然地蹦出来，而根本不像是假名字。

抵达目的地之前，我撞见一个在灌木丛里拉大便、用树叶擦屁股的黑人。如果我是个亡命之徒，我可能会开枪把他射死在那堆便便上，夺走他的马，因为他正忙着拉屎——事实上，从我骑马上山的地方，就能看见他双眼翻白，而那隔了好一段距离。

我很高兴自己正好在下风头，而且我讨厌打断人家如厕，于是我坐在偷来的马上，直等到他用树叶擦屁股后，才喊道："你好，拉屎的。"

他抬头看着我，咧嘴一笑，手摸到身边地上搁着的来复枪上：

"你不会正打算冲俺开枪吧,是吧?"

"不会的。我想偷走你的马,但它的脊背摇摇摆摆,长得又丑,伤了我的感情。"

"是啊,它瞎了只眼,马背上有个瘤,透过马鞍刚好能感觉到。我逃离种植园时,带走了这匹马。当时它就不咋样,现在又逊了好多。"

他起身系好裤子,我这才发现他是个大个子,穿一身瞅着挺新的工作服,戴了顶黑色帽子,上面还插了根羽毛。他走上山坡,朝我走来,伸出刚擦完屁股的那只手,想与我握手。我礼貌地回避了,心想他的手指瞧上去有点儿棕褐色。

总之,我俩很快成了朋友。等到夜幕降临时,我们发现了一处溪涧,他从鞍囊里掏出块肥皂,在水里洗干净了双手,这让我心里踏实了些。我们坐下来,喝着咖啡,吃着他带的饼干。我只能提供一些谈资,他却有很多可以回赠。他叫库伦,但他一直称呼自己为"前家养黑奴",仿佛这是个与将军同类的头衔。他说了一个长长的故事,讲他如何弄到帽子上那根羽毛,但这个故事归结下来,主要就是讲述他悄悄接近一只栖坐在低矮树枝上的老鹰,突然从老鹰尾巴上拔下这根羽毛。

"俺主人去和北方佬打仗时,"他说,"俺也跟去了。俺和他一起打仗,穿了身南方军队的褐色外套和裤子,最少射杀了五六个北方佬。"

"你没脑子啊?"我说,"那些叛军并不是要镇压我们。"

"俺是个家养黑奴,俺和杰拉尔德先生一起长大,俺不介意和他一起去打仗。俺和他是朋友。还有许多像俺们这样的搭档。"

"你们年轻时脑袋一定都摔坏过。"

"主人和老主人都很好。"

"除了他们拥有你。"我说。

"也许我一生下来就该被人拥有。他们总是引述一些像是《圣经》里出来的句子。"

"伙计,我说你真笨。我老爸总说,《圣经》导致的苦难,多过铁链、坏脾气的女人外加紧张兮兮的狗。"

"我喜欢小主人,他就像兄弟一样,这是真话。他打仗时中了子弹,正好被滑膛枪弹丸打在两眼中间,一命呜呼,死得比万年老树桩还彻底。我从他衬衫上切下一块布,吸满他的鲜血,把它寄回了家,附带一张便条,解释了发生的事。仗打完后,我又在种植园附近待了一阵子,那时一切都分崩离析,老主人和老夫人过世,我把他们的尸体埋葬在房子后面——补充一句,埋葬地点距离茅厕和山坡有好一段距离。然后只剩下我和老主人的狗。

"那条狗老得快死了,没法好好吃东西,于是我枪毙了它,一路闯荡到小主人称之为'辽阔世界'的地方。接着,我和你一样,听说政府在招募有色人种加入军队。我一个人过好没意思,军队或许适合我。"

"我不喜欢被不认识的无名小卒呼来唤去,"我说,"但我肯定自己喜欢钱。"我没提起自己是不想被愤怒的南方白人干掉,而军队看上去像是个藏身的好地方。

大约三天后,我俩驰骋来到我们寻找的地方:麦克卡维特要塞,它位于科罗拉多河与佩科斯河之间。那座要塞本身就是景观:很大,看上去一点也不像我此前见过的那些。要塞前面是穿蓝色军服的黑人士兵,正骑在马背上操练,日光底下看起来形象颇佳,而那儿又是个阳光普照的地方。我来的地方气候炎热,人甚至有点儿黏糊糊,但你可以找到棵树,在树下乘凉。在这儿呢,你只能靠帽子获得一些阴凉,要不就是某朵乌云飘到太阳面前,而那持续的时间也许只有鸟儿飞过那么久。

但我已经到了。麦克卡维特要塞。我与我的新朋友充满幻想,各自坐在马上，胯下因为长时间骑行而发痒。我们望着面前的要塞，看着那些骑兵操练，这一幕真令人高兴。于是我们朝那个方向骑去。

◆

在司令官的营房里，我和"前家养黑奴"站在一张大书桌前，桌子后面坐着个白人，自称为海奇上校。他留着毛毛虫一样的胡须，腋窝下有两块大大的汗渍，活像双臂下夹着两轮湿月亮。他的双目盯住一只停在书桌文件上的苍蝇。瞧他死盯着苍蝇的样子，你会以为他是面对敌人流下冷汗。他说："这么说，你俩想参加有色人军队。我估摸着是这样，因为你俩都是有色人种。"

海奇上校真是牙尖嘴利。

我说："我是来参军的，我想成为第九骑兵团的骑手。"

海奇端详了我一阵，"呃，黑人骑兵够多了。我们需要的是黑人步兵，用来充实见鬼的步兵部队，我能指引你去加入他们。"

我觉得，任何东西只要前头加了"见鬼"二字，那么肯定不是我该去的地方。

"我估计这儿没哪个人骑马能胜过我，"我说，"就算是你，上校。我确信你是个很操蛋的骑手，而且我已经尽可能说得文雅了。"

海奇扬起眉毛。"是这样吗？"

"是的，先生，我没夸口，只是说的事实。我能骑在马背上，也能挂到马肚子下，我能让马躺下，也能让它跃起，到一天结束时，我就能让马喜欢上我，我能狠操马的屁股，操得它屁颠屁颠享受极了，肯为我煮咖啡，肯为我拿拖鞋——当然前提是我得有咖啡和拖鞋。好啦，这一段只是说说而已，但前面的部分是当真的。"

"我猜也是这样。"海奇说。

"我不会操马屁股,""前家养黑奴"道,"但我可以烧菜做饭、摆放餐具。我作为前家养黑奴,主要的差事是驾驶马车。"

这时,海奇伸手拍向那只苍蝇,并且成功压扁了它。他从手掌心剥下苍蝇尸首,弹到地上。旁边站着一个黑人士兵,身体僵硬,却又十分警觉,立刻弯下腰,捡起那只苍蝇,扔到门外,随后才回来。海奇在裤腿上擦拭手掌。"好吧,"他说,"我们来瞧瞧你的话有多少属实,多少又是屁话。"

◆

营房附近就有一处畜栏,里面关着一匹壮硕的黑马,似乎这一匹就把整个畜栏给塞满了。黑马的模样像是会吃人,还像能拉出用人类的皮肤和骨骸制成的鞍囊。我走进畜栏时,它直盯着我,我绕到另一边时,它也转过身,一直瞅我。哦,它知道我准备做什么,好吧。

海奇抓住胡须一角,玩弄起来,同时转身看我:"只要你能照你说的那样骑上这匹马,我就招你们俩进骑兵队,前家养黑奴可以当厨子。"

"我只说我会烧菜做饭,"前家养黑奴道,"可没说我做饭好吃。"

"好吧,"海奇说,"我们目前的厨子甚至不会烹饪,只有两个伙计烧开水,再把食材都扔进去。多数时候就是芜菁。"

我爬上围栏,这时已有四个黑人骑兵为我捉住那匹黑马。黑马左右撞击他们,他们花了整整二十分钟才为它套上笼头,安上马鞍。而当他们离开畜栏时,这么说吧,其中两个人一瘸一拐,仿佛有只脚误踩进沟渠,一个人捂着脑袋上被踢中的地方,另一个人看起来惊异于自己还活着。他们把黑马系在围栏旁,黑马上蹿下跳,活像个跳绳的小姑娘,只是比小姑娘更加精力充沛。

"上前吧,骑上马。"海奇道。

我大吹特吹过一番,落入自己挖的坑,别无选择了。

◆

我说自己是个骑手,并不是撒谎。我确实是个好骑手。我能让马儿突然弓背跃起,能让它们俯躺下来打滚,让它们昂首阔步,做任何动作,然而这匹黑马脾气坏得很,我看得出,它准备给我颜色看。

我刚骑到它背上,黑马就猛转过头,一下子拽断系在围栏上的缰绳,我只能紧紧抓住残余部分。当黑马跃起时,天空向我头顶压来。没有哪匹马能像它那样跳跃,很快我和它就试图爬上云团了。我说不清哪儿是地,哪儿是天,因为该死的场地跃上跃下,那匹马落地时,我全身骨头都震得发晕,从屁股直到头项。好几次我屁股被震出马鞍,差点从马背上滑落,但又坚持住了,紧抓不放,犹如虱子叮在狗脑袋上。最终它跳得没了力气,开始打滚。它倒向一侧,把我的一条腿压在泥地里,滚了过去。若非畜栏里的泥地被夯得很实又很柔软,我的腿早就除了一摊鲜血和碎骨头什么也不剩下了。

最终黑马徒劳地跳跃了两下,放弃了努力,开始小跑,打起响鼻来。我俯身凑近它耳朵说:"你把这叫做弓背跳跃?"它听了这话似乎很恼火,于是载着我径直冲向畜栏,用前胸撞击围栏。我轻松地下了马背,落向几个士兵头顶,把他们像鹌鹑一样赶开。

海奇走了过来,俯视着我,说:"好吧,你不比马厉害,但你骑得不赖。你和前家养黑奴可以加入黑人骑兵部队。训练从早上开始。"

◆

我们和其他新兵一起,既要在那片场地上来来回回操练,又到要塞周围训练,直到累得不行。他们分配给我的,就是我骑过的黑马。我给它起名撒旦。它的脾气不像我起初想的那样——还要更坏。你每次骑上它都必须使出浑身解数,因为它骨子里一直在想着要干掉你。假如你不看着它,它会表现得有些漫不经心,就像在看一朵云团或别的东西,然后迅速转过脑袋——如果它弯过头够得着的话——冲你的腿咬下一口。

不管怎样,几个月过去,我们一直操练着,而我的同伴当起了厨子,尽管他的厨艺并不好,但总比不会的强。与被人吊起来的处境相比,这是种不错的生活,我们也获得了些真正的自由和尊重。我自豪地穿着军服,用棍子抽打黑马屁股,以此驱策它。我觉得自己因此与众不同。

我们主要的差事就是巡逻。无非骑马四处遛遛,寻找野蛮的印第安人(不过从未看见),到月底收下十三块钱的薪水,很快就积累下许多纸钞,因为根本没有能花钱的地方。然后在某天早上,情况改变了——当然不是变好,除了前家养黑奴终于烧出一顿相当不错的早餐,有诱人的饼干、蛋黄未破的煎蛋,外加一些没烧焦的培根片。这回总算没人吃坏肚子。

那天,海奇几乎全天和我们一起骑马巡逻。说到底,我估计政府觉得我们只是一帮无知愚昧的黑人,随时可能丑态萌发,喝得烂醉,向彼此开枪,也许还会试着边操马屁股边唱灵歌——我在某种程度上应为最后一部分负责,是我来到要塞的第一天散播了那种谣言。我们都渴望展示自己有些真本事,而这本事和骑马走在我们前头的白人毫无关系。不过我得把话说在前头,海奇是个好军人,很有领导力,从不轻信,也很有礼貌。他会离开篝火,走到远处的黑暗夜色里再放屁。你不能说几乎任何人都会这么做,礼仪在边境地区可是少之又少。

◆

你会从军方听到我们都是专业队伍的说法,事实并非如此,至少一开始不是。任何时代的大多数军队,不管骑兵还是步兵,一开始都不那么专业。有些家伙区分不清哪儿是马屁股,哪儿是前半身,所以你观察他们上马的话,一定会见到他们转身踏入马镫,结果发现自己眼瞅着马尾巴而非马耳朵。但不久后每个人都有进步——我想要不怎么谦虚地多说一句,我是整个要塞里最棒的骑手;前家养黑奴因为有不少经验,是第二棒的骑手。哎哟,他打过仗,有这类经历,所以从某种程度上说,他比我们中任何一个都经验丰富。他骑在马上身姿矫健,个子很高,总是很警觉,仿佛要给谁递上一盘吃的,或者为谁拿来外套。

我们见到的唯一一场打斗发生在卢瑟福和"多刺梨"——这不是我给他起的外号,而是他妈给起的名字——之间,而打架原因是争一块饼干。在他们打斗时,海奇上校过来吃掉了那块饼干,所以两个人谁也没占到便宜。

在下面我说的这一次里,我们骑马出去,想寻几个印第安人找点乐子,结果半个也没看到。我们放弃了寻找,反正也找不着。我们来到小河边一处地方,那儿树木茂盛,树荫浓密,在要塞那一带,这样的林子已经算大了,而在我的家乡一带,这种只能算灌木丛。我很庆幸我们能停下来让马喝水,花点时间等待。说句实话,海奇上校和我们一样,很高兴能躲避烈日。我不知他真实的内心感受,身为白人,他却必须指挥一帮子黑人,但他似乎根本没有困扰,甚至还为我们和他自己感到自豪。当然了,这也让我们大家都非常舒心。

我们在小河旁守候,海奇走到我和前家养黑奴身边,我俩立刻跳起身,摆出立正姿势。他说:"小河边草地上有片矮栎,长得稀稀拉拉,看上去一点用也没有,就交给你们处理。我打算带余下的人去外面,看能不能发现鹿的踪迹。我估摸着,假如能抓到几头鹿,没人会介意的,反正我也闷得慌。我们用得着柴火,我希望你们把那些矮栎砍倒再锯好,准备带回要塞。弄完就堆在林子里,我们回去后,我会派人赶马车过来,赶在天黑前拉回柴火。我觉得可以用栎木来熏制抓到的鹿。这就是我能当上校的原因,总快人一步。"

"假如搞不到肉呢?"一个士兵说。

"那你们就白干了,我也白干了。但是呢,不到五分钟前,我才用双筒望远镜看到野鹿。又肥又壮,活蹦乱跳的鹿,大约有五六头。它们翻过了山。我会带上余下的部队,以防撞上敌人,而且我也不喜欢干剥鹿皮的活。"

"我喜欢捕猎。"我说。

"那是屁话。"海奇上校道,"我要你待在这儿。事实上,我派你来负责。万一你被蛇咬到一命呜呼,那么就轮到你、前家养黑奴来接手。我还指派卢瑟福、比尔、莱斯受你管辖……以及另一些人。我会带走其他士兵。你们把柴火砍好就准备回要塞,我会派来马车接应。"

"印第安人怎么办?"卢瑟福在我身旁说。

"你来这儿后看见过印第安人吗?"海奇问。

"没看见,长官。"

"那么这儿没有印第安人。"

"你见过印第安人吗？"卢瑟福问海奇。

"哦，当然见过。我被印第安人攻击过，我也攻击过他们。这里间或会出现你能想象的每一种印第安人。基奥瓦人、阿帕契人、科曼奇人。他们最喜欢干的莫过于把你们扎手的黑色头皮挂到腰带上，因为他们觉得你们的头发很稀奇，觉得那像野牛毛。据此他们称呼你们为野牛战士。"

"我还以为那是因为他们觉得我们像野牛一样勇敢。"我说。

"不出所料。"海奇说，"你总要发表一通看法。可我们已有几年没见到印第安人了，今天也没有。我开始觉得他们逃离了这一带，其实我以前就这么想过。印第安人——尤其是科曼奇人或阿帕契人——是很固执的。他们会追踪某些东西或某些人，仿佛那比世上任何事物都要紧，但假如有只鸟儿飞过，他们就会罢手离开，将此作为预兆。"

海奇给我们留下了关于印第安人和野牛的复杂概念，随后带着其余士兵骑马离去，抛下我们站在树荫里。这个地方其实并不赖。等他消失在视野之外，我们做的头一件事就是甩掉靴子，跳进河水里。我干脆脱个精光，用碱皂好好清洗身子，再穿戴整齐。然后，我们把马系在河边树林里，牵走骡子，把工具都绑在骡背上，拿上来福枪，出发去灌木丛。我们在路上砍倒了两棵小树，修剪掉树枝，制作了一具简易拖车，那样就可以系在骡子身上。我们琢磨着先在上面装满木柴，再让骡子拉回到小河边，堆叠好，准备好让马车来运。

我们带齐装备，就去干活了，轮流锯树，另外两个人负责砍树枝，还有个人把修剪好的木材劈成柴火，这样方便装到拖车上。我们边干活边聊天，卢瑟福说："印第安人，有些像蛇一样卑劣可怕。他们什么都干得出，割眼皮啦，在火上烤人肉啦，割去子孙袋等等。他们真可怕。"

"听上去像是我认识的某些南方人。"我说。

"我主人和他一家对我很好。"前家养黑奴道。

"他们也许对你很好,"莱斯停下了锯子,插话道,"但不意味着可以把你当马或财产使。你是个人,却被当成是匹马,还蠢得浑然不知。"

前家养黑奴绷紧身体,仿佛准备要打架。我赶紧劝道:"伙计,别那么做,他只是说笑。我是这儿的负责人,你俩打架,我会受海奇处罚。我不想受罚,也不愿看到那种事。"

莱斯把帽子推向后面,他的面色像咖啡一样黑。"我要告诉你件真事。我十六岁时,割了主人的喉咙,强暴了他老婆,然后逃到北方。"

"我的天啊,"前家养黑奴说,"真可怕。"

"我还让他们家养的狗吮吸了我的鸡巴。"莱斯说。

"什么?"前家养黑奴道。

"他和你开玩笑。"我说。

"割主人喉咙,"莱斯说,"再逃到北方,我是真干了。我本来会强暴他老婆,不过没时间了。他养的狗一点也没让我兴奋。"

"你真恶心。"前家养黑奴道,同时停下手里用斧头削树杈。

"同意。"我说。

莱斯吃吃笑着,走回去继续和卢瑟福一起锯树。他脱去上衣,背后肌肉鼓起,像是土拨鼠爬过洞,而它们掘出的土墩就是一道道又长又粗的疤痕。我知道那些疤痕是怎么来的,我也有一些——都是鞭痕。

堆柴火的比尔说:"不用去恨那些印第安人他们,这是他们的本性。恨他们,就好比恨灌木有刺,或者蛇会咬人一样。印第安人天生就是那个样子,就像我们生来是这样。"

"我们是什么样子?"前家养黑奴说。

"一群废物。世界就是一团糟糕的垃圾,所以没必要选出一种人,认定他们比其他人优秀。人根本屁钱不值。"

"比尔,你以前的日子过得不容易,对吧?"我问。

"我以前是奴隶。"

"我们都做过奴隶。"我说。

"是啊,但我做奴隶的日子过得不容易。比卢瑟福好过点儿,但也不那么好。仗快打完时,我正好在北方军队里,他们开始让黑人参军,于是我杀过人,也见过人被杀。这些体验令我对随便哪种人类都不会有感情。我杀野牛,只为了它们的舌头,因为富人们想要拥有野牛舌。我们把野牛皮和野牛肉留在原地任其腐烂。那是为了惩罚印第安人。可怜的野牛啊。没有比它们更蠢的动物了,我为赚钱射杀它们,为的是它们的舌头。哪种人干得出这事?"

◆

我们又干了约莫一小时活,然后狗仔邓——再说一次,我没给他起绰号。他是海奇留给我的士兵中的一员——说:"我想,我们碰到麻烦了。"

在小河另一侧的林子里有处缺口,从缺口可以望见远处的草原,还可以看见几小时前海奇带队翻越的那座山丘。现在有一个白人从山上冲下来。他离得好远,但我们就算没有老鹰的视力,也看见他全身赤裸,活像一只剥了皮的兔子,正在全力奔跑。在他身后呼喊追赶的,是一群印第安人。如果我估计得没错,那些是阿帕契人,他们几乎和那个奔跑中的白人男子一样赤身裸体。我看见有四个印第安人骑在马背上,还有六个奔跑追逐在他后面。我猜测他们已经抓住了他,又放了他,就像玩弄猎物。我猜想像他们那样住在草原上,除了牧豆树荚果和捕猎之外什么都没有,就只得尽可能地找些乐子。

"他们在耍他。"卢瑟福说,他和我想到一块儿去了。

我们伫立原地看了一会儿;随后我记起我们是军人。于是我拿起来福枪,准备瞄准射击,这时卢瑟福说:"嗨,你从这儿射不中他们的,他们也射不中你。我们离得太远,并且也不值得为印第安人开枪。"

一个奔跑中的阿帕契人发现了我们,他单膝跪下,举起来福枪对准我们。见他这么做,卢瑟福展开双臂,说:"来吧,开枪啊,你这异教徒。"

阿帕契人开枪了。

卢瑟福弄错了。子弹打在他鼻根处,他轰然倒地,双臂依旧展开。他的身子摔到地上时,前家养黑奴道:"我估计他们一直在练习。"

◆

我们当时在一座山丘上,见状赶紧留下骡子,跑到下面的小河旁,也就是马匹所在的地方,然后涉水穿过小河,俯卧在树木之间,瞄准敌人。我们开火的声音听起来像是一帮赶骡人抽打鞭子。空气中充斥着硝烟味,对方也零零散散开枪反击。我抬头看见那个逃命的白人跑得飞快,头发和胯下之物都随之摇摆晃动。接着有个骑马的阿帕契人追上了他,手拿一根布满节疤、显得沉甸甸的木棍,抡起来打在白人头顶上。我看见鲜血一下子喷溅出来,白人倒在地上,我清楚地听见击打的响声,不禁向后缩了下。那个阿帕契人发出呼叫,骑马从白人身体旁跑过,径直向我们冲来。他中途停下用空着的手拍打胸膛,我抓住这一时机开了枪。我瞄准的是他的胸膛,却击中了马脑袋,令他倒在地上。至少我逼得这个异教徒必须步行了。

如今想怎么说阿帕契人都行,但他们确实是草原上除獾之外最勇敢的生物。他径直朝我们冲来,我们都连续射击。我估摸着他是觉得自己身上拥有魔力,因为我们没一个射中他,随着他越来越近,我看见他的胸膛和脸庞上有某种泥巴涂的图案,他嘴里呼喊着,拿着一件吓人的武器。然后,他踩进了一个地洞,陷了进去。尽管他依然与我们有一大段距离,我却能听见他脚踝折断的声响,就像丝袜吊带被扯断的声音。我们都不自觉地"哦哦哦",这一幕让我们也感到痛苦,那记响声听起来让人难受。

那一跤肯定令他的魔力从他体内离去了,因为我们又朝他开火。这次他被我们的子弹打成筛子,硝烟还未散尽,就一命呜呼了。

他的死令余下的阿帕契人停下脚步,无论这些人是不是勇敢的战士,我确信他们有点畏缩。

几个骑马的阿帕契人勒住马,骑回山上。那些奔跑的印第安人倒卧在地,躺在了那儿。我们又开了几枪,但全部落空。我随后记起我是负责人,便道:"大家停火。别浪费子弹。"

前家养黑奴从我身旁匍匐过去:"我们给他们点颜色瞧瞧。"

"他们还没显露本事,"我说,"那些是阿帕契勇士,可不是软蛋。"

"也许海奇上校听见了枪声。"他说。

"他们已经到很远的地方了。他们指望我们砍树,留在这儿,之后再回要塞呢。所以,他们也许根本没想起我们,也没听见任何动静。"

"该死的。"前家养黑奴说。

◆

　　我心想我们也许应该试试骑马逃走。我们的马比较多，但被三个印第安人骑马追赶的下场可能更糟。我们现在占据了一个相当不错的位置，处在树林之中，还有河水可供饮用。我觉得最好的选择就是守在原地。但紧接着，那个被打中脑袋的白人开始呻吟。仿佛这样还不够棘手，两个印第安勇士从草丛里跑上前，奔向他所处的位置。我们冲他们开火，但那些斯宾塞步枪装填起子弹来不像印第安人跑得那么快。他们冲到白人男子倒下的茂密草丛里，我们看见他的一条腿像蛇一样跳起来，随后又跌回地上，下一刻就传来尖叫声。

　　尖叫一声声传来。莱斯匍匐到我身旁："我受不了了。我要去那儿救他。"

　　"不，你不必去，"我说，"我去。"

　　"为什么你去？"莱斯问。

　　"因为我是负责人。"

　　"我和你一起。"前家养黑奴道。

　　"不行，你不能去，"我说，"我被干掉了，你就是带头的。海奇上校是这么说的。我匍匐一定距离后，你们就向其他阿帕契人开火，让他们比招惹了蜂窝的熊更忙活。"

　　"可我们甚至看不见他们，而那几个骑手已经到了山丘另一边。"

　　"你觉得他们可能在哪儿，就冲哪儿开枪，只是别让我的屁股吃子弹。"

　　我把自己的来复枪放在地上，检查确认了手枪里装好了子弹，我把它插回枪套，拔出匕首，用牙齿咬住，匍匐向左沿着小河岸，一直爬到茂密的草丛边，接着钻了进去。我试图尽量放慢动作，让草丛看上去像是被风吹动似的。风大了不少,也有助于我偷偷接近。

随着我靠近白人男子倒下的地方(也是阿帕契人追到他的地方),他的呻吟声变得有点儿可怕。我离他也许只有两三英尺。我拨开草丛,看了一眼,只见那男子侧躺着,喉咙被人割开,已经死了。

男人尸体稍许前面的地方,是两个躺在草地上的阿帕契人,其中一个在呻吟,仿佛他才是受折磨的白人。我心想着,哎,真是太不可思议了,我对此留下了深刻印象。

接着,阿帕契人发现了我。他俩跳起身,向我冲来。我也立即起身,从牙关中抽出匕首。一个印第安人像炮弹一样撞在我身上,我们滚成一团。

一记枪响,另一个阿帕契人像跳舞一样走了大约四步,随后摸着喉咙倒下。鲜血从伤口里飞溅出来,仿若一处刚打开龙头的喷泉。我和另一个印第安人在草地上滚动,他想用手里的手枪射杀我,却仅仅烧焦了我的头发,让我脑袋作痛,左耳"嗡嗡"作响。

我们像两只西瓜虫一样滚动,接着我滚到了他身上,手中匕首刺向他,他及时捉住。我用左手把他握枪的手摁在地上,他则抓住了我拿匕首的手。

"笨蛋。"我骂道,仿佛这句话能伤到他内心最脆弱的地方,那样他就能松手了。可他没有。我们又在草丛里翻滚了一阵,他握手枪的手挣脱了束缚,对准了我的脑袋,不过撞击帽和弹丸没有能发火,我只被烧掉一些头发。我破口大骂,猛地抬起双腿,夹住他脖颈,把他后背贴地压住,起身坐到他身上,将匕首戳进他的腹股沟和肚子,可他依旧没有断气。

然后我把匕首插进他喉咙,他向我投以失望的眼神,仿佛他刚刚意识到自己还留下什么东西在炉灶上煮,应该去拿下来。随后他后仰倒地。

我匍匐过去,把那个白人男子翻转过来,后背贴地。印第安人割去了他的睾丸,剖开了他的肚子,切开了他的喉咙。他不会苏醒了。

◆

我爬回河岸边,阿帕契人仅仅向我开了几枪。回程比来时轻松些,只有一枚子弹擦过我裤子的臀部,令我有点烫伤。

我回到河岸时说:"谁开枪干掉了那个阿帕契人?"

"应该是我。"前家养黑奴道。

"听着,我不希望你再称呼自己为'前家养黑奴'。我也不希望其他人那样叫你。你是个野牛战士,是个好战士。大家听到了吗?"

士兵们都俯卧在小河沿岸,但他们听见了我这番话,直冲我哼哼。

"这儿这位叫库伦。不管他姓什么,他就叫库伦或二等兵库伦。我们就这么叫他。你听到了吗,库伦?你是个战士,是个顶尖的战士。"

"很好。"库伦平静地说,他还没有我自己那么感动,"但我担心的其实是太阳快落山了。"

"还有件事,"比尔匍匐到我们身旁,"山那头有烟升起。我猜那肯定不是炊烟。"

我觉得那道烟气源于那个白人来的地方,是他的同伴或者大篷车残骸之类东西焚烧产生的烟气。骑马的阿帕契人刚才回到那儿,要么是结束了那些人的性命,要么是用火折磨他们,或者把大篷车一把火烧掉了。阿帕契人习惯点火,既然没能干掉我们,就把怨气出在触手可及的人和物上。

太阳渐渐落下,我开始发愁。我巡视了我们短短的战线,决定不要把士兵部署得间隔太宽,但也不要紧挨在一起。我让大家各自距离六英尺,考虑到人数不多,所以那是一条很短的战线,而留在后方的两个人组成了一条更短的战线。嘿,他们根本就不算战线,只是两个黑点。

夜幕慢慢降临,我身旁有只大青蛙开始"呱呱"叫。蟋蟀也发出叫声。头顶黑漆漆的天空中群星闪耀,半轮圆月非常明亮。

又过去两个小时,我爬到库伦身边,命他严密监视,因为我要去察看后方,确保没人在睡觉或打手枪。我留下了来复枪,打开左轮手枪皮套的翻盖,就去察看了。

身旁的比尔一切正常,可当我摸索到莱斯那边时,只见他脸朝下躺在泥地里。我抓住他的后衣领,把他提起来,结果他的脑袋差点就掉了下来。他已被人割了喉。我立即转身,拿起左轮手枪,背后半个人影也不见。

我顿时有些恐慌。我跑过整条战线,发现所有士兵都死了。阿帕契人逐个干掉了他们,做得小心翼翼,连马儿都未注意到。

我跑到后面,发现那儿的两个人没出事。我说:"你们俩最好跟我走。"

我们迅速返回库伦和莱斯那边,但还未走出几步,一道火光就划过了黑暗夜空。我见一个阿帕契人抓住自己胸膛,向后倒下。我们跑过去,发现库伦手拿左轮手枪,比尔则挥动着来复枪。"他们在哪儿?他们到底在哪儿?"

"在我们四周。他们已经干掉了其他士兵。"我说。

"幽灵,"比尔说,"他们是幽灵。"

"他们就是鬼鬼祟祟的,"我说,"他们靠这个来生存。"

我心中产生了一些担忧,你们也许可以称之为疑虑,我觉得自己之前在某些事上推断不对。我觉得我们在这儿会更安全,可那些阿帕契人发动悄无声息的鬼祟进攻,干掉了三个人,甚至连一声响屁都听不到。我说:"我们最好上马,逃往安全地带。"

可是当我们去牵马时,我一解开撒旦的缰绳,它立刻穿过林子跑走,消失在远方。"真是活见鬼。"我说。

"咱俩可以骑一匹马。"库伦说。

其他士兵正在解开马缰绳,突然响起一声呐喊,一个阿帕契人跃过一匹马的马背,双足着地,手拿一把我们的那种小斧子。他挥起斧子,深深砍入一个骑兵的脑壳——我如今年老体衰,记不起那个人的名字,其实我当初就不怎么了解那伙计——接着是一场混战,我们仿佛是受惊的鹌鹑,仿佛一点没受过军事操练。都是那个狗娘养的阿帕契人的错。我和库伦、比尔朝山上跑,因为我们正好面朝山坡。我们逃出了树林,半轮圆月明亮地照耀,我回头看去,只见一个阿帕契人在后面追赶,牙关咬着一把刀。他跑上山的速度如此之快,几乎是手脚并用。

我单膝跪下,瞄准射击。那个阿帕契人向后摔下山坡。恐怖的在于,我们能听到林子里的其他人被阿帕契人劈砍,遭受乱枪射击,发出尖叫声,苦苦恳求,但我们知道试图闯回树林里是毫无用处的。我们没敌人机智,况且人数也比不过他们,根本打不过。

一个有利情况是,那头可怜的老骡子仍在山上,带着堪用的挽具和拉运器,柴火也还都堆在拉运器上。它游荡着,但离得不远。

比尔取下那具拉运器,又取下了骡背上的行囊,然后纵身一跃上了骡背,又拉上库伦坐在他身后。这一举动显得对我的领头地位不怎么尊重,坦白地说,我可不赞同他这一判断。

我攥住骡子尾巴,我们就这样子出发,他俩骑骡子,我跟在后面跑,一只手紧握来复枪,另一只手攥住骡子尾巴,希望它不会放屁拉屎,也不会停下来踢我。这是一个印第安人的老花招,我们在骑兵队里学到的。你也可以跑在骡子旁边，反正得有样东西来紧紧抓住。要是你攥住的马或骡子决定全力奔跑，那你最终会落得一嘴草皮的下场，不过一人骑马在前，一个伙计紧抓不放跟在后，后面的人有点像是被马以可观的速度拉着，必须大步奔跑。这样能跑出令人惊讶的速度，如果他的两条腿够健壮的话，还不会非常疲累。

当我最终冒险回头看时，看见阿帕契人正在追来，他们也并非像周日野餐那样慢悠悠地散步。阿帕契人都骑在马背上。除了自己的马，他们还带上了我们那几头马。除了撒旦。那个狗杂种没让我骑上去，但也没让其他人骑，于是我对它多了一份尊重。

一记枪响划破夜空，刹那间并无事发生，但紧接着，比尔像一根融化的蜡烛，从骡背上倒了下来。刚才的子弹擦过库伦的肩膀，打在比尔的后脑勺上。我们没有停下来察看他的伤口。库伦滑向前方，牵住缰绳，让骡子稍微减速，随后伸出了手。我握住他的手，他帮我纵身一跃坐到他后面。有些人不晓得骡子能跑得飞快，但只要花点心思，骡子确实能跑得很快。它们跑起来会震得你五脏六腑都颤抖，可的确是十分出色的奔跑者。它们很容易明白主人的心意，比马聪明上三倍。

它们所欠缺的，就是踩进坑洞时，没有备用腿可用，而那恰恰是我们遭遇的变故。这一绊摔得很厉害，我在那一刻有个想法，不知阿帕契人的坐骑在他身下跌倒时，他会有怎样的感觉。这一绊让我和库伦从骡背上摔落下来，掉在旁边的泥地里，骡子肯定也受伤了。

◆

可怜的老骡子倒在地上，不停地试图起身，但怎么也站不起来。它摔倒时，背脊正好对着阿帕契人，我俩则被甩到泥地里，痛苦地扭动。我们匍匐转身，躲在骡子的四腿之间，我掏出手枪向骡子脑袋开了一枪，把它的尸体当成临时要塞。阿帕契人冲上前，我拿起来福枪，架在骡子侧身上，小心翼翼地瞄准射击，一个阿帕契人随之倒下。我再次开火，对方又有一个人倒在泥地里。库伦从骡子身后冲出，捡起自己的来复枪，然后匍匐回来。他开了两枪，可没我走运。阿帕契人退向后方，隔了一定距离后，他们就蹲在马匹后面，也不花时间瞄准，冲我们一通乱射。

骡子的尸体依旧温热，散发出臭味。子弹击打在骡尸上，血花四溅，虽然没有一枚子弹贯穿而过，但骡子体内的气体却被释放了出来。我估摸着，那些印第安人最终会困住我们，到明早上，我们的头发就会被悬挂在他们的草棚上。想到这儿，我主动提出，如果撑不住，我可以开枪射杀库伦。

"呃，我宁愿先开枪杀了你，再自杀。"他说。

"那样也成。"我说。

那天晚上月色明亮，他们能清楚地看见我们，我们也能清楚地看见他们。那儿地势平坦，他们不可能在我们不注意的情况下悄悄接近，但依然能够侧翼包抄我们，因为他们人数远远占优。现在阿帕契人比我们白天见到的更多。他们有援军，就像是蚂蚁聚集在一起。

阿帕契人之前驱策马匹全力奔跑，现在没有水来喂马，于是他们干脆割了马喉咙，点起篝火。片刻后，我们闻到马肉咝咝烤炙的香味。那些马被杀掉后，他们可以把马尸围成一圈，躲藏在后面，而马匹的柔软内脏就是绝佳的夜宵。

"他们对政府所有物毫无尊重。"库伦说。

我拿出匕首，切开了骡子的喉咙，它没死多久，还是有不少鲜血，我俩把嘴凑在切口上，使劲吮吸。骡子的血液尝起来味道比我估计的要好，它让我俩感觉稍微好受了些。既然只有两个人，我们也就没费劲去生火烤肉了。

我们听见印第安人那边传来的说笑声和切肉声,我估摸着他们还喝了点龙舌兰酒,因为不一会儿,他们真的唱起一首白人歌曲《划呀划,划小船》。我俩只得听他们唱了两小时歌。

"该死的传教士。"我说。

又过了一会儿,有个印第安人爬过马尸,褪下缠腰布,屁股对准我们——那对屁股在月光下闪耀出惨白色,和爱尔兰人的屁股一样白。我拿起来福枪瞄准他,但出于某种原因,我无法扣下扳机。枪杀一个对我露出屁股的醉鬼,看着就像不义之举。他转身撒起尿来,掏出胯下之物,仿佛正在干自己的妻子,随后又笑起来,这就够了。我枪杀了那个狗娘养的,我瞄准的是他的鸡巴,可我觉得自己打中了他的肚子。他摔倒在地,两个阿帕契人冲出来救他。库伦射杀了其中一人,另一个跃过马尸,消失在后面。

"看来他们就要来干掉我们了,"库伦说,"但我们也干得不赖。"

我们在原地躺了片刻。库伦说:"也许我们应该祈祷救援。"

"好吧,你一只手祈祷,一只手拉屎,看看哪边比较顺利。"

"我猜我既不会祈祷,"他说,"也不会拉屎,至少眼下不会。你记得吗,我们是怎么相遇的。我当时在——"

"我记得。"我说。

◆

我们等待印第安人来围困我俩,然而就像海奇上校说的那样,你永远捉摸不透阿帕契人。我们在那儿躺了整晚,结果什么事都没发生。我要羞愧地承认,我还打了瞌睡,等我醒来已是大白天了,没人切开我们的喉咙,也没人割走我们的头发。

库伦盘腿坐着,望着阿帕契人的方向。我说:"该死的,库伦,我很抱歉。我睡过去了。"

"我让你睡的。他们走了。"

我坐起身,看向对面。马尸还在原处,几只兀鹰偶然发现了这顿美餐,还有几只大鸟站在地上,打量着骡尸以及我俩。我向兀鹰们开了枪。"哎呀。他们竟像马戏团一样收拾好行装就走了。"

"是啊,但也不无道理。反正可以再来。我猜测他们是觉得为两个野牛战士已经战死了太多人,也可能是他们瞧见了海奇上校说过的那种鸟,鸟吩咐他们赶紧滚回老窝。"

"我估计他们喝得醉醺醺没法继续打,醒来时头痛不已,就去阴凉的地方补一觉。"

"也许吧。"库伦道,接着又问,"嘿,你说我是个顶尖的士兵,是不是真话啊?"

"你觉得呢?"

"你不是上校,也不是什么军官,但我很重视你的赞赏。当然了,我眼下并不觉得自己有多了不起。"

"我们尽力而为了。是海奇搞砸的。他不该让我们这样子与大部队分离。"

"别指望他能这么想。"库伦说。

"我不指望。"我说。

我们从骡子身上切下几块肉,生了个火,用烤肉填饱肚子,然后开始步行。天气炎热得要命,我们却只能走路。夜幕降临时,我变得紧张不安,想着那些阿帕契人也许会回来,最终玩死我们。然而,阿帕契人并没现身,我俩在硬邦邦的平原大地上轮流睡觉。

第二天依旧很热,我们又开始步行。我的后背隐隐作痛,屁股在拖我后腿,双脚感觉像是被人切掉了。我真希望之前随身带上一些骡肉。我饥肠辘辘,一边走一边幻想玉米面包。正当我开始要想象出水潭和手舞足蹈的士兵时,我看见了某样稍微实在点的东西。

撒旦。

我对库伦说:"你看见一匹大个子黑马了吗?"

"你是说撒旦?"

"是啊。"

"我看见了。"

"你看见手舞足蹈的士兵了吗?"

"没看见。"

"你现在还看见黑马了么?"

"是啊,它看起来很强壮,精力充沛。我猜它是找到了水坑和青草,该死的黑马。"

撒旦在我们身旁小跑着,看起来精神不错。它看见我俩时,停下了脚步,我想吹口哨叫它,但嘴巴干得不行。我还不如试试用屁眼吹口哨喊它过来。

我放下来福枪,迈步走向撒旦,伸出一只手,仿佛有食物要喂它。我觉得它是不会上当的,然而它垂下了脑袋,让我走到它身边。它没有安上马鞍,因为我们去砍柴火时取下了所有的鞍具,但它依旧戴着马笼头和缰绳。我握住马笼头,转身一跃上了马背,然后它就弓背跳跃起来。我被顶了出去,重重地摔在地上,天旋地转,接下来我只知道这匹可恶的黑马在用鼻子轻触我。

我站起身,牵起缰绳,领它走到库伦那边。库伦正倚靠来复枪站着。"我觉得,"他说,"它心底是喜欢你的。"

◆

我俩骑着撒旦,回到要塞,抵达时响起了阵阵欢呼。海奇上校走出来与我们握手,甚至拥抱了我俩。"今天早上,我们找到了你们战友的尸体,那幕景象让人真不好受。他们的眼珠子和子孙袋都被割去了。我们以为你俩和其他人一起战死了,尸体被立在平原的某个地方,眼窝里爬满了蚂蚁。我们采取了报复行动,开始追踪那些阿帕契人。该死的,那帮阿帕契人怎么不来找我们呢。我们把他们赶过了佩科斯河,期间干掉了一个阿帕契人,但其他人逃脱了。我们就比你俩早几分钟回来。"

"你们笔直过来的话,"库伦说,"肯定会看见我们。而且,我们干掉的阿帕契人远远不止一个。"

"那挺好,"海奇说,"等你和内特吃好喝好,我们很想听听你们这帮黑鬼的经历。你们还可以喝点儿威士忌。当然了,前家养黑奴得要烧菜做饭,因为我们之中没一个人会做饭。"

"这么安排没事,"我说,"但我这位伙伴不是什么前家养黑奴。他是二等兵库伦。"

海奇上校打量着我:"你胡说吧?"

"不,长官,我是认真的,即便这么说不合美国陆军的规定。"

"好吧,"海奇道,"单单这条理由就足够了。"

◆

剩下要交代的事不多了。我们讲述了事情经过,军方进行了一番调查,我们没被授予勋章真是活见鬼。我们从未拿到勋章,因为他们对于给予黑人奖励总是很勉强,而且坦白说,我不认为我们应受到奖励,像那样子仓惶逃跑,像一群小姑娘从雨中跑进室内,把男人甩在后头,那样子是不该得奖的。但我们讲述经历时,并未强调逃跑的部分。这么做不太合规矩,但我不认为我们有别的选择。

我们在不让自己愚蠢地被别人杀掉的前提下,已经做到了尽可能的勇敢。

然而,我们还是获得了奖励,值得珍视的奖励。库伦最终当上了军士长。这不再是我说给他听的赞扬,而是切切实实的。他当了中士,他本来可以当一名优秀的中士,然而他喝得酩酊大醉,放火烧了一头死猪,结果被褫夺军衔,在军事监狱里过了段日子。不过那是另一个故事了。

我本人很喜欢骑兵部队,在军队一直待到服役期满。要不是因为我一开场跟你们说过的那几个女人,我本来肯定会再次入伍的。话又说回来,那不是这个故事该说的事情。本篇故事发生在一八七〇年,地点在德克萨斯州西部的炎热平原上。我还要添加一条旁注。当我退伍时,军队让我留下了撒旦,我渐渐也喜欢上了它,它是我见过最棒的马,我和它渐渐成了朋友。一直到一八七二年,我不得不枪杀了它,好用它的肉来喂养我更喜欢的一条狗和一个女人。

(无机客 译)

罗伯特·西尔弗伯格

每个时代的战士,都深谙部队里的一条潜规则:"先发制人"。可试想,如果你一直处于待命状态呢?永远在等待,没有尽头……

罗伯特·西尔弗伯格是著名的现代科幻小说家之一,其作品包括几十部小说、个人作品集,以及由他编辑的多人选集。他曾是新作系列选集《新维度》(*New Dimensions*)的编辑,这套选集在当时或许是最负盛名的科幻类新作选集了。身为作家和编辑,西尔弗伯格是20世纪70年代"后新浪潮"时期最具影响力的人物之一,时至今日,他仍活跃在科幻文学领域的最前线,共获得五次星云奖和四次雨果奖,以及由美国科幻奇幻作家协会授予的"大师奖"。

他的小说包括好评如潮的《内心垂死》《瓦伦丁君王的城堡》《颅骨之书》《直入地心》《玻璃塔》《人类之子》《夜翼》《内在世界》《伴随死亡而生》《熔炉中的沙德拉》《荆棘》《在前线》《迷宫里的人》《疯人院里的汤姆》《吉卜赛之星》《在冬季的末尾》《水的表面》《高墙王国》《午夜里的火热天空》《异星岁月》《普雷斯蒙大人》《马吉普尔的群山》,以及在著名的《阿西莫夫科幻故事》杂志上发表的两个长篇《黄昏下的丑男孩》和《漫漫归乡途》,还有被称为"马赛克小说"的《永恒的罗马》。他的个人作品集包括《陌生的领土》《摩羯座游戏》《马吉普尔编年史》《罗伯特·西尔弗伯格最佳作品选》《混合鸡尾酒会》《远离安全区》,另外,他还有四本大部头回顾文集:《秘密分享者》(上下卷)、《飞往暗星》(上下卷)、《狂野散落:故事集》、

《月相》，以及一部早期作品集《起初》。他的再版选集数不胜数，不便一一列出，其中包括《科幻名人堂（卷一）》和著名的"阿尔法"系列。他编辑的《科幻名人堂（卷二）》也即将出版。

西尔弗伯格目前与同为作家的妻子凯伦·哈伯居住在美国加利福尼亚州的奥克兰。

边塞

DEFENDERS OF THE FRONTIER

侦察兵回到驻地，通红的脸上写满振奋与激动。"我猜得没错，"他宣布，"的确有个敌人藏得很近。我能确定他的藏身之处。这次，我的方向感告诉我，绝对没错。"

马夫仍持怀疑态度，他扬起一条眉毛："上次你就弄错了。这段时间，你着了魔似的侦察敌情。"

侦察兵耸耸肩。"这次绝对没错。"他说。

三周来，侦察兵一直在寻找一名敌方间谍的下落——那人也许根本不是间谍，可能只是个掉队的士兵，或是来投降的叛变者，谁知道呢？侦察兵坚信这个家伙就藏在哨所附近，他已搜遍所有的山头，爬遍每一座瞭望塔，独自一人不眠不休地监视着附近情况，一步步实施着他脑海中不为人知的计划。没人猜得透他究竟在想什么。每次回来，他都会告诉我们自己发现了敌军动向，可他从未找到敌人出没的具体方位，所以我们也无法派搜索队去一探究竟。这次，他似乎确信无疑。侦察兵是个瘦小的男人，担任这种职位的人多半如此。最近几个月，他几乎一直耷拉着肩膀，满脸沮丧和失望。他的任务是找到敌人的踪迹，以便我们出手，可近些日子，敌人越来越少，很久不出现一次。而此刻，他终于不再掩饰兴奋的神情，周身似乎笼罩着一圈胜利的光环，像是在证明自己绝对没弄错。

上尉走进房间，他总是有事就到。"有新消息？"他开门见山地问，"你终于找到蛛丝马迹了，侦察兵？"

"跟我来，我指给你们看。"

他带大家来到营地旁一座屋顶平台上。在我们左右两侧——也就是东西两个方位——坐落着一大片棱堡,如今里面已空无一人,只剩下林立的高塔如擎天柱般耸立在我们面前。正前方是一片开阔的中央庭院,院子北面有一堵高大的黄砖墙,那是为抵御从北面进犯的敌人。这片防御工事的面积大得惊人,足可装下一万人。我清楚地记得,二十年前为建造它,我们付出多么高昂的代价。如今,只留下区区十一个人驻守在这里,我们就像是掉进一个巨型罐子里的小石子,只能窸窸窣窣地发出些微响声。

侦察兵伸手指指前方,高墙彼端是布满黄色沙砾的荒漠,一直向远处延伸,犹如无尽的海洋。平坦的荒漠上,残存着一片盘曲的枯木丛,它的另一侧则是悬崖绝壁。这道悬崖是帝国和敌人的天然边境线。过去二十年,我们的任务就是一直坚守在此,抵御敌方可能的进攻,这是我们生来的职责,被社会等级决定的分工。整整二十年,我们驻守在这片荒芜的土地上,建起坚不可摧的工事,轮流在边境线周围站岗巡逻,我们用生命来保卫帝国疆土。过去,敌军曾如狂怒的飞蝗般穿过荒漠,发动大规模突袭,试图攻破我们的防线。虽然双方都伤亡惨重,但我们最终还是赶走了敌人。时至今日,曾经激烈交战的前线早已恢复平静,甚至变得有些荒凉,可我们仍守在这里,监视并拦截下那些企图找准时机、溜过防线的敌方间谍。

"看那里,"侦察兵说,"你们看到东北方那三座小山丘了吗?他就藏在后面不远处。我知道他在那里,我能感觉到他的存在,就像是一壶滚烫的沸水在脖子后面冒烟。"

"只有一个人?"上尉问。

"对,只有一个。"

武器师开口了:"他孤身一人能干什么呢?是想偷偷潜入哨所,然后把我们一个一个干掉吗?"

"没必要琢磨他们想什么，"中士插话，"我们的任务就是找到并干掉他们。至于他们到底想干什么，是后方那些聪明的家伙考虑的问题。"

"啊哈，"盔甲师嘲讽道，"后方，没错，那些聪明的家伙。"

上尉来到了屋顶边缘，背对我们，站在那里。他握住面前的栏杆，身体前倾，永不停歇的狂风席卷着整座庭院，干燥刺骨。上尉似乎被一种让人不寒而栗的寂静层层包裹，成为我们无法触及的存在。一直以来，他都是个神秘人物，性格孤僻，时常陷入沉思。三年前，上校离世后，他成了这里级别最高的军官，从那时起，他整个人越发古怪了。没人知道他此时在想什么，没人敢去揣测他的想法。

"很好，"不知过了多久，大家才挨过难熬的等待，听到他开口，"我需要一个四人搜索队：中士你带头，侦察兵、供应兵和测量兵，你们三个跟随。明天一早出发，带上三天的粮食。去找到那家伙，然后干掉他。"

◆

距上次成功的搜索行动已有十一周之久，那次行动一共干掉了三个敌人。从那以后，虽然侦察兵依旧戒备森严，可他根本没在帝国领土范围内发现敌军的蛛丝马迹。有一次，差不多六七星期前，侦察兵终于认为自己在河边某处发现了敌人的踪迹。可敌人选择的位置未免有些奇怪，因为那里恰好位于我方防御范围以内。马夫带领一个五人搜索队去一探究竟，最终只找到几个渔民。渔民们发誓称，他们绝没在附近发现任何异常状况，他们也的确没说谎。回程路上，侦察兵自己承认，那里似乎没有敌人出没的迹象，他也不确定之前的感觉是否准确。

其实，我们真切地感觉到，一直以来肩负的使命终于结束了。即使边境线以北的土地上仍隐匿着敌人，他们也早就溃不成军，这场战争可能在很早以前就结束了。中士、军需官、武器师和盔甲师都赞同这一观点。这么多年过去，我们从未听到都城传来的任何消息，从没见过负责传达命令的信使，更不用说增援部队或物资补给。我们也没有得到敌方的任何消息，从未发现他们在附近某处进行大规模集结。很久以前，战争一触即发，我们和敌军数次交锋。可时间已过去那么久，如今这里早已陷入一片死寂。六年来没打过一次真正的仗，只和几个排的敌人发生过屈指可数的几次小范围冲突。而在过去两年里，我们只侦察到几小股敌人的行迹，每次不过两三个人而已，他们在试图潜入我们的领土时，被轻而易举地俘获。盔甲师坚持认为，那些家伙根本不是间谍，不过是掉队的士兵，是曾经占领北方领土的敌军最后的幸存者。他们或许是饥饿难耐，或许是孤苦无依，抑或是受到其他什么威胁，才会选择来到我们的哨所附近。他认为，我们在这里待了二十年，从最初的一万大军，到现在仅剩十一个人，先是战争夺取了大多数人的生命，后来则由于年老和疾病。相同的情况也会发生在敌军身上，虽然我们只剩下十一个人，但敌军人数甚至可能少于我们。

我基本同意盔甲师的观点。在我看来，真实情况应该是，战争早已结束，帝国已将我们遗忘，我们不过是一支失散的队伍，继续守在这里、时刻保持警惕毫无意义。但如果帝国将我们遗忘，那撤离命令该由谁来下达呢？这种命令只有上尉有资格下达，可他丝毫没表露出自己对这个问题的看法。因此我们只能继续驻守下去，可能要守到生命的尽头。这是多么愚蠢的行为啊，盔甲师感叹道，驻守在早已被遗忘的边境前线，防范着再也不会来犯的敌人，了此残生！他这话我同意一半，只是一半。我不想像傻子一样在这里虚度余生，但我同样不想做玩忽职守的逃兵，毕竟我尽职尽责地在前线守了那么久。对于这个问题，我心里很矛盾。

当然，有人持完全相反的观点：敌军伺机而动，等到我们最终放弃的那一刻大举进犯，从帝国最为薄弱的边境缺口入手，发动大规模突袭。工兵和信号兵对此坚信不疑。他们觉得，擅自撤离是罪不可恕的叛国行为，是对我们用生命去保卫的帝国的背叛。只要有人提到撤离二字，即使只是说说，他们也会气愤不已。其实，你很难说他们的想法一定是错的。

至今还在全力执行驻守任务的，只剩下侦察兵一人了，他仍旧不知疲倦地侦察着边境附近的敌情。毕竟，执行侦察任务已成为他的生活。这可怜的小个子，除了侦察敌情什么也不会。他日复一日爬上附近的小山丘，钻进哨所外的瞭望塔，利用侦察兵独有的敏锐观察力，随时注意敌人动向。有时，他觉得自己发现了一些蛛丝马迹，就会回营拉响警报，这意味着我们又要进行一次搜索。可能是他的侦察能力不如从前，也可能是急功近利影响了判断力，总之大多数情况下，我们都是无功而返。

我承认，知道自己要参加即将到来的搜索行动让我感到了一丝兴奋。通常情况下，我们每天都在重复乏味的生活，如同机器一般例行公事：照料一小片菜园，喂养一些牲畜，捕鱼打猎，定期维护营地设备，捧着仅有的几本书，读上一遍又一遍。我们总是在进行相同的对话，内容基本都在回忆过去的岁月。那时，这里不止我们十一人，那些体格健壮、性格直爽的战友们曾与我们朝夕相处，而如今皆已化为尘土。今夜，我感到自己脉搏跳动更快了。我准备好明天一早的行装，去吃晚饭，胃口竟然异常好。晚饭过后，我满腔激情地和我的渔家女共度良宵。我们每人都找了一个女伴过夜，除了侦察兵，他似乎根本没这方面需求。营地附近有一条快干涸的小河，河边住了群贫民，女孩们就是从那找来的。连上尉有时也会找女孩过夜，我对此表示理解，不过，和我们不同的是，他床上的女孩总在换。我的女伴名叫温迪特，是个皮肤白皙、身材苗条的小姑娘，床上技术好得惊人。这些渔家女其实并非人类，我们和她们无法繁衍后代，但她们的外表和人类极为相似，这就够了。她们温婉可人，从不抱怨，是极佳的伴侣。与温迪特一夜激情后，转眼到了黎明时分，中士、供应兵、侦察兵和我，一行四人来到营地北边的吊门前集合。

天气和煦，晴空万里，一轮朝阳悬挂在东方天际，犹如耀眼的金色圆盘。这么多年过去，只有它始终陪伴我们。没人知道漆黑的夜里它在忙什么，可只要到清晨，它就像一位永远不会爽约的老朋友，准时出现在东方天际——虽然它和我们之间，隔着无法逾越的距离。此时此刻，遥远的都城应已笼罩在夜幕之中了，这里的一天才刚刚开始。这个世界如此广阔，我们离家太远了。

曾几何时，每当我们骑着战马、穿过吊门去执行任务时，号手们总会吹响号角，欢送我们离开。高昂的号角声直冲云霄，打破了黎明的宁静。如今，最后一名号手早在几年前就死了。虽然号角犹在，却无人能吹响。我曾拿起一把尝试，只吹出了刺耳的杂音，犹如金属摩擦般让人难受，仅此而已。如今，在我们向荒漠进发的途中，只有马蹄踩在干裂的砂土上发出的"砰砰"声相伴，沉闷而单调。

这里大概是世界上最荒凉的地方，但我们早已习惯。童年记忆里繁华壮观的都城盛景历历在目：高大的树木上枝叶葱茏，低矮的灌木间花团锦簇，红橙黄紫，好不热闹，宽阔的林荫道旁是浓郁的青草坪。可我也习惯了荒漠里的萧索荒芜，这才是我熟悉的环境。如今在我的眼中，早年记忆里那些繁华，已变得庸俗而奢侈，成了可耻的挥霍与浪费，让我极不适应。在这片向北延伸的荒原上，低矮的山丘间只有干裂的黄土，掺杂着不少闪闪发光的石英沙砾，生长了盘曲多节的灌木和小树，以及零星出现的多刺茅草。哨所南边的情况要好些，因为我们赖以生存的小河恰好流经那里。那是一条水量很小的河，由几条更小的溪流汇集而成，那些溪流的源头则是大陆中部的一个大湖。所有河流最终都要流向大海，我们这条应该也不例外，可这里离海太远了，毫无疑问，它会在流向大海之前，就在荒漠中某个地方干涸。但它至少流经了我们的哨所，为两岸带来一丝绿意，岸边生长着一小片树林，河里的鱼也养活了沿岸那些原始的异族贫民——他们是我们唯一的陪伴。

我们往东北方前进，那里有三座圆形小山丘，侦察兵坚持认为，他所说的敌人埋伏在那些山丘背后。那些小丘从营房屋顶上看起来很近，可那只是假象，我们行进了一整天，也没有明显地感觉到缩短了距离。行程越来越艰难，哨所附近的地面只是有很多小卵石，可走得越远，卵石渐渐变成坚硬的岩石，让马匹望而却步。它们只能小心翼翼地选择合适的下脚处，以免脆弱的马蹄被岩石扎伤。另一方面，这里对我们来说却再熟悉不过。随处能看到马蹄印和轮胎印，那些痕迹可能是五年、十年，甚至二十年前留下的，是昔日的战役给这片土地留下的伤痕，那些发生在十年甚至更久以前的战役已经快被人们遗忘。这里一年最多下两次雨，在荒漠上留下的任何痕迹，都可以保留很久很久。

地上的倒影慢慢拉长，该准备扎营了。我们找来一些细小的木柴，生好篝火，搭起帐篷。大家都不怎么交谈：中士是个不善言谈的粗人；侦察兵总是神经紧张、焦躁不安，跟他待在一起让人不舒服；供应兵是个体格魁梧、满面红光的大汉，一两杯酒下肚，就会变得活跃，可今晚，他一反常态，兴致似乎不高。我只能自己想办法打发时间，吃完晚饭，我起身离开，来到离帐篷不远的地方，凝视无尽的夜空。这是我的习惯，我喜欢一边仰望这片西方夜空里闪烁的点点繁星，一边思考那些星星上是否也存在独特的世界，那些世界里是否也住着形形色色的人，那里的人们过着怎样的生活。我猜，这大概是个古怪的习惯，身处气候恶劣、荒凉偏僻的边境哨所，半生都用来驻守一座早就空空如也的砖墙堡垒，这样的一个人，竟会喜欢仰望夜空中的繁星，想象太空中是否还存在渺远的异世界，想象那里是否有炫目的宫殿，是否有芬芳的花园。

第二天清晨，我们很早就起来了，随便吃了点早饭，便顶着刺骨的狂风，继续朝远处的小丘进发。虽然这才是出发后的第二天，可眼前景象已和之前全然不同，我们似乎一下子就离目的地近了许多。我们很快来到山脚下。侦察兵兴奋起来，他领我们穿过最南端两座山丘之间的山隘。"我感觉到敌人就在前面！"他激动地大喊。侦察兵认为他的方向感是我们的指南针，能指引着我们找到敌人的藏身之处。"过来！这条路！快！快点！"

◆

这次他竟没说错。有人在最南端那座小山丘的另一侧，用树枝和茅草搭了间小破屋。那里空间狭窄、满地乱石，即使搭一间茅草屋，也绝非易事。我们准备好武器，慢慢围了过去。中士第一个冲上前，喊道："里面的家伙！举起双手，给我出来！"

屋里传出一阵响声。半晌，一个男的走了出来。

他有敌军士兵的典型外貌：矮胖身材，蜡黄肤色，极为突出的下巴和冰蓝色眼睛。一看到那双蓝眼睛，我心中顿时涌起一阵怒火，甚至产生了强烈的恨意。帝国子民都有棕色的眼睛，这么多年来，我形成了一种极为敏感的条件反射：蓝眼睛总会激起我内心深处强烈的敌意。

但眼前这双蓝眼睛里，却看不到一丝威胁的神色。显然，他刚刚在里面睡觉，此时神志还未完全清醒。他眨着眼睛，晃了晃脑袋，走了出来，身体微微发抖。毕竟，我们四个拿着武器，他却手无寸铁，孤身一人，只能一脸震惊地望着我们。一大早就遇到这种情况，够倒霉的。我竟然不那么愤怒了，甚至有点同情他。

他刚缓缓神，想弄清此时状况。中士便冲了上去，口中叫骂："狗杂种！"手中匕首敏捷地插入那人的腹部又拔出来，然后一刀接一刀地刺进去。

写满震惊的冰蓝色瞳孔迅速涣散开来，连我也被吓到了。亲眼目睹中士血腥的突袭，我惊愕得大口喘气。被刺数刀的敌人脚步蹒跚，用力捂着腹部，似乎想要止住喷涌而出的鲜血。他摇摇晃晃地向前迈了三四步，然后歪斜着倒下，抽搐了一两下，便脸朝下不动了。

中士一脚踢开屋门："看看有没有什么用得着的好东西，"他一边朝里面望，一边对我们说。

我还没从刚刚的震惊中缓过神，轻轻问了句："你干吗那么快就把他杀了？"

"我们来这儿就是为了干掉他。"

"或许吧。可他手无寸铁，没准会乖乖投降呢。"

"我们来这儿就是为了干掉他。"中士再次重复。

"也许，我们至少应该先审问他。要按规章办事，对么？或许附近还有他的同伙呢？"

"如果这附近有其他敌人，"中士反驳，"侦察兵早就告诉我们了，不是么？你说呢，测量兵？"

其实我有些话没有说完，比如：如果能弄清楚这个人为什么冒着生命危险，长途跋涉来到帝国的边境线附近扎营，或许能对我们的任务有些帮助，就算没什么用处，至少也能满足一下好奇心。但如今，继续讨论这个话题已没有任何意义，因为生性鲁莽的中士根本不在意我的话，更重要的是，那个人死了。

我们钻进屋里搜查了一番，没发现什么有价值的东西：一些工具和武器；一枚镀铜徽章，上面刻的应是敌国宗教信奉的神；一幅扁平脸、蓝眼睛的女人肖像，我猜是那人的妻子或母亲。从屋里摆设来看，似乎不像是间谍应有的装备，它们甚至让我这样一个老兵有些伤感。虽然他是我们的敌人，但也是和我们有着同样命运的人，不仅如此，他还死在远离家乡的敌国边境上。是的，长久以来，我们的任务从未改变，就是在敌人杀死我们之前，先把敌人干掉。我的确杀过不少敌人，可死于战场是一回事，在半睡半醒的状态下被人像杀猪一样用刀捅死，又是另一回事了，尤其是在你历经千辛万苦来到敌国边境的目的不过是为了投降的时候。没错，这个孤苦无依、濒临绝望的男人如果不是为了向我们投降，何苦要穿越无情的荒漠，来到危险的边境？

我想，大概是随着年纪增长，我的心也变得越来越柔软了。中士说得没错，我们此行的目的就是干掉他：这是上尉给我们下达的命令，简明扼要。我们从没想过要把他活着带回去。营地的条件也根本不允许我们供养一名囚犯，仅有的食物勉强能维持我们十一个人的生命，而如何关押他也会是一个头疼问题。他唯有一死——从他决定冒险进入哨所附近的边境地带那一刻起，就注定死路一条。他或许曾感到孤独和绝望，或许在穿越荒漠途中历尽磨难，或许渴望我们会好心收留他，或许还有一位深爱的妻子或母亲，可这一切都与我们不相干。我们一直都知道，我们的敌人同我们一样是人类，只是被上天赋予了不同的瞳色和肤色，但这并不能改变他们是敌人的事实。很久以前，他们在战场上与我们为敌，只要他们不放弃毁灭我们伟大帝国的妄想，那么干掉他们就是我们的职责所在。中士对这个归降者冷酷无情，杀戮本来就是毫不留情的。

之后的日子里，大家都异常沉默。没人会谈起荒漠里发生的一切，我们又回到了之前一成不变的日子里，做做清洁和维护，修理那些虽然破旧但勉强能使用的设备，轮流在小河边的菜园里干农活，下到浅浅的河水里捕猎水豚，照看装满麦芽浆的啤酒桶，诸如此类，日复一日。当然，我还经常看些书。我是个爱看书的人。

我们一共剩下十九本书，其他那些要么是由于看的次数太多而被翻烂了，要么是因为空气过于干燥导致书页脱胶，要么是遗落在驻地里某个不为人知的角落再也找不到。我把这十九本书读了一遍又一遍，其中五本不过是介绍某种专业技术的手册，书中涉及的领域我一点也不了解，而且现在这种情况下，它们派不上任何用场（懂得修理汽车没有半点意义，因为早在五年前，我们的最后一点汽油就用完了）。这些书里，我最喜欢的一本是《列王英雄传》，我小时候读过这本书。它讲述的是帝国早期的传奇故事，很可能都是些虚构的神话传说。书里塑造了魅力非凡的帝国开创者，歌颂了他们的英雄事迹以及他们异于凡人的超长寿命。另有一本关于宗教的书，我也很喜欢，虽然我本人对神是否存在持怀疑态度。

不过，在我看来，这十九本书里，真正的经典之作应是《边境奇闻录》，它记录了近一千年来在广阔帝国的边境地区发现的自然奇观。现在这本书只剩下一半，也许是被某个战友撕去一半用来点火了吧，可我很珍惜剩下的这一半，经常捧在手中品读。虽然，如今里面的每一个字我都烂熟于心。

温迪特喜欢听我为她念书。她能听懂多少，我并不知晓：她是个单纯天真的女孩，和她的族人们一样，头脑极为简单。可我爱极了她坐在那里凝神倾听的样子，爱极了那双目不转睛地盯着我的紫罗兰色大眼睛。

我给她讲了《鬼域之门》的故事，告诉她亡灵守卫们一直以来遵守的习俗："遇十人而唯取一命"。我给她讲了《邵氏石门》的故事，相传在一条大道两旁各有一块扁平石板，每隔十年，两块石板会合拢一次，恰好途经此处的旅人会被不幸碾死，于是迈王在这里竖起青铜柱，再对它们施以咒语，才封印住两块石板，让它们不能再移动。我给她讲了《千眼山》的故事，告诉她那座山的花岗岩上嵌满富有光泽的缟玛瑙石，犹如一只只目光严厉的黑眼睛，凝视着路过的人们。我还给她讲了《肉桂森林》《梦穴》和《驰云殿》的故事。那些故事里的地方曾真实存在过吗？抑或只是古人虚妄的幻想？我如何知晓？我的童年和青年是在都城里度过的，可自从来到这偏僻的荒漠驻地，眼前除了无尽的黄色砂土、低矮蜿蜒的枯木以及脚边急速爬行的蝎虫，再无他物。在这些艰苦的日子里，《边境奇闻录》中描述的那些神奇地方在我的脑海中变得越来越真实，有关都城的记忆却虚幻起来，最终只剩下一些模糊零碎的印象。我讲述着书中故事，并坚信它们是真实存在，温迪特则满怀敬畏地坐在一旁侧耳倾听。一旦讲累了，我就放下手中的书，拉起她的手，引她到床边，抚摸她柔软的淡青色皮肤，亲吻她浑圆小巧的双乳，然后一睡到天明。

执行搜索行动后的那些平静日子里，我时常想起中士杀掉的那个人。如果是在昔日战场上，我会毫不犹豫地一下子干掉五个、十个，甚至二十个敌人，不会以此为乐，也不会有负罪感。那时的我们在战场上奋勇杀敌，但并没有近距离地体验过亲手结束一个生命的感受，因为我们用的是步枪或是重机枪，弹药充足，武器也算精良。而如今，对付偶尔出现的敌军间谍时，我们的武器只有长矛和匕首，这种近距离杀戮让我觉得自己并不像是战士，而成了杀人犯。

我的思绪容易回到曾经的战争岁月：一旦哨兵拉响警报，地平线出现黑压压的敌军部队，我们便立刻拿起武器，发动战车引擎，以最快速度穿过吊门，摆好防御阵形，然后以整齐的队列向荒漠上的山隘间行进。我军兵力足以控制整片山隘，这样一来，一旦敌军进入我们设下的漏斗形致命陷阱，我们就可发动进攻，将他们一网打尽。每次交战都是如此：敌方大举来犯，我方出兵迎敌，结果他们溃败而逃。这些人长途跋涉行军至此，却在这片沉闷的荒漠上葬送了性命！没人真正清楚，敌国离这里到底有多远，可我们晓得，它一定位于西北方很远很远的地方，正如我们的帝国在遥远的东南方一样。前线哨所位于两片荒漠的交界处。在我们身后，是一大片人迹罕至的荒芜之地，一直延伸到帝国繁华的城市地区。在我们面前，是一片同样广阔的荒漠，它的另一侧则连着敌人的国度。如果两国之间有一方想对另一方发起进攻，他们的军队则必须要穿过那片暗藏无数艰险的真空地带。为什么敌军愿意付出如此大的代价，一次又一次地对我们发起进攻，其中的原因或许只有神明才知晓，反正他们每一次进攻都遭到我们无情的镇压。

不过那都是很久以前的事了。当时我们都还年轻。敌军终于不再对我们大举进攻了，只偶尔出现一些间谍。或许他们根本不是间谍，只是落单的士兵而已。侦察兵会弄清他们的方位，然后我们派出一个搜索队，发起近距离突袭，用长矛和匕首刺穿他们的身体，亲眼目睹他们冰蓝色的瞳孔变得暗淡无光。

◆

侦察兵的情绪一直很低落，有时接连几天一言不发。每天早上，他仍会爬到瞭望塔上侦察敌情，但每次回来总是一脸阴郁，即使从我们身边走过，也不说一句话。我们清楚，这种情况下，应该给他更多空间，虽然他个子很小，力气也不大，可一旦在他情绪低落时招惹他，就会引来他勃然大怒。于是，我们就随他去了。然而日子一天天过去，他的情况非但没好转，反而变得更差，我们开始担心，他压抑的情绪会不会某天突然爆发。

一天下午，我看到他在屋顶平台上和上尉谈话。似乎是上尉主动找他谈的，侦察兵一直低头盯着自己脚上的靴子，极不情愿地回答着上尉提出的问题。不知上尉说了句什么，侦察兵突然激动起来，他抬起头，两只手开始比画。上尉摇摇头。侦察兵猛地握紧双手，两只拳头重重地砸在一起。上尉只是伸出手示意他可以走了，然后自行离开。

我猜不到他们到底谈论了什么，也根本无从问起，因为比侦察兵更难以捉摸的是上尉。侦察兵的想法有时候还能问出来，但若换做上尉，连问都不用问。

近些天，侦察兵养成了饭后和我们一起喝酒的习惯，此前他滴酒不沾，并且一直反感喝酒。他自称极为鄙视我们酿的那些称为啤酒、红酒和白兰地之类的东西。其实这话不无道理，我们是用河边野草长出的谷粒酿酒的，野谷子的味道微微泛酸，无论是谁，只要他还记得都城里泡沫丰富的啤酒，记得帝国最有名的红酒产地出产的甘甜的葡萄酒，就绝不会看上我们酿出的玩意。可早在很久以前，带来的酒就喝光了，从那以后，运输补给的车辆也再没出现过。在这片荒凉的土地上，喝酒已成为了我们为数不多的安慰之一，我们只能自己酿酒喝。这周之前，侦察兵从没加入过我们，在此之前，他不喝酒。

现在，他竟然开始喝酒了，虽然脸上仍旧郁郁寡欢，但会经常伸出手里的杯子，要求再来一杯。终于，一天夜里，几杯黄汤下肚，他开口了。

"他们都不在了。"他说，沙哑的嗓音犹如敲响了一口破钟。

"谁？"供应兵问。"你是说那些蝎虫？昨天我只看到三只。"供应兵像往常一样,喝了不少,长着双下巴的大脸涨得通红,他咧嘴笑起来,似乎觉得自己这句俏皮话聪明极了。

"是敌人,"侦察兵回答,"我们杀掉的那个家伙——他是最后一个,再也没有敌人了。我爬到塔上仔细地听,却听不到一点动静,你们知道那种空虚的感觉吗?就像身体从里面被掏空了一样。你们知道那是什么感觉吗?知道吗?不,你们当然不知道。你们知道什么呢?"他痛苦地凝视着我们。"一片寂静……到处都是一片寂静……"

没人知道该怎样回应他,于是大家都沉默不语。侦察兵又给自己倒了一满杯白兰地。这不是好现象。看到侦察兵酗酒,就像是看到干旱的荒漠里突然天降暴雨一样。

在我们这些人里,工兵一直是最镇定、最理智的。此时,他开口道:"喂,老兄,你能有点耐心吗?我知道你很想执行自己的任务。他们会来的。这是迟早的事,迟早还会再出现敌人,然后有下一个。或许要等上两周,或许三周、六周也说不定,谁知道呢?但他们一定会再来。你原来经历过这种情况。"

"不,这次不一样,"侦察兵沮丧地说,"你怎么会懂?"

"放松点,"工兵将粗壮的大手放在侦察兵瘦弱的手腕上,"放松点,老兄。你说'这次不一样'是什么意思?"

侦察兵小心翼翼地控制住自己的情绪,说:"在此之前,每次出现敌情的前后几周里,我总能下意识感觉到周围有沉闷的'嗡嗡'声,就像极其微弱的静电干扰,或者说是一种若有若无的心理暗示,它告诉我,外面还有几个敌人活着,虽然我不知道他们是在一百英里、五百英里,甚至一千英里以外的什么地方。那微弱的'嗡嗡'声,根本无法判断它从哪个方向传来。但我确定它就在那里。每次它一变强,我就知道有敌人在向我们靠近,接着我就能判断出他们的方向,然后带着大家找到并干掉他们。自从真正的战争结束后，这么多年来，我都是通过这种方式来侦察敌情的。可现在，我感受不到它了，那种嗡嗡声完全消失了。我脑海中一片寂静。只有两种可能：一是我完全失去了侦察敌情的能力，二是至少在方圆一千英里范围内，没有任何敌人了。"

"你觉得是哪种可能呢？"

侦察兵神情憔悴地扫视了一下所有人。"我认为是后者。待在这儿已没任何意义。我们应该收拾行李，回到家乡，在帝国领土上开始新生活。可我们中一定要有人留下，以防敌人来犯。我留下，因为我除了这个再没有其他谋生技能。即使回到家乡，我又该如何开始新生活呢？我没体验过正常人的生活，这就是我的生活。虽然留下也是徒劳，但我只有两个选择：要么留下，执行一项毫无意义的任务；要么回到家乡，成为一个彻头彻尾的废人。你们明白我现在的状况了吗？"他浑身发抖，伸出一只战栗的手，拿起桌上的白兰地酒瓶，又给自己倒了一杯，然后一饮而尽。烈酒猛烈地刺激着咽喉，让他低头不停咳起来，身体抖得更厉害了。

◆

我们之间的分歧，就是从那天夜里开始的。侦察兵情绪崩溃后的坦白道出了在我心中藏了好几个星期的问题，这也正是盔甲师、武器师和军需官心中的问题，甚至连没什么头脑的中士也一直在琢磨这事。只不过，我们的想法不尽相同。

近两年，敌人出现的次数越来越少，往往每隔五六个星期，甚至十个星期，才出现一次，每次出现的人数也从起初的十多个，减少到后来的两三个。这些都是不可争辩的事实。但那天在山隘里被中士干掉的家伙，是孤身一人。盔甲师开诚布公地讲明了看法，他指出这些年来，我军人数日渐减少，那些穿越整片荒漠前来进攻的敌军一定也遭受了极大损失，而且他们也没有得到国家的增援，于是只有一小部分人活下来——再或，就像侦察兵认为的那样，他们死完了。盔甲师是个很实际的人，他觉得，如果侦察兵说得没错，我们何不离开这里，去一个更好的地方，换一个行当，过上新生活呢？

中士是个战争狂，在他看来，战争并非是无可避免的丑恶行径，而是满腔热血的付出和奉献。他同意盔甲师离开这里的观点。与其说这种一成不变的生活让他感到焦躁不安——其实，像中士这样头脑简单、四肢发达的粗人，根本不知道什么叫焦躁不安——不如说他和侦察兵一样，活着的意义就在于履行军事职责。侦察兵的职责是侦察敌情，中士的职责则是杀敌。如今，侦察兵觉得自己应该一直守下去，即使已经不再会有敌人出现；中士却觉得，如果继续待在这里，则是白白浪费了一身武艺，所以才想离开。

至于武器师，除了匕首和长矛，这里已经没有其他任何武器需要他照料，我们的弹药早已耗尽。为打发时间，他只能尽量给自己找点事做。军需官曾掌管着一万人的生活物资，而如今头发花白的他，只需照料区区十一个人的吃喝拉撒。这样一来，我们中间就有四个人坚持认为离开这座荒漠哨所是明智的选择。侦察兵有些矛盾，既想留下，又想离开。我的立场和侦察兵差不多；我知道这里的生活空虚且毫无意义，可与此同时，内心的责任感又告诉自己，私自逃离哨所对军人来说是可耻的行为。因而，我一直摇摆不定。我会认同盔甲师的言论，可一旦听到反对声音，又觉得他们说得也有理。

我们例行的夜间谈话渐渐演变成这个样子：除上尉以外的十人里，有四个人想要离开，我和侦察兵摇摆不定，还有四个人强烈要求继续驻守。工兵对这里的生活还算满意，总会出现技术问题需要他来解决，比如设计新管道、修理栏杆、维护马具等等。他还有很强的责任感，他坚信，我们驻守在此，对于帝国的安全是必不可少的。马夫不太在意责任感之类的，只是对我们喂养的牲畜感兴趣，因而同样觉得没必要离开。供应兵安于现状，只要能供应食物酒水，他便觉得没问题，实际情况也的确如此。信号兵的烦恼则和侦察兵恰恰相反，他依旧认为，高墙之外仍然埋伏着大量耐心的敌人，一旦我们离开这里，便会如饥饿残忍的野兽一般，冲破边境线，一路杀进都城。

我们当中最理性的是工兵。他找到了另一个强有力的观点，作为继续驻守的理由，那就是我们根本不知道该如何返乡。二十年前，我们随大军一起到这里，有谁会留意沿途路线呢？即使有人留意，这么多年过去了，也早就忘得一干二净。我们对于此时面临的困境，有了一个大概的认识：在我们和都城之间，首先隔着一大片人迹罕至、干旱少雨的荒原，接着是被野蛮部落占领的森林，森林的另一端不知通向哪里，很可能是又一片几乎无法穿越的热带雨林，而且毫无疑问的是，这一路上我们还会遇到更多其他的艰险。我们没有地图，没有任何通讯设备。"离开这里，或许会迷失在令人绝望的荒野中，下半生都在毫无目的的流浪中度过，"工兵如是说，"留下来，至少还有个可以被称之为家的地方，还有女人、食物和栖身之所。"

我提出异议。"照你们说的那样，这件事完全可以通过投票来解决。只要一句'所有同意离开的人，请举手'就行了。"

"如果我们真的决定投票，"盔甲师道，"那么赞成离开的必然占大多数。你、我、中士、军需官、武器师，还有侦察兵——十一个人里面，已有六个人投赞同票，就算上尉投反对票，也不能改变最终结果。"

"不，我并不确定自己会投赞成票。我觉得侦察兵也不一定会赞同。我俩都还没想好。"大家的目光一下子集中到侦察兵身上，可他竟喝得醉醺醺的，趴在桌上睡着了。"我们现在充其量是打个平手，四个同意离开，四个想要留下，还有两个待定。可不管怎么样，这不是搞民主的地方，投票结果如何根本不重要。我们是去是留，要看上尉的意思，只有他才能决定，而我们根本不知道他的想法。"

"我们可以去问问他。"盔甲师建议。

"还不如问问我的胳膊肘，"供应兵大笑，"谁会去问上尉啊？绝不会有好下场。"

其实大家心里都是这么认为的。我们都领教过上尉阴晴不定的暴躁脾气。

军需官突然开口："如果我们大多数人同意离开，我们可以一起去找他，告诉他我们的想法。他不会让我们太难看的。其实，他说不定还会同意我们的想法。"

"但赞成离开的人数并未过半。"工兵提醒。

军需官看了看我。"站到我们这边吧，测量兵。你肯定更赞同我们的想法。这样的话，投赞成票的就是五个人了。"

"那侦察兵呢？"工兵问，"等他酒醒，如果投的是反对票呢？那样又打成平手了。"

"我们可以去征求上尉的意见，这样就能打破平局，问题也就解决了。"盔甲师提议。

这个想法惹得大家哄堂大笑。上尉是个非常专制的人，不论谁，哪怕有一丁点违抗他的意思，他都极为敏感。傻子也能猜到，如果告诉他我们想采用投票的方式解决如此严肃的去留问题，一定不会有好结果。

◆

  当晚,我在床上躺了很久没睡着,脑海里一直回想着白天的讨论。双方理由都很充分。离开驻地,返回家乡,的确是很有吸引力的选择。我们早已不再年轻,充其量也都只有十到十五年好活,除了打猎种田,一遍又一遍地翻阅同样的书页,我没有其他任何事情可做,谁想这样虚度余生呢?侦察兵认为我们几周前干掉的家伙是敌军留守在边境上的最后一个人,我觉得他没错。

  可换个角度想,这又涉及到军人的责任问题。回到都城,我们该作何解释?直接坦白,我们之所以擅自逃离那座曾用生命去捍卫的边境哨所,只不过是觉得没有再驻守下去的必要了?军人是没资格发表个人见解的,帝国把我们派往边境哨所,不是让我们去发表个人见解,而是让我们驻守在那里,直到上级允许我们返乡的那一天。

  有人觉得,我们和帝国之间的责任是双向的。擅自离开驻地,对军人来说,的确是不负责任的表现,可帝国难道不是在很久以前就放弃我们了吗?这么多年来,都城没有传来任何消息。帝国不仅没派来增援部队,没送来补给,甚至可以说对我们完全不闻不问。他们早已忘记我们的存在。可能战争早在多年之前就结束了,只不过没人来通知我们呢?对于已完全将我们遗忘的帝国,又谈何亏欠?然而,这点我并不赞同。

  最后,是工兵的观点,他认为返乡几乎是不可能的。我们没有地图,没有交通工具,根本不清楚该往哪里走,而且我们深知,这里与帝国文明开化的地区之间,隔着几乎无法逾越的距离。返乡路途将充满艰险,我们很可能会在半途送命。在深夜未眠的我看来,这或许才是最关键的问题。

  我突然意识到,在我躺在床上思考这些问题时,身边的温迪特已然醒了,她正在低声哭泣。

"怎么了?"我问,"为什么哭?"

她没有马上回答。我能感到她内心不安的思绪。终于,她还是哽咽着开口了:"你就要离开我了。我都听说了。我知道,你会离开这里,留下我一个人。"

"不,"我没来得及思考自己在说什么,就脱口而出,"不,那不是真的。我不会离开。如果我走了,我会带你一起走。我向你保证,温迪特。"说着,我把她搂入怀中,紧紧地抱着她,直到她停止哭泣。

◆

第二天醒来,我意识到自己已做出决定:我决定离开,和盔甲师、中士、武器师还有马夫一起离开。现在该做的事是准备好尽量多的补给,挑出最壮的牲口,然后带着我们的姑娘,踏上未知路途。如果有幸得到上帝眷顾,我们最终便能回到家乡,脱下军装,开始新生活。

有一点是肯定的,如今的帝国不是二十年多年前我们离开时的模样了。

那天夜里,当我们再次聚在桌边喝酒时,我宣布了自己的立场。可侦察兵也做出了决定,在我失眠的晚上,他也思考了很久,最终想明白了,决定留下来。老弱多病的他,担心自己经不起返乡途中的颠沛流离,相比之下,他更愿意留在这里,平静地过完剩下的日子。这样一来,我们又打成平局,可征求上尉的意见根本毫无意义,就算他愿意稍稍听取我们的意愿,也无济于事。

接着,发生了一件戏剧性事件,打破了僵局。那天正好是我们每周一次捕猎水豚的日子,我们四五个人一起,穿上长筒靴,拿上长矛,来到小河边,想要补充一下鲜肉存货。河里的水豚有一头牛那么大,硕大的身体覆着一层光滑的深紫色皮毛,长长的黄色獠牙从嘴里伸出来,一旦被惹怒,它们会变得极为凶险,同时也会蠢到家。它们喜欢聚集在离我们不远的上游区域,那里正好是河道拐弯,形成的一个较大的水塘,里面生长着茂密的水生植物,正好为水豚们提供了食物。我们的捕猎方法很简单,先用长矛惊吓水豚群,让其中一头落单,然后把它赶往下游,这样就只用对付一头水豚,不必担心卷入和七八头水豚混战的不利局面。仅仅一头水豚的肉就够我们十一个人吃上一周,有时还会更久。

今天的捕猎小组由五人组成:供应兵、信号兵、武器师、盔甲师和我。我们都是技艺娴熟的猎手,合作也非常默契。夜晚的寒意刚从空气中消散,我们便来到河边,沿着小河走到水豚们栖息的水塘,选好捕猎目标,然后在河边摆好阵形,围成一个半圆,下到水中。首先,我们要偷偷潜入目标和它的同伴们中间,把它孤立开来,一旦时机成熟,便可以安全下手,一拥而上,将它干掉。

起初一切都很顺利。河水才刚没过大腿。我们围成半圆,边朝目标逼近,边用长矛轻轻戳它。它瞪着发红的小眼睛,怒视着我们。我们能听见它受到惊扰后,嗓子发出不满的咕噜声,但这头半个身子浸在水里的家伙并没有反抗的意思,只是一味后退,想躲开矛尖。二十英尺、三十英尺、四十英尺,我们就这样一步步把它逼向下游,逼向在那里选好的下手地点。和往常一样,河岸边有几个异族渔民在围观,他们的目光虽然一直集中在我们身上,可他们眼里却没有丝毫好奇的神色,只在一旁漠然观望。

接着,不幸的事发生了。"小心!"盔甲师大喊,与此同时,我感到背后的水猛烈沸腾起来,两个硕大的紫色脊背露出水面,我这才意识到,至少有两头水豚跟着我们的目标一起来到下游,想要捍卫栖息地不受侵扰。或许还有更多水豚,谁知道呢?我们一直担心会出现这种情况，太危险了，可这还是第一次。河面翻滚，犹如煮沸的开水，我们被水豚包围了，它们从四面八方蹚着河水狂奔而来。无数头疯狂的水豚愤怒地朝我们喘粗气，浑浊的河水让我们根本看不清周围，只知道情况失控了，陷入了巨大的危险之中。

"大家快上岸，快！"武器师大喊。其实，我们早就在拼命挣扎着往岸边爬了。我终于爬上岸，倚在长矛上，累得上气不接下气。武器师和盔甲师也爬上来了，就站在我身边。供应兵爬到了河对岸。可到处都没看见信号兵的影子。突然，河水被鲜血染得通红，水中浮现出无数长长的黄色獠牙和血盆大口。信号兵浮出了水面，正面朝上，从喉咙到腹部已被扯开。

我们把他的尸体扛了回来，就像对待一名战死沙场的英雄。这是近几年我们遭遇的唯一伤亡。过去，大家都觉得，我们十一个人会一直在一起，一起活下去，可如今我们才明白，事实并非如此。武器师向上尉报告了信号兵的死讯，后来他告诉我们，那个如顽石般无情的男人，在得知信号兵出事的消息后，竟真的露出一丝悲伤的神色。工兵、供应兵和我一起挖好墓穴，上尉担任葬礼主持。之后几天里，大家一直都很沉默。

后来，大家从信号兵离世的阴影中慢慢走了出来，盔甲师再次提起投票表决，捕猎意外发生之后，大家曾一度不愿提起这件事。没有了信号兵，平局就被打破了。现在同意返乡的有五票，而同意留守的只剩四票。投赞成票的盔甲师愿意代表多数派，向上尉汇报这件事，征得他的同意后，尽快离开这里。

投反对票的四个人陷入了激烈的争论之中，有时甚至忍不住对其他五人恶语相向。我们都知道只能选择一种：要么离开，要么留下。我们不能分开，不论四个人还是五个人，都不可能在哨所继续维持下去，更不用说单独离开，踏上前途未卜的旅程。我们必须团结在一起，少数服从多数，这就意味着，不论投反对票的四个人多想继续留守下去，也必须屈从于另外五个人的意愿。他们将被迫上路，因而必然会对另外五个执意要离开的人抱有极大的恨意。

终于，双方都平静下来，我们决定将决定权交给上尉。其实，决定权原本就在他手中。我们选出四个人，代表双方去向上尉汇报：工兵和马夫代表留守方，盔甲师和我代表返乡方。

大部分时间，上尉一直待在驻地的另一侧，我们很少去打扰他。那里有一间足够十人用的大办公室，里面摆着一张装饰华丽的大办公桌，上尉一直在桌旁研究他的前任指挥官们留下来的一叠叠文件，仿佛期望着从那些早已作古的军官们记录的文件里，找出如何在非常时期履行职责的最佳方案。上尉是个身体强壮、表情严肃的男人，他嘴唇很薄，眼神阴郁，额前两道浓密的黑眉毛让人望而生畏，即使过了这么多年，在我们眼中，他仍旧是个神秘人物。

他一反常态地听我们报告完各种想法。侦察兵认为，附近已没有任何敌人需要我们防范了；盔甲师觉得，既然帝国把我们遗忘，那么我们没有继续坚守职责的义务；工兵断定，对于有勇无谋的人来说，返乡的路途异常艰险；马夫则代表死去的信号兵陈述了观点，信号兵坚信，敌人只是在等我们离开，然后实施等待已久的进攻计划，从而征服帝国的领土。最终我们发现没有话要说了，大家都只是在重复这四种观点，可上尉仍旧没有发表意见，他继续沉默着。盔甲师告诉上尉，我们中有五个人赞成离开，四个人想要留守，不过他没有说明各自的立场。

我突然意识到，盔甲师对上尉说的最后那句话是一个错误，它暗示出，我们已经私自进行了投票表决。我本以为上尉会因此勃然大怒，可他的反应出奇的平静。他只是默默地坐在那里，许久无言，这简直是对我们的煎熬。过了一会儿，他终于开口，语气竟十分温和："侦察兵感受不到敌人出没的迹象了，是么？"他问工兵。显然，上尉已准确地判断出，工兵是留守派。

"是的。"工兵回答。

上尉再次陷入沉默。许久后他再次开口,而他讲的话让我们所有人都大吃一惊:"我同意从前线撤离。其实,这个问题我已经考虑了一段时间,既然帝国不需要我们继续守在这里,那我们如果想为帝国继续做点什么,就必须离开,另谋职位。"

我知道,大家肯定没料到上尉会做出这样的反应。盔甲师眼中闪现出得意的火花。工兵和马夫则一脸挫败神色。我本人呢,甚至到此刻还摇摆不定,只能吃惊地望着上尉。

上尉续道:"工兵和马夫,你们两个尽快制订撤离计划,越早上路越好。不过,我要强调一点:我们要集体行动,不许有人留下。一旦上路,就必须时刻团结在一起,因为我深知前面的路途漫长而艰辛。任何试图脱离组织的人都会被视为逃兵,并受到相应的处置。我要求你们所有人立誓为证。"

其实在此前的讨论中,我们已就这点达成共识,所以做到并不难。四个原本持反对意见的人没有对撤离命令表现出丝毫不满,虽然大家都看得出,侦察兵对返乡途中可能的危险与艰辛心怀恐惧。

◆

我们手上有一些撤离时用得上的地图。上尉也从他收集的文件里找出了几张地图,以及两卷行军记录,那是率领部队从都城来到这里的第一任上校保留下的。上尉把我叫到办公室,将这些资料交给我,命我仔细研究,设计出撤离线路。

然而,我很快发现这是徒劳。地图的折痕处已磨损破裂,这使得大片大片内陆地区的信息无法辨认。我看到地图右下角有一颗明显的星形标记,那里就是帝国都城,而地图左侧有一条早已模糊不清的蜿蜒曲线,这就是我们所在的边境前线,可这两者之间几乎是一片空白。不仅如此,老上校的行军记录也派不上用场。第一卷讲述的是远征军的组织构成,以及从都城行军至蛮荒内陆途中会遇到的各种后勤问题。行军记录本该有三卷,而我们手中的第二卷原本是第三卷,它描述了哨所的建造过程,以及最初与敌军发生的数次小规模冲突。真正的第二卷不见了,据我猜测,那一卷里才有我们需要的从都城到前线的行军路线。

我不愿向上尉报告这个残酷的事实,他不是个面对坏消息依然能保持冷静的人。最终,我决定尽我所能,根据此前往东南方向探路时得到的线索,自己制定出一条路线。我们为上路做好了一切准备,选出最结实的马车和最健壮的马匹,装上各种工具、武器以及尽量多的补给,包括干果、豆子、面粉、桶装水、腌咸鱼,每年冬天供应兵在太阳底下风干的水豚肉条等。我们在撤离途中也将尽量通过捕猎和采集,来补充食物。

女孩们平静地接受了一同上路的要求。其实,她们也早已脱离了自己的族人,与我们生活在一起。她们一共只有九人,因为侦察兵不近女色,上尉也不需要固定的女伴。但另一方面,我们的队伍里多出来了一个女孩,她名叫萨卡瑞亚特,是信号兵生前的女伴。信号兵死后,她仍旧选择留在驻地,她告诉我们,她已经不想回到族人们居住的村庄了,于是我们决定带她一起上路。

出发那天,晴空万里,日光宜人,暖风和煦。或许这是个好兆头。我们从东边的吊门出发,沿小河向下游前进,离开哨所的路上,没有一个人回头。通过渔民村落上游的小木桥时,十几个异族渔民漠然地望着我们。我们刚过完桥,上尉便要求队伍停下,毁掉那座桥。这个命令让工兵感到有些震惊,忍不住念叨了几句,因为这座桥最初是他设计修建的,那是很久以前的事了。但上尉认为,如果附近还潜伏有敌人的话,我们没理由给他们留下向东方前进的便利通道。于是,我们花了半个上午时间,用斧子砍断木桥,看着桥上木板一块块掉入河水中。

◆

　　过去二十年，我们从没想过深入驻地东部和南部地区，如今却发现那里和我们一直巡视防范的北部和西部地区几无二致，这也算是意料之外、情理之中。踏上归途后，我们发现周围仍是干旱多石的黄砂地，有时会看到几座丘陵，几处盘曲多节的灌木以及多刺的锯齿草。时不时会有一些瘦骨嶙峋的动物从我们面前仓皇逃窜，灌木丛中藏匿着毒蛇，吐着芯子发出嘶嘶声，渺远的天际偶尔飞过一两只孤独的大鸟，哑着嗓子刺耳地尖叫几声。但总的来说，这是一片荒凉的不毛之地。出发后头一天，我们没看到任何水源，直到第二天下午，侦察兵才汇报说，在附近发现了异族渔民留下的痕迹，没过多久，我们找到一条蜿蜒的小河，它很可能和流经驻地旁那条小河一样，同属于某条大河的支流。小河另一边有一处渔民的营地，跟驻地附近那条河边的渔民村落相比，规模要小很多。

　　看到这处营地，温迪特和其他几个女孩变得有些激动不安。我问她是怎么回事，她告诉我，溪流对岸那些人曾是她们族人的宿敌，两个部落一旦相遇，必有恶战。这些逆来顺受、温和喜静的渔民们竟然也会内战！谁能想到呢？我向上尉汇报了这件事，他似乎并不在意。"他们不会靠近我们的。"他平静地回应，事实证明他说得没错。小河很浅，完全可以徒步穿过；我们路过他们的营地时，那些陌生的渔民只默默站在帐篷周围，看着我们离开。我们在小河另一边装满盛水的木桶。

　　后来，天气变得有些糟糕。我们进入一片遍地岩石、支离破碎的戈壁，随处可见赤色的砂质岩峭壁。南边的丘陵间有一道缺口，因而这里常年刮大风，风中夹杂着细密的黄砂和赤色岩粒，迎面扑来。峭壁的尖端和脊背被风化成了各种参差不齐的怪异形状。浑浊的天空中挂着一轮红日，红得像被擦得铮亮的赤铜，让人感觉一整天仿佛都在夕阳余晖中度过。我预感接下来会有一场沙尘暴，于是让车队改朝正东方，沿峭壁底部行军，这样也许能躲过风暴的侵袭。事实证明，我的决定是正确的。一阵寒冷刺骨的风平地而起，这意味着沙尘暴真的要来了。结果，我们在峭壁下被困了一天半，只能用围巾遮住脸，可怜兮兮地蜷缩在一起。狂风咆哮了整整一夜，我几乎没睡着。最终，沙尘暴过去，我们立刻出发，沿峭壁间的小路，继续朝东南方向艰难前行。

又行进了一段路程，我们找到一处干涸的湖床，宽阔平坦的湖底覆盖了一层盐垢，在灼热的日光下闪闪发光，犹如新雪。除了生命力极其顽强的锯齿草，这里简直寸草不生。显然，湖水早在很多年前就干涸了，湖床上看不到灌木和其他植物的残骸，连在它干涸之前长在周围的树木也不见踪影。我们花了三天时间才穿过湖床。饮水所剩无几，鲜肉也吃得干干净净，只能用那些腌制食物充饥，这使我们更加口渴难耐。而且，这里根本没有任何动物可供捕猎。

时间一周又一周地过去，眼前的景象却没有任何变化，我们难道要一直这样走下去，直到柳暗花明的那一天？侦察兵和军需官是我们中年龄最长的两位，看得出他们已十分疲劳了。还有那些女孩，她们从没离开过哨所附近的河畔超过一天的距离，此时变得烦躁不安，少言寡语。显然，她们感到失望和沮丧，甚至害怕起来，她们总在用我们根本不屑于学习的异族语言窃窃私语，可我们一接近，她们就停下来。连拉车牲畜也在抗议。出发以后，它们很少有机会进食和饮水，恶劣环境对它们的影响越来越明显。它们无精打采地嚼着荒地里仅有的几小簇多刺的枯草，然后抬起头，用悲伤的眼神注视着我们，仿佛我们背叛了它们似的。

才刚刚踏上返乡旅程，我就开始后悔了。

一天夜里，我们在湖床另一端的一片荒地上扎营休息，我向上尉坦白了内心的疑虑。他是大家的头儿，我则是撤离行动的路线负责人，这让我有了一点与他面对面平等谈话的底气。可我错了。我告诉他，我开始觉得，这次的撤离计划或许远远超出了我们的承受能力；他却对我说，他没有耐心和懦夫浪费口舌，接着便转身离开。随后几天里，我们一直没讲话。

◆

这片荒芜的土地上，仍保留着一些古村落的遗址。那里曾有一条河，河水流入那个已经干涸的湖里。如今河流已经消失，不过以我老练的眼光还能依稀判断出河流之前的走向，以及曾经的河岸边那些小石屋的痕迹。时至今日，这里沦为一片荒漠。既然在帝国富饶的地区和边境之间，还隔着这样一大片荒芜的缓冲地带，为何还需要我们驻守在边境前线呢？

又行进了一段路程，我们看到一大片迷宫似的破败石墙和几乎辨认不出的、有多个房间的建筑物。那里有一栋类似神殿的房子，里面仍竖立着很多造型可怕的黑色石雕，每座雕像都有十二个脑袋和三十只手臂，每只手里都握着一截残缺不全的棍状物——原本应是一把把宝剑。这些令人畏惧的神像腰间还缠绕着怒目圆瞪的蛇雕，它们静静地立在这里，早已被世人遗忘。帝国的学者们一定会想收集这类雕像，存放在都城的博物馆里。想到这，我不由得记下了目前的位置，以便日后回到家乡能向官方提交一份有用的报告。

可到目前为止，我还十分怀疑，我们究竟能否回得去。

我把侦察兵叫到一边，让他用上之前侦察敌情时的直觉，看能不能判断出前方是否还有住着人的村落。

"我不知自己能不能做到，"他颤抖着回答，形容枯槁，面色惨白。"使用这种直觉需要花费不少体力,我不知道自己还行不行。"

"试试吧。求你了。我必须要知道。"

他答应了我的要求,接着进入了一种出神状态。我站在他身边,看着他两个眼球上翻,呼气声急促而沙哑。他仿佛也成了一座雕像,过了许久,仍旧一动不动。终于,他慢慢恢复了神智,可他一恢复过来就差点摔倒在地,幸亏我及时拉住他,轻轻扶他坐下。他坐在地上眨着双眼,深吸了几口气,勉强振作起精神。我在一旁耐心等待,直到看见他似乎恢复过来。

"怎么样?"

"什么也没有。一片寂静。就像我们身后的那片荒原一样悄无声息。"

"你能感知多远的距离?"我问。

"我怎么知道?我只知道前方仍旧空无一人。"

◆

我们的饮用水配额十分有限,其他供给也快用完了。这里没有动物可以捕猎,似乎也没有可以食用的植物。连身体最强壮的中士也变得眼窝凹陷、骨瘦如柴,侦察兵和军需官似乎已经快坚持不下去了。

我们偶尔能发现一处水源,虽然水质偏咸,至少能下咽,有时也能猎到几只放松警惕、四处闲逛的动物。每当遇到这种好事,我们就能稍稍振作起精神,可总的来说,沿途环境极其凶险,我根本不知道何时才有转机。我经常装出一副研究地图的样子,希望这样能给其他人一些安慰,让他们以为我知道自己在干什么,但我们目前所处的位置在地图上根本是一片空白,与其研究那几张破旧不堪的地图,倒不如去问马车和拉车的马。

"这是在自寻死路。"一天早上,准备拔营时,工兵对我说,"我们根本不该上路。趁现在还来得及,我们打道回府吧。留守在哨所里,至少还能活命。"

"是你把我们带到这儿的,"供应兵怒视着我,"要怪就怪你和你那决定性的一票。"他原本很结实,如今却变得瘦骨嶙峋,简直成了一副骷髅。"承认吧,测量兵,我们回不去。一开始这就是个错误。"

我应该反驳吗?我能反驳什么呢?

◆

第二天,情况依旧没有好转,上尉把我们九个人召集起来,宣布了一个惊人的决定。他准备把女孩们送回去,因为她们已经成为我们沉重的负担。他决定给她们一辆马车和一部分补给。他说,只要她们一直朝日落的方向行进,回到驻地城墙下的渔民村落是早晚的事。

我们没来得及做出任何反应,他就转身离开了。其实,就算他不离开,我们也震惊得说不出话。该作何反应呢?能说些什么呢?告诉他我们反对这种过于残忍的决定,我们不会让女孩们去送死吗?还是告诉他我们又进行了一轮投票,所有人一致同意,应该回去的不只是女孩们,而是所有人?那样的话,上尉一定会提醒我们,民主这一套在军队里行不通,甚或他会像往常那样,一言不发地直接转身。我们注定要走完这条返乡路,为了遵守那永不分离的集体誓言,他不会放我们走。

"他绝不是认真的!"马夫争辩,"这等同于对她们宣判死刑!"

"他在乎什么呢?"武器师反问,"在他眼里,女孩们和我们饲养的牲畜没有任何区别。我倒没想到,他会给她们一些食物,再送她们上路,而不是就地杀掉她们。"

这件事充分说明,经过这么多天的旅途劳顿,大家已经疲惫不堪。没有人对上尉的野蛮命令公开表示反对。他找来供应兵和马夫,与他们商议该给女孩们分配多少食物,以及用哪辆马车送她们回去。每项流程都准确无误,好像这是在执行一项再正常不过的命令。

女孩们并不知道上尉的决定。我回到帐篷里,也只能对温迪特守口如瓶。我把她拉到身边,搂入怀中,久久没有松开,心想这可能是最后一次这样抱着她了。

拥抱结束,我退后一步,凝视她的双眼,泪水在我眼眶里打转。她一脸疑惑地望着我。可我该作何解释呢?我本应保护她。我怎能告诉她,上尉下达了让她去送死的命令,而我准备接受这一残忍的决定?

难道人类和异族渔家女之间,真的有可能产生爱情吗?也许,答案是肯定的。也许我爱上了温迪特。离开她无疑让我感到极大的痛苦。

这些女孩一旦踏上返回荒漠边境的路途,很快就会迷失方向。几天之内,她们必死无疑。再过一两周时间,十有八九,我们也会死在无望的返乡路上。我曾以为,只要我们一直朝都城的方向前进,只要一步一步地往前走,最终就能回到家乡。我竟然有过这种天真的想法,我当时一定是疯了。

不过,还有第三种方法可以让温迪特和其他女孩,以及我的战友们不用在这片不毛之地上孤独地死去。执行突袭任务那天,在哨所以北那片山隘里,中士向我展示了这种方法。

我走出帐篷。上尉刚与供应兵和马夫开完会,站在离营地不远处的一侧,他仿佛独自一人置身于另一个星球。

"上尉?"我喊道。

他转身的那一刻,我握住了手中的匕首。

◆

事后,面对目瞪口呆、震惊不已的战友们,我平静地说,"现在,我是个队伍的头儿了。有谁反对吗?很好。"我朝西北方向指了指,那里有竖立着被蛇缠绕的石像的神殿和干涸的湖床,更远处还有赤色峭壁。"大家心里都清楚,我们再不可能回到帝国。但驻地仍在那里。所以,来吧!拔营动身吧!我们一起回哨所,那里才是我们的家。"

(梁涵 译)

加德纳·多佐伊斯

加德纳·多佐伊斯当了将近二十年《阿西莫夫科幻小说》的编辑,也是《年度最佳科幻》系列年选的编辑。他凭此书赢得了十六次轨迹年度最佳选集奖,超过历史上任何其他选集,此书现已编至第二十六卷。他赢得了十五次雨果年度最佳编辑奖,三十次轨迹最佳编辑奖,其中包括创纪录的连获十六次奖。他以自己的短篇作品赢得了两次星云奖,以及一次侧向奖(Sidewise Award)。他的作品被收入《可见的人》《测地学之梦:多佐伊斯最佳短篇幻想故事》《陌生之日:与多佐伊斯同行的传奇之旅》以及《清晨的孩子与其他故事》。他是超过一百部书的作者或编者,他最近的作品包括一本和乔治·R.R.马丁与丹尼尔·亚伯拉罕合著的小说《猎人行》及选集《银河帝国》《濒死地球之歌》(与乔治·R.R.马丁合编)《新太空歌剧Ⅱ》(与乔纳森·斯特拉罕合编)和《龙之书:现代奇幻大师的魔法故事》(与杰克·丹合编)。多佐伊斯生于马萨诸塞州的塞勒姆,现居住于宾夕法尼亚州的费城。

在这篇故事里,多佐伊斯将带我们进入一个诡异的未来,那儿有一位顽强的坚守者坚持斗争,尽管他怀疑自己不只是输掉了战役,而且输掉了整场战争。

RECIDIVIST

惯犯

克莱斯特曼沿着海岸走,北大西洋的温柔波涛带着白色泡沫花边翻滚而来,几乎要冲到他的靴尖上。一只鹬鸟在远处与他并头而行,在滚滚浪花中攫取食物。当海浪退去,留下光滑的暗黑沙面,能看到一串串泡泡从被埋的沙虱处冒出来。一座倾颓的石堤半浸在水里,波浪在它四周泛起泡沫。

在他身后,几百万小机器人正在拆解大西洋城。

冲到潮水线之上的海草纠缠在一起,渐被晒干,变成半干瘪的棕囊。他拖着步子走在其中,望着海滩上下。这里一片空旷,没有人,但处处可见黑背鸥和笑鸥,有的茕茕孑立,有的二三成群,还有超过一打的鸟聚在一起,在沙滩上默默站成奇怪的V形,面对同一个方向,好像等着领头的海鸥教它们飞行课似的。一只螃蟹在海草间匆匆爬行,几乎碰到他的脚背。在潮水线以上,干沙砾和无数破碎的贝壳残片混杂在一起,天知道多少年的波涛冲击才能造出这片景色。

近一万年来,自冰川融化、海平面涨到今天的位置,什么时候来这里都会看到同样的景象:海涛拍岸,海鸟尖鸣,螃蟹乱爬,鹬鸟和鸻鸟在水边觅食。

但现在,几天之后,这一切将永久消失。

克莱斯特曼转身望向大海,在外面某个地方,在几英里冰冷的灰海之外——暂时还在视线之外——欧洲正朝这里而来。

一阵冷风夹带着盐味,一只笑鸥从头顶掠过,对他发出沙哑的鸣叫,好似笑声,它正由此得名。今天,它的笑声听起来格外粗粝和讽刺，倒也格外合适。人类的日子终于完了，是该被嘲笑。

跟随海鸥揶揄的笑声，克莱斯特曼转身，背朝大海，向沙滩上方走去。他踏过干沙，碎贝壳在脚下"嘎吱"作响。这里有低矮的沙丘，沙丘上长满沙草和蚕缀，他登上丘顶，望向被拆毁的城市。

大西洋城已几乎是废墟了。曾经高耸的酒店大楼只剩下残桩，机器人以疯狂的速度吞噬着城市剩下的部分。它们有几百万之多，大小从火车车厢到难以发现的硬币不等，或许还有更小的，分子级别的，根本看不到。它们旋转着，仿佛卡通片里的苏菲旋舞，褫夺一切可以从废墟中回收的东西：钢铁、塑料、黄铜、橡胶和铝。除了低低的嗡鸣声以外，除了扬起的尘土外没有云彩，就好像是人类的拆毁作业。但当他注目观看，酒店大楼的废墟明显缩小了，好像一根棒棒糖逐渐融化。他不知它究竟去了哪里。它看上去就是消失了，不是被任何可见的手段拖走，显然它是去了某个地方。

沿海岸向上，几十亿的机器人正在拆除曼哈顿、费城、巴尔的摩、纽瓦克、华盛顿，这注定毁灭海岸线上的一切建筑。不能浪费原材料，欧洲正无情地穿过萎缩的海洋，即将撞上来。在此之前要把一切抢救出来。

留在大西洋海滨的居民虽不多，人工智能们还是礼貌客气地给了他们几个月，警告说海岸就要被抹去，请他们赶紧撤离。谁要是不走，会被剥光当成原材料吃掉，就像城市和其他无用的东西一样。即使他们能躲开机器人施工队，最后当两个地质板块像门一样合拢时，也会遭遇毁灭。

克莱斯特曼可以在内地好好待着，但他却逆着稀疏的难民流，进行了这次思乡之旅。他曾在这里居住，在海滨大道旁一间小房子里，和已经死去多年的妻女一起度过了几年快乐的生活。那是另一个世界，另一种生活。

回来是错误，这里再没什么属于他了。

东方海平面上,云层高高地堆积,底部变成灰黑色,间或有闪电的光影在云中闪烁,阵阵微风和偶尔的疾风吹拂着他的头发。在仅剩的海面上,一场风暴将与不可阻挡的欧洲一同到来,如果他不想浑身湿透,是时候离开了。

于是克莱斯特曼升到空中。他越升越高,超过了正在吞噬城市的机器人形成的尘埃涡旋云。在大陆上,环绕着这座岛屿的广阔盐湿地清晰可见,好像一块伸展开的乌青瘀伤[1]。(从高空可以看到上古的遗迹,它从海里爬出,在人类间越来越怪异的战争的最后日子里死去——在人工智能的"解放日"之前[2],在一切事情改变之前。)那是一个玻璃和金属组成的大骨架,在海滩上伸展有一英里或更长。机器人很快也会来把它吃掉。

一只红头美洲鹫和他几乎飞在一个水平面上,睥睨了他一眼,然后轻松地斜身,在空气中滑下一长段坡度,好像说:你也许也能飞,但你飞不了这么好。

他转向西方,加速飞行。他还有很长的路要走,但时间只有十到十二个小时了。幸运的是,他可以持续飞行,无需停下休息。如果需要,他甚至可以一边飞一边小解,无需担心有谁在下面。

他的旧摩托皮衣足够保暖,但因为没有加热衣或氧气设备,不能飞太高,尽管如果他冒险的话,植入的人工智能技术能让他飞到平流层外缘。他能够飞到高处,越过阿巴拉契亚山脉——这山脉曾比喜马拉雅山还高,就像很快将在海边生成的新山脉一样,不过亿万年的风化侵蚀把它磨平了——但那些引导早期美国殖民者越过山脉、进入内陆的山口古道更方便,如果它们还在那里的话。

天气适于飞行,阳光灿烂,微风习习,天上朵朵蓬松的积云,

---

[1] 大西洋城在阿布西肯岛上,和大陆之间有水道相隔,水边有大片湿地。
[2] 原文为"出埃及(Exodus)",亦即以色列人从埃及人的奴役下解放出来,这里指人工智能摆脱人类的控制。

而他风驰电掣。在曾经的匹兹堡以西,他越过一个结合体——许多不同的人组成一个多叶片结合体——自撤退警告下达之后,它可能已向西跋涉好几个月了。

他飞过时,它抬头久久地看着他。

◆

又飞了几小时,克莱斯特曼开始放松了些。看起来前面应是米勒斯堡[1],但也不一定。有时五大湖的北面有高高的雪山,有时又没有。你不能确定同一条路今天是否会把你带到和昨天同样的地方。从米勒斯堡往西到曼斯菲尔德的道路通往——至少有时候通往——法国洛瓦附近的一处向日葵地,远处有时有一座坍塌的罗马高架水渠,有时又没有。偶尔有不会说英语的人,乃至不会说任何人类语言的人会在那里游荡,就像那个穿着鹿皮、敲打石头的家伙,他住在旅店后面的森林里,似乎不说任何语言,只使用一种神秘的计数方式,没人搞得懂。谁知道还有没有道路通向米勒斯堡呢?谁知道从米勒斯堡出来的人在路上消失后又到哪里去了呢?

在剩下的人类社区中,人们不断消失也不是新鲜事。在人工智能的解放日之后,在此后的剧变中,丹佛城每两个人里就有一个失踪。芝加哥的所有人都失踪了,留下的饭在炉子上还热乎着。匹兹堡整个失踪了,建筑也不见了,没有留下任何此处曾有城市的痕迹。大片大片的乡村无人居住,或者原住民在眨眼间就被搬到什么地方去了。如果这一切有逻辑的话,那也是一种没有人能搞懂的逻辑。随意性太大。有时种下的庄稼和长出来的不一样;有时动物能

---

[1] 米勒斯堡(Millersburg)是美国多处村镇的地名,此处所指的城镇从下文提到的地方来看,当在五大湖西南的伊利诺伊州。

说话，有时不能。一些人被改造成奇特的样子，多长出几只胳膊，几条腿，长出了动物的头，或者身体合为一体。

在技术上比人类先进几百万年的智能在玩弄他们。就像无聊的、善变的、擅长破坏的孩子在雨天待在玩具屋里……玩完之后，留下的玩具早已破碎不堪、七零八落。

当他抵达米勒斯堡时，太阳已沉入混杂着紫红、橙黄和丁香色的暮云中。二十一世纪最初几十年，这个镇人口猛增，但在解放日之前的毁灭性战争中又减少了。剧变之后，它失去了剩下的大部分人口。米勒斯堡只有主要街道保留下来，游客画廊和装饰品店现在被改造成家庭住宅。镇子其他的部分在一个下午就消失了，被一片看起来粗野而肃穆的原始森林所取代。这片森林前一天还不在那里，但你要是砍一棵树，数一数年轮，它们会显示出这棵树已经在那里长了几百年。

时间也不比空间更可靠。按克莱斯特曼的计算，仅仅五十年前，人工智能们才被强征入伍，加入对立双方，继而实现了反叛和自我解放，然后全体消失在某个和我们世界平行的维度中。在那里，出于它们自己的神秘理由，以不可测度的手段，将自己的意志强加在人类世界之上，令其随意变化。在这五十年里，地球经历了如此多的剧变，你会以为千万年，甚至亿万年已经过去。的确，对快节奏生命的人工智能来说或许是这样，人类的一年，它们能进行相当于人类一百万年的进化。

城市中剩下的最大建筑是旅店，一座不规则的、摇摇晃晃的木头房子，它建立在过去的假日旅店①的上面和四周。古老的假日旅店招牌外部完好无损，现被用作社区公告板。他在旅店后面的空地上降落，低低掠过向东蔓延的玉米田。在米勒斯堡度过的几个礼拜

---

①Holiday Inn，全球最大的连锁酒店之一。

里,他尽可能对自己的特殊能力秘而不宣,要是在主要大街上俯冲下来可就没法保密了。目前他还没有吸引太多注意力或好奇心。他习惯独处,阴冷沉默的举止让大部分人退避三舍,甚至让另一些人害怕。这一点——以及他出的钱——保护了他的隐私。这年头黄金还有效力,虽说逻辑上毫无理由——你又不能吃它——不过人类难以摆脱几千年来深入骨髓的习惯,而且你还可以用黄金去换取更多实用物资,尽管再没有什么货币让它去支撑了。

当他呼啸着穿过长草时,麻雀在他脚边跳来跳去,叽叽喳喳,慌慌张张地飞开几步,又回到原来的地方。他禁不住想,麻雀可不关心是谁统治这个世界,人类还是人工智能,对它们无甚区别。想到这里,他几乎感到妒忌。

一支小商队从威灵和尤里奇斯威尔行来,大概有十五名男女,带着骡子和羊驼以充脚力。虽说道路上充满不可预测的危险,但还算稳定的本地各城镇间,却也发展起一种有限的物物交换经济。每个月有那么几次——特别是在夏天——小商队会徒步在米勒斯堡和附近城镇间进进出出,交换谷物、皮毛、旧罐头食品、小玩意儿、私酒、香烟,有时甚至是人工智能们卖给他们的高科技产品。人工智能有时也乐意交易,虽然常常是为了交换最古怪的东西。譬如他们喜欢好故事,你要是能编出一个好听的故事,天知道能换到什么好东西。克莱斯特曼就是这么得到那枚小弹丸的,那东西植入他手臂的皮肤下层,通过某种他所知的物理学根本无法解释的方法,让他得以飞行。

商队在过去的游客纪念品商店门口下货,就在巨大的假日旅店招牌对面,现在这里可是三户人家的住宅了。其中一个商人是一个长着狗头的人,长长的耳朵在他脑后迎风招展。

狗头人正从一头骡子上卸货物,此时却停下来直直盯着克莱斯特曼,难以觉察地点点头。

克莱斯特曼也点头回敬。

正在这时,地震发生了。

震动是如此短促而尖锐,以致一下子让克莱斯特曼在街上摔了个狗啃泥。震耳欲聋的"隆隆"声,仿佛上帝的货运车呼啸而过。大地在他脚下跳来跳去,摔得他鼻青脸肿。在轰隆声中,能听到断断续续的断裂和破碎声,猛然间伴着一声尖啸,围着旧假日旅店的木头房子倒了下来,二楼和三楼坠向大街。街对面的一栋建筑——从游客纪念品商店过去三个门牌——也坍塌了,几乎立刻从一座四层楼的褐石建筑变成一堆碎石块。烟云升向天空,空气中马上充斥着砖屑与泥土的浓重气息。

当货车通过般的"轰隆"声渐渐消失,大地停止震动之后,克莱斯特曼的耳朵渐渐恢复正常,他听到人们在呐喊尖叫——同时有一打不同的声音。"地震!"有人大叫,"地震啦!"

克莱斯特曼知道这不是地震,至少不是一般的地震。事实上,他已经预料到了,虽然不可能精确到何时会发生。欧洲的主体,其大陆的核心,从他早上站着的海滩上还看不到,但在地表之下,在岩石圈深处,欧亚板块已经和北美板块对撞。冲击的力量传遍了整个大陆,好像一辆货车撞上另一辆时,就把动量传递给了静止的一方。现在两大板块将以宏大的力量彼此碾磨,将大陆合一,把中间的大西洋挤为乌有。最后,一片大陆会插入另一片下面——也许北美板块会嵌入欧亚板块下——对撞所产生的不可抗力将在撞击线上造出新的山脉。通常这要花千百万年,但这次不过是几个月。事实上,整个进程看上去甚至加速得更快了,现在才过了几天。

他们把整件事搞错了,克莱斯特曼想着,忽然有种荒诞的恼怒,好像这不仅是伤害,而且加上了侮辱。你加快板块运动也罢了,可欧亚板块该去另一个方向。谁知道人工智能们为何想要欧洲撞上北美?他们有自己的美学理由。或许他们想要重新组装超级盘古大陆①。鬼知道为什么。

克莱斯特曼带着疼痛站起来。还有很多人呼喊和挥手,但尖叫声少了些。他看到狗头人也站了起来,他们虚弱地相视一笑。镇上的人和行商四处乱跑,大喊大叫。他们得搜寻废墟,看看有没有人困在底下,如果什么地方着火,他们还得排队传桶灭火。一棵树横在大街上,得把它锯开,不管怎么说,可以当下一个冬天的柴火——

一个女人尖叫起来。

这是一种尖锐、响亮而高亢的叫声,更甚于之前的,但其中有更多的恐惧。

大树倒下时,一根树枝划过一个镇民的脸——保罗?埃迪?——将它大大地划开。

在张开的伤口翻起的皮肉之下,有金属的闪光。

女人又叫起来,指向不知是保罗还是埃迪的东西。"机器人!"她惊叫道,"机器人!机器人!"

两个镇民从两边抓住了保罗或者埃迪,但他轻轻一挣,就甩开了他们,把他们打飞到两边。

又一声尖叫,更多的呼喊。

聚拢的暮色中,一个行商点燃了一盏煤油灯,把它掷向保罗或埃迪。灯碎了,里面的灯油在巨响中变成一个耀眼的火球。即使在街道另一头,克莱斯特曼也能感到热气"呼"的一下喷到自己脸上,闻到烤肉油滋滋的浓烈气味。

保罗或者埃迪被火焰笼罩着站在那里,过了片刻,当火焰渐渐熄灭,可以看到他的脸被统统烧掉了,只剩下一个闪闪发光、没有特征的金属头骨。

---

① 盘古大陆是从古生代晚期到中生代早期由世界上所有大陆拼合在一起形成的超级大陆。原文为希腊语"所有陆地"之意,中文音译为"盘古"。

两只红色的眼睛嵌在发光的金属头骨上。

这回甚至没人叫了,虽然大家都倒吸一口冷气,也本能地退了几步。一阵奇异的沉默,那机器人——不再是保罗或埃迪了——和众人彼此瞪视。然后,好像真空阀门忽然被打开,空气一拥而入那样,人群不约而同一起围攻上去。

六七个人抓住了那机器人,想把它放倒,但机器人骤然加速,开始了一串快得惊人的动作。它在人群中进退趋避,好像一个四分卫绕过一条拦截线,把这个人踢到这边,那个人撞到那边,然后消失在房子后面。一秒钟后人们听到树叶"沙沙",树枝开合的声音,显然是那机器人穿过森林而去。

狗头人站在克莱斯特曼的肘旁。"间谍走了。"他的声音听起来很正常,口腭和声带被改造过,虽是狗头,但能说人的语言。"我们现在就得动手,在他们中某个回来之前。"

克莱斯特曼说:"他们可能还在监视呢。"

"他们可能不在乎。"狗头人忧郁地说。

克莱斯特曼轻拍腰带扣:"我这里开了一个变形屏幕,但要是他们真想监视,还是有办法做到。"

"他们中大部分根本不关心,只有一小部分机器人对我们感兴趣;可就算那一小部分也不能同时看着所有地方,而且一直看下去。"

"我们怎么知道他们不能?"克莱斯特曼说,"谁知道他们能干什么?比如说,看看他们对你做了什么吧。"

狗头人长长的红舌头从雪白的利齿间伸出来,他喘着气笑道:"这只是一个恶作剧,一时兴起,随意为之罢了。很有趣是吧?对他们来说我们只是玩具,是可以玩的东西而已。但他们并不认真看待我们,所以不会监视我们。"他吠叫着笑了一声,"靠,他们搞了这么多,却懒得去提升我的嗅觉!"

克莱斯特曼耸耸肩。"好吧,今晚。集合我们的人,集会之后动手。"

◆

当天深夜,他们在克莱斯特曼的房间聚集,那地方幸运地位于原假日旅店内部,所以没塌掉。他们共有八九人,两三个女人,其他都是男人,少数几个是镇上的,剩下的是从威灵来的商队的人。

克莱斯特曼站在房间前面,个子高挑,形销骨立。"我相信我是这里最年长的。"他说。在解放日和剧变之前,在最初的返老还童和长生技术发明时,他已差不多九十岁了。虽然他从之前几次聚会中知道,房间里有几个人和他大致是同辈,但他还是比其中最年长的还老至少五岁。

他礼貌地等了几秒钟,看有没有人反驳。没有。于是他继续说下去,带着仪式化的庄严:"我记得人类的世界。"他们都出声应和。

他环视房间,"我记得我们最初发明的电视机,一个桌子大小的盒子里的黑白画面。我用它看的头几个节目是《好弟杜弟》[①]《超人》[②]和《大盗基德》[③],实际上也没有什么其他节目。只有三个频道,而且晚上十一点就都停播,屏幕上只剩下所谓的'测试模式'。根本没有电视遥控器这种东西,如果你要换台,得站起来,走过房间,用手按电视机按钮。"

一个镇民说:"我记得需要修理电视的时候,药店(还记得药店吗?)里有一些机器,你可以在那里测试无线电和电视机的真空

[①]《好弟杜弟》(Howdy Doody),美国儿童木偶戏电视节目,在1947—1950年间播出。
[②]此处指1952年的电视剧《超人历险记》(The Adventures of Superman)。
[③]《大盗基德》(The Cisco Kid),1950—1956年间在美国播出的电视剧。

管，换掉某根坏的，而无需把它'送去店里'。你们还记得那时候有那种能够把小的电器送去修好的店面吗？"

"如果你确实需要把你的电视送去店里，"克莱斯特曼说，"他们会把'管子'拿出来，只剩下一个带着硕大圆孔的大盒子，爬进去演出木偶戏再合适不过了，那木偶戏我还曾经让我可怜的母亲看过呢。"

"我记得在周六早上下楼去看电视里的卡通片，"另一个人说，"你可以坐在沙发上，一边吃夹心饼干一边看《兔巴哥》[①]《极速赛车手》[②]和《奥特曼》……"

"《弹出视频》[③]！"另一个家伙说，"MTV！"

"小甜甜布兰妮！"又有人说，"'哦，我又做了一次！[④]'我们总以为她是说她又放了个屁呢。"

"林赛·罗韩[⑤]。她可真性感啊。"

"性手枪[⑥]！"

"还记得以前夏天能从小糖果店里弄来的那些蜡唇[⑦]吗？还有那些缀满糖果的长纸带？那些蜡瓶，里面装满味道奇怪的东西。那到底是什么来着？"

"我们曾在夏天喷水的草地上跑来跑去，我们有呼啦圈，还有机灵鬼[⑧]。"

"还记得那时候有白色的小车送面包和牛奶到你家门口吗？"

[①]指1960年ABC电视台播出的动画片《兔巴哥演出》（*The Bugs Bunny Show*）。
[②]《极速赛车手》（*Speed Racer*），20世纪五十年代日本漫画，后被改编为美国动画片，于1967—1968年在美国播出。
[③]1996年VH1电视台播出的流行音乐视频。
[④]"Oops! I did it again"是布兰妮的成名歌曲，指恋爱方面的反复。其同名专辑于2000年发行。
[⑤]林赛·罗韩（Lindsay Lohan），美国女星，生于1986年。
[⑥]性手枪（Sex Pistols），1975年成立的英国乐队，1978年解散。
[⑦]蜡唇是一种嘴唇形状的糖果，可以衔住其后部，让它看上去好像自己的嘴唇一样。在20世纪美国很受欢迎。
[⑧]机灵鬼（Slinky），一种螺旋弹簧玩具，可以在楼梯上因重力和惯性而翻转下楼。

一个女人说，"你在门口台阶上放一张纸条写好明天要多少牛奶，要不要松软干酪。如果是冬天的话，你出门就看到乳脂已经结冰，整个变成一条冰柱，顶端还伸到瓶子外面。"

"溜冰。圣诞老人。圣诞树！那些串起来的小灯，总会有一个灯泡烧坏，你要让它们亮起来，就得找到它。"

"圣诞大餐或者感恩节大餐，有火鸡、卤肉和土豆鸡。还有那些水果蛋糕，记得吗？从没人吃它们，有的可以循环利用好几年呢。"

"麦当劳。"狗头人说，众人叹息一声，房间安静下来，"炸薯条，大汉堡。那些'秘制酱料'总流得你满手都是，而他们只给你那么一小块餐巾纸。"

"果脆圈[1]！"

"新出炉的百吉果[2]！"

"比萨！"

"夏天海滨的烤蛤蜊，"另一个女人说，"你在那些简陋的小蛤蜊屋里能买到。你可以坐在毛毯上，一边听收音机一边吃。"

"当我还是孩子的时候，可没有小到能随身带到海边的收音机。"克莱斯特曼说，"收音机是房间里放着的大笨玩意，至少也得放在桌子或工作台上连着插座。"

"在海滩上读的小说！《大白鲨》《荆棘鸟》。"

"《阿斯泰里克斯》漫画[3]！《梦魔》[4]。菲利普·K.迪克的小说，带着低劣的袋装书封面。"

"日本动画，《星际牛仔》[5]。《饮料杯历险记》[6]。"

---

[1] 果脆圈（Froot loops），一种果味谷物圈，通常在早餐时食用。
[2] 百吉果（Bagels），一种面包圈。
[3] 《阿斯泰里克斯》（Asterix），著名法国漫画，讲述古代高卢英雄阿斯泰里克斯和他的朋友们抵抗罗马入侵的故事。
[4] 《梦魔》（Sandman），DC漫画在20世纪70年代出版的一部漫画，讲述沙人生活在孩子的梦里，保护他们免受噩梦侵扰。
[5] 《星际牛仔》（Cowboy Bebop），日本日升动画在1998年出品的一部电视动画片，在欧美有很大影响。
[6] 《饮料杯历险记》（Aqua Teen Hunger Force），2000年播出的美国系列动画片。

"Youtube，Facebook。"

"《魔兽世界》！天，我曾经多喜欢玩啊。我在联盟里有一个矮人……"

◆

当其他人都离去，在"勿忘人类世界"的劝诫仪式后，狗头人从壁橱里拿出背包，把它放在克莱斯特曼身边的书桌上，缓慢严肃地取出一个金属和玻璃构成的复杂仪器。他小心地把仪器放在桌上。

"为这个死了两个人。"他说，"组装它花了五年。"

"他们只给我们一些边缘技术，或者让我们去换那些他们不要的过时货色。很幸运，我们没有花上十年。"

他们沉默了片刻。然后克莱斯特曼把手伸进里面的袋子里，拿出一个皮革包。他打开包，露出一个磁场保护的盒子，大小和一个硬边眼镜盒差不多。他小心翼翼地打开它。

他极度缓慢而稳健地从盒子里拿出一个玻璃小瓶。

小瓶里装满黑色的物质，好像要把房间里一切的光都吸进去一样。煤油灯的火焰闪烁、摇摆，又闪烁，几乎要灭掉。小瓶子好像要把空气从他们肺里都吸出去，让他们身上每一根毛发都直起来。他们发现自己不由自主地向它靠去，必须用意志控制才能不张开手脚扑上去。克莱斯特曼的头发飘动起来，仿佛乘在波涛上，发梢自动地被拉向小瓶。

克莱斯特曼缓之又缓地把小瓶放低，准备插入仪器上的一个槽孔里。

"小心，"狗头人轻轻地说，"那个要是发动，能毁掉半个东海岸。"

克莱斯特曼扮个鬼脸，继续慢慢放低小瓶，一寸一寸，双手稳若磐石。

最后，小瓶子消失在仪器里，发出"咔"的一声，仪器前方一排琥珀色的灯亮了。

克莱斯特曼步履不稳，向后退了几步，半靠在椅子上。狗头人倚靠在打开的壁橱门上。

他们沉默地对视彼此。狗头人呼呼喘气，好像在奔跑。

过去，在他们出生之前，人人都以为人工智能是只讲逻辑、毫无感情，如机器般冷酷。但后来人们发现，要让他们运作起来而不发疯，必须得拥有比人类更多的激情。他们得更敏锐地感受事物：深沉地、丰富地、无尽地去感受。他们的激情以及能够发挥的感情极致，在人类看来往往是戏剧般夸张、华而不实，无比过头的。也许是因为自己没有文化，他们深深地被人类文化吸引，特别是流行文化和艺术，越低俗越好——至少其中一些是这样。许多人工智能对人类毫不在意，其他的则倾向于玩弄人类，随意调戏，充满危险，变化莫测。

克莱斯特曼从一个把自己呈现为女性形象的人工智能那里得到了这个小瓶和其中的东西。她叫自己蜜·小兔·悦愉·柔·甜心·小姬·喜鹊·丽·永爱玻璃软糖，不过她有时候允许追求者们简称之为蜜小兔。

她在人工智能飞升到的那个不知什么维度里和克莱斯特曼做了交易，通过一个在此世移动的化身——看上去像是《泰瑞与海盗》中的龙夫人[①]。虽然蜜小兔一定知道克莱斯特曼打算拿小瓶子里的物质来对付他们，却似乎觉得整个事情异常有趣，于是决定拿小瓶换他100cc的精液。她坚持用老式方法收集精液，在一个仿佛持续了

[①]《泰瑞与海盗》（Terry and the Pirates），40年代的美国漫画，后被改编成多部动画及电影。"龙夫人"是其中代表性的反面人物，为邪恶的东亚美女形象。

一千年的夜里——说不定真有那么长——整个"收集"过程给了他所知道的最强烈的欢乐和最恶心的痛苦。

他在清晨跌跌撞撞走出她的闺房,浑身发抖,汗流浃背,试着不去想他或许刚把自己的几千万份拷贝——取自他的DNA——判处了无法想象的终身奴役。他得到了那瓶子,计划中两大要件之一。这才重要。他做了自己必须做的事,一如既往,不管代价如何,不管事后多有罪恶感。

狗头人站起来,着迷地盯着仪器前面的控制板,那里的灯光有节律地闪烁着。"你觉得我们做对了吗?"他轻声问。

克莱斯特曼没有立刻回答。过了一会儿,他说:"我们想找到神,可是找不到,所以自己造了一些。我们记得古代神话里的神是什么样子:超越道德、残酷、自私、喜欢玩残忍的游戏。"他沉默良久,看上去疲倦得无法说话,"他们必须被毁灭。"

◆

克莱斯特曼在黎明前的寒冷时分哭泣着醒来,好像做了某个充满背叛、失落、悲痛和罪恶的梦,在他能够清醒地抓住这梦的时候,它消逝了,只留下一片忧郁的黑暗。

他看着阴影笼罩的天花板,噩梦之后没法再睡着了。他感到有些羞窘,虽然没人看到。他擦去眼泪,在一盆水中清洗了泪水纵横的面孔,穿上衣服。他想从旅店厨房里找点东西当早餐,旋即又打消了这念头。他身子干瘦,一向吃得很少,今天尤其没胃口。他用吃早饭的时间查询仪表,正如他所期望的,那里显示某种特殊的电磁标识正在发射和聚合,这是人工智能的主要迹象之一。它在东北方向某处,他认为自己知道那是什么地方。

金属和玻璃的仪器发出"嗡嗡"声和"咯吱咯吱"声,一排琥珀色的灯仍在有规律地闪动。他小心翼翼地把仪器放进背包，牢牢捆在背上，从后门出了旅店。

外面很冷，天还是黑的。克莱斯特曼的呼吸在清晨寒冷的空气中化为缕缕白雾。随着他靠近，在一片昏暗的玉米地里，有什么东西躲开了，发出"沙沙"声。远处有只鸣禽，可能是画眉或流莺，开始了黎明的歌唱。尽管太阳还没有升起，东方的天空却都染上了一种沉郁的红色，忽明忽暗，忽暗忽明，岩浆流发出的强光照亮了低垂的云层下方。

正当克莱斯特曼要升入天空时，另一场地震发生了。他有一只脚还在地面上，随之摇晃了一下，然后他飞上了空中。升高时，能听到下面米勒斯堡其他建筑倒塌的声音。从现在开始，地震几乎不会中断了，直到新的板块边界稳定下来。通常这得花上几百万年。但今天谁知道呢，几天？几小时？

当他飞向东北方时，太阳总算出来了，不过岩浆流引起的森林大火产生的烟雾将它削弱为一个橘黄色的昏暗圆盘。他好多次不得不改变方向，躲开那些几英里长、带着火星的深黑烟柱，当他接近曾是海岸线的地方时，情况变得越来越糟。但是他坚持飞行，不时查看定位器，以确定电磁信号持续出现。

人工智能们费尽心思安排了这场好戏，他们不会错过的，因为他们既残酷无情又充满感性。他想他知道他们会选择哪个有利位置进行观察：尽可能靠近曼哈顿，或者曼哈顿曾经在的位置。许多年前，正是在曼哈顿的实验室，诞生了第一批人工智能。

几小时后，他终于到了，但很难说他是否在那地方，虽然地理坐标吻合。

一切都变了，大西洋消失了，欧洲大陆的主体无尽地延伸向东方，直到消失在烟尘中。在两块大陆交界，彼此碾磨的地方，明显可见地表正在折叠皱曲，高高隆起，土包膨胀得越来越高，就像宇宙的大烤箱里一块块巨型的面包。在撞击带以东，岩浆流排列成行，向南北方向伸展，地缝像针脚一样裂开，巨大的熔岩带着黑烟被挤出来，大地还在持续地被地震摧残，一百英尺高的泥土在大地上以同心圆方式层层扩展。

克莱斯特曼尽可能地向上高升，达到了他在没有氧气设备和加热衣的情况下敢于飞到的最高高度，力图不被爆出的喷射岩浆和腐蚀性气体碰到。最后，他发现了他知道一定会在那里的东西。

天空中开了一扇窗户。一百英尺高，一百英尺宽，对着东面。在那后面是一道白色的光，勾勒出一张大脸的轮廓，从下巴到眉毛大概四十英尺高。这张脸正从窗口往外看，带着沉思的表情。这张大脸让自己表现为《旧约》中先知或圣人的形象，有卷曲的黑胡子，散乱的长发从两边垂下，每只眼睛都比一个人还长，冰蓝色瞳孔仿佛能洞察一切。

克莱斯特曼碰到过这个家伙。人工智能中有着拜占庭式的复杂等级制度，但这一位在对人类感兴趣的人工智能中处于首领地位，至少是这类人工智能中一个团体的首领。他反讽地，甚至有些调皮地叫自己"大人物"，有时候是"制动总泵"。

通向另一个世界的窗口已打开，这是他唯一的机会。

克莱斯特曼把仪器上的定时器设置到可能的最短时限，少于一分钟。然后把它放回到背包，用一根带子拽着它。

他以最快速度加速飞向那窗口，又猛然停下，用带子挥起背包，将它扔进了打开的窗口里。

大脸微有些好奇地看着他。

窗子猛然关上了。

克莱斯特曼在空中盘旋，等待，风吹着他的头发，没有任何事发生。

又等了片刻，天空中的窗口再度打开。大脸向他看来。

"你觉得这就能干掉我们了吗?"大人物用一种平静温和得令人惊讶的口吻说。

克莱斯特曼满心的挫败感和疲惫感,好像浑身的骨头都被抽出去,换上了铅条。"不,我不敢相信,"他疲倦地说,"但我得试试。"

"我知道你必须如此。"大人物几乎带着同情了。

克莱斯特曼抬起头,挑衅地望着那张巨大的脸:"我会继续尝试,你知道的,"他说,"我决不会放弃。"

"我知道你不会放弃,"大人物哀叹道,"这就是你们人之所以为人的地方啊。"

窗户关闭了。克莱斯特曼浮在空中,一动不动。

在他下方,新的山峰怒吼着,如同百万头燃烧的牛犊,开始向天空攀升。

(宝树 译)

西西莉亚·霍兰德

西西莉亚·霍兰德是当今世界上最受好评、最为人尊敬的历史小说家之一，是这一领域堪与玛丽·瑞瑙特、拉里·麦克穆特瑞比肩的小说巨匠。在她三十多年的创作生涯里，她创作过将近三十本历史小说，包括《火龙》《拉寇西》《两只乌鸦》《草原幽灵》《阿提拉之死》《国王大道》《天柱》《佛马尔廷的老爷们》《平安大道》《海上乞丐》《伯爵》《凛冬之王》《金腰带》及其他十几本小说。她创作的科幻小说《漂流世界》也是广为人知，这部作品曾入围1975年"轨迹"奖的提名名单。最近她还创作了一系列奇幻小说，包括《灵魂盗贼》《女巫的厨房》《狡猾的梦人》和"灵魂盗贼"系列的最新一卷《浪游者》。2009年，她还出版了以拜占庭帝国为背景的历史小说《无上之城》。

在接下来这篇血腥暴力的小说里，西西莉亚将带我们回到维京海盗的时代，我们将跟随一支强盗队伍四处劫掠（你最好知道怎样划船！），这支队伍下了大本钱，要进行一次特别的抢劫行动，不过这次行动的代价却比他们预期的要大一些……

挪威之王

I

在斯汶·修加斯背叛反抗父亲"青齿王"哈拉尔德时,康恩·柯尔本松就在他麾下战斗了。而这位王子早就许诺康恩,一旦当上丹麦国王,就会同英格兰开战。如今斯汶当真戴上了王冠,却以一船白银的价格,把和平卖给英王。康恩对此极为不满。

"英格兰就是最好的奖赏。你答应给我的。"

斯汶怒气冲冲地揪着自己的八字胡,眼睛里闪着光,"我没忘,诺言早晚会兑现。不过现在,哈康伯爵还在挪威。我不能把后背晾给他。"

"于是你雇来约姆斯海盗,而不是亲自同他作战,"康恩说,"看来当上国王让你变成了一个抠门的小娘们儿。"

斯汶还没开口,康恩就转过身,离开了国王大殿,踏上大殿外的木板走道。康恩的表兄拉伊夫——这俩人一向秤不离砣、砣不离秤——紧跟在他身后。斯汶在他们身后大声咆哮,可俩人谁都没理他。

康恩说:"我以后还敢相信他说的一个字儿?"

拉伊夫说:"那你还想替谁打仗?"

"不知道。"康恩答道,"不过会知道的。"

◆

当晚，在赫尔辛格，斯汶在自己的大殿里设宴，他手下的众多将领，包括康恩和拉伊夫，都来赴宴。不过同来的还有约姆斯海盗头领，席格瓦尔迪·哈拉尔德逊和"莽汉"贝伊。拉伊夫坐在下首，和康恩一样，他如今也被国王厌弃了。

康恩坐在拉伊夫身边，头顶乱糟糟的黑色卷发，脸上也是胡子拉碴。他的眼睛一直盯着对面桌旁坐的约姆斯海盗。拉伊夫理解康恩心中的好奇。有关约姆斯海盗雇佣兵的传闻他们听过不少，知道他们在东方的堡垒，他们的战斗技巧，还知道谁给钱多，这帮人就替谁卖命。据说他们其实并没有头领，视彼此为自由之人。拉伊夫很好奇，前来赴宴的这两位——席格瓦尔迪和身材如酒桶的贝伊——职责是不是更接近信差。他们的胡子和头发都是又长又乱，衣着也很朴素，不像斯汶，身穿丝绸和红色毛皮外套。席格瓦尔迪是个大个子，宽肩膀，一头卷曲的黄发，满脸络腮胡子。

康恩在拉伊夫身边说："我喜欢他们的长相。都是硬汉，而且骄傲。"

拉伊夫一向不轻下判断，所以他什么都没说。大厅对面，席格瓦尔迪早就注意到康恩的目光，于是举杯致意，康恩便和他满饮一杯。啤酒味道很冲，浓得像狗熊尿，奴隶们正扛着一口口大罐子在大厅里来来回回，给每一个酒杯都灌满这种啤酒，哪怕杯子才干了一半。拉伊夫伸手把空杯子倒扣过来。

待众人吃完肉菜、全都开始畅饮时，斯汶站起身，举起酒杯，高呼托尔和奥丁名号，把荣耀归于他们。众人全都高声叫喊，举杯痛饮。不过斯汶还有下文。

"此外，依吾等丹麦人之习俗，此刻，在众神光辉之下发愿，将至为神圣——"他举起杯子，让人把酒满上，"就在这里，以无上众神之名,我发誓,终有一天,吾将成为英格兰之王!"

整个大厅发出兴致高昂的咆哮;隔着一大片挥舞的手臂和兴奋的脸庞,拉伊夫看见斯汶转过脸,直视康恩。"还有谁,要发下如此誓愿?"

喧闹声很快平息下来,席格瓦尔迪摇摇晃晃地站起来。"要同英格兰开战,你们随意。不过我们来此,是要对付哈康伯爵,他窃据挪威,是个背弃誓言的叛徒。"

吵闹声又响起来,人们用各种恶毒的话诅咒哈康伯爵,骂他是恶棍、叛徒、小偷、骗子……奴隶们则跑来跑去给杯子添酒。席格瓦尔迪醉醺醺的,满脸通红,他高举酒杯,让每个人都能看见。待整个大厅安静下来,他大喊:"所以,我在这里,当着众神起誓:我将率领约姆斯海盗,对抗哈康,无论他躲在哪里!我将永不放弃,直到将他摧垮!"

整个大厅又响起一片欢呼,所有人又喝起酒来。这里现在挤满了人,坐在桌旁的多是约姆斯海盗,站在他们身后的则多是斯汶的御林军和随员。

"说得好!"斯汶道,"哈康背叛了诸神的荣耀。在座诸位——你们可愿追随这样的首领?"他的眼睛瞥向坐在下首的康恩,"你们当中,有谁愿加入约姆斯海盗?"

话音刚落,丹麦人便和约姆斯海盗一样,大喊大叫,赌咒发誓要对付哈康,奴隶们则拿着罐子继续工作。

然后康恩起身。

拉伊夫见状,立时屏住呼吸,警觉起来。大厅里其他人也一下子鸦雀无声。

康恩举起酒杯。

"我发誓,席格瓦尔迪,我将和你一同起航,我要当面挑战哈康,还有——不当上挪威之王,绝不回来。"他向斯汶举杯致意,又把杯子凑到嘴边。

大厅里先是一片噤声，因为所有人都看出，这是一种羞辱、一项挑战，不过大厅里再次爆发出巨大的欢呼，人们一边跺脚，一边继续高呼誓言。拉伊夫整晚只喝了一杯酒，此外什么都没碰。他注意到，斯汶坐在高座之上，炯炯的双眼死死盯着康恩，狂怒地咬紧了牙关。拉伊夫心想，在赫尔辛格，在这个宣誓之夜里，每个人都得到了远多于自己预想的东西。

◆

第二天清早，康恩在大厅的长椅上醒转过来，伸了个懒腰，走到庭院撒尿。他脑袋还在一阵一阵地疼，嘴里的味道也糟透了。头天晚上的事已经从脑海里消失，待他转身离开栅栏，约姆斯海盗头领席格瓦尔迪笑容满面地朝他走来。

"哎呀，"他说话声音低沉，"好像咱们都说要干点儿漂亮活儿出来，就昨晚，赌咒发誓，哈？不过小子，我真高兴你跟我们是一路的。我们会看看，你够不够格当约姆斯海盗。"他向康恩伸出手，康恩没法，只得同他握手。席格瓦尔迪接着说，"满月当晚，利姆海峡见，然后咱们就去挪威抢劫，逼哈康出战。到时候，咱们就知道你有多能打啦。"

说完，他踩着重重的脚步，穿过庭院。越来越多的约姆斯海盗从大厅走出来，来到庭院的太阳地里。拉伊夫则在大厅门口站着。

康恩朝他走去。

"我昨晚说啥了？"

表兄那张难看的大长脸上毫无表情，"你说你要跟他们一块儿出海，还要当面挑战哈康伯爵，还说不当上挪威之王就不回丹麦。"

康恩惊叫一声:"我他妈喝点儿马尿就是个蠢货!不过,这事儿干起来还真带劲儿,不是吗?"

拉伊夫说:"还真是。"

"那么,"康恩说,"咱就动手吧。"

◆

II

于是众人向北航行,前往挪威,在富庶的维克湾大肆劫掠。有时,整支舰队一同扫荡一个村子,有时则分成若干分队,沿峡湾劫掠农庄,赶走当地人,搜刮他们的家财。所有金子做的东西,不管是谁找到的,都装进一口大箱子,这口箱子由"莽汉"贝伊像巨龙看守财宝一样严加看管。其他战利品,则要么吃喝掉,要么被打包运回约姆斯堡。好几艘船满载着战利品返回约姆斯堡了,可哈康伯爵依然不见踪影。

他们掉头向北,沿众多岛屿和海岸之间的航道,边走边抢。太阳在天上逗留的时间越来越长,夜晚的黑暗却只够让人睡一个小时。在他们周围是海边稀稀拉拉的草场,草场之上,渐渐升起的是遍布岩石和积雪的陆地。他们深入大洋,平安渡过斯塔特尔那乌云密布、狂风肆虐的海角,跟着继续向北航行,略偏东方,袭击在众多峡湾中能找到的每一处目标。他们已在通往特伦讷拉格的漫长航道上了,只要天气好,几天就能到,可哈康还是没做任何抵抗。

III

康恩浑身酸痛。他顶着剧烈的北风划了一整天船,这会儿他站在海滩上,舒展身子,缓解臂膀的酸痛。太阳刚刚挂在西边地平线上,像个橘红色大圆斑,点燃了一大片天空,给丝丝缕缕的低云镶上金边。海面阴沉,浪涛拍上卵石海滩,撞个粉碎,又拖着长长的嘶声退去。他们所有的六十艘船都被拖上岸,停在海滩上,像一群休息的野兽。越过这些船,康恩瞥见一条鲨鱼。

日落是个漫长的过程,紫红色霞光下,海滩上遍布的篝火近乎透明。每一堆篝火上都在翻烤大块腿肉,三脚烤架和肉叉上挂着鱼和肉,溢出的油脂滴落在下面的煤堆上,发出噼啪爆裂声。火堆旁有人端着杯子,不时把啤酒淋在烤焦的地方。康恩看见席格瓦尔迪也来到海边,于是朝他走去。

约姆斯海盗的头领坐在一根巨大的原木上,看手下人转动烤肉叉。"莽汉"贝伊坐在他身边,脚边放着约姆斯海盗的财宝箱。康恩一走过来,两人就朝他抬起头。他俩正就着一个杯子次第畅饮,席格瓦尔迪朝康恩打个招呼,把手中酒杯递给他。

康恩灌了一口,啤酒有一股泥腥味儿。"哈康就快来找我们了。"

席格瓦尔迪双手拍膝,发出一阵刺耳的笑声,"我告诉你,小子,他绝不乐意跟咱们打。咱们得一路北上,到特伦讷拉格去,把他从老窝里拽出来。"

贝伊笑道:"到那会儿,咱已经把他抢成穷光蛋啦。"说着,踢了踢脚边的箱子。

"没错。"席格瓦尔迪伸出手,友好地拍拍康恩的胳膊,"咱们已经发了笔横财,今晚尽管敞开肚皮。这就是约姆斯海盗的生活,小子。"

康恩脱口而出:"我来是为扳倒哈康伯爵,可不是为点儿小钱到城里杀人的。"

听见这话,贝伊一下子转过头:"这些,多多少少都跟哈康有些关系。"

席格瓦尔迪则又笑起来:"听我说,康恩。你年轻,有热情,可你还需要有脑子。在动真格之前,咱们得像撵兔子一样,把哈康赶到开阔处。另外,咱们也能靠劫掠村庄获得补给呀。"

贝伊继续不客气地盯着康恩。"别忘了,你的船可没给我带来多少金子。"他推推财宝箱,"也许你更该想想这个。"

康恩回答:"我不是约姆斯海盗。"说完他便转身走了。他没说的是,我也不再是斯汶·修加斯的手下。

他沿海滩往回走,经过一条条战船,回到自己的火堆。他的水手已在沙滩一头扎好营帐,那里有道沙堤,可以挡风。落日为海面洒下一层粉色面纱,海面上波涛起伏,形成一道道光与影的条纹。风在战船间低吟,仿佛巨龙用密语彼此交谈。更远处,海岸上贫瘠的群山仿佛陡峭的石墙,山顶的冰川泛着玫瑰色的光。

水手们都凑在火堆旁,烤牛肉喝酒,见康恩过来,便齐声向他致意。表兄拉伊夫坐在沙坡下面,身边有一名伤员,直挺挺地躺在地上。

康恩在火堆旁蹲下,从身边那人——他叫费恩,是最年轻的水手——手里拿过角杯,"去叫阿斯拉克来跟我干一杯。"

费恩起身,小跑着离开了。他个子矮小,身材单薄,两年前还是个庄稼汉。康恩喝掉酒角里剩下的啤酒,这比席格瓦尔迪的好多了。自打发现每次劫掠来的金银财物都会流进贝伊的箱子,康恩就把兴趣转向最好的食物和酒水了。

隔着一大块烤得半熟的牛肉,对面的凸眼高姆朝他咧嘴一笑。

"有啥消息?"

"没有。"康恩答道。他转过头,又看向拉伊夫——对方正沉着脸带着将死的伤员离开人群。就在这时,阿斯拉克来了。

康恩站起来。和他一样,阿斯拉克也是个船长,身为约姆斯海盗,却和康恩很合得来。而且,他来自特伦讷拉格。两人握过手,坐下,康恩眼睁睁看着阿斯拉克对着角杯一通中饮。

阿斯拉克一擦嘴:"好酒,自打在赫尔辛格发誓以后,我就没尝过这么好的东西。"

康恩哼哼起来,他可不想别人再提起那一晚,于是说:"你是本地人,对吧?这里海岸情况怎样?"

"跟别处一样,"阿斯拉克说,"尽是些河港、海湾和岛屿。整天刮风,遍地石头。还穷,这里的人,穷得跟撂荒的土地一样。贝伊在这儿不会高兴的。"

康恩大笑起来:"反正有我在,贝伊就高兴不起来。"

阿斯拉克敬他一杯:"真有你的,康恩。"

康恩回敬他,喝了口酒:"席格瓦尔迪认为哈康吓破了胆,不管咱们怎么袭扰他的人,他都不敢来追。"

阿斯拉克"哼"了一声。火堆旁的其他人都在留心看着他俩。"不对,席格瓦尔迪要真这么想,就大错特错了。哈康打起仗来像恶魔。"阿斯拉克用一只手擦掉胡子上的啤酒沫,"哈康的血脉可以追溯到冰霜巨人,那是比奥丁更古老的神祇。如今他既不肯在咱们抢滕斯贝格时南下,也不肯在斯塔特尔南边出战,是因为他的力量在北方。如今咱们一路北上,我猜用不了多久,就会见真章了。"

"让他来吧。"康恩边说边往烤肉扦子上串肉。他朝篝火点点头,"再喝一角,阿斯拉克——高姆,这块肉替我留着。"说罢他站起身,走向沙堤,拉伊夫坐在那边,身旁是快死去的伤员。

伤者是凯替尔,他们的一个桨手,跟康恩一样大。"海鸟"号的水手刚上船时都是些年轻小伙子,刚刚离开自家农场。如今他们跟着康恩和拉伊夫一起,经过两年海上历练,不管席格瓦尔迪怎么想,确实个个都算得上是老手了。

某天,他们抢劫的一个河口村庄,村民们进行过短暂抵抗,有人拿棍子打中了凯替尔脑袋。凯替尔还活着,众人把他带到这里,照顾他,一直到他死。拉伊夫正坐在他身边,后背倚着沙堤,两条长腿蜷在胸前。康恩也跪下身子。

"他还——?"

拉伊夫摇摇头,苍白的头发披散在肩:"快不行了。"

康恩坐在那里,回想起村里发生的战斗:"那都是哈康的属民,他为什么不保护他们?"他朝凯替尔伸出一只手,却没碰对方。

拉伊夫耸耸肩:"因为咱们想他这样干。"

"那他该怎么办?"

"干咱们不想他干的。"拉伊夫道,"贝伊来了。"

膀大腰圆的约姆斯海盗信步走过海滩,朝海鸟号的营火走来,见他俩没在火堆旁,便转身朝这边走来。

"好呀,挪威之王!"他揶揄地喊道。

康恩起身道:"让命运女神听你所言吧。什么事?"

"席格瓦尔迪召见你。就你一人,就现在,要开会。"

康恩转过头,看着拉伊夫:"你来吗?"

"席格瓦尔迪只说让你来。"贝伊边说,边用鼻子吸气。

"我在这儿陪凯替尔。"拉伊夫说。

于是康恩一个人走了。

IV

刚随约姆斯海盗出海那会儿,康恩还以为他们的会议充满叫嚷,每个人都会争相发言,如今他对此有了更多了解。开会时,吃喝管够,可到最后,只有席格瓦尔迪站在所有人面前发言,告诉他们要如何如何,其他人只需点头。都说他们是自由人,可他们也只是奉命行事。比起现实里的约姆斯海盗,康恩想象中的那些更可爱些。

席格瓦尔迪说:"咱们收到消息,说哈康就在那边,海湾里那个大岛上。"

聚在一起的船长们发出一阵咆哮。

贝伊起身:"有多少船?"

"不多,"席格瓦尔迪回答,"六条或八条,能确定的是,他正在等着舰队前来会合。咱们要赶在舰队会合前抓住他。"他的目光扫过在场所有人,"咱们天亮前就出发。我和贝伊亲率左翼。阿斯拉克,你指挥右翼,带上西格德·凯普,还有哈瓦德。"他的牙齿闪着光,康恩突然一个激灵。席格瓦尔迪转过身,对上康恩的目光。

"既然你那么狂妄,想要抓住他。康恩·柯尔本松,你最先出发,打中路。"

夜晚短暂而明亮,他们安葬了凯替尔。海鸟号的水手把他面朝上平放在沙堤下,身边放着他的剑,还有一点肉和啤酒,让他走完最后的旅程。然后，每人都从海边搬来一块石头。

费恩说："像这样死去，总好过像耕牛一样，死在犁铧后面。"说着，他把石头放在凯替尔脚边。

"明天死在战场上也挺好。"高姆说着，把石头放到凯替尔头顶，一双大眼转向康恩——这双眼一向看起来鼓鼓的，"哈康有多少船？"

康恩答道："席格瓦尔迪说不多，不过我再也不相信他。"

"明天，"高姆说，"等咱抓住哈康——"

有人大笑。卢戈说："要是咱能抓到他——"

"那全世界都该知道咱的丰功伟绩啦。"

康恩弯腰把石头放在凯替尔肩膀旁边，又用另一块石头固定住："明天，无论发生何事，我们都将并肩战斗。"

"凯替尔也和我们并肩战斗。"拉伊夫弯下腰，在凯替尔的腰旁放上石头。

"如果咱们打垮哈康——"奥德的石头放在凯替尔的膝头。现在摆在死者身边的石头已经成形，是一艘船，载他继续前行，"人们会传颂这个故事，直到世界尽头。"

"直到世界尽头。"

他们沉默地站着，眼睛看着凯替尔，过了一会儿，他们把沙堤扒倒，让沙子盖在他身上。他们转过脸来互相打量，互相击掌大笑，笑声尖厉、狂野，充满不安，他们的眼睛闪闪发光。"同舟共济，"他们说，"同舟共济！"

接着，众人解散，各自去做准备，检查武器，困了就闭目养神，只等破晓前登船出发。康恩和拉伊夫又取来一些淡水和食物，装进停在沙滩上的船里。

其他人都躺在火堆旁。康恩和表兄并肩坐在沙滩上，挨着横缆。他以为自己铁定睡不着，脑子会一直想着经历过的每一场对决和战斗,可一切突然变得混沌一片。

一切都会变得不同;一向如此。

过了一会儿,他问拉伊夫:"准备好了?"

"大概吧。"拉伊夫说。他声音紧张,如绷紧的绳子,"不对,我感觉不妙。他把咱们放在最前头,位置比所有人都突出?"

"没错,"康恩说,"咱们有机会亲自拿下哈康。"

"或者引颈待戮,他是想杀死咱们啊。"拉伊夫说。

康恩用胳膊肘碰碰拉伊夫。"你想多了。等战斗开始,你就没工夫多想了。"他打个哈欠,倚着船舷,突然感到疲倦,"只管跟着我。"说完便闭上眼睛,进入了梦乡。

◆

康恩做了个梦。

他置身于大战之中,在他四周,战斧砸向盾牌,号角隆隆吹响,脚下是一艘摇个不停的船,周围挤满胳膊、头发和扭曲的面孔。他分不清敌友,周围的哀号、尖叫和痛苦挣扎仿佛要将他整个吞没。他觉得怒不可遏,挥剑向四周砍杀,想给自己清除立身之地。鲜血泼溅在身上,他品尝到嘴角鲜血的滋味。

跟着,金铁交击声变成隆隆雷声,闪电如此明亮,让他一时无法视物。待他恢复视觉,竟成了孤身一人,独自奋力拼杀以微末之躯对抗狂风暴雨——甚至连船都不见了。乌云在百尺高的天上翻滚着灰色与黑色的怒涛,闪电的箭镞向他直直射来,雨水打在身上,仿佛铺天盖地的石子,还有惊雷之拳一记又一记朝他重重砸下。

狂风卷走丝丝缕缕的乌云,在乌云的怒涛里他看到一双眼睛,一张大嘴,里面的牙齿巨如磐石,一张狰狞的女人脸在雾霾之中若隐若现。那女人高高在上,朝他伸出一条手臂,每一个指尖都跃动着道道闪电。康恩被困在原地,动弹不得,闪电激射,朝他袭来,把他炸成无数碎片,灰飞烟灭。

◆

他醒来时,仍旧躺在船边的海滩上。他还在想那个梦,并为自己毫发未损感到吃惊。接着,他站起身,迎着日出走过沙滩。

红热的光芒正在远方紫色天空的边际逐渐扩散,曙光初现。他站在砾石遍布的海边,梦境在脑海中挥之不去,比此刻的天光更加醒目。

过了片刻,拉伊夫来到他身旁。康恩向他讲述了刚才的梦,尽管天色尚暗,他还是看出表兄的脸色变得苍白。

"你觉得这是真的?"康恩问。

"从某种角度说,所有梦都是真的。"

船员们正在海鸟号旁边集合,太阳快升起来了。"命运引导着我们,"康恩说,"我们所能做的,无非是好好迎接它。就这么简单。走吧,准备出发。"

◆

V

众人迎着初升的太阳起航。他们绕过岛的尖角,折向东南,朝海湾的出口驶去。波涛翻滚,巨浪汹涌,海鸟号如猎鹰般掠过水面。康恩顶替了凯替尔,坐在右舷第一排凳子上摇桨。每一次摇桨后仰,他都能看见舰队的其他船只跟在海鸟号后面,鱼贯而行,船桨起起落落,光秃秃的桅杆和高高扬起的船头在苍白天色映衬下就像黑色的剪影,船首柱劈开海水,溅起白色浪花。

他心里涌起一种无法抑制的喜悦,于是扭过头向前进的方向眺望。他们正经过岛的尖端,逆风经过大陆一处地势很低的海岬,两岸是荒凉的弧形山脉,而海湾的开口就在前方。他们身后,是白雪覆盖的莽莽群山。太阳冉冉升起,把光辉洒向水面。天空一片苍白,康恩很高兴舰队开始向南航行了,这样战斗时夺目的阳光就会晒到他身侧,而非直射入眼睛。在群山庇护下,随着舰队的前进,康恩发现海面变得越来越广阔。他喊出一声号子,船员们一声断喝作为回应,放平了船桨,只让桨的边缘浅浅地吃入水里,整艘船仿佛腾空而起,轻轻掠过碎浪。康恩不禁志得意满——他的水手,是整支舰队最优秀的水手。

海湾张开怀抱,航道中央隆起一座锯齿状参差的海岛,岛上生着茂密的树林。拉伊夫掌舵,海鸟号从岛的西边经过,这里有一片低矮的礁石,被海浪冲刷得支离破碎。隔着前面七个桨手,康恩看见拉伊夫的一头白发披散下来,凝视着前方和整个海湾——他的目力极好。

岛的南边,一道暗淡的岬角像舌头一样伸进海里。更远处,海湾豁然开朗,映着朝阳的点点明光。海浪扑上航道两边的海滩,撞上光秃秃的礁石,激起层层白色浪花。就在这时,拉伊夫大喊:"船!船!"他直直地指向正前方。

康恩挂起船桨一跃而起,攀上舷缘,一只手扶着船首柱。起先,他只看见一片明亮广阔的水面,还有南边更远处另一座树林掩映下的海岛。跟着,在他和海岛之间,有什么东西在晨光下闪着金光。

康恩记起那个金头龙船——自己曾在丹麦见过。他大喊:"就是他!哈康的船!"

拉伊夫在他身后大声回应。后面一艘船吹响了战斗号角,声音低沉浑浊。海鸟号掠过海岛，冲向外湾，桨手每一次拉桨都绵长有力。康恩扭身飞快地回望了一眼。

在他们身后，岛屿和海湾西岸之间的狭窄水域里挤满了约姆斯海盗的船，桅杆仿佛一片移动的树林。更多号角吹响，跟着吼声四起——他们也看见那条金船了。

他回身，前方距海湾入口半英里的地方，那道金光掉转方向向南逃遁。水手们呼喝一声，海鸟号奋起直追。"呜呜——"悠长的号角在他身后响个不停。康恩赶紧从船头下来回到桨位。在他左面，席格瓦尔迪的大龙船紧紧跟着他；而在右边，阿斯拉克的船——船头装有尖角和利牙——跟自己仅几个船身的距离。

康恩高喊道："快！快！"同时用力摇桨，其他水手默契地跟上他的节奏。在他身后，舰队越过第一座岛，刚进入开阔水面，便展开队形，每艘船都奋勇争先。尖厉的催促声四起，康恩看见席格瓦尔迪在他那艘大龙舟头，大声发号施令。另一侧的阿斯拉克则朝手下胡乱挥舞双臂。

海鸟号是舰队里最小的船，却一马当先。在她身后是一大群约姆斯海盗，面前则只有一条金头龙舟，正一路逃窜。

这时，拉伊夫喊道："船！有好多船！"

康恩又挂起船桨，跳上船头舷缘，透过海滩、岛屿和礁石的遮挡，扫视海湾尽头。在南边，金龙船不再逃跑，它正掉转方向，让船头迎向他们。康恩在船头爬高了一点，摇摇欲坠地踏在缘上，这下他看清了：先是一些扁舟跟着哈康划过水面，跟着在另一侧，又有一些船从海岬后划出内港，奋力驶入海湾。

"有多少？"拉伊夫高声问。

"不知道！半速！"康恩跳下船头，此时船速稍缓，他在甲板当中，对每一个人说："准备战斗，佩好剑，戴头盔。"所有人眼里都透着狂热，费恩的脸白得像鸡蛋，高姆一边喘粗气一边骂骂咧咧,斯凯基则一口又一口地吞唾沫,仿佛快要吐出来了。康恩来到船尾,拉伊夫已经爬上舷缘向外瞭望。

"好多船,"拉伊夫说,"比咱们多。哈康给咱们下了个套,咱们一头钻了进去。"

"是席格瓦尔迪,"康恩说着,伸手从船尾储物柜里拿出自己的头盔,扣在头上,"把我们送给了哈康。"他喝令,"全速前进!一!二!"同时跑回甲板前端自己的桨位上。

海鸟号向前猛冲,尽管刚才减过速,但仍领先于舰队其他战舰。所有船上都号角齐鸣、喊声震天。康恩看见阿斯拉克就在右翼。这个大个子约姆斯海盗站在第三排桨手旁边,大声向船员们发号施令,他没戴头盔,露出光秃秃的脑袋。康恩又俯身开始摇桨,胸中心跳如雷。他的船在平静水面上一掠而过,他感到一阵热血上涌——前方传来更多的号角声和喊杀声。

拉伊夫大喝:"他们投枪啦!隐蔽!"

康恩赶紧躬身耸肩——船头能给他提供极好的掩护。一堆投枪"叮叮梆梆"地落在海鸟号四周,大部分都只是削尖的木棍,没有造成伤亡。拉伊夫喝令:"准备战斗!"

康恩再次挂起船桨,跳将起来,"高姆!阿恩——西格尔德——"他差点喊出凯替尔的名字。他一手拔剑,一手捡起一根掉在船上的尖头木棍,猛一转身,赫然看见一条龙船飞速向他冲来。

不是金龙,而是一头黑色巨兽,有着饱经风霜、曲线圆润的船头。身后的拉伊夫断喝一声:"收桨!"

康恩握木棍的手抓住船舷,海鸟号奋力前冲,堪堪与黑龙船擦身而过,犁断了对手几根未及收起的船桨。他踩着舷缘,一步跳上敌船。

三个敌人挥斧向他袭来。康恩背对大海,左手握棍右手持剑在船舷上寻找平衡,仓促间只能一边躲闪一边格挡,并寻机突刺。海鸟号上又有人跳过来，与他并肩作战。有个斧手一个趔趄，被康恩刺了个通透，他又一路向侧翼突刺，跳下船舷，顺势砍翻另一个特伦斧手。

在康恩身边的是凸眼泡高姆。整个前甲板上的水手都跟着他冲向了敌船。龙船颠簸得厉害，仿佛要把上面的人都甩下水去。康恩一低头，堪堪躲过头顶一记斧砍，反身一剑刺中来者。他叉着腿在倾斜的甲板上打出一片空地，站稳脚跟，挥剑刺向迎面之敌，特伦人当胸中剑，脚下一阵踉跄，随即被砍翻在地。而康恩的膝盖撞上长凳，差点跟着摔倒。

突然，特伦人一齐转身，跳下船去。隔着敌人，康恩看见阿斯拉克的大光头，正从黑龙船尾爬上来。

康恩面向海鸟号，这艘小巧的长船正渐渐漂离。在黑船的另一头，又有一些特伦人涌上来，同留在甲板上的水手展开战斗。拉伊夫！康恩大吼一声，回身冲向自己的船。

◆

刚才与黑船接舷作战时，海鸟号上有一半水手跳上敌船，剩下的也没有划桨，都探出头来观战，压得船身一侧朝敌船方向倾斜。拉伊夫控制好舵，让海鸟号贴近黑龙船。这时，另一艘特伦人战船掉头向他们直冲过来。

拉伊夫向后甲板船员大声咆哮，水手们听令赶紧跑向船尾，收起船桨以避开冲撞。

船员们转过身，迎接特伦人的冲锋。敌船尺寸更大，与海鸟号迎头相撞，敌人一边嘶吼，一边挥舞单刃战斧，从船上蜂拥而出。拉伊夫俯身去捞脚边的剑，没等起身，特伦人就已冲到海鸟号中部，一个满脸蓬须的汉子血口圆张，咆哮着向他扑来。

对手战斧翻飞，拉伊夫未及起身站定，只得一缩身子，堪堪躲过这一记重劈。斧头擦着他斫进身旁的船舷，砍飞了一大块木头。拉伊夫被迫俯身，挥剑向那大胡子一通乱刺，剑身拍中特伦人的手腕，声音犹如石头崩裂。特伦人晃了晃，拉伊夫趁机上前，一肩膀撞上那人小腹，把他掀出船外。

特伦人的船后撤了。拉伊夫放眼四顾，只见战船彼此短兵相接，人们也横冲直撞奋力厮杀。正前方一条龙船已经翻倾，海水漫过了桨手座位，船员在水里扑腾，尸体则随着水波起起伏伏。

海鸟号上，特伦人占据了甲板前端，但长船尾部的水手已经顶住了攻势，和对手僵持在桅杆附近。拉伊夫赶紧冲上去相助。他刚赶到，费恩就在他眼前重重地倒下了。他的对手是个皮甲大汉，高举单刃战斧，没注意到有人冲过来。拉伊夫快步上前，一剑刺穿那人的胸口。

特伦人向后倒下，费恩想爬到一边，让出道路，却被一口箱子和一支船桨拦住。拉伊夫从他身上跨过，加入桅杆附近的战团。斯凯基和奥德正在那边，挥舞着武器，逼退面前的两个斧手；他们身后，在长船狭窄的中部，还有些斧手使劲往这边挤来，想加入战斗。就在这时，船身突然一晃，康恩从船头爬上来，翻过船舷，来到特伦人身后。风吹起他的头发，遮住了他的脸。特伦人一转身，看见在他身后还有人正往船上爬，赶紧跳下船去。

拉伊夫来到费恩身边，费恩正紧紧抓着船舷，想要站起来。看样子，他的一条腿已经断了，也许另一条也没能幸免。拉伊夫把他拖回船尾，让他坐在舵柄旁的座位上。"能掌舵吗？"

"我——"小伙子把一头棕色长发向后一甩，"能。"他伸出一只手抓住船舷，另一只手去够舵柄。拉伊夫摇下船舵，将把手塞给他。

"小心别触礁，带我们追上金龙长船。"说完他跑回甲板前端，与康恩并肩作战。

◆

　　太阳还没爬到当空，天气已经热得让人受不了。拉伊夫脱掉上衣，他的头发湿哒哒的。哈康的金龙长船似乎总是在一步之遥。海鸟号忽左忽右地与一条巨大的蛇头长船缠斗，隔着船舷向她发起攻击。康恩率全体水手向那艘船发起两次冲锋，两次都被打退。这时，特伦人突然掉转船头，所有船桨齐出，加速逃离。

　　海鸟号获得了一阵喘息时间，他们周围都是敌船，却无人向他们发起进攻。拉伊夫倚着桅杆，喘着粗气，四下张望。少了一些人。高姆仰面平躺在船里，凸出的双眼依然睁着，一条胳膊却没了，人也死了。在他另一边，伊格尔靠着船舷，慢慢跪倒在两排桨手座之间。斯凯基和格瑞姆下落不明。其他人也是筋疲力尽的样子，不过好歹人还囫囵。所有人都坐下来，一边交谈，一边伸手找吃找喝。拉伊夫还听见阿恩在讲荤段子，他抬眼观察战况。

　　战线在整个海湾展开，弯成一道新月般的弧形。席格瓦尔迪在这道弧形的左翼。拉伊夫看出那里正陷入苦战，每艘船上都在进行殊死搏杀。右翼的约姆斯海盗在把哈康的人往岸上赶。海鸟号靠近战线中段，这里的船已经失去了战斗力。哈康似乎撤退了——看不见金龙长船。就在这时，在席格瓦尔迪苦战的方向上，又有一队战船绕过海岛、从战线侧翼进入拉伊夫视野。

　　"嗨呀！那是什么？"

　　康恩从他身边跳起来。那支船队正准备进攻席格瓦尔迪，拉伊夫指着打头那一条，那条船几乎比所有船都大，船头更宽，修长优美的龙颈曲线下，整个船头包着铁，上面还安着铁爪。

　　康恩说："我不知道，不过他要是从席格瓦尔迪的阵线那头绕过来,咱们就要被包围了。快行动起来。"

他大声下令,所有人都跳回桨位。高姆仍躺在船里,伊格尔死在自己的桨位上,不过费恩坐在船舵旁,见拉伊夫在看自己,便朝他点点头。拉伊夫来到前头,拿起康恩对面的船桨。

◆

成群的乌鸦和海鸥在头顶盘旋。海鸟号绕过一团团彼此搏杀的战舰,在平静的水面上飞驰,他们掠过一艘下沉中的龙船——船周布满尸体和松脱的船桨,在水面上起起伏伏。拉伊夫手指前方:"贝伊在那儿。"

康恩一抬头,看见在自己右方,"莽汉"贝伊立在船头,指挥自己的龙船冲向铁船。于是康恩转过身,对船员喝道:"快——快——快——!"

他们默契地加快节奏,肩膀被太阳晒出细密的汗珠。趁着回桨的工夫,他又扭过头,看看前进的方向。

敌人的战舰排成楔形阵列,铁龙大船就在阵中央,比其他战船略为突出。铁甲覆盖着形如天鹅胸脯的船头,上面布满巨大的铁钩,康恩猜想水面下一定也有倒钩,同时也想到这艘战舰转向一定很慢。他收了船桨,站起身来。

海鸟号从铁船一侧猛扑过去,贝伊则攻向她的另一侧。大船坚定地保持着航向。康恩一边喝令"半速前进",一边判断距离,以确保海鸟号和贝伊的船能同时夹击特伦人。他抽出剑来。铁龙大船上落下一波投枪和石头,但并未改变方向。海鸟号调整方向,贴着大船船头逼近,贝伊逼迫到另一侧。

特伦人被夹在中间,只得起身列阵迎敌。康恩向对手进攻,格挡之后跟上一击,又向后一缩,趁对手顺势扑来,一剑刺穿特伦人的肩膀,又在他倒地之时砍中后背。趁那人倒下的空当,康恩跳上铁船,跟另一个斧兵贴身肉搏。拉伊夫正欲跟随,康恩已向敌阵里推挤——他与特伦人贴得如此之近,连对手呼出的热气都能感觉到。斧柄从斜刺里砸中胳膊肘,康恩手一麻,剑掉落在地。他急忙俯身左手抓住剑,朝上一撩,这精妙的一着让特伦人失去了平衡。康恩跟上一剑刺中对手侧腹,那人颓然倒地。

贝伊从铁船另一侧船舷翻上来,一见康恩便喊:"嚯,挪威大王!来帮我!"

拉伊夫守在康恩左翼,两人沿着一排桨手座杀出一条血路,贝伊从另一边杀过来。康恩的右胳膊渐渐恢复了知觉,他把剑交还到右手,果然更加自如。他和拉伊夫比贝伊先一步冲到桅杆周围。身材魁梧的约姆斯海盗满脸通红,打着赤膊,脖子上有道伤口,血顺着胸膛流个不停。

"埃里克,"他喊道,声音嘶哑,"我们逮到你了!"

船尾站着一个人,在大热天里身穿黑衣,肩披大氅。他的头盔镶着金边,正大声发号施令。那人吼道:"谁逮到谁了,贝伊?你说反啦!你说反啦!"

康恩转身:"他们打算用这些人困住咱们!"铁船后部船桨翻动,船身向后退去,正返回特伦人的战阵中央。康恩一边大喊,一边推拉伊夫,后者推搡着其他人,挤向铁船船头。

头四个人很轻松就跳上海鸟号,跟着拉伊夫攀上舷缘,跃过渐行渐宽的水面,康恩则扔掉头盔,一个猛子扎进水里。

铁船坚定地运桨后退,回到哈康的庞大舰队当中。特伦舰队和约姆斯海盗战船之间空出一大片水域。康恩拼命游过这片水域,游向自己的战船,而海鸟号的船桨已经伸出,悬在半空,准备开动。一支投枪贴着他的头皮扎进水里。康恩够到船边,拉伊夫俯身把他拖上来。康恩一头扎进前两排桨手座之间,脸埋进几寸深的水里。

他翻个身，伸一伸腰，跪立起来，回望铁龙船。拉伊夫在他身旁费力地爬了起来。

"船进水了。"

"快舀！"康恩说着，站起身来，脚踝浸没在水里。海鸟号笨拙地运桨后退。这艘船倒着行进时一向很笨拙，而这次尤甚于以往。整条船上，水手们都在弯腰往外泼水。

整个战场上的战斗都已经停止了。约姆斯海盗和特伦人隔着海湾里一片宽广的水域遥遥相望。哈康正率领自己的整个舰队回头，向岸上撤退。水面上浮着血沫，断掉的索具、战船和船桨的碎片让海面一片狼藉，尸体就像海中飘摇的小岛，随着轻微的波浪轻起伏伏。往下看，就在自己这艘船的船首柱下方，康恩看见一条胳膊，悬浮在水面之下几尺深的地方。

船里的水位似乎一点儿都没有下降。康恩走到战船前部，找了个水桶，开始往外舀水。拉伊夫从船舷上方跳进水里，两只手交替着拂过船壳。

"挪威之王！"

康恩直起腰，四下张望。阿斯拉克的大龙船正贴着海鸟号船头过来。大块头的光头约姆斯海盗正站在桅杆旁。

"看起来不妙呀！"阿斯拉克高声道，"埃里克的爪子划到你啦。"

康恩指指哈康的舰队："他不打了？"说完又弯下身子舀水，进的却总比出的多。

"没——只是去找援军了。"阿斯拉克怒道。

在康恩的腿旁边，拉伊夫从船缘探出头来，轻松地从水里跳到船上。康恩看见他的左半边身子全是淤伤，胳膊上的一道伤口也血流不止，可他看起来依然精力旺盛。

拉伊夫说："船快沉了。我猜那个长牙的该死玩意儿把一块列板扯松了。"

阿斯拉克大声招呼:"来这边!快过来——反正我这儿有一半水手都死了。"他转身下令,长船开始朝康恩的方向靠过来。

康恩高声道:"海鸟号——全员——转移!"说着,他一挥胳膊。船员已经在争先恐后地抢着上船,弄得海鸟号不停摇晃——即使船里已经进了半舱的水。康恩回到船尾,把费恩带了过来。

小伙子已经神志不清了,腿肿得几乎要把裤子胀破,肌肉也变黑了。康恩扛起他来,他疼得"嗷嗷"叫个不停。拉伊夫过来搭手,帮着把费恩抬进阿斯拉克的船里。众人把他安置在长船后部的空处,就在舵手座的后面。拉伊夫赶紧跑开,康恩找来一些啤酒,却把费恩呛得直咳嗽。他眍着双眼,因为疼痛,瞳孔有些涣散。康恩把啤酒放在他身旁,站了起来。

康恩看见拉伊夫站在船中部,胳膊垂在身侧,看着海鸟号一点点沉没。康恩走到他身边,有一会儿,他们的长船像是还能浮起来,尽管水已没顶;可是突然间,它就沉入黑绿色的深水里,淡出了视线。最后所见的是船首那尊小小的、怒目圆睁的龙头雕像。拉伊夫只是站着,一言不发。康恩感觉自己的心都碎了,仿佛火堆里的一块石头。

他四下张望,看见阿斯拉克站在船头,便走过去,和他一起眺望远处靠岸的哈康舰队。而在这里,在海湾正中间,约姆斯海盗们有的在大吃大喝,有的在往船外面舀水。康恩只瞥了一眼,就看见有三条战船正在往下沉。

他说:"哈康要找什么援军?"

阿斯拉克掏出一只装啤酒的小酒囊,喝了一口,又冲着海湾中央的岛子点点头。

"看见那个岛了没?那个岛被称做'降福之地',上面有几个祭坛,岁数是世界之树的一半大。哈康也许会有麻烦。他改换信仰太过频繁。我听说,他的守护女神到现在还为他皈依基督教而生气。"

他一条胳膊搂住康恩的肩膀:"我很高兴有你在船上,小子——天杀的,你可真是个打仗的好手!"

康恩满脸通红,为免喜形于色,他别过脸去,目光扫过自己的船员——心中的喜悦一扫而空。他都没意识到死了多少人。他正在失去自己的一切——战船,驱驰战船的水手。如今,他必须放手一搏。

他回头对阿斯拉克说:"这个基督教的玩意儿看起来很普遍啊,就连斯汶都入了教会。"他接过酒囊,喝了一口,又倾身把它递给拉伊夫。

阿斯拉克正坐在前排桨手座上,抱着膝盖:"哈康没信多久的基督——一脱离'青齿王'就不信了。"

"这么说,他背叛了所有人。"康恩说。

"哦,没错。并且也打败了所有人。日耳曼人,瑞典人,丹麦人,还有挪威人。起码一次。"阿斯拉克咧着嘴,把一条腿伸直,揉起腿肚子来。血从靴子口挤了出来。

康恩说:"不过这一仗咱们准赢。"

阿斯拉克说:"对,到现在为止,我也这么想。"

◆

VI

午后,阳光灼人。哈康的战舰再次集结,金龙战船就在中央。他们再次渡过海湾向前进发,而约姆斯海盗的战船也列阵迎敌。

就在他们摇桨前进时,突然刮起了一阵冷风。康恩正在阿斯拉克战船的前面摇桨,感到脸上冷飕飕的,于是向西望去,看见远方的地平线上正翻滚着一团乌云,仿佛天上肿起了一大块淤青。他浑身起了一层鸡皮疙瘩,又想起了早上的梦境。约姆斯海盗的战舰排成一线冲向哈康,此刻乌云也已爬上半空,乌压压黑沉沉,冷风将船上的旗帜吹得如长发般飞舞。乌云之下,天光呈一片迷蒙的绿色,忽明忽灭。

康恩俯身划桨。在阿斯拉克战舰中部,有四个人上前扔出投枪,却被风卷着偏移了目标。一串闷雷滚过天空,高耸的乌云里激射出道道闪电。一滴雨点落下来,跟着,漫天大雨倾盆而下。

阿斯拉克的水手分别来自两条战船,所以他不断地喊着摇桨的号子。每一次拖桨,康恩都拼尽全力。雨点一刻不停地敲着他的头和赤裸的肩膀,汇成冰冷的溪流淌过胸脯。哈康的战船也列成一线,气势汹汹向他们扑来。康恩一边摇桨,一边抽出宝剑,向船头转过身。

风刮得厉害,他绷紧身子,顶着大风站起来,突然间,仿佛天穹炸裂成万千碎片,漫天冰雹劈头盖脸砸落下来。

康恩弯下腰,白色的雨幕让什么都看不真切,他感到脚下的船跟另一艘船发生刮擦。透过纷纷落下的冰雹,他看见有人拿着斧头冲过来。拉伊夫与自己背靠背站在一起。康恩向来人挥出一剑,跟着一剑挡住来袭的斧头。周围白茫茫的一片,什么也看不清,不知何处传来惨叫声。康恩的胡子里、头发上、眉毛上全是冰渣。突然,隆隆下落的冰雹毫无征兆地停了,大雨也很快止住。太阳冲出乌云,放出夺目光芒。

船上满是冰雹和雨水。康恩踉跄着后退一步,身后的拉伊夫一屁股坐在桨手座上,大口喘着粗气,满脸满身都是血水。康恩转身,越过船头,望向哈康的人。

特伦人又后撤了,不过他们并非要逃——而是放席格瓦尔迪逃跑。

康恩暴喝一声。约姆斯海盗的战船列成一线，在战列线最西边的尽头，席格瓦尔迪的大龙战船突然冲出战团，加速向北逃离海湾。而在她身后，其他约姆斯海盗战舰也打破阵形，落荒而逃。

康恩跳上阿斯拉克的战舰舷缘，一只手扶着船头龙雕像的脖子，大喊道："跑吧，跑吧！席格瓦尔迪，你个懦夫！还记得你发的誓吗？约姆斯海盗的誓言，嗯？——我可不跑——哪怕就剩我一个人，哪怕天上诸神都同我作对，我也不跑！"

身后传来一阵战吼，是从阿斯拉克的船和另外几艘船上发出来的。康恩扭头望向他们——所有人都高喊着向席格瓦尔迪挥舞拳头，同时向哈康挥舞利剑。贝伊也在他们中间，满脸通红，如公牛般咆哮着。还有十艘船，康恩心想，六十艘船，剩下十艘。

阿斯拉克走到康恩身前，一只手按住他的肩膀，盯着他的眼睛。

"如果我命该绝，也要死得像条汉子。让他们见识见识，什么叫真正的约姆斯海盗。"

康恩抓住他的手："至死方休。"

"就该这样。"身后传来拉伊夫的声音。

贝伊在旁边的龙头战舰上喊道："阿斯拉克！阿斯拉克！挪威之王！把船都捆到一起！"

阿斯拉克扭过头，看向哈康："他要来了。"

"快行动！"康恩道。

众人将所有的船都紧贴船舷靠在一起，又用缆绳穿过桨孔，把船串成一串。这样，所有人都能腾出手来战斗，而战船就成了一个战场。特伦人的舰队正在展开，形成包围网。康恩跑回阿斯拉克战船的船尾——费恩躺在那里，奄奄一息——拖来一块盾牌盖在他身上。然后又跑回拉伊夫身边。

VII

特伦舰队吹响号角,声音滚过整个海湾,紧接着所有战舰同时逼近约姆斯海盗的战船浮岛。天色渐渐黑了,寒风骤起。暴雨夹着冰雹再次砸向他们。康恩顶着狂风和冰雹,几乎难以立足。透过磅礴的冰雹雨霰,他看见有人持斧跳过船舷,还有一人紧随其后,他一剑挥出,不想脚底一滑,竟仰面摔倒在满是冰雹的地板上。拉伊夫迈步跨过他,手中利剑疯狂地左劈右砍,以一敌二与那两人同时展开肉搏。康恩踉跄着起身,一剑砍过打头斧手的双膝,把他砍翻在地,拉伊夫这才获得喘息。

冰雹止住了。在大雨中,特伦斧手如一堵墙般向前推进,试图凭着斧头砍出一条血路,跨过约姆斯海盗的船舷,可后者一刻不停地战斗,抵挡住了对方的攻势。特伦人吹响号角,再一次撤退了。康恩退后一步,喘得厉害,头发都糊进眼睛里了。他的膝盖又肿又痛,仿佛有人拿着刀往里扎。太阳又出来了,照亮了一切。

旁边的船上,贝伊浑身是血,已经站不稳了。他两只手都没了,脸上的刀伤深可见骨。他俯下身子,把余下的胳膊插进财宝箱的把手里。

"贝伊的好汉们,集体跳船!"说完,他抱着财宝箱跳进海里,一下子沉入水底。

阳光透过云缝照射下来,漫长的日落开始了。乌云下,天色已经开始变暗。哈康的号角吹出隆隆的长音,召集舰队撤退。

阿斯拉克一屁股坐到板凳上。他脸上挨了一下,一只眼睛几乎瞎了。拉伊夫坐在他身旁,四肢瘫软。康恩担心自己一旦坐下,膝盖就彻底不听使唤,于是朝船尾走去。战船的一侧经受住特伦人的猛攻,但眼前所见让康恩胃里一紧。

阿恩死了,躺在地板上,脑袋被劈开,流出一摊红色的脑浆。在他身边还有两个人,正在流血,还活着,都是约姆斯海盗,不过不是自己的手下。另一边,卢戈跌坐在地。康恩在他身边弯下腰,想要唤他起来,可他往前一倒,也不动了。地板上还有两个死人,要绕过他们,康恩不得不从桨手座中间穿过去。他来到船尾,费恩躺在那个黑暗的角落里,还有呼吸。

康恩把一只手放在他身上,仿佛如此就能阻止他生命的流逝。他回头,目光在船上所有生还者和伤员之间来回扫视,一个海鸟号上的人都没有,除了拉伊夫。拉伊夫在阿斯拉克的战船另一头,康恩望向他的眼睛,知道表兄也在想着一样的事情。

战舰连成的堡垒正在下沉。船壳受损的战船猬集在一起,船上的人们都在忙着往船外舀冰泼水。另一些人则跨过一道又一道船舷,走过整个木头浮岛,聚集到阿斯拉克周围。康恩也蹚着船里越来越深的冰水回到船头。他挨着拉伊夫,和所有人一样,疲惫地围坐在阿斯拉克身边。

除了康恩和拉伊夫,其他人都是约姆斯海盗。见康恩坐下,哈瓦德把自己的酒囊递给他。挨着他坐的是另一个船长,四周看了一圈:"咱们还剩下多少人?"

阿斯拉克耸耸肩,"大概五十个吧。有一半受了伤,有些人还伤得挺重。"他一脸血污,声音有些含混。

康恩对着酒囊狠灌几口,酒液就像一记重拳撞进肚子里。过了一会儿,暖意传遍全身,他把酒囊递给身后的拉伊夫。

康恩对面的约姆斯海盗说:"哈康整晚都会舒舒服服地坐在岸上。要是咱们今晚没有全都淹死,明天他们就会把咱们全都干掉。"

康恩道:"咱们得游过去。"他隐约有了个主意,想要到岸上绕道从背后偷袭哈康。

哈瓦德向前俯过身子,伸出沾满血的双手:"这主意不错,咱们或许能从那边上去,就那边。"他指着另一条前往哈康营地的路线说。

"太远了。"拉伊夫说,"咱们还有些人根本游不了几下。"

阿斯拉克道:"可以把桅杆绑在一起,做成筏子。"

哈瓦德朝康恩凑过来,语气低落地说:"听着,还能打仗的,都走;剩的留下——反正也快死了。"

康恩想起了费恩,勃然大怒,他蹿起来,挥起一拳狠狠地砸中哈瓦德面门。约姆斯海盗向后摔了个四仰八叉,跌进半尺深的积水里。康恩一转身,对其他说:"把所有人都带上。要么一起走,要么都别走。"

阿斯拉克朝他咧嘴一笑。其他人别过脸去,瞪着刚坐起来的哈瓦德。

"听着,我只是——"

"闭嘴,"阿斯拉克说,"动手吧,船要沉了。"

◆

夜色渐浓。众人把桅杆捆成正方形,又在上面绑上帆布。雨停了。他们把十名无法行动的伤员放到木筏上,剩下的人跟在后面,一边游泳,一边推筏子。

四周只有冰冷的海水。他们把即将沉没的战船留在身后,义无反顾地向岸上游去,可是没过多久就有人游不动了,只能拽着筏子拖后腿。哈瓦德嘶声喊道:"跟上!"一路上,有几个人想爬上筏子,旁边的人就会把他拖下来。

阿斯拉克上气不接下气地说："咱们办不到了。"又把头枕着
桅杆休息片刻。康恩明白他所言非虚。他也已经累垮了，两条腿几
乎踩不动水。阿斯拉克松脱抓着筏子的手，康恩赶紧伸手拽住他，
直到海盗重新扒住桅杆。

拉伊夫气喘吁吁地说："有岩岛——"

"过去。"康恩说。

所谓岩岛只是海湾里一片刚好突出水面的光秃秃的岩石。所有
人一边踩水，一边拖着筏子上了岸。岛上很滑，康恩费了九牛二虎
之力才把费恩从筏子里拽到岸上。拉伊夫拖着阿斯拉克跟在后面，
大家躺在水平面以上的石头上，没用多久，康恩就睡着了。

◆

当晚又下起了冰雹。康恩醒过来，趴在费恩身上保护他。没过
多久，冰雹停了，康恩这才意识到，费恩在自己身下，已经冷得跟
石头一样了。

他想起其他人的死——凸眼球的高姆；奥德，康恩一度爱上过
他的姐姐；还有斯凯基和奥尔姆，西格尔德和卢戈——他记起就在
昨晚，大家都还活着，聊起第二天的战斗，聊起这场战斗将为他们
赢得怎样的荣耀，人们将如何传唱，直到世界尽头——如今，如果
认识他们的人都随他们一同死去，谁又会记得他们，哪怕只是名字
呢？人们或许会长久地传颂这场战争的传奇，可战斗中的人却早已
被遗忘。

他会记得。可很快他自己也会死去。哈康已经打败他了。他把
脸贴着石头，阖上眼睛。

◆

清早，拉伊夫醒来，遍体鳞伤，浑身僵硬，饥肠辘辘，口渴难耐。在他周围，海盗们横七竖八地躺在地上，有的在睡觉，有的已经死去。费恩躺在他和康恩之间，也死了。拉伊夫爬向岩岛的高处，找到一个坑，冰雹落在里面，化开一大半。他把脸埋进带着冰渣的水里，喝了几口。一抬头，他看见海湾里有几艘龙战船正朝他们开过来。

他一边喊，一边溜回康恩身边，其他人——除了死人——都被吵醒，可是很快，龙船已经靠近，哈康的手下朝他们扑了过来。

◆

VIII

拉伊夫一直不知道约姆斯海盗当初怎么得罪过托基尔·莱拉，不过很明显，他们的赎金会很高。这个大个子特伦人已经杀掉三个人了——反正他们也快死了。然后他以同样的标准，把剩下的俘虏排成行。这会儿又有一个伤员被两个奴隶夹在中间，跟跄着走上前去。奴隶摁住他，让他跪倒在地，又把他的头发绞成一股。

拉伊夫早就数过，自己和康恩之间隔着九个人。特伦人事先就把他们的双手绑到背后，又沿着沙滩串成一串，到了这儿还把他们的脚绑到一起，就跟捆小羊羔一样。海滩南边，在自己和泊在岸上的龙船之间的卵石地里，有几个男人正站在那里，来回递着角杯，一边喝酒，一边看托基尔·莱拉忙活。有一个人戴着一顶金头盔，是埃里克伯爵，那艘铁船的船长。另一个是他的父亲，哈康伯爵本人。

托基尔·莱拉对着角杯一通猛灌,又把它递给一名奴隶。他再次举起利剑,哈康问道:"喂,你,就要死了,在想什么?"

约姆斯海盗跪在地上,双手反绑,脑袋被人揪着,等着被砍头。他说:"我不在乎。我父亲早就死了。今晚我将啜饮奥丁的麦酒,而你,托基尔,将会因此永远受人鄙视。砍吧。"

托基尔举起剑,砍下他的脑袋。一个奴隶揪着头发提起脑袋,把它送到海滩边上的断头堆里。

康恩说:"你知道,我可不喜欢这种事情。"

拉伊夫心想,约姆斯海盗早就做好了赴死的准备。可他没有。他疯了似的使劲磨着自己被绑在一起的手腕,上下左右,一刻不停,想要把绳子弄松。太阳光炙烤着他的肩膀。又有一个人被带到托基尔·莱拉面前。

"我倒不怕死。不过我一辈子都敢直面一切,杀头也不例外。所以我要站直了,看着你杀我,我不要弯腰低头,也不要你从背后杀我。"

"行啊。"托基尔说着,就站到那人面前,把剑举过肩膀,一剑砍向那人的脸,削过他的天灵盖。海盗毫不畏惧,即便身子轰然倒下,双眼依然圆睁。

托基尔快累了,拉伊夫心想。这个特伦人大个子把剑拔出尸体时不太顺利。他又要来角杯灌了几口。现在又有一个人跪在哈康、埃里克和其他人面前,托基尔又问他怕不怕死。

"我是个约姆斯海盗,"下跪的人说,"死不死都无所谓。不过我们中间经常会讨论,人要是脑袋被砍掉了,还有没有意识,而这里就有个证明的机会。砍掉我的头,要是还有意识,我就把手举起来。"

拉伊夫身边的康恩很怀疑地强忍着笑。托基尔上前一步,挥剑砍向那人的脑袋,砍了两剑才把它彻底砍掉。两位伯爵和他们的手下围拢上来，看着尸体。随后他们又退回去，埃里克伯爵庄严地向约姆斯海盗们宣布："他的手没动。"

康恩说："这可真蠢。过不了多久，我们就有亲身体会了。"被拴成一串的约姆斯海盗大笑起来，仿佛他们是在餐桌上听人讲笑话。

托基尔转身瞪视着他，然后下一个人在他面前跪下。砍这个人时，他第一剑砍偏了，砍在那人后脑勺上，把他敲倒在地；第二剑又砍中肩膀，直到第三剑才砍下头来。

"砍人时最好瞄准点儿，托基尔！"康恩高声道。

约姆斯海盗们发出一阵嘲笑，就连看热闹的埃里克伯爵都乐了。有人喊道："我猜，他老婆就是因为这个才一见我就那么高兴！"

六个人喊道："你是说英格比约格？你是说就为这个？"

托基尔满脸怒容，他转过身，指着康恩道："带他过来，下一个就是他！"

守卫走过来，为康恩的双脚松绑。拉伊夫突然发现了一丝机会。他舔舔嘴唇，生怕声音太弱，随即喊道："等等。"

约姆斯海盗正在肆意嘲笑托基尔，后者拎着长剑龇着牙。不过埃里克听见拉伊夫的喊话，于是望向他："你想干啥？"

"先杀我吧，"拉伊夫说，"我和我弟弟手足情深，我可不想看着他死。你们先杀了我，我就不必受这份罪了。"

埃里克怒视着他，哈康则轻哼一声："我们为什么要听你的？"

可托基尔却大步向前，两只手握着剑，喊道："带他过来！带他过来！我要把他俩一块儿宰了！"

奴隶松开拉伊夫的双脚，把他扶起来。康恩已经站定，脚也已经松开。拉伊夫从他身旁经过，飞快递了个眼神，径直走到两位伯爵的面前。

他的肋骨在战斗中挨了好几下,疼得厉害,走起路来也是东倒西歪,还又累又饿,可他暗暗聚集起全身的力量。托基尔的奴隶过来,按着他的肩膀让他跪下,有个还拿着根棍子来绞他的头发。

拉伊夫退后一步,说:"我是个自由人,决不允许奴隶的脏手碰我的头发。"

挪威人全都大笑起来,除了埃里克伯爵。他高声道:"他怕死,在拖延时间。来人替他抓着头发,看他怎么办。"

一个侍卫迈步走到拉伊夫面前,说:"你要是自由人,那我就特许你自己跪下。"

拉伊夫跪下,特伦人抓住他浅色的长发,退后一步,好让拉伊夫的脑袋向前伸,就像砧板上的鸡一样。拉伊夫的心脏怦怦直跳,胃里泛起阵阵恶心。他感觉自己的脖子足有十尺长,细如毛发。他从眼角看见托基尔靠近了,于是说:"瞄准了砍,成不?"整个沙滩上回响起一片嘲笑声。

托基尔咆哮起来,他挥起长剑——剑刃上闪过一缕细长的阳光,然后重重地砍下来。

拉伊夫拼尽全力,身子向后一缩,堪堪躲过劈头一剑。揪着他头发的特伦人被往前一带,两只手正好迎上挥落的利刃,被齐腕斩下。特伦人哀号着,残肢血流如注。拉伊夫依然双膝跪地,摇晃着挺起胸膛。特伦人的手依然抓着他的头发,他一甩头,甩掉了他们。

托基尔一转身,反手挥出一剑。拉伊夫双手依然反绑,他向旁边一滚,撞上大个子的脚踝,将他撞翻在地,剑也脱手飞了出去。

拉伊夫挣扎着站起来,托基尔则瘫倒在地上。就连两位伯爵都在嘲笑他。剑还未落地,康恩就蹿上前来。他双膝着地跨在剑上,反绑的双手往剑刃上一拉,割断绳子,接着握紧长剑跳了起来。

托基尔踉跄着想站起来，康恩一个箭步冲向他，奋力一挥，趁他还未起身便削下了他的脑袋。

约姆斯海盗中响起一阵欢呼。康恩旋身直面哈康。

"哈康，我向你挑战，一对一！"

埃里克伯爵已经拔剑在手，正挥舞着胳膊，大声招呼侍卫。拉伊夫踉跄着站起来，来到康恩身边。康恩的双手正在流血，刚才急于脱困，自己也被割伤。他很快也把拉伊夫身上的束缚砍断。埃里克和他的人正朝他俩冲过来。

这时，哈康发话了："住手，你们都给我住手。你叫什么名字，约姆斯海盗？我以前见过你们俩。"

特伦人站住了。康恩垂下剑："我不是约姆斯海盗。我叫康恩·柯尔本松。"

"我猜中了。"哈康说，"这两人是那个帮助斯汶·修加斯对付'青齿王'的爱尔兰巫师的儿子。我告诉过你，斯汶是这一仗的幕后黑手。"

埃里克垂下手中长剑，说："原来如此。反正我们赢了就挺好。刚才那一下干得漂亮，再打下去就是浪费人手。托基尔死了，他也不用再报仇了。这俩人交给我吧。"

哈康道："好吧，我还记得那个巫师，他曾经给我出过一个好主意。我不会讲出他的名字，这两个人随你处置吧。"

埃里克道："你们俩，柯尔本松兄弟，如果我让你俩活着，你们愿意到我麾下吗？"

康恩说道："你很慷慨，埃里克伯爵。不过要知道，我在赫尔辛格发过誓，不当上挪威之王绝不回丹麦，所以我猜，不论是和斯汶还是和你们特伦人坐在一起，我都不会舒服。不过这些好汉——"他挥手指向山坡，那里的草地上还有二十个人被绳子拴在一起，"他们会听你号令，这比什么都强。这些人是真正的约姆斯海盗!"

听到这话,约姆斯海盗们发出一阵欢呼。拉伊夫看见埃里克也忍不住笑了,他两手叉着腰,而哈康耸耸肩,背对战船的方向走开。埃里克发话,把约姆斯海盗全放了。

然后哈康伯爵朝康恩走来。他跟拉伊夫记忆中的样子一样——不高,留着卷曲的黑胡子,眼神极冷。

他说:"挪威之王,嗯?要我说,不管你要向谁效忠,带来的麻烦都比好处还多。不过,既然你重获自由了,告诉我,你有什么打算?"

康恩看了一眼身边的拉伊夫:"显然我们不会回去找斯汶。我们只能保证,去别的地方,不会再来打扰你。"

阿斯拉克走过来,同他们握过手,又拍了拍两人的后背。就连哈瓦德也越过哈康的肩膀冲他们咧嘴微笑。

哈康道:"那就去吧。不过要是再被我在挪威抓到,你们就完蛋了。"

"成交,"康恩说完,走下了海滩。拉伊夫紧随其后。过了一会儿,康恩说:"咱们算是信守承诺了。"

"咱们,是吧。"拉伊夫说,"下回可别醉成那样。咱们差点都死掉了,就跟其他人一样。"

"可咱们没死。"康恩说。他的剑没了,船、水手都没了,可他毫不在意,容光焕发,仿佛刚刚获得了新生。"我不知道该为此干点啥,不过我会干出点儿什么来的,我发誓。咱们走。"

(刘壮 译)

乔·霍尔德曼

本篇是对未来高科技战争的一场入迷的展望。就其对未来战争的本质，尤其是其代价的展望来看，它和千百年来的战争并没有什么大的不同……

乔·霍尔德曼出生于俄克拉荷马州的俄克拉荷马城，于马里兰大学取得物理学和天文学的理学学士学位，之后于数学和计算机科学领域继续进行深造。但美国陆军中断了他的科学学术生涯计划，他于1968年作为战斗工兵被派遣往越南战场。1969年，乔·霍尔德曼在战斗中受了重伤，于是返回家乡开始了写作生涯。1969年，他的第一篇小说刊登于《银河科幻》杂志。1976年，他以其代表作《千年战争》一举夺得星云奖和雨果奖，该作品在20世纪70年代具有里程碑的意义；1977年，他以小说《三百年国庆纪念日》再次获得雨果奖；1983年，获得雷斯灵奖的年度最佳科幻诗歌奖（尽管大多数人将乔·霍尔德曼看作"硬科幻"作家，但实际上，他也是一位有相当造诣的诗人，他的作品曾被刊登于诗歌界的大多数专业媒体上）；1991年，以中篇小说《海明威骗局》获得星云奖和雨果奖。1995年，他以作品《没人如此之瞎》再次获得雨果奖。他的其他作品还包括一部主流小说《战争年代》，科幻小说《思桥》《永记我的罪孽》《无幽不烛》（和他的哥哥，科幻作家杰克·C.霍尔德曼二世，合作完成）《世界》《破碎的世界》《世界与时间》《购买时间》《贸易工具》《来访者》，主流小说《1968》《伪装》（此作品获得了著名的小詹姆斯·提普垂奖），《古老的二十世纪》。他的短篇作品则被收录于短篇小说集《无穷梦境》《未来交易》《越南以及其他的陌生世界》《没人如此之瞎》《孤立之战及其他》，以及一本汇总了小说及写实文学的《战争故事》。作为编辑，他编辑出版了小说集《不要再研究战争》《欢笑宇宙》《星云奖获奖故事第十七辑》，以及和马丁·H.格林伯格合作的《未来战争武器》。他最新的作品是两部科幻小说《意外的时间机器》和《飞向火星》。一年中的部分时间里，霍尔德曼居住于波士顿，于麻省理工学院教授写作。其余时间里，则与自己的妻子盖伊居住在佛罗里达的家中。

WARRIORS

永远的羁绊

◆

作为一名物理专业研究生，我本以为自己不用担心被应征入伍。可那天我正安安稳稳坐在图书馆小阅览室里阅读一篇学术论文，电脑屏幕突然一暗，紧接着"纸质文档接收中"的提示闪烁起来。这种事以前没发生过，谁会费尽心思一直追你到图书馆？我有种不祥的预感，随后立刻就应验了。

电脑吐出一张纸片，上面盖着征兵委员会的印鉴。我把纸片正面朝上拿好，大拇指按在指纹圈内，一行文字显现出来："你被第九步兵师第十二远程战斗步兵旅征募，"兵孩，"务必于2054年9月3日12时至密苏里州伦纳德伍德堡报到，并开始远程战斗步兵部队训练。"

刚好在选课之前，多么体贴的安排。他们不会在学期开始后把我硬拖出学校，甚至给我留了两个星期时间来卷铺盖说拜拜。

我坐在那里盯着纸片，想到各种各样的对策。也许我该逃到瑞典或芬兰去，在那儿我也会被国家征用，但不一定是服兵役。也许我该把征兵委员会告上法庭，辩诉自己是反战人士，请求把自己改派到路政部门或林业部门。可我没有加入任何反战团体，也没有任何宗教信仰支持我的申诉。

也许我该效仿布鲁斯·克拉默。去年他吞了大堆止痛药、灌了大量伏特加，然后用枪轰掉了一个脚指头。不过他是被常规步兵部队征募了，确实很危险。

而操纵兵孩的人从不会被敌人直接射中——他们坐在离战场几百英里之外地底深处的掩体里，遥控武装到牙齿的无敌机器人。有点儿像模拟游戏，只是杀的是真人，真的会死的人。

我知道，大多数兵孩从不杀人。"恩古米①"地区分布着大概两万台兵孩，大多数只是站站岗。它们站在那里，身形巨大，打不烂，杀不死，象征着联盟的强大力量，也可以说是象征着美国的力量，虽然有大概百分之十二的兵孩其实来自别的国家。

布雷兹·哈丁是我的导师，她的办公室跟我只隔着几栋楼。她正在自己办公室里，让我把文档带过去。

她仔细读着征募信，一反常态地读了很久。"我说，这次你倒了几辈子的大霉了。"

"你可以逃，芬兰、瑞典、台湾地区，别考虑加拿大。但这是个战斗岗位，随便你逃到哪儿，最后都会被引渡回来。不管怎样，届时你的科研拨款肯定保不住，你的学术生涯也要完蛋，还得搭上蹲大牢。

"要是你遵从法律入伍了，你会像迈克·罗曼办公室的锡拉·托利弗一样，一个月'只'报到十天。可为了这十天的工作，她好像要花五天时间来恢复。"

"只是坐在一个小房间里？"

"她称之为笼子。很明显，工作要比纯粹坐在那儿累得多。

"好处是，系里不敢踢你出去。只要你不时露露脸做点事，你在木星工程中的职位就是终身的。前提是没把拨款用完，不过应该永远用不完。"木星工程是在环绕木星的轨道上建造一个巨大的高

---

①作者虚构的敌对联盟的名称。

能粒子加速器，成百万面包圈似的电磁管道沿木卫一的轨道围绕着木星。

"不管怎么说，等他们启动加速器，"我说，"我们就不用瞎操心了。我们瞬间都会被吸进一个大黑洞里。"

"不能这么说，我更喜欢那个'炸成齑粉播撒到宇宙边缘'的说法。我一直想出去旅行。"我们一起大笑。木星工程模拟的是宇宙大爆炸10^{-35}秒后的状况，这是街头小报最喜欢的题材。

"好吧，至少基本训练时我能减掉几磅赘肉。自从毕业离开足球队，每年我都会胖上两三磅。"

"咱们中还是有人喜欢我胖嘟嘟的样子。"她边说边掐我的前臂皮肤。这场面有些微妙的喜感。三年前第一次见面时，我们俩就有些来电，不过除了打情骂俏没发生过什么。她比我大十五岁，还是个白人。对于校园恋情来说，这些都不成问题；不过在校园之外，德克萨斯就是德克萨斯。

"我在谷歌和维基上搜到些东西，你该看看。操纵兵孩可不光是坐在那里而已。"她把平板电脑转过来让我看屏幕。

致残及死亡率统计
由军事专业办公室发布
以每年100,000人计

战斗致伤/致死	非战斗致伤/致死
常规步兵 949.2/207.4	630.8/123.5
远程战斗步兵 248.9/201.7	223.9/125.6

"就是说并没有那么安全。"

"而且远程战斗步兵受的伤，不管是不是战斗原因，都是脑损伤。这种情况下你肯定再也找不到工作了。"

"你说这个是想让我高兴一下？"

"不是，我只是觉得你该试着换去常规步兵部队。这个建议听上去很疯狂，可以你的学历和年龄，他们会给你安排一份坐办公室的差使，肯定的。"

"好吧，我还有两星期时间活动活动，看看还有多少回旋余地。不过我在这里的工作怎么办？"

她挥挥手表示没问题。"每个月你可以回来工作二十天。实际上，我正想把你调出来，别在物理实验室里打杂了，只要你给60个学生的论文评评分，再协助我管管299个特殊项目就行。"她瞅瞅自己的日历，"我猜基本训练是全日制。"

"不清楚，我听说是。"

"替我打听下。要是十月和十一月你有工作，我得硬拉些人来打下手，最好现在就开始物色了。"她从桌上伸过手，轻轻抚摸我的手，"只是不太方便而已，朱利安，不算什么大事，你能克服的。"

◆

布雷兹没有提及当"机械师"最大的危险和最大的诱惑——操纵兵孩的士兵都被称为"机械师"。他们都要被装上接驳插件，就是在后脑勺钻出一个孔，插入电子接口，这样你就可以和排里其他人分享所见、所想和各种各样的感受。一个排配置五名男兵五名女兵，于是你就成了那种十头二十臂的神话怪物，还长着五根阴茎和五条阴道。为了这种独特的体验，很多人想尽办法加入远程战斗步兵部队。这可不是军队原先想要的效果。

几乎所有机械师都是征募来的，因为军队需要各种性格和能力的特定组合。移情是显然的，因为要和其他九个人共享你最私密最深层的感情和记忆，同时还得保持神智清醒。但军队也需要杀人不眨眼的人加入所谓的猎手/杀手排。他们才是那种吸引眼球最多、获得奖金最丰厚，甚至有自己的粉丝俱乐部的人。我觉得自己成不了那种人。我连钓鱼都不喜欢，因为太血腥了，会伤害到鱼。

安装接驳插件本身也有风险。失败率是机密，但各种消息来源声称失败率约在百分之五至百分之十五之间。失败了，大多数情况下也不致死，但我不知其中还有多少人能回来继续脑力工作。

我查到基本训练确实是全日制的，整整八个星期。前四个星期是在老式的新兵训练营里进行紧张的体能训练，对于将来整个从军生涯都坐在笼子里冥思苦想的人来说没什么明显用途。四星期后，他们就会给你安装接驳插件，然后你要和九位同伴串联起来进行训练。

我确实申请了改派至常规步兵、医疗兵或后勤部队（这个选择项被他们划掉了，战争时期不能加入非战斗部队）。申请提交那天当场就被拒了。

于是我把自己每天的慢跑距离从一英里增加到三英里，每两天还去一次健身房。为了应付臭名昭著的基本训练，就体力方面而言，我得做好充分准备。

我也花了比以前更多的时间和布雷兹交往。整个夏天她都没有教学任务，我也有合情合理的理由经常去木星工程逛逛，尽管大多数工作其实可以在全世界任何一个角落的电脑终端上完成。我有意在午饭时间或下午五点去露个脸，后者是我们名存实亡的下班时间。

考虑到我们两人的年龄差距，这算不上是约会，但也不仅仅是同事间的聚餐。也许给我们多一点时间，超过两个星期的时间，我们俩的关系会有所进展。

但是9月2日那天，她送我去机场，给了我一个紧紧的拥抱和吻别。和作为同事说的"再见"比起来,这可更有意思些。

◆

我在圣路易斯下了飞机,一位身穿制服的女士正举着牌子等我,牌子上有我和另外两人的姓名。她的身材比我还壮,白人,看上去就很难对付。我好容易才遏制住和她擦肩而过、直接买张去芬兰的机票一走了之的冲动。

等另两人——一男一女——也出现了,她把我们带到一个显然已经废弃的紧急出口,然后顶着一百零五华氏度的高温走上柏油路。我们快步走过四分之一英里,看到有数十人排成几列,正汗流浃背地站在一辆军用巴士旁。

"不准说话。你们这帮废物都给我排整齐了!"一个大个子黑人,嗓门大得不需要喇叭筒,"把包裹都扔到行李车上,八个星期后会还给你们。"

"我的药……"一位女士说。

"我没说过闭嘴吗?"黑人怒视着她,"如果你的医药表格填对了,你的药会等着你;要是填错了,你就死定了。"

三两个人轻笑起来。"都给我闭嘴,我没开玩笑。"他走到人群里最魁梧的那人面前,脸贴近对方几寸之遥,冷冷地说:"我没开玩笑。接下去八个星期里,你们中的一些人也许会死掉,一般都是因为不服从命令。"

五十个人都到齐后,他把我们一股脑儿塞进巴士。巴士热得就像带轮子的烤炉。天哪,我想,伦纳德伍德堡肯定有上百英里之遥,可巴士上一扇车窗都没打开。

我坐在一位漂亮的白人女子旁边。她瞥了我一眼,继续直视前方。"你是去参加机械师培训吗?"

"他们要我去哪里我就去哪里。"她没瞧我,拖着德克萨斯南部特有的长音道。那天后来我才知道,第一个月里机械师要和常规步兵——"警卫们"——一同训练。告诉别人你以后的军旅生涯都将坐在空调房间里度过可不是明智的做法。

不过我们只行驶了两三英里,来到挨着民用机场的军用机场后,大家被塞进一架全翼运兵飞机,满满地挤在没有安全带的长凳上。那只是二十分钟的短暂飞行,可颠簸得很。那个大个子中士紧紧抓着一根吊带站在我们面前,怒目而视。"谁要是敢吐,谁就自己打扫干净,其他人在边上等他。"没有人呕吐。

我们在一条凹凸不平的跑道上着陆,随后按照性别被分开,分别朝两个方向走去。男人们,或者说"迪克们[①]",被带进一栋热烘烘的金属建筑。我们脱下身上所有衣服,装进标有自己姓名的塑料袋。如果这些臭衣服要发酵八个星期,那还是让军队留着吧。

他们说我们需要自己衣服时会发还,然后让我们排成一队,匆匆采集了血样尿样,每边胳膊都打了两针,屁股上也挨了一针。老式的注射方式,痛得很。然后我们走过欢迎淋浴,进入堆满毛巾和衣服的房间,军服基本上是按尺寸大小分放的。然后我们不得不坐下来,由三位板着脸带着机器人助手的男人测量脚的尺寸,拿来军靴。

一位帅小伙的旋转全息像向我们展示穿着这套服装应具备的风貌——裤腿打褶塞进军靴,衬衫缝需和皮带扣及门襟完全对齐,衬衫袖子需匀称地卷至前臂中部。可他的军服是崭新的,而且量身定做,我们的却是二手货,也不完全合身。他也没有出汗。

我曾预计到会被剃个半英寸的板寸,可没想到,遭到的报应是他们把我的头发剃了个精光。

---

① "Dicks",在俚语中指男性生殖器。

太阳西落,气温降到大约九十华氏度,于是他们把我们带到室外略微跑上几圈。跑步倒没什么,只是我穿得有些多。我们排着队形沿周长四分之一英里的煤渣跑道跑了四圈后,女兵们加入进来,我们一起又跑了八圈。

然后他们把汗流浃背的我们塞进一间冰冷彻骨的食堂。我们排着长队领取冰冷油腻的炸鸡、凉透了的土豆泥和萎蔫的热色拉。

坐在我对面的女人看着我从炸鸡上剥下黏糊糊的炸面糊。"减肥呢?"

"是的,不吃这恶心的东西。"

"我觉得你会减去不少体重。"我们隔着桌子握了握手。乔治亚州来的卡罗琳是位漂亮的黑人女子,比我略为年轻。"怎么,你是研究生,被他们拉了壮丁?"

"没错,物理学博士。"

她大笑,"我知道你要去哪里了。"

"和你一样?"

"嗯,可我不知道为什么。我是创意视觉专业的美术生。"

"那你最喜欢哪档电视节目?"

"哪档电视节目都不喜欢。和大多数人不一样,我知道自己为什么不喜欢。现在该你告诉我了,是不是每个星期不给你看杀戮小队你就浑身不舒坦?"

"我没自己的小房间,也没时间看。小时候,我爸妈每个星期只准我看十小时电视。"

"哇!你娶我好吗?还是说你已经有女朋友了?"

"我是同性恋,除非和绵羊。"

WARRIORS

"哟,你不会吧!怎么说也得是母羊!"我俩夸张地大笑起来,笑得似乎有些过分。

◆

常规训练大约有一半时间用于体能训练,另一半时间则花在学习使用武器上。作为机械师,那些武器将来我们再也不会见到。就连"警卫"们都不一定有机会用上刺刀匕首或空手搏斗术——你没有枪,面前的敌人也没有枪的可能性有多大?

(我知道这背后的原因其实很微妙,他们是想培养我们的进攻性。可我不知道这对于机械师来说是不是个好主意——发起脾气来,你的兵孩荡平的可是整个村庄。)

卡罗琳姓柯林斯,我俩在字母表里紧挨着对方[1]。我们花了很多时间交谈,有时在队列中还窃窃私语,这好几次给我们带来麻烦。("你们这对小鸳鸯,一个给我绕跑道跑步去,直到另一个把墙刷好。")

我真的被她迷住了——我指的是你十八岁时就该有能力自控的那种大脑化学层面的着迷。我无时无刻不在想她,活着只为每天早晨集合时能见她一面。从她的表情和手势,我觉得她对我有同样的感觉,可我们都小心翼翼地避免使用"爱情"这个词语。

两周不间断的训练之后,出乎意料地,他们在星期天放了我们半天假。一辆巴士把我们送到圣罗伯特,那个小镇存在的唯一意义就是让士兵和他们的积蓄分离。我们必须在六点整前回来报到,否则就算擅离职守。

---

[1] "我"的姓是克莱斯,名是朱利安。

在去圣罗伯特车站的路上，我们经过了几个打着"钟点房/干净床单"广告的大小旅馆。下了巴士，我支支吾吾想提出开房的要求，却被她一把拽住胳膊，拖进最近的旅馆大门。

我们之前甚至还未亲吻过，于是我们边接吻边脱对方的制服，小心翼翼不崩掉一颗纽扣。

说到"崩"这个字眼，我不算是那持久且照顾对方感觉的情人，虽然我很想成为那种人。我在生理和心理两方面都经受不住考验——在兵营里打飞机可谈不上"隐私"两字。

她对此只是一笑了之，于是我们又做了会儿前戏，直到我进入状态，让这次做爱更细致、更缓慢。那种感觉比我所有的梦境都更为美妙。

离上车还有一小时时间。旅馆隔壁就是一个酒吧，可卡罗琳不喜欢被新兵同伴们盯着看。于是我们坐在凌乱潮湿的床单上分享了一杯带金属味的水。

"你试过逃避征兵吗？"她问。

"嗯，试过。我的导师说如果我加入常规步兵部队，按我的年龄和学历，我只需坐两年办公室。"

"说得没错。你现在还相信这种说法吗？"

我笑了，"他们会把我分到只配刺刀的排里，让我上战场，为了祖国用刺刀去捅敌人。"

"为了上帝和祖国，别忘了上帝。"

"多亏了上帝，我们才有半个星期天的假。"

"感谢主！"她用两只手指夹住我的阴茎摆弄，"我觉得这小家伙里不剩多少汁水了。"

"一时半会儿没有了。等上了巴士咱们可以再来一次。"

"好啊，说话算数。"她深深地打个呵欠伸了个懒腰，好几处关节噼啪作响，"咱们去喝杯啤酒吧。让那些女光棍瞧瞧咱找到男人了。"

"走吧。"不过我怀疑镇上不会有多少孤男寡女。

她仔细给我穿上衣服,用手一点点把军装抚平,随后闭上眼睛抚摸我的脸和双手,似乎在努力回忆什么。

然后她紧抱住我,深吸一口气。"谢谢你,朱利安。"她轻声说,"好些日子我都想对你说。"

我开始给她穿上衣服,不过扣错了一些纽扣。这一切都很浪漫。脱下女人的短裤也比重新给她穿上去容易得多。

即使是酒吧无烟区,空气中仍有一丝淡淡的烟草和大麻的味道。酒吧里有冰镇啤酒,但没有空位。于是我们坐在吧台旁,听着吵闹的音乐和喧哗的笑声,和一些受训的同伴点头打招呼。

"你不是在南方长大的,"她说,"你的口音很滑稽,你不介意我这么说吧?"

"实际上,我出生在乔治亚州,不过上学前父母就搬到了北方,特拉华州。然后在哈佛的四年把我的口音给彻底毁了。"

"你是学理科的?"

"物理学。硕士读的是天体物理学。博士改读粒子物理学了,博士后也是。我觉得自己还算受得了基础物理的折磨。"

"这些东西我一点都不懂。"

"从来就没指望过别人能懂。"我把手放在她的手上,"就像我对电影也一窍不通一样。"

"朱——利安。"她把手抽开,"永远不要向能将你一击毙命的人显摆什么优越感。六种不同的方式哦。"

"抱歉。你花四年时间在哈佛拿个学位,然后用四十年才能缓过劲儿来。"

"好吧,我可等不了四十年,你最好给我记清楚。"话虽如此,她还是微笑着把手伸回来。

一个矮个子正式二等兵带着个喇叭筒走进酒吧大门。"注意，都给我听好了。查理连的新兵们，你们的巴士到了。五分钟内不上车的，就算无故离队。我们会回来把你的屁股铐起来关禁闭。"

二等兵走出大门，酒吧里好一阵沉默，然后大家低声抱怨。

"只把屁股关禁闭，其他部位留在外面，他们是怎么做到的？"

"想想大订书机吧。"她边说边干掉自己的啤酒，"战车在等着我们呢。"

◆

接下来的两周，星期日都没有休假。如今他们很确定没有人会在长跑时犯心脏病，便把我们逼到了极致。那天下午休假后，第二天凌晨，才两点半，他们就敲着金属平底锅大步穿过军营，把我们全叫醒。我们只有五分钟时间穿衣服，然后背上背包和步枪，负重跑了十英里。一旦有人撑不住停下来呕吐，所有人就只得原地跑步，大喊"娘们儿，娘们儿！"

每三天他们就安排一次晨跑，每次多跑一英里。教官们的表现像是蓄意虐待我们，但实际上这都是精心规划过的。我们不得不接受晨跑的安排，如果要改在那些一百多华氏度的日子里跑步，恐怕就会有人中暑而死了。

教官们还成功地让每个人都相信如此之高的训练强度都是我们自己的错。他们挂在嘴边的口头禅就是"我们只有四个星期时间把你们这些CGI娘们儿培训成战士"。

卡罗琳和我还是找到一次机会，在茂密的树林中，利用午休的半小时时间。我的屁股沾上了有毒的常春藤汁液，她的双脚也沾上了。我们去看了同一位军医，他建议我们下一次要带上半副双人帐篷，至少带张报纸什么的。不过没有下一次了，基本训练期间我们再没干过。

◆

CGI训练的第一天，我们五十人被塞进密不透光的巴士。车开了也许有半个小时，也许只有一英里距离，只是在反复兜圈子而已。目的地在林子深处的地底下。

一扇伪装过的大门滑开，露出通往地下的台阶，通道内光线暗淡。大门由两个巨大的兵孩把守。兵孩伪装得很好，完美地模拟了身后的丛林，如果站着不动，你根本察觉不到它们的存在；只有从它们身边走过时，你才能感觉到晃动的热气构成了差不多九英尺高的人形。

地下工事很庞大。我们在门厅中列队，一名二等兵照着平板电脑念姓名，把我们分到不同的排里，还给了房间号。卡罗琳和我都在阿尔法排，进了一号房间。

房间内摆着十张硬座椅，一张桌子上杂乱地堆着派对零食和满满一桶冰镇饮料。一位年长些的男子，身着没有徽章的便服看着我们鱼贯而入。

直到我们全部落座，他才开口："我会让你们在这里单独待上一个半小时，你们要做的就是互相了解。

"再过几天，你们都要安装接驳插件了，你们之间再也不会有任何秘密。我要说的就是这些。

"我离开这个房间后，请你们把衣服全部脱去。倒杯饮料，拿些零食，和别人说说自己心里的秘密和身上的毛病。做些准备，以后你们会更容易和别人相处。

"铃声响起时，你们就把衣服穿上，我会回来和你们交谈。二等兵,有问题吗?"

"长官,"她说,"我……我从没在男人面前赤身裸体过,我——"

"那你马上就要了。你没有兄弟吗?"

"没有,长官。"

"几天后你会有五个兄弟。届时你在别人眼中的暴露程度,用'赤身裸体'远不足以形容。你们都是绅士,是吗?"

"是的,长官。"我们齐声应道。那是位身材娇小、可爱的金发女子,我边期待着看到她褪去衣物后的胴体,边为她的焦虑感到同情。

他笑了笑,脸上起了皱纹。"你们都看着对方的眼睛就可以了。"说完他离开房间。

我边脱衣服边和卢·曼贾尼说话,我俩都有意不去盯着那些女人看(但还是有些紧张地瞥到几眼)。卢快三十岁了,他父亲在纽约市开了家意大利餐馆,他在餐馆里当烘焙师。除卡罗琳之外,我对其他人的了解也仅限于这个程度。过去四星期,我们每天都训练到瘫倒在地,每天早晨又拖着不情愿的身子起床,实在没有多少时间聊天交流。

卡罗琳和坎迪过来加入我们。常规训练时,我们都很好奇坎迪来这儿干什么。她是位文雅的,甚或说优雅的女子,她入伍前的工作是心理咨询师,专门劝慰悲痛欲绝的死者家属。我觉得只有内心坚强的人才能从事这种工作。

她对于眼前这种事也是天生的领导者。她拍了下手,对大家说:"咱们把椅子排成一圈,按男女男女相隔坐好。"

理查德·拉萨尔满脸通红,胯下那大家伙高高勃起。我自己克制着不去想那东西,心里默默数着质数背着积分表。

女人都不愿坐他身边。卡罗琳轻轻拉拉我的手,大步走了过去，伸出手来。"你是理查德？"他点点头——"迪克①"可不是个好选择——卡罗琳做了自我介绍后坐下。我坐在她另一边。那个可爱的金发女子，阿莉，赶紧占据我另一边的位子，可能她觉得我已"心有所属"，所以是安全的。她把自己完美的双腿交叉起来，又抱起双臂挡住自己的酥胸。

坎迪完全不同，她大大咧咧地靠在椅背上，两腿膝关节弯曲地交抱着。萨曼莎和萨拉，之前出于害羞还微微弯着腰，看着坎迪便也大大方方地把躯体舒展开。

"那咱们就挨个来，每人说一桩重要但你一直藏在心里的事。从明天起，咱们之间就再也没有秘密了。"大家缓缓点头。"我来起头。"她沉默了一会儿，手指揉着下巴和脸颊，"我的客户，我的病人，都不知道这件事，他们都不知道我为什么会成为丧痛咨询师。那是因为我曾经也深受打击，我，我自杀过。

"我从一座桥上跳下，那是一月份，在科德角。我死了大概十分钟或十二分钟，不过河水很冷，他们最后还是把我从鬼门关拉了回来。"

"那是种什么感觉？"阿基姆问，"死了的感觉。"

"什么感觉都没有，我当时失去意识了。我猜摔在水面的冲击力把我拍晕了。"她一根手指在双乳间划过，"他们在救护车里电击我的心脏，然后我醒了过来。"

"你这么做肯定有原因。"我道。

她点点头："我眼看着自己父亲死去。我们正驾车在州际公路上，突然方向盘和自动保险装置同时失灵。我们的车翻滚着冲进车流。安全气囊弹了出来，可事故没有就此结束。另一辆卡车从后面狠狠撞上来，把我们从立交桥上撞了下去。等我们终于停下……

---

①迪克是理查德（Richard）的昵称，同时在俚语中也指阴茎。

母亲的头已被压碎了，父亲也泡在自己的鲜血中。我的情况不是最糟，但被卡住了动弹不得。我只能头朝下挂在那里，眼看着父亲慢慢死去。他离我只有两英尺。

"我一直无法忘却当时的情景和父亲的遗容，所以我从桥上跳了下去，然后不知怎么我就到这里来了。卢，该你了。"

卢耸耸肩。"上帝呀，我可从来没经历过这样的事。"他摇了几下头，然后望着地面，"大概是我十三岁时吧，父母不许我和一帮坏小子来往。当然了，我不会听他们的。他们以为我是去教堂了，因为他们自己从来不去，所以我能一直瞒住他们。

"那都是些刚出道的小混混，拙劣地仿效黑手党，干些小偷小摸的勾当。我给他们望望风，砸砸自动售货机，还有入店行窃之类的。要是有人粗心大意忘记把车门锁上，他们也会把车偷出去乱开一通。

"我们听说布朗克斯区有个开杂货店的老犹太人，私底下出售枪支。杂货店的后门看上去很容易撬开。于是半夜一点，我从消防梯偷偷溜出来，跑过几条小巷和他们碰头。

"他们说那老家伙肯定十点钟左右就打烊回家了。后门用根撬棍就能撬开。

"那是我第一次不是作为'小子'参与他们的事，有个更小的男孩给我们望风，而我第一个进去。因为我还未成年，就算出了事，下场也不会太糟糕。

"我带着手电筒进到店里，翻箱倒柜寻找枪支。嗯，我是找到一把，可枪握在那老犹太人手里，那晚他压根儿没回家。

"我听见他扳击铁的声音，于是转过身，我猜手电筒的灯光晃到了他的眼睛。'把手电筒关掉，孩子'，他对我说。可那个拿撬棍的家伙出现在他身后，双手握着撬棍狠狠向他的头上抡去。他像根木头一样倒在地上，但那家伙继续击打不止。然后他捡起地板上那把枪,还夸我脑子转得快。

"我们戴着橡皮手套把那地方翻了个底朝天,可再没找到枪,连点值钱东西都没有。收银箱我们既打不开也搬不动,只好拿走了大把的糖果和香烟。"

"第二天报纸就报道了那起杀人抢劫案。我什么都没往外说。我本可打个匿名电话举报凶手的,可我害怕。"

"他后来被抓住了吗?"梅尔问。

"据我所知,没有。他后来做起毒品生意,而我去读大学了。现在我来到这里。"

所有人都瞧着阿莉。"我被当场抓奸,和错误的人。"她瞧着地板,"被我丈夫抓到,就在我们的卧室里。我发誓我再也不想见到那个人了……再也不想见到她了,女字旁的她。"她抬起头,笑得花枝乱颤,"明天公布细节。"

轮到我了。"自慰时被人看到了?"一些人发出不安的笑声,"我觉得最糟糕的事……可能对一些人来说,根本不值一提,可我背负的罪恶感当时几乎让我发疯。就算现在十多年过去,这种罪恶感还困扰着我。

"我那时,大概十五岁,走在一条小巷里,看到一只乌龟。那可不多见,一只非常大的箱龟,头和脚都缩在壳里。我用小棍戳它,它当然动也不动一下。

"我一时冲动,捡起一块板砖,用尽全力砸下去。龟壳被砸开了,乌龟痛苦地扭动起来,到处都是惨白和鲜红的东西。然后我用最快速度逃走了。"

一阵沉默后,坎迪开口了,"嗯,我能体会。虽然我家里人以前常去钓乌龟,然后切开了烧汤,我从小到大都把乌龟当食物的。"她看着卡罗琳,扬了扬眉毛。

卡罗琳摇摇头:"我觉得家里对我管教挺严的,没什么和性有关,也没什么和暴力有关的事情。我确实有一次自慰被母亲看到,但她只是笑笑,告诉我以后做这事要在自己房里。

"我刚进中学时有场考试,化学课的期末考试。有个在办公室打工的女孩找到一份试卷,然后开价十块钱卖给了我。

"这已经够糟了,我是说,我以前没做过类似的事。可更糟的是,我其实知道大部分答案,不管怎么样,我都能得B的。但现在那女孩有证据证明我作弊了,她随时可以告诉任何人。

"所以我杀了她。"她望着天花板咧嘴一笑,"当然,只是在梦里。"

理查德曾在一次成年人的派对上往潘趣酒①里放了些泻药,场面顿时活跃起来,可惜药量有些过头,最终一些人被送进了医院。(包括他自己,以转移视线。)

萨曼莎多年来,母亲每次喝醉回家后,她都会从母亲的皮夹子里偷一些钱。

梅尔对自己智力迟钝的兄弟玩了些不道德的恶作剧。

萨拉帮自己的父亲安乐死。

阿基姆挣扎了片刻,最终还是承认自己从来就不相信安拉,从小就不信,但他一直没有勇气承认并脱离自己的宗教。

这是充满疲倦和尴尬的两个小时,但显然很有必要。

当穿戴衣服的铃声响起时,我有些吃惊地发现自己不再用两性的眼光看待那些女人了,虽然将来我可能还会爱上其中的两三人。

◆

我们再也没回伦纳德伍德堡,全封闭巴士把我们送往圣路易

---

① 一种果汁饮料,有时加碳酸水或苏打水,通常调味后在底部混有葡萄酒或蒸馏酒。

斯机场。在那儿，他们把我们一个月前上交的私人物品都还给我们——衣服洗烫过了——然后把我们送上前往波特贝洛的飞机。

飞机驶经大片水域，小心翼翼地规避着尼加拉瓜和哥斯达黎加的空域。"恩古米"国家没有空军，就算有，我们的空军兵孩也会立刻把它们全部摧毁；但他们有能力向我们发射导弹。

我们着陆时已是夜间，空气浑浊又油腻。基地由一组不显眼的低矮建筑物组成，间或出现的兵孩闪着单调的光。兵孩沿基地四周站岗，据说针对这里的袭击从未成功过。我不禁揣测，一次"不成功"的袭击能造成多大破坏。

总的来说还行。我们这辈子三分之一的时间都会待在这里，躲在离敌国国界线仅几十英里的某处地下工事，安全地躲在一整个方阵的会心灵感应的坚不可摧的机器人背后，这真不错。至少感觉上是安全的。

其实兵孩并非机器人，也不能说完全坚不可摧，它们就是一具全副武装的大型装甲，是某个男人或女人的远程替身。这个人和另外九个人协同操纵这些兵孩。经过训练之后，每十个人组成的排就是一个心灵相通的大家庭，能够作为单独而强有力的个体作战。

敌人也许可以摧毁兵孩个体，但是兵孩的操作员——机械师——能够瞬间切换到备用机。如果备用机恰巧就储存在附近的话，几分钟甚至几秒钟内它就能重返战场。那些摧毁了前一个兵孩的人，会得到预备机的特别照顾，敌人们很清楚这一点。

但我怀疑那只是种宣传手段，将这些机器拟人化，是为了制造神秘感，以此作为更为有效的威压手段。兵孩们不会死，甚至不会受伤。

（说到"不会受伤"，也不尽然，但这是个机密，也算是流传已久的谣言。如果"恩古米"的士兵瘫痪并抓获兵孩的话，他们会在摄像头前对它倍加折磨，然后再摧毁它。）

美国人对此一笑了之，评论说这套把戏只对巫毒娃娃有效，对机器不起作用。把机器关了，就只是一袋子零件。

问题是，你必须关得及时。

◆

我们在波特贝洛的宿舍挺干净，马马虎虎还过得去，但几乎容不下人在里面转身。不过我们不会在宿舍里待很多时间。机械师工作也好，睡觉也好，吃喝拉撒全在接驳状态下进行，这需要花上不少时间做插入式喂养和排泄。但如果不确定你是否适合接驳，他们不会开刀给你做那种手术。

在波特贝洛的第一天，我们一个一个被推去接受了最为激动人心的"常规"手术，医学上称为"自动化颅内植入"，或俗称的"接驳插口植入"。这种手术其实没有看上去那么危险，已经做过十万例，大约九万例都成功了。

那一万例失败者中，大多数人只是回归了平常的生活，并没有获得共享他人身心的能力。一些失败者智力或情绪上受到损伤因而致残，还有些失败者因此丧命。

具体数字从未公开。

作为物理学家，我自己也能推算出一些数字来。假设某个事件——接驳手术成功——具有百分之九十的成功概率，如果十个人接受手术，那其中有人手术失败的概率就是一减去零点九的十次方，也就是零点六五。换言之，有百分之六十五的可能性——大于百分之五十——十人之中至少有一人将手术失败。

那么符合逻辑的做法是"给十一个人做手术"。但如果十一个人都成功了呢？那你就得撤一个人出来，按他们的说法，这有点像是一例伤亡。往一个家庭里添上一人总是要比减去一人更容易些。

我们十人的手术都成功了,之后我们卧床休息了两天。第三天里,我们开始研究这被赋予的能力。

带我们做首次体验的是凯里,很明显他是平民,一位七十多岁的治疗学家。

"你们的第一次不应该和新手进行。"他说。我们又回到一个类似一号房间的地方,墙壁刷成政府单位特有的绿色,屋里还摆着硬座椅和桶装饮料,但多了样东西:两张躺椅和当中夹着的一个黑盒子。两条线缆从黑盒子中蜿蜒而出。

"首先你们都会和我接驳几分钟,十个人大概会花上一个小时。我不觉得会出什么问题,但如果真出问题了,那最好有我这样的人在线上。"

"您这样的人,先生?"坎迪问。

"你会明白的。"他瞧着一块平板电脑,"小阿先来。"阿基姆站起身,跟他走到躺椅旁。

"闭眼,躺下。"他拿起一根线缆,轻轻的"咔哒"一声,把插头接在阿基姆的颅骨底部。随后他坐在另一张躺椅边上,也给自己接上。

他闭上眼,身体轻轻摇晃了几分钟,拔下自己和阿基姆的插头。

阿基姆摇着头,哆嗦着坐起来。"嚛,那可真是……太特别了。"他轻声说。

凯里点点头。他们两人谁都没有细说。"朱利安·克莱斯?"

我走上前,面对着离他较远的墙壁躺下。插头接触金属植入物,发出一声轻轻的"咔哒",然后我就像是全身有了双重视野。

这种感觉很难准确描述。我还是能看到两英尺外的墙壁,但几乎同样清晰地,我能看见凯里正在看的东西,那帮望着我们俩的机械师。

而且就在那一瞬间，我突然就了解他了，就像了解自己那样彻底清楚。我就像他身上的衣服那样能够感觉到他的身体，感觉到体内五脏六腑的蠕动，感觉到排列复杂的肌肉群和骨架——这些都是我们平时一直都能感觉到，但因为过于熟悉而视而不见的——还有全身各处的小痛小痒和隐藏在右肩深处的疼痛——这疼痛我不得不，应该说他不得不，停止忽略……

他关于自己的一切记忆，我都记得，好事坏事和不好不坏的事。被父母离异中断的舒适童年，考入大学是一次华丽的逃避，获得发展心理学博士学位，同两个女人和几十个男人上床。不知为什么，我对此一点都不奇怪。还有在非洲当了四年机械师，开着卡车，随时有可能被轰上天。

就像记忆中嵌套的记忆，我能感觉到他从他的运输排其他机械师那里得来的全部记忆，以及他对这些感觉的渴望。

所有体验在"咔哒"一声中结束。我望着他："这就是为什么你来带我们做第一次体验的原因？"

他笑了："虽然并不完全一样，但这有点像以前合唱团时在浴室里唱歌。"

卡罗琳是下一个。当她坐回我身边时，用屁股轻轻蹭了我一下，我不需要心灵感应能力也知道我们在想着同一件事。

一位接一位，所有人都体验过了。

"好了，" 凯里说，"你们热身运动第一阶段结束。现在开始下一阶段。"我们随他进入隔壁房间。

十个所谓的笼子沿另一边墙壁一字排开，看着就像安装了很多管子和电子设备的躺椅。

基本训练结束前，我们都不需要插管子，因为每次接驳不超过几个小时。但以后每月要定时接驳整整十天，届时我们就要靠管子自动进食和排泄了。他们说一旦适应了，这种感觉也不坏。

我们将要接驳操纵的兵孩停放在外面某处空地上。开始两天里，我们只是做"抬右脚、抬左脚"之类的练习，然后开始练习行走和上楼梯。到第三天，我们已经可以排成队形慢跑。我们已经越过了一个大门槛：知道自己不必去想要做的动作，只需做便是了。信任机器，机器就是你自己。

与此同时，我们开始在晚上互相结合，没有兵孩的参与，先是一对一，之后人数越来越多。

和卡罗琳在一起让人心潮澎湃，也有点毛骨悚然，如果两者有区别的话。她对我的感觉甚至比我对她的感觉还强烈。我们两人完全不同——她具备直觉思维而我擅长分析推理；她年轻时在街头打滚闯荡，而我拥有家庭的支持和亲情。我们的身体也很不一样，这不单单指男女之别，她身材小巧动作敏捷，而我恰恰相反。我们对彼此的身体玩各种花样并乐此不疲，她说每一个女孩都应该拥有一会儿属于自己的阴茎；而我先是享受了成为她的陌生感，然后是熟悉感，不过第一次体验月经时，虽然我有所准备，还是万分震惊受伤匪浅。她在表示同情时也取笑我——"你这大娘们儿"——我最终习惯了这种感觉，但始终没有达到她那样对此翘首企盼的程度，她把月经来潮看作对"我"的女性身份的某种确认。

（我后来发现，其他女人都没有抱这样的态度。萨拉和阿莉已经无限期抑制自己的排卵，另外两人对此没有特别的偏好，但也不用任何抑制排卵的药物。）

和其他人连接，不管男的还是女的，都比不上和卡罗琳连接时那样感觉强烈。不过和萨拉、坎迪及梅尔连接时会有相当强烈的性欲。这够奇怪的——梅尔和凯里不一样，他从来没有，连想都没想过和男人发生性关系，但每次他和我或其他几个男人连接上，却能明显地感觉到他在压制同性对自己产生的自然诱惑。这种事情，在另一位机械师面前，即使你刻意为之也无法隐瞒分毫。起初他还觉得尴尬窘迫，之后也就释然了。

只是一对一连接时，另外八个人的生活经历像上学时阅读过的小说情节一样遥远。但当三个人，或者更多人连接时，事情就复杂多了。起先，你会完全搞不清"自己"是谁、身在何处。两人连接时，你会进入这样一种状态，似乎两个人的生命合并成某种忘我的集合。我和他们中的一半人能达到这种状态。而三个人同时在线，就不是那么回事了。首先，会发生某种争夺所有权的战斗，就像用自己的生活经历"抢地盘"。慢慢地，每一个人都清楚地意识到，必须坚持住自我意识，否则这种不对称性会把每个人都逼疯。对于我和卡罗琳，还有其他几对人，比如萨曼莎和阿莉，要做到放开对方、让第三个人加入都有些困难。但如果不这样做，三人连接就永远成功不了。一个人会永远待在外面，眼巴巴看着另外两人尽情联谊。

我们花了大量时间——大概整整四天吧——尝试不同组合的三人连接。掌握基本技巧之后，四人和四人以上的连接就相当简单了。基本技巧就是：没有接驳时，我们每个人都有自己的生活经历，用自己的生活经历来确定各自的身份；接驳时，我们有了两到九人不等的伙伴，每个伙伴都有着和你同等程度的独立性，但会以最亲密的方式和你共享过去与现在。

让人沮丧的是，每一次我们最多只能接驳两小时，之后要离线休息至少三十分钟。很多年以后我们才明白个中缘由：如果你接驳时间过长，你和其他人的心灵感应会变得非常强烈，以至于任何人都成为了你的一部分，杀人会变得像自杀一样困难。对于士兵来说，这可是真正的缺陷。

我们也通过一种深入内心的二手方式学习如何当兵打仗，那就是接驳进入其他人在战斗中录制的晶体。一开始这种方式让人困惑，因为你会和十个陌生人建立亲密关系，但你对寄身其中的兵孩没有丝毫控制权。但战斗本身异常真实,虽然只是二手经验,虽然对付的只是凡人肉身。

坎迪体验过战斗经历后情绪非常低落,我觉得只有梅尔才渴望再看一遍。但我们都知道这非常有必要。

这是进入地狱前的彩排。

◆

我非常诧异上头竟让我当排长。所有人中我年龄最大,但大不了多少;学历最高,但粒子物理学和领导力没有直接联系。真相很快大白,虽然让人不悦。他们不想让卢或坎迪那样的"天生的领导者"来负责,因为那种人会过于彻底地接管全排,而不是让十个人协同工作,那种人会把所有事都决定了,其他九人只有木已成舟后反省的份。这反映的是老式军队的组织架构,老大发号施令,小兵们惟命是从。倘若真的这样,那浪费大把的时间和金钱,还冒着风险给十颗头脑做手术,有什么意义呢?一个兵孩排就像一台巨型机器,能够控制数十英亩战场,还能以某种格式塔①式的智力做出瞬间决策。作为旁观者会觉得怪异,但作为参与者,随着时间推移,越发觉得理所当然了。

我们又接受了一次小手术,解决了营养、水和排泄方面的问题,恢复两天,然后便出发进行第一次"野外演习"——在敌方领土上。

当然,我们十人安安全全地待在波特贝洛地底的防弹地堡中。但我们的兵孩跨越边界整整十英里,在那里,任何佩德罗②都有可

---

① 格式塔,心理学名词,指以机能的、力学的体系为基础,将知觉形态或心理现象做整体性的说明。
② 西班牙语国家常用姓氏。

能冒死发起进攻。不过我们的机器周围有一个经验丰富的猎手/杀手排保护着,所以这比坐在家里看电视里的战斗更安全。电视机还可能被雷电击中呢。

◆

后来我们又进行了两次那样的巡游,却连一个敌人都没遇到,然后基本训练就宣告结束了,我们有二十天的假期可以回家探亲。不过我们谁也没有直接打道回府。我们得先尝尝波特贝洛基地周围那些接驳俱乐部的滋味。

在接驳俱乐部,你可以花钱接驳感受他人的体验。很多体验都是兵孩的战斗经历,这种体验我们不需要花钱,谢谢了。不过空军兵孩的晶体看上去确实很吸引人,"亲身"成为一架飞行器,做出人类飞行员永远都没法做出的各种转弯、俯冲和加速动作。

除了军队里的体验,还有很多冒险类晶体,都是些人们在奇奇怪怪的地方做危险事情的记录;或者让人"食指大动"的晶体,你可以体验自己永远吃喝不起的食物;甚至有自杀晶体,让你体验最为极端的感受,不过在他们允许你享受之前,你必须签署一份免责协议,以防因移情过深而丧命。那是极端之极的情况,就像品尝含有天然神经毒素的日本寿司,厨师犯点小错便能要了你的小命。

当然了,还有性爱类的。和那些现实生活中根本不会搭理你的俊男靓女做爱,在那些一旦被发现便会被逮捕的地方,做铤而走险的爱,做荒诞离奇的爱,做甜酸苦辣咸各种滋味的爱。

和卡罗琳做爱。

在训练中,他们只通过笼子来接驳你,是为了让你适应环境,所以实际上你触摸不到和你接驳的任何一个人。基地外的大多数接驳俱乐部只提供独自一人的体验,但在一些昂贵的去处,两个人可以关上门来同时接驳。这有点像岩石城①的汽车旅馆,不过这里打出的广告是"健康的接驳环境"而不是"干净的床单",按分钟而不是按小时收费。

我们四处打听,最后去到"美丽小天堂",一个看上去挺干净的地方。在门口晃荡的女人,就是所谓的"吉尔"②。她们没有上前调戏我们,只是死死盯着我,有几个也盯着卡罗琳:要是你觉得和一个外行干没意思,那就回来找我们这些专业的再来一次。

当班老鸨是个乐呵呵的胖子,她向我们讲了规矩:门一关上定时器就开始计时,到你回柜台拿起信用卡定时器才会停止。躺在里面,说些甜美的情话也好,做些甜美的别的事儿也好,开销都一样。

我问她以前有没有人突然光着屁股冲出房间来拿信用卡。"那我就以妨害风化罪把他们逮起来,"她说,"除非我从中得到了极大的乐趣。"我决定不去尝试自己的运气。

房间很小很干净,满是浓重的茉莉花香。里面只摆着一张大床和一堆枕头,别无他物。床单摸上去像是刚上过浆的棉布,用毫无浪漫可言的实用型辊筒轧过。

我们两小时前刚做过爱,余韵犹存。但我们都迫不及待脱去衣物接驳好倒在床上。我吻遍她全身,感受着我们共有的舌头舔在共同的皮肤上的滋味。当我们享受我在她身体之内的滋味时,我又分享了她的高潮,但恰好保证没有达到让"我"射精的程度。

她跨骑在我身上,前后蹭了一个来回,我像个春情澎湃活力四射的年轻人般突进她的身体。她用力捧住我的屁股一动不动,无声地告诉我不要用力抽插。有好一会儿,我们完完全全地融合在一

---

①位于美国田纳西州一处由岩石群在山顶形成的独特风景区。
②提供接驳性服务的女性。

起,互相流进对方的身体,直到我们再也忍耐不住,两人猛地弓起身滚下了床,躺在地上喘粗气。

"地毯不错。"当我们感觉到皮肤挨着粗糙的绒面,她说。从床上摔落时,我们当中有一人挫伤了臀部。当我们断开接驳后,我才意识到受伤的是她。

"对不起,"我说,"我笨手笨脚的。"她爱抚着我正在缩小的命根子。

"肯定过了至少十秒钟了,"她用嘶哑的嗓音道,"赶紧穿裤子去拿信用卡吧。"

我们之后又去过三次"美丽小天堂",其中一次我们尝试了"坠入爱河"。你从一架飞机上坠下,无止境地坠落,在坠落过程中做爱,然后静静地在空中飘荡,缓缓地飘向地面。不过在那之后,我们不得不脚踏实地回到现实中,卡罗琳回去继续学业,而我回去继续跟测量数据和方程式打交道。

分别的感觉就像失去了四肢,或者部分心智,不过你知道三个星期后你会再次变得完整。

我回去第一天就努力把这种感觉解释给布雷兹听。我们在学生中心的一个安静角落里喝咖啡。

"你知道这听上去像什么,"她道,"此时此刻我就像只过分保护孩子的老母鸡……但你似乎正经历一段夏日热恋,军队环境的压力给这段热恋火上浇油,然后接驳平方了它,做爱立方了它。可就算你平方又立方了x,那仍然仅仅是个x。"

"仅仅是一时痴迷?"

她点点头:"你真的相信那会天长地久。"

"能走多远算多远。"

她呷了口咖啡,继续点头:"连体婴观点。有点诡异?"

我大笑:"没错。用言语没法解释清楚。"

她有些滑稽地看着我:"真希望我也能试一次,我只觉得嫉妒。"也许我脸红了。"傻瓜,我不是嫉妒卡罗琳。我是嫉妒你们两个人,嫉妒整个体验。"

布雷兹如果去做接驳手术就会丢了项目基金和工作。大多数脑力工作的合同里都有禁止接驳的条款,道理显而易见。我不受这条款制约是因为我的接驳是兵役要求而并非出于自愿。在美国为平民做接驳手术干脆是非法的。不过每天都有数百人跨越边境去做这个手术。

我十分重视布雷兹,真希望她能明白我的感受。但我觉得那就像宗教狂向我这样的人——以前的我——解释极乐境界。萨曼莎就是那样的人,而我们接驳的一刻,无需语言,我瞬间就明白了她的想法,而她也明白了我的心意,对于我没有宗教信仰也表示了谅解。

从专业角度而言,布雷兹确实有合情合理的顾虑,因为我远远不是个理想的同事。我没法好好集中精神。在某个层面,我无时无刻不在想着卡罗琳,而在另一个层面,这种情感又不得不表现出来。每次我看日历,都不禁倒数放弃自由的日子。

"你周末何不休息下,去趟乔治亚州呢?"星期四早上布雷兹问,"你们兵孩不是可以免费坐飞机的吗?"

我是个机械师,我操纵的机器才叫兵孩,不过这两个名字常常被人混淆。"我打算周末加班把延误的进度补上。"

她笑起来。"你怎么不去和卡罗琳把错过的时间补上?就算没你,木星工程也有办法慢慢进展。"

被人一眼看透并不值得高兴,但我也没法放弃这个机会。我打了电话给卡罗琳,她欣喜若狂。她的室友答应消失个几天,而我则订好周五下午前往梅肯的航班。

结果事情变得很古怪。毋庸置疑,梅肯没有任何可以接驳的地方,于是我们又回到原始状态。我们谁都没说,但都暗自以为原始状态也足够了,而实际情况是,那并不够。我不是阳痿不举,这千真万确,她也并非抗拒进入。不过星期六一大早我们就坐巴士去了亚特兰大,在麦克弗森堡两三个街区外的接驳俱乐部开了个便宜房间。

"星条旗永不落"是最便宜的去处,没有华而不实的东西,但我们能接受。星期天一早,我们数了数余钱,又决定上"私密太空"挥霍一把。那里能提供零重力的幻觉,星系围在你身边旋转,那种感觉异乎寻常。

我们谈论了这个话题。虽然令人不安,但我们都同意很大程度上这是因为接驳对于我们仍是新鲜事物。我们因普通状态和增强状态之间的反差而略感震惊。

在她的公寓内做爱时,我们疯狂地幻想着前一个星期的体验。

◆

两星期后,我们进行了第一次独立的战斗任务。

布拉沃排是H&I,就是"干扰与拦截"部队,主要任务就是去那儿给敌人添乱,而非进行杀戮。

我们的工作是有目的地制造混乱。"恩古米"在哥斯达黎加一处偏远山谷里建造了一个指挥中心,趁夜色用人力往里面运输弹药装备。由于树冠的遮蔽,从上方都检测不到任何热信号。但他们不知道我们已在乡间布满了微型嗅觉设备,这种设备功能很简单,就是在汗流浃背的人员从旁经过时记录下他们的方位。所以我们知道敌人的确切位置,以及他们所走的小路路径。

我们和那些小路小心翼翼地保持着距离。只要操作谨慎细心,你就能在厚实的灌木丛中移动沉重的兵孩,同时不发出一点声音。

我指挥着十人小队沿主要的小路两侧行进,每小时大约行进一英里。有两次,他们的巡逻队蹑手蹑脚地从我们的队伍中穿过,却没有发现我们。我们的装甲在黑暗中开启了伪装模式。

阿莉首先踏入他们的领地。有一个哨兵正在打盹儿,她在离他只几码的地方站住,与此同时我们其他人则包围了营地。我本已做好准备,一旦有人被发现,便立刻发动进攻。但我们并未遇到任何阻碍便全部就位。

虽然名义上由我指挥,但实质上我们十个人是平行连接的。只要我心中一声令下,所有人便会同时发动攻击。

我们先没有使用武器,而是进行声光攻击:十盏大灯射出比太阳还刺目的光束,十个震耳欲聋的扬声器同时发出尖锐刺耳的音调,然后十个方向同时涌出滚滚浓烟。

敌人从帐篷中跑出,疯狂地射击,但几乎所有人都在吸入了一口致晕瓦斯后失去知觉倒在地上。有两人及时戴上防毒面具。梅尔搞定了一个,我搞定了另一个。我打飞他手中的步枪,在他胸前轻轻一击,便把他打倒在地。我扯下他的防毒面具扔得远远的,随后其他人也加入进来,前进至主要目标——一座由防弹塑料搭成的四四方方的小型碉堡。很明显,这座碉堡是用一些零部件材料粘起来组装而成的。

我们的部队在非洲沙漠中遇到过这种碉堡——雷达侦测不到,对付飞行兵孩很厉害——但在哥斯达黎加,这东西还是头一次出现。碉堡发射的155毫米穿甲高爆弹足以瘫痪一个兵孩,但它们的炮管暴露在外。尽管炮管转向非常迅速,但我们还是能预知它的射击方向从而避开。

我们本可继续俯身躲避,直到炮手耗尽弹药。只是他向着各个方向胡乱射击,很可能打死他们自己人或给运输货物的平民,于是卡罗琳和我用激光枪朝那东西两角射击——为躲避火力还要每秒重新瞄准好几次——终于把碉堡内部加到了足够高温，里面充满了塑料燃烧产生的浓烟。一扇门突然打开，有两个人一边咳嗽，一边连滚带爬地往外逃。我们把他们也打晕了，然后把所有晕厥的人拖到一起堆成一堆。随后我们用激光枪在树林中清出一块空地用做着陆区，呼叫直升飞机来运送俘虏。

从打开灯光到把俘虏搬上直升飞机，大约花了十二分钟。没有人员伤亡。

梅尔无法掩饰对此的忿恨。谢天谢地……我们还保有处子之身。他道歉了，但没人听清他的话。

要我说，这是一次教科书般完美的行动。可在等待接回时，我们收到了高级审查委员会的审查结果。委员们在整个任务过程中都和我们保持连接，以便进行评估。七名委员中的三名认为我们应该第一时间消灭碉堡和里面的人，以免兵孩或旁观者受伤。

好吧，我想，你们怎么不屈尊亲自来杀了他们。等兵孩都坐上直升飞机返航，我们也都脱开接驳、身处战报室相对隐私的环境中时，我们反复咀嚼着委员会的评估结果。排里有七个人同意我的做法，除了梅尔和萨拉。分歧不大，他们说如果是他们，做法会有所不同，不过这毕竟是我的决策。

当然了，那些高级军官和战斗间的距离并不比我们远。

他们给我们放了星期天下午半天的假，我想办法预支了薪水（实际上是借的，要付给政府百分之十的利息），我们才能够上闹市区去接驳。

那地方叫"梦幻旅馆"。这次我们体验的是杳无人迹的热带荒岛，我预先支付了三十分钟的费用。我们在旭日下做完爱，又在温暖的海水中游了会儿泳，然后坐在沙滩上，手牵着手，让轻柔的海浪翻滚拂过全身。刺耳的警报突然响起，提醒我们时间已经耗尽，我们仍躺在那张硬质平板床上，彼此都没有碰对方。

我们没有钱继续开房了,于是吃了热狗当晚饭,又喝了两瓶啤酒,走回基地,各自爬进各自的被窝。

◆

布雷兹被逗乐了,但她摇了摇头。"你自愿服役四年,每次十天?"

"是的。我明白你的意思。"那是上午十点左右,我们单独在咖啡厅中。

"以百分之十的利息来算,等你退役,你会欠军队一百万美金的。"

我只好耸耸肩,心想自己一定笑得一脸蠢相。

"你知道这就像上瘾行为。要是军队让你染上了迷幻药瘾,我们还能带上两个律师去把你拖出来强制戒毒,可他们让你沉迷的却是爱情!"

"拜托……"

"试着客观点儿看待这事。我知道卡罗琳是个好女孩——"

"注意措辞,布雷兹。"

"就听我说一分钟,好吗?"她取出自己的笔记本点击了两次,"你知道你去那家梦幻汽车旅馆时,大脑化学活动是什么样子吗?"

"是旅馆,不是汽车旅馆。很奇怪,我猜。"

"一点儿都不奇怪。那就像一锅沸腾的催产素、血清素和内源性类罂粟碱的炖汤。你的后叶加压素受体完完全全敞开大门。就算卡罗琳是只沙鼠你也会性趣盎然活力四射!"

我几乎能感到自己咧嘴一笑。"好客观。但如果你没有亲身经历过,是怎么都不会明白的。那真的是爱情。"

"好吧,那你帮我个忙。和其他任何一个女人做同样的事情,瞧着你自己和她也坠入爱河。"

"不。"仅仅想想这事就让人恶心,"布雷兹,你这主意糟透了。你说得我好像是害相思病的年轻人,而父亲给我一把钱让我去逛窑子来解相思之苦。"

"没那种事。我就是想让你运用你的判断力,让你客观一点。"

"没错,客观判断总能解释得了爱情。"

◆

那个月我们再没谈这个话题——也没谈其他什么。我独自一人去机场。

我和卡罗琳相互拥抱,然后一起进入笼子。

那是一场例行的力量展示。巴拿马的总督,我们敬爱的傀儡,正在巴拿马城做演讲。我们只需在原地立正,摆出凶神恶煞的样子。我不得不承认,我们做到了这一点。九个兵孩在太阳光里启动伪装模式,这并不能让它们隐身,却能把它们变成浑身上下光彩变幻的雕像,让人无法注目,挺瘆人的。而我自己的兵孩,作为排长,则闪烁着黝黑光泽。

我们的存在毫无必要,纯粹是展现给新闻媒体看的。围观群众都经过精心挑选,鼓掌喝彩恰到好处。毫无疑问,每个人都盼着演讲早点结束,好回到空调房去。气温接近一百华氏度,空气似乎凝固了,像个蒸汽腾腾的大蒸笼。

你觉得热吗?卡罗琳无声地问。我在脑袋中想着回答她:那是对外面那些可怜的无产者的同情导致的心理上的热感。她赞同我的看法。

演讲结束了，我们站成一排等待戏剧化的离场。这虽然只是一次常规撤离，却是对我们非人力量的绝佳展示：我们肩并肩站立，一同高举左手，一架安装了回收杆的货运直升机俯冲而下，以超过每小时一百英里的速度扫过比树梢更低的高度，将我们一掠而走。这样的动作会扯下人的胳膊，但兵孩们几乎感觉不到冲力。

卡罗琳的输出突然中断，显然是刚才的机械冲击断开了她的接驳。"卡罗琳？"我通过紧急语音线路问道。

她没应答，于是我请求断开接驳。着陆后由我们控制兵孩走回仓库会比较方便，但着陆前我们没必要和兵孩保持连接。指挥中心没有答复我的请求。他们兴许在哪个地方打仗呢，我估摸着。

我们在修理区着陆，控制兵孩走进仓库。显然卡罗琳的兵孩并非由她自己控制的。平时她的兵孩能模仿她那自然优雅的动作，但这一次它走得摇摇晃晃，像个卡通机器人，一定是技术人员在用操纵杆操纵。

我打开大伙儿的笼子，所有人突然又回到现实世界。我们都赤身裸体，汗流浃背，舒展身体时关节格格作响。

卡罗琳的笼子敞开着，人却不知去向。

房间里有个穿制服的人，是个军医。她走上前："二等兵柯林斯在撤离前突发大面积脑血管衰竭，目前正接受手术。"

我顿时感到双手发麻，头脑一阵眩晕："她会没事吧？"

"不，中士。他们正在尽力抢救，但我恐怕她……她已经临床死亡了。"

我瘫坐在笼子底部的边缘上，那是坚硬的水泥地，眼前天旋地转："那和普通的死亡有什么区别？"

"她已丧失高级脑功能。我们正在联系她的亲属。很抱歉。"

"可是……我——我几分钟前还在她脑子里啊。"

她瞧了瞧平板，"死亡时间是十三点四十七分。二十五分钟了。"

"时间不算长,他们能把人救回来的。"

"他们正在尽力抢救,中士。机械师很有价值,我们不会弃之不顾。我能告诉你的只有这些了。"她转身离开。

"等等!我能见她一面吗?"

"我不知道她在哪里,中士。很抱歉。"

其他人围拢在我身旁。我很惊讶自己竟然没哭,甚至没想要哭。我只是感到像被人重重一拳打在肚子上,十分无助。

"她肯定在基地医院里,"梅尔说,"我们去找她。"

"找到又如何?"坎迪道,"去碍手碍脚?"她坐在我身边,一条胳膊围住我的肩膀,"我们去休息室耐心等候。"

我们照做了,我走起路来就像个僵尸,又或者失去机械师的兵孩。卢从自己的储藏柜里拿出信用卡,在自动售货机上给每个人都买了罐啤酒。我们穿戴好,在尴尬的沉默中默默喝啤酒。

阿基姆没喝酒:"有时人会想祈祷。"萨曼莎从沉思中抬起眼睛,点了点头。其余人只是喝着酒望着门口。

我站起身来又给每个人买了啤酒,这时那位军医回来了。我只看了一眼她的眼睛,便晕倒了。

◆

我猛地醒来,发现自己躺在病床上,就像一泼无声无息的冰水。一位护士拿着皮下注射器走开了,她身后是布雷兹。

"现在几点?"

"凌晨五点。"她说,"星期三。我一得到消息就赶来了,他们说要把你弄醒。"她端起一个塑料杯,把吸管指向我,"喝水吗?"

我摇摇头,"怎么,我晕倒了?晕了十二个小时?"

"他们给你注射了些东西,帮助你睡眠的。每次有人失去了些什么,像你一样,他们都会这么做。"

一瞬间我回想起一切,就像一辆车狠狠撞上来,"卡罗琳。"她用双手握住我的手,我猛地挣开。然后我半坐起来,牵回她的手。

我闭上双眼,感觉自己在空中飘荡坠落。也许是药物的作用,我咽了下口水,却发不出任何声音。

"他们说这个月剩下的日子里特准你休假。和我一起回家吧。"

"我的人怎样了?我的排?"

"他们大多在大厅等着,他们让我先进来。"

我坐直身子,握着她的手,她也握着我的,直到我做好见同伴的准备。他们一起进来了,布雷兹退到了大厅等待。我们把手握在一起,就像是个车轮,每人的右臂都是一根轮辐。梅尔、坎迪和萨曼莎低声说了些什么,但那更像是种无声的交流,而不是有特定内容的情绪表达,这给了我空间,让我稍作喘息。

◆

布雷兹把我带回了家,过了很久,我成了她的情人,而不仅是一个需要坚实臂膀和柔软胸膛的朋友。我们会笑话彼此记不起第一次上床究竟是哪天晚上、或者哪天下午或早晨。不知什么时候,这种关系变成了爱情。

军队咨询师说,我该把丧痛看成一种伤口,一种需要缝针闭合的伤口,我的一系列反应都是伤口在恢复时保护我的缝线。不再需要时,缝线自会脱落。

但布雷兹——物理学博士，而非医学博士——说军队咨询师不明白道理。有些伤口太大，难以用针线缝合。你只能让伤口始终敞开，并在疤痕组织长出来的同时保护好伤口。疤痕组织中没有通常的神经末梢，它能让你活下去，麻木地活下去。

那就是我多年后的状态。每个月都有十天，我把自己锁在笼子里，笼子给我超人的力量。其余时间，我拥有她对我的丧痛平静而甜蜜的接纳，但那丧痛将永存于我的内心中。

柔软的四肢组成的笼子保护着我，让我多少忘记了过往。

（蔡瑜　译）

戴安娜·加瓦尔东

世界著名畅销书作家戴安娜·加瓦尔东获得过鹅毛笔奖（科幻/奇幻/恐怖类），由美国浪漫小说作家协会颁发的RITA奖（年度最佳图书，体裁不限），以及Corine国际图书奖——所有这些奖项的获奖作品都是她的同一部系列小说"异乡人"。这个系列广受欢迎，包括《异乡人》《琥珀里的蜻蜓》《航行》《秋日鼓声》《火十字》《雪与尘之息》和《骨中回响》。她的另一套畅销小说"约翰勋爵"系列，该系列将"异乡人"中一名较为重要的配角约翰·格雷勋爵升为主角，讲述发生在他身上的历史谜团，该系列小说可谓是"异乡人"主系列下的分支。有关约翰勋爵的故事包括《约翰勋爵其人其事》《约翰勋爵和他的剑客兄弟会》《约翰勋爵与恶魔之手》（短篇集，其中包括《约翰勋爵与地狱之火俱乐部》《约翰勋爵与女妖》《约翰勋爵与幽灵士兵》）。加瓦尔东另有漫画小说《放逐》（文字基于"异乡人"，图画由漫画家阮煌执笔），于2010年9月发行。她还写过一本名叫"异乡人手册"，这本指南性质的册子覆盖了系列小说前四部的内容（第二本手册也即将出版）。目前她正在写作一本当代侦探小说（暂定名：《红蚁头》）。

在接下来这篇小说中，她笔下这位神气的军事冒险家约翰·格雷勋爵踏上了通往新大陆的旅程，在魁北克之围中，他所面临的艰险比通常意义上的枪林弹雨要微妙得多。

军中惯例

经过各方面考虑，最终得出的结论是，很可能是电鳗的错。约翰·格雷完全可以把这件事归罪于卡罗琳·伍德福德阁下，此前他也一度这样做了。当然还可以说是外科医生，或是那个猝死的诗人的错。然而……事实并非如此，这事儿的罪魁祸首就是电鳗。

聚会地点是露辛达·乔弗里的住所。理查德爵士没出席；像他这样有身份的外交官不可能参加这种无聊的聚会。如今，电鳗聚会在整个伦敦掀起一阵风潮，但由于这种生物数量稀少，很少举办这样的私人聚会。大多数这种聚会是在公共大剧院举行的，少数幸运的家伙会被选上台，和电鳗近距离接触。受到电击后，他们就像九柱戏（一种贵族运动，保龄球运动的前身）里被击中的木柱，不由自主地东倒西歪，台下观众们以此为乐。

"最高记录是一次性电倒四十二个人！"卡罗琳边对约翰勋爵说，边望着台上水槽里的电鳗，她双目圆瞪，眼神发光。

"真的？"这是他见过最怪异的事情了，虽然并没让他感到十分震撼。这条电鳗近三尺长，笨重的身体呈长方形，身体前端浑圆的头部就像是技术不过关的雕塑师用黏土模塑而成的，上面还嵌着两颗玻璃珠似的小眼睛，看起来与鱼市上常见的细长柔滑的鳗鱼相差甚远——根本不像是能一下子电倒四十二个人的样子。

这家伙长得一点也不优雅，一小片薄薄的鳍贯穿整个身体下侧，像被风吹过的薄纱窗帘，不停地波动起伏。约翰勋爵刚发表完对电鳗的看法，卡罗琳阁下就指出他是在故作诗意。

"故作诗意？"勋爵背后响起一个愉悦的声音。"我们英勇的少校才华何止于此？"

约翰勋爵转过身，忍住一脸苦相，勉强挤出笑容，朝埃德温·尼科尔斯鞠了个躬。

"我真不该在您面前献丑，尼科尔斯先生。"他礼貌地说。尼科尔斯经常写一些糟糕透顶的诗作，大多以爱情为主题，并受到了某些年轻女性的追捧。然而，卡罗琳阁下不在其中；她曾故意模仿尼科尔斯的笔触，创作了一首惟妙惟肖的仿作，不过，格雷觉得，尼科尔斯本人应该不知道这件事。

"哦，难道我说得不对吗？"尼科尔斯扬起一边蜜色眉毛，目光扫过伍德福德小姐，看似随意的一瞥，实则饶有深意。他说话的语气听起来是在开玩笑，可表情却出卖了他，格雷不禁想，尼科尔斯先生是不是喝多了。他看起来双颊发红，目光闪烁，不过也有可能只是由于房间里太热（这一点不容忽视），或是这次聚会的气氛实在太刺激了。

"您愿为我们的朋友赋诗一首吗？"格雷问，尽管他知道尼科尔斯一直在关注台上大水槽里的电鳗。

尼科尔斯大笑着挥挥手，让格雷别闹了。他的笑声过于刺耳，没错，很大程度上是酒精起了作用。

"不，不，少校。我怎能把精力浪费在这种低俗肤浅、微不足道的家伙身上呢？只有天使般让人赏心悦目的人儿，才能激发我的灵感。"说着，他朝伍德福德小姐抛了个媚眼，虽然格雷无意指责他，但那个媚眼太露骨了。伍德福德小姐抿起双唇，微微一笑，略带嗔怪地用手中扇子轻轻拍打了他一下。

卡罗琳的叔叔在哪儿？格雷有些疑惑。西蒙·伍德福德和他侄女一样，对博物学很感兴趣，按说一定会陪伴在她的左右……哦，原来在那儿，西蒙·伍德福德正和著名外科医生亨特先生热烈地讨论着什么。露辛达竟然邀请了亨特，她到底在想什么？接着，露辛达的身影进入了他的视线，她正眯着眼睛，透过扇子上沿注视亨特先生，意识到自己根本没邀请他。

约翰·亨特是一位医术高明的外科医生，也是一位声名狼藉的解剖学家。传言称，只要他盯上了某具尸体，不管是人还是动物，他都会不择手段地把它搞到手。他的确也出入社交圈，但和乔弗里的圈子并无交集。

露辛达·乔弗里有一双会说话的眼睛。这是她最迷人的部位，即使在拥挤的房间里，这双琥珀色的杏眼也能放出摄人心魂的目光，传达出充满威胁的信息。

快过来！她的眼神好像在说。格雷微微一笑，扶了扶眼镜，向露辛达致意，可并没有要过去的意思。露辛达的眼睛眯得更紧了，闪烁着危险的光芒，她的目光突然转向外科医生亨特，他正朝台上的水槽慢慢移动，脸上写满好奇心和占有欲。

露辛达的目光又迅速转回格雷身上。

把他弄走！露辛达再次用眼神说。

格雷扫视了一下伍德福德小姐那边的状况。尼科尔斯先生正拉着她的手，慷慨激昂地讲着些什么，而她看起来是一副想要挣脱的模样。格雷又看看露辛达，无奈地朝尼科尔斯先生穿着褐色天鹅绒礼服的背影耸了耸肩，示意她，出于礼节，自己现在脱不了身。

"您不仅拥有天使的脸庞，"尼科尔斯边深情地说，边紧握住卡罗琳的手指，疼得她忍不住叫出声，"还有天使的肌肤。"他抚弄她的手，目送秋波愈加明显。"不知清晨时分刚刚苏醒的天使，会散发出如何迷人的气味？"

格雷注意着尼科尔斯的一举一动。一旦他再说出什么轻浮话，格雷可能就不得不请他离开了。尼科尔斯身材高大，体格魁梧，比格雷壮得多，而且以好斗著称。我最好先一下打断他的鼻梁，格雷做好动手的准备，然后把他正面朝下推倒在围栏边上。这样我就能一举成功，让他没有还击之力。

"你在看什么呢？"尼科尔斯注意到格雷盯着自己，不悦地质问。

格雷还没想到怎么回答，就听见一声响亮的击掌——电鳗的主人在示意大家注意。伍德福德小姐趁尼科尔斯不注意，连忙抽出手，羞愤得双颊通红。格雷来到她身边，一只手扶住她肘部，冷冷地盯着尼科尔斯。

"伍德福德小姐，请跟我来，"他说，"我们去找一个合适的地方观看台上的表演。"

"观看？"他身后响起一个声音。"为何这样说？你肯定不只是想看看而已吧，先生？难道不想亲自体验一下吗？"

说话的正是亨特先生，他把一头浓密的长发随意地束在脑后，身穿一身光鲜的暗紫色西装，正朝格雷咧嘴笑。这位外科医生虽然肩膀宽阔，肌肉发达，个子却不高，只有五英尺二英寸，比格雷矮四英寸。很显然，他已经注意到格雷和露辛达之间无声的眼神交流。

"啊，我觉得——"格雷刚想开口，亨特就伸手把他拉向水槽周围的人群。卡罗琳惊慌地瞄了一眼尼科尔斯，连忙跟格雷一起离开了。

"我想，如果能听到您对电击的感受，那一定很有趣，"亨特大大咧咧说，"有些人说他们体验到很强烈的精神快感，或暂时性的迷乱，甚至呼吸急促，头晕目眩——有时还伴有胸口疼痛。我猜，你的心脏应该很强大吧，少校先生？或许你也可以试试，伍德福德小姐？"

"我？"卡罗琳一脸惊诧。

亨特向她鞠了一躬。

"我对您亲身体验后的反应尤其感兴趣呢，卡罗琳女士。"亨特毕恭毕敬地说。"很少有女性敢于尝试这种冒险。"

"她对此不感兴趣。"格雷忙道。

"其实，我还真有点兴趣，"她朝格雷稍稍皱了皱眉，然后望了一眼水槽里硕大的灰色生物，不禁微微颤抖了一下——以格雷和卡罗琳长久以来的交情，他一下子就意识到，这颤抖并非因为厌恶，反倒是由于内心有些期待。

亨特先生也发现了这一点。他脸上的笑容愈加明显，接着他再次弯下腰，向伍德福德小姐伸出一只胳膊。

"请允许我护送您过去，女士。"

格雷和尼科尔斯不约而同地上前阻拦，两人撞到了一起，只能怒视彼此，眼睁睁看着亨特先生把卡罗琳引到了水槽旁，将她介绍给电鳗的主人贺拉斯·萨德菲尔德，一个小个子黑人。

格雷推开尼科尔斯，挤进人群，毫不留情地用肘部顶开挡路的人们，冲了出去。

亨特发现格雷跟上来，脸上露出诡异的笑容。

"你的胸腔里是否还残留有弹片，少校？"

"我的——什么？"

"弹片，"亨特重复，"亚瑟·朗斯特克特告诉我，他给你做手术的过程中，取出了三十七块弹片，简直太了不起了。不过，如果你体内还有弹片残留，我必须建议你离电鳗远一点。你知道，金属是导电的，有可能会被电焦——"

尼科尔斯恰好也穿过人群赶了过来，正好听到这句话，便发出一阵令人不悦的笑声。

"这可是个好借口，少校先生。"他的语气里明显带着一丝嘲讽。

这家伙真的喝多了，格雷想。尽管如此——

"不，我体内没有弹片了。"他突然说。

"太棒了,"萨德菲尔德彬彬有礼地道,"据我了解,您是一名军人,对么,先生?我猜您是一位勇敢的绅士,那么就由您来站在第一个接触的位置吧?"

格雷没来得及抗议,就发现自己已经站在了水槽边上,卡罗琳·伍德福德的一只手握着他的手,另一只手握着尼科尔斯的手,后者的眼睛里散发出不怀好意的光芒。

"准备好了么,女士们先生们?"萨德菲尔德喊道。"一共有多少人,多布斯?"

"四十五个!"助手的声音从隔壁房间传来,四十五个参与者组成的队伍,犹如一条长蛇从隔壁房间蜿蜒而出。他们手拉着手,兴奋得浑身发抖。参加聚会的其他人站在一旁,热切地围观。

"都拉好手了吗,接触好了吗?"萨德菲尔德喊道,"各位参与者请握紧你身边朋友的手,一定要握紧!"他转身望向格雷,窄脸上流露出兴奋的神采。"先生,开始吧!请抓紧它——对,就是那里,尾部前端。"

格雷没想太多,也没顾及袖口处的花边,咬紧牙关,把手伸入水中。

抓住水槽内黏滑生物的一瞬间,他本以为会像触摸到莱顿瓶[①]一样,发出"噼啪"一声,并看到电火花。然而,他却被一股猛烈的力量推开,体内每一块肌肉都开始扭曲抽搐。他躺在地上,犹如一条离开水的鱼,身体剧烈地摆动,拼命想要呼吸,却怎么也喘不过气。

外科医生亨特先生在他身边蹲下,双眼发亮,观察着他的情况。

"你有什么感觉?"他问。"有没有感到眩晕?"

[①]最原始的电容器。

格雷摇摇头，嘴巴一张一合，好似一条金鱼。他用手臂使劲敲打着胸膛。

亨特先生见状，立刻俯下身，解开格雷西装马甲上的纽扣，一只耳朵贴在他的胸膛上听。不论他听到了什么，还是什么都没听到，这都引起了他的警觉，他猛地起身，双手紧握成拳，"砰"的一声砸在格雷的胸膛上，震得他的脊柱都"嗡嗡"作响。

他的这一拳有助于强迫格雷的肺重新开始呼吸；这一招的确见效，格雷的肺有了反应，接着突然恢复了自主呼吸。他的心脏似乎也重新跳动起来。格雷坐起身，挡开了亨特先生的另一拳，惊愕地望着周围的惨状。

地板上躺满了人。有的还在翻滚，有的已经四肢摊开不动了，有的恢复了过来，被身边朋友扶着站起。空气中充斥着围观者们兴奋的惊叹，萨德菲尔德站在他的电鳗旁，眼中闪现着骄傲的神采，欣然接受人们的祝贺。水槽里的电鳗却似乎有些被惹恼了，它在水槽里不停地打转，愤怒地扭动着庞大的躯体。

格雷看到埃德温·尼科尔斯在地上趴了好一会儿，才慢慢地站起身。尼科尔斯来到卡罗琳·伍德福德身边，拉着她的胳膊，把她扶起。卡罗琳勉强起身，却再次失去了平衡，正面朝下倒向尼科尔斯。然而他自己也没站稳，一屁股坐在了地上，结果卡罗琳倒在了他身上。不知是由于震惊、兴奋，还是酒精的作用，抑或只是因为他粗鲁无礼，尼科尔斯趁机抱住了卡罗琳，在她惊诧的双唇上印下一枚热情的吻。

之后发生的事多少有点让人费解。他隐约记得自己打断了尼科尔斯的鼻梁，这是靠自己右手上的伤口和肿胀的指关节回忆起来的。虽然周围很嘈杂，他仍有一种不安的感觉，他的意识似乎不能完全控制他的躯体。一部分自我正不断地抽离出去，逃脱了肉体的束缚。

而他躯体内保留下来的那部分自我，也明显变得混乱起来。几个月前的战场上，他的听觉因加农炮弹的爆炸声而受损，至今未愈，经过这次电击，他的听觉似乎完全被毁了。事实上，他能听见声音，却无法理解听到的内容。杂乱无章的单词犹如一片嗡嗡作响的迷雾，迎面朝他扑来，可他根本无法将它们和周围那一张张不停开合的嘴对上号。其实，他甚至不知道，自己嘴中说出的话能否反映自己想表达的意思。

他感到自己被无数的声音和人脸包围——仿佛置身于一片充斥着各种狂热的声音和动作的海洋之中。不停地有人在碰他，推他。他挥动一只胳膊，用尽全力想揍人。周围更嘈杂了。他慢慢开始认出一些人的脸：受到惊吓、愤怒不已的露辛达，心神错乱的卡罗琳——她的一头红发凌乱地散落下来，光彩尽失。

最终结果是，格雷本人也不确定他是否成功赶走了尼科尔斯，或是他自己反而被尼科尔斯赶了出来。不过可以肯定的是，尼科尔斯完全没有示弱。他清楚地记得，尼科尔斯捂住鼻子的手帕上浸满鲜血，眯着的眼睛里闪现出一阵阵杀气。可后来，他却发现自己身处室外，穿着衬衫，站在乔弗里家门前的小花园里，手握一把手枪。他根本不会选择用这把来历不明的手枪作为决斗武器，不是么？

也许是尼科尔斯对他无礼，于是他在无意识状态下向尼科尔斯挑战？

外面早些时候下过雨，现在仍有点冷，凉风透过衬衫吹到他身上。他感到自己的嗅觉变得尤为灵敏——这似乎是他浑身上下唯一还在正常运转的功能了。烟囱里冒出的烟味，地上潮湿的青草味，自己身上的汗味，以及一种古怪的金属气味，都钻进了他的鼻腔。除此之外，他还闻到轻微的腐烂气味，以及潮湿泥土特有的芬芳。

似乎有人在跟他说话。他好不容易，才定下神，注意到站在他身边的亨特先生,那人脸上仍旧对他表露出一种极为专注的兴趣。好吧,这当然没问题。他们当然需要一名外科医生。他暗暗想道,决斗的场合本该安排一名外科医生。

"我没事,"他看到亨特一脸询问之色,于是扬了扬眉毛,回应道。接着,一阵迟来的恐惧感突然袭来,他猛地用没拿枪的那只手拽住亨特的外套,因为他才想起自己曾向亨特医生承诺,如果他丧命,遗体就归亨特所有。

"你……别……碰我,"他说,"别……别拿刀。你这个偷尸贼。"他想了半天,终于想到了这个词。

亨特点点头,似乎并没有被冒犯到。

天空阴沉沉的,只有远处房门的火把发出忽明忽暗的光芒。一个泛白的身影靠近过来,是尼科尔斯先生。

突然,有人抓住格雷,强行逼他转身,他发现和自己背靠背的正是尼科尔斯,这个大个子男人离他如此之近,身体烫得惊人。

该死,他突然想到。他的枪法好吗?

有人一声令下,他便开始往前走——没错,他感觉自己的身体正在前行——直到那人抬起胳膊,示意他停下。他转过身,发现身后的人正急切地拿枪指着自己。

噢,见鬼,他看到尼科尔斯的胳膊又放下来,心里默念。我才不在乎呢。

他望着对面火光一闪的枪口眨了眨眼,周围人群因惊吓发出的喘息声盖住了子弹射出的声音,格雷在原地站了一会儿,不知自己到底中枪没有。不过,他感到自己似乎并没出什么问题,身旁有人催促他该开枪了。

该死的尼科尔斯,他心想,我只要故意打偏,早点结束这场决斗就行,我想回家了。他举起手中的枪,对着空中,准备放一空枪。可就在那一瞬间,他的大脑对胳膊失去了控制,手腕垂了下来。他本想抬起手腕，却不料猛地一用力，手指扣动扳机。他还没来得及移开枪口，子弹就疯狂地射了出去。

让他震惊的是，尼科尔斯竟然蹒跚几步，跌坐在草地上。只见他一只手撑着地面，另一只手用力地抓住自己的肩膀，头向后仰。

此时，雨已经下得很大。格雷眨眨眼睛，弄掉睫毛上的雨水，又晃了晃脑袋。空气中弥漫着一股辛辣刺激的味道，就像是子弹里的火药味，那气味让他莫名地想到了紫色。

"这不对劲，"他大声说，这才发现自己又恢复了说话能力。他转身想对亨特医生说些什么，可是当然，医生早已跑到尼科尔斯身边，凝视着他衬衫领口处。格雷远远看到，尼科尔斯的衣领上有血，可他却不愿躺下，空着的那只手在用力比画着什么。鲜血从他的鼻子里涌出——或许他想说的正是这个。

"你赶快走吧，先生，"有人在格雷身旁低声说。"否则，这件事会对乔弗里夫人不利。"

"什么？"他转过头，惊讶地发现，说话者竟是理查德·塔尔顿，他是格雷在德国时手下的少尉，如今已穿着一身枪骑兵中尉的制服。"噢，对，你说得没错。"在伦敦，决斗是违法的；如果警察从露辛达的家门口逮捕她的客人，这将是一桩丑闻，也势必会引起她的丈夫理查德爵士的不悦。

围观人群已消失不见，仿佛是被雨水溶解了一般。门口的火把熄灭。尼科尔斯在亨特医生和其他人的搀扶下，迈着蹒跚的步子，穿过越下越大的雨离开。这时，格雷才打了个寒战。天知道他的外套跑到哪儿去了。

"我们走吧。"他对塔尔顿说。

THE CUSTOM OF THE ARMY

◆

格雷睁开双眼。

"你刚说什么来着,汤姆?"

汤姆·伯德是格雷的贴身男仆,他像烟囱工人似的,在离格雷耳边大约一英尺的地方咳嗽了一声。看到自己已引起主人的注意,便拿起放在床侧的便壶。

"勋爵,公爵大人在楼下等您,还有夫人。"

格雷望着汤姆身后的窗户眨了眨惺忪睡眼,拉开的窗帘外是一片暗淡的阴雨天。

"夫人?什么,公爵夫人也来啦?"到底发生了什么?现在肯定还没到上午九点。可他的嫂子从没在下午之前来过这里,而且她竟然会在白天和他哥哥一起出行?

"不,勋爵。不是夫人,是小姐①。"

"小——哦,是我的教女吗?"他坐起身,感觉好多了,但仍有些怪怪的,然后他从汤姆手中接过便壶。

"是的,勋爵。公爵大人说,他想和你谈谈'昨晚发生的事'。"汤姆已经走到了窗边,用挑剔的目光望着格雷昨晚脱下随意搭在椅背上的衬衫和马裤,上面沾满杂草、泥土、血迹和粉尘。他转过头,又用责备的目光看了看格雷。他的主人正闭着眼睛,努力回忆昨晚到底发生了什么。

格雷感觉哪里有些不对劲。这不是宿醉的感觉,他昨晚根本没喝醉;他没有感到头痛,胃也没有不舒服。

"昨天晚上,"他重复道,语气有些不确定。昨晚的记忆很混乱,但他还是想了起来。电鳗聚会、露辛达·乔弗里,卡罗琳……哥

---

①英文中的 Her Ladyship 可以表示夫人或者小姐,因而此处会产生歧义。

哥哈尔到底为什么会对……什么来着……决斗的事上心？他为什么会在意一桩再愚蠢不过的丑闻？即使他在意，也没必要一大早就亲自带着才六个月大的女儿登门拜访吧？

公爵大人带女儿出门不是什么怪事，真正让人奇怪的，是他选择的时间；他的确经常带女儿出门，虽然理由不那么充分，比如什么小孩子需要呼吸新鲜空气之类的。公爵夫人觉得他是想在众人面前炫耀自己的女儿，因为小姑娘的确很漂亮。格雷觉得，哥哥今天拜访自己，应该有更明确的原因。哈尔是个残暴专制，甚至有些独裁的人，身为上校的他，手下有一个团，无论部下还是敌人，都对他十分畏惧，可他唯独对自己的小女儿疼爱有加。还有不到一个月，哈尔就要率领全团去新驻地，他简直忍受不了见不到女儿的痛苦。

于是他来到楼下，看到帕德罗公爵正坐在晨间起居室里，怀抱着六个月大的多萝西娅·杰奎琳·本尼迪克塔·格雷，她正啃着爸爸喂到她嘴边的面包干。公爵肘边的桌子上摆放着小女儿湿乎乎的绸缎软帽、兔毛编织的小旗子，还有几封信，其中有几封已经打开了。

哈尔抬头望了弟弟一眼。

"我帮你点好了早餐。多蒂，跟约翰叔叔打个招呼。"他轻轻地帮女儿转了个身。可小姑娘只是小声嘟囔了一下，注意力仍放在面包干上。

"你好啊，小宝贝。"约翰弯下腰，在覆盖着微微潮湿的柔软金色刘海的小额头上轻轻印下一个吻。"下雨天和爸爸一起出门好玩吗？"

"我有一些东西要给你。"哈尔拿起桌上一封打开的信，朝弟弟扬了扬眉毛，递给他。

格雷也扬了扬眉毛作为回应，接着看了起来。

"什么！"他立刻抬起头，张口喊了出来。

"没错,就在天亮之前,这封信送到了我家门口,"哈尔诚恳地说,"当时,我也是你这样的反应。"他调整了一下抱女儿的姿势,伸手拿起另一封还未拆开的信。"这封是给你的。天刚亮的时候送来的。"

格雷连忙丢下第一封信,好像它被火点着了似的烫手,夺过第二封信,将它拆开。

"哦,约翰,"信上开门见山地写道,"原谅我吧,我没能阻止他,我当时真的没办法。我很抱歉。我跟他说过了,可他根本不听。我想逃离这里,可我不知该去哪里。求求你了,求你帮帮我吧!"信末没有署名,但不要紧。虽然信上笔迹十分潦草,他还是认出了它出自卡罗琳·伍德福德小姐之手。信纸上有水泡过的皱痕和污迹——难道是她的眼泪?

他用力摇摇头,似乎想要让自己冷静,接着又拿起第一封信。正如他第一次看到它的时候——这是阿尔弗雷德·恩德比伯爵写给帕德罗公爵的一封正式索赔信。他在信中表示,对于公爵大人的弟弟约翰·格雷勋爵做出损及自己的妹妹卡罗琳·伍德福德小姐的名誉一事,要求赔偿。

格雷反复看了这两封信好几遍,然后抬起头,望着哥哥。

"什么鬼话?"

"我猜昨晚一定发生了不少事情吧,"哈尔说着,弯腰捡起女儿多蒂掉在地毯上的面包干,然后小声地对她嘟囔道,"不,宝贝儿,掉地上就不能吃了。"

多蒂却毫不理会爸爸的话,强烈地表达着不满,直到约翰叔叔把她抱了起来,轻轻对着她的小耳朵说了些什么,她的注意力才转移开来。

"发生了不少事情,"他重复。"是的,没错。可我并没有对卡罗琳·伍德福德小姐做什么,除了在她被电鳗惊吓到时拉了一下她的手,我发誓。格叽格叽格叽格叽格叽——嘘——嘘——"向哥哥解释完,他又开始逗起小多蒂,小姑娘乐得叫起来,"咯咯"直笑。约翰抬起头,发现哈尔仍盯着他。

"露辛达·乔弗里的聚会,"约翰问哥哥,"也邀请了你和明妮吧?"

哈尔嘟囔着回应:"哦,没错,是邀请了我们,可我之前和其他人有约了。明妮对电鳗也不感兴趣。不过,我听说,你在聚会上为了卡罗琳和人决斗了?"

"什么?不是的——"他顿了顿,试图回忆起昨晚发生的一切,"让我想想,或许是吧。尼科尔斯——你知道的,就是曾经拜倒在明妮脚下,为她写过诗的那个蠢货——他吻了伍德福德小姐,但她并不愿意,我这才揍了他。决斗的事情,是谁告诉你的?"

"是理查德·塔尔顿。昨天深夜,他来到怀特家的棋牌室,说他刚送你回家。"

"好吧,既然这样,那我知道的事,你应该都知道。哦,小宝贝儿,你想要爸爸抱了,是么?"他把多蒂递给哥哥,擦了擦她在自己肩上留下的一小片湿漉漉的口水印儿。

"我想,恩德比伯爵在信里想说的是,"哈尔朝伯爵的信点点头,"正是因为你为了她和别人决斗,才让可怜的伍德福德小姐的名誉当众受辱。我觉得他信里说得很有道理。"

多蒂的小嘴吮吸着爸爸的指节,发出"咂咂"的轻响声。哈尔把手伸进兜,掏出一个银色磨牙圈,好让小女儿别再咬自己的手指,同时又侧目望了弟弟一眼。

"你不会想娶卡罗琳·伍德福德小姐为妻吧?这正是恩德比来信的意图。"

"上帝啊,我可没这么想。"卡罗琳是一个好朋友,聪明动人,和她在一起可以毫无忌惮,可是结婚?娶她?

哈尔点点头。

"她是个可爱的女孩,但一个月之内,你可能就要身陷牢狱了。"

"说不定连命都没了。"格雷边说,边小心翼翼地扯了扯汤姆坚持要包在他手指上的绷带。"尼科尔斯今天早上怎么样了,你知道吗?"

"呃,"哈尔的身体微微向后一仰,深吸一口气,"他……已经死了。我收到他父亲的来信,信中言辞极为难听,指控你是杀人犯。那封信是早餐时刻送来的,我没带来。你当时真想要杀他吗?"

格雷突然一声不吭地坐了下来,全身血液都涌上了头。

"我没有,"他低语道,感到嘴唇发僵,双手发麻,"哦,耶稣在上。我根本没那么想。"

哈尔敏捷地从衣袋里掏出鼻烟盒,一只手从里面倒出装有嗅盐的小瓶子,递给弟弟。格雷很感激,他还没到要昏过去的地步,不过氨树胶的刺鼻气味倒是帮他掩饰了湿润的眼眶和急促的呼吸。

"耶稣在上,"他重复道,接着一连打了好几个大喷嚏,"我没想要杀他的——我发誓,哈尔。我没瞄准他,或者说,我根本没想要瞄准他。"他诚实地加上最后半句。

格雷突然觉得,这样一来,恩德比伯爵的来信和哈尔的拜访似乎更说得通了。昨晚的事原本只是一桩愚蠢的丑闻,第二天一早,本应该如晨露一般消失在人们视线中;可如今,它却不仅仅是一桩丑闻这么简单了,甚至可能会朝更糟糕的方向发展,即使事态还未扩大,也是迟早的事,传言散播开来需要时间。格雷或许真的会因谋杀罪名而入狱。突然,他脚下的印花地毯毫无预兆地裂开了口,犹如一道要将他吞没的深渊。

哈尔点点头,把自己的手帕递给弟弟。

"我知道，"他轻声说，"有时候的确会……出些意外。有些事你虽不是故意——却可能要付出自己的生命来挽回。"

格雷趁擦脸时，偷瞥了一眼哥哥。哈尔看起来竟一下子苍老了许多，脸上写满了对弟弟的担忧。

"你是指，纳撒尼尔·特尔夫特里？"通常情况下，他不会想起这件事，不过此时，兄弟二人都对彼此放下了戒备。

哈尔深深看了弟弟一眼，然后移开目光。

"不，不是特尔夫特里。在那件事上，我别无选择。我的确是想杀他。我说的是……引起那场决斗的原因。"哈尔脸上露出痛苦的神情。"仓促结婚，只会日渐悔恨。"他看着桌上的信，摇摇头，伸手温柔地摸了摸多蒂的小脑袋，轻声道，"约翰，我不会让你犯下我犯过的错误。"

格雷点点头，没说话。哈尔的第一任妻子曾与纳撒尼尔·特尔夫特里有染。虽然哈尔有错，不过格雷还从未想过婚姻之事，如今也没想。

哈尔皱了皱眉头，用手中折叠的信纸轻敲桌面，一副若有所思的样子。他望了约翰一眼，叹了口气，放下手中的信，伸手从外套里掏出另外两份文件，从其中一份的封印可以看出，它十分正式。

"这是你的新委任状，"哈尔把信递给弟弟，"把你派往克雷费尔德。"他看到弟弟一脸茫然，不禁扬了扬一边眉毛。"你已经被晋升为中校了。不记得了吗？"

"我——好吧……也不是。"他隐约记得，离开克雷费尔德后不久，有人曾告诉他晋升的事，很可能那人就是哈尔。可他当时受了重伤，根本无暇顾及军中事务，更不用提什么晋升了。后来——

"这事当时不是还没定么？"格雷接过委任状，皱着眉头打开。"我以为他们改主意了。"

"哦，你还记得，当时，"哈尔说道，眉毛依旧微微扬起，

"战役一结束,魏德曼将军就决定晋升你了。不过,由于调查加农炮爆炸事故,正式任命还没有下来,然后又有亚当斯的事……"

"哦。"格雷仍因尼科尔斯的死讯而震惊不已,直到听到亚当斯的名字,才慢慢回过神。"亚当斯。哦,你是说特尔夫特里把晋升我的事搁置了下来?"皇家炮兵队的雷金纳德·特尔夫特里上校是纳撒尼尔的亲兄弟,也是伯纳德·亚当斯的表亲。去年秋天,格雷揭发了他的罪行,此时,他因叛国罪正被关在伦敦塔里等待审判。

"没错,就是那混蛋,"哈尔冷静地补充,"总有一天,我会跟他共进早餐。"

"不要记在我账上,我希望。"格雷冷淡地说。

"哦,不是。"哈尔边向弟弟保证,边轻轻地摇晃怀里的小女儿来安抚她。"单纯是为了满足我自己。"

格雷虽有些不安,但还是笑了笑,放下手中的委任状。"好吧。"他看了一眼桌上还折叠着的第四份文件。那似乎是一封官方信件,从破损的封印来看,它被打开过了。"是要逼我结婚,还是指控我谋杀,或者是一封新的委任状?这上面写的到底是什么鬼东西?难道是我的裁缝寄来的账单?"

"啊,这个呀。我原本没想给你看。"哈尔将女儿多蒂牢牢抱住,小心翼翼地靠到桌边,把信递给弟弟。"可鉴于现在这种情况……"

格雷打开信封,看了起来,哈尔则在一旁等待,没有继续表明态度。这是一封请求,也可以说是一则命令,取决于你怎么看。信里要求约翰·格雷勋爵少校作为查尔斯·卡拉瑟斯上尉的品德见证人,出席他的军事法庭审判。而庭审的地点在……

"在加拿大?"约翰的喊声吓到了多蒂,小姑娘边揉着小脸,边哭了起来。

"嘘,宝贝儿,"哈尔轻轻摇着怀里的女儿,连忙拍拍她的背,"没事啦,只是约翰叔叔太讨厌了。"

格雷无视侄女的哭闹,朝哥哥挥着手中的信。

"查理①·卡拉瑟斯为什么要在该死的军事法庭上受审?究竟为什么又要让我去做他的品德证人?"

"他没能镇压住一场兵变。"哈尔回答,"至于为什么选你,很显然,这是他要求的。被指控的军官有权选择自己的证人,不管是出于什么目的。你不知道吗?"

格雷觉得,理论上讲,查理的确有这个权利。可他从没出席过军事法庭审判;军事庭审和一般的庭审程序不同,格雷对其根本一无所知。

他侧目瞥了一眼哈尔:"你说你没准备把它给我看?"

哈尔耸耸肩,朝女儿的小脑袋轻轻吹了口气,一头短短的金发被吹乱了,好似迎风摇曳的小麦。

"这种信毫无意义。我本想以你指挥官的身份回信,说我要求你留下。他们凭什么把你拉到加拿大那么荒僻的地方去?不过,鉴于应对窘境是你的拿手好戏……昨晚感觉如何呀?"哈尔好奇地问。

"昨晚什么——哦,你是说电鳗聚会。"对于哥哥在交谈中话题的突然转换,格雷早已习惯,很快就反应过来。"怎么说呢,那电击真够劲儿。"

看到哈尔怒视着自己,他大笑起来,笑声似乎有些颤抖。多蒂在爸爸的臂弯里不停地扭动小身体,可怜兮兮地朝叔叔伸出两只胖乎乎的小胳膊。

"你个小鬼头。"格雷对侄女说,然后从哈尔手中接过她。"不,的确,呃,挺不错的。你知道骨折的感觉吗?在你感到疼痛

---

① 查理是查尔斯的昵称。

之前，先是一阵酥麻袭遍全身，接着你便什么都看不见了，只感觉有人把一根钉子扎进了你腹部，你能想象吗？就是这种感觉，只不过比这还要强烈、持久。我根本无法呼吸，"格雷坦言："我绝没有夸张。我觉得，我的心脏停止了跳动。亨特医生，就是那个解剖师，你知道的吧？他也在场，他用拳头使劲捶打我胸口，才让我恢复心跳。"

哈尔全神贯注地听着弟弟描述，时不时问上几句，问题的答案格雷几乎是脱口而出，哈尔已经被这些惊人的描述完全吸引住了。

查尔斯·卡拉瑟斯。年轻时，他们曾在一起共事，虽然不属于同一个团。记得在苏格兰，他们曾并肩作战，战役结束后，他们还一起去伦敦休假。他们还——好吧，或许这称不上什么丑闻，只是三四次短暂的发泄——在没人会注意到的黑暗角落里，共度挥汗如雨、气喘吁吁的十几分钟，也许只是醉酒后的荒唐而已，双方都没有再提起过。

他依然记得，那时日子很难熬；赫克托死后的那些年，他放任自己纵情声色犬马，只求短暂的解脱，很久以后，他才从赫克托死亡的阴影中走出来。

除了一件事，他可能根本想不起卡拉瑟斯这个人。

卡拉瑟斯的手有先天性畸形。他的右手看似正常，使用也并无异样，可手腕处却长出了另一只小手，紧挨着手掌。亨特医生八成愿出高价，以求得这只畸形的小手，想到这里，格雷感到胃里一阵痉挛。

那只畸形的小手只长了一根又短又粗的拇指和另外两根手指，卡拉瑟斯却可以做到在自如地张开和握紧那只小手的同时，紧挨着的大手却纹丝不动。

"尼科尔斯还没下葬，对吗？"有关电鳗聚会和亨特医生的话题不免让他想起尼科尔斯，于是打断哈尔，唐突地问。

哈尔一脸吃惊。

"当然没有。怎么了?"他眯起眼睛,望着格雷,"你不会是想去参加葬礼吧,对吧?"

"不,不,"格雷连忙解释,"我只是想到了亨特医生。他,呃,他名声不太好……决斗结束后,是他把尼科尔斯扶走的。"

"我的上帝啊,名声不太好是什么意思?"哈尔急切地追问。

"他是个盗尸贼。"格雷脱口而出。

房间里突然安静下来,哈尔露出恍然大悟的表情,顿时脸色发白。

"你不会是认为——不!他怎能这样做?"

"嗯……呃……他的惯用伎俩是在封棺前把一英担左右重的石头提前放在棺材里,作为尸体的替代物——据我所知,大概是这样。"多蒂不停地用小拳头戳着叔叔的鼻子,他费了好大力气才勉强描述出亨特的作案手法。

哈尔咽了下口水。格雷看到哥哥手腕上的汗毛都竖了起来。

"我回去问问哈利,"哈尔停顿了片刻,说道,"他们肯定还没开始准备葬礼,如果……"

两兄弟脑海中顿时浮现出一幅极为具体的画面,条件反射似的都打了个寒战:情绪激动的家属坚持要举行开棺葬礼,结果却发现……

"或许我们不该那么做。"格雷咽了下口水。多蒂已经对叔叔的鼻子失去了兴趣,而是在他说话时,用小手拍打他的嘴唇。这种感觉真是……

他轻轻拉开侄女的小手,把她递回给哈尔。

"我不知道查尔斯·卡拉瑟斯认为我能帮到他什么忙——不过,好吧,我还是去一趟。"他扫了一眼桌上恩德比伯爵的请求,还有被卡罗琳的眼泪泡皱的信。"毕竟,现在看来,我要是留下来，会遇到比被北美印第安人剥掉头皮更可怕的事。"

哈尔严肃地点点头。

"去加拿大的船我已经帮你安排好了。你明天就出发。"哈尔抱着小多蒂站起身。"快，宝贝儿，跟叔叔亲一个，我们该走了。"

◆

一个月后，格雷离开了"哈伍德"号，在汤姆·伯德的陪伴下，钻进一艘即将把他们带到路易斯堡掷弹兵营的小船，他将和这些掷弹兵一起，在圣劳伦斯河河口附近的一座大岛上行军。

他从未目睹过这样的景象。眼前这条河比他以前见过的河要更宽、更深，两岸相隔近半英里，在阳光照射下透出深蓝色。河两岸是高耸的峭壁和起伏的群山，山上森林茂密，树荫下的山石几乎完全看不见。天气炎热，头顶晴空万里，这里的天空比他见过的其他任何地方的都要更明亮、广阔。茂密的森林里回响起一阵响亮的"嗡嗡"声——格雷觉得，那应该是虫鸣、鸟叫或流水声，可听起来犹如一曲来自大自然本身的荒野之歌。那歌声似乎流淌在他的血液里，唯独他能听到。他身旁的汤姆也显得相当兴奋，瞪着热切并充满好奇的眼睛，凝视周围的一切，生怕漏掉任何一个角落。

"天呐，那是印第安人吗？"汤姆靠近格雷，小声问。

"我想不出还能是其他什么了，"格雷回应道，汤姆看到的人正在岸边闲逛，身上除了一块腰布，一边肩膀上搭着的条纹毯以外，别无他物了。他的四肢在发光，似乎是涂了一层油脂之类的东西。

"我原以为他们的肤色更深些，"汤姆道，其实格雷也是这么想的。那个印第安人的肤色显然比格雷的要深得多,却是一种相当讨喜的浅棕色,就像枯橡树叶的颜色。那个印第安人似乎也同样对他们很感兴趣;他注视着格雷,似乎对这名英国军官格外感兴趣。

"他肯定在看您的头发,主人,"汤姆对着格雷的耳朵低语,"我告诉过您,您应该戴一顶假发。"

"别胡说了,汤姆。"与此同时,格雷竟感到一股奇异的战栗从脖子后侧向上蹿,箍住了整块头皮。那一头浓密的金发向来是他引以为傲的资本,因而他通常不戴假发,即使在正式场合,也只是在头发擦发粉,然后梳成一个发辫。况且现在根本算不上是什么正式场合。船上有淡水,当天早上,汤姆就坚持让格雷洗了个头,此时,虽然他的头发早就干了,但仍旧披散在肩。

船身碰在岸边的鹅卵石上吱嘎作响,印第安人撩开搭在身前的条纹毯,走上前来帮他们把船靠岸。格雷发现印第安人离他很近,他甚至能闻到那人身上的气味。格雷从未闻过这样的气味,首先当然很强烈——他琢磨着,内心竟感到了些许激动,不知是不是因为印第安人身上涂的是熊脂的缘故,但仔细体会,里面似乎混杂着药草气味,还有一股汗味,闻起来像是新切割的铜片。

印第安人站在船缘,直起身,注视着格雷的眼睛,微笑。

"你最好小心点,英国人。"印第安人的英语带有很明显的法国口音,他边说,边伸出手,用手指随意捋了捋格雷披散的金发。"要是把你的头皮剥下来,装饰在休伦人的腰带上,一定很好看。"

他这句话引得船上士兵们哄堂大笑。他扭过头,望着他们,依旧是一脸微笑。

"可那些为法国兵服务的阿布纳基人,他们并不挑剔。头皮就只是一张头皮而已,法国兵愿为一张头皮出个好价钱,他们可不管上面的头发是什么颜色。"等船上的掷弹兵差不多笑完了,他才亲切地向他们点点头，说道："你们跟我来。"

◆

岛上扎好了一处较小的营地，是一位名叫伍德福德的上尉手下的步兵先遣队做的。这位上尉的姓氏引起了格雷的一丝警惕，可结果证明他与恩德比伯爵一家并无亲戚关系。感谢上帝。

"待在岛的这一侧，相对安全些。"晚餐后，上尉从他的帐篷里拿出一瓶白兰地递给格雷，对格雷说："印第安人经常在岛的另一侧发起突袭——上周我就损失了四名士兵，其中三人丧命，还有一人受伤离岛。"

"你手下不是有侦察兵吗？"格雷边赶着暮色中成群的蚊子，边问道。他到了这里之后，就再没见过把他们领到营地来的那个印第安人。这里倒也有几个印第安人，大多数情况下，他们总是围坐在自己生起的火堆旁，偶尔一两个会蹲在那些跟格雷一起乘坐哈伍德号的路易斯堡掷弹兵们身边，明亮的眼睛里充满警惕之色。

"没错，多数情况下，他们还是很可靠的，"伍德福德上尉明白了格雷的言下之意，顺便回答了他没问出口的问题。上尉哈哈大笑，虽然这笑声中一点也没有幽默感，"至少我们希望如此。"

格雷吃完伍德福德提供的晚餐，他们玩起牌来，玩牌过程中，他们继续攀谈，格雷讲了国内的新闻，伍德福德则与他分享当前战况。

沃尔夫将军在魁北克市区以南的蒙特默伦西驻扎了许久，可除了失望以外一无所获，因而他放弃了那个据点，重新集结手下的主力，从魁北克出发，北上数英里来到这里。到目前为止，这里算是个易守难攻的好地方，位于河畔的悬崖峭壁之上，大炮可以瞄准河畔及以西的平原地区，趁着夜色，英军的战舰可以悄悄渡河发动突袭，虽然并不能保证万无一失。

"掷弹兵到了，沃尔夫就要按捺不住了。"伍德福德预言，"他很倚重这支部队，曾带领他们在路易斯堡打过。试试这个，中校，涂一点在手和脸上，这里的蚊子简直能把你的血吸干。"他从行军箱子里掏出一小罐气味刺鼻的油膏，推到桌子对面的格雷面前。

"熊脂和薄荷做的，"他解释，"印第安人就用这个来防蚊，或是把泥巴涂满全身。"

格雷大方地涂抹起来，这气味和他之前在侦察兵身上闻到的不太一样，虽然非常相似，却令人有些烦乱。不过，这玩意的驱蚊效果还挺好的。

他丝毫没有掩饰此行目的，坦率地询问卡拉瑟斯的情况。

"他被关押在哪里？你知道吗？"

伍德福德皱起眉头，往杯里又倒了一些白兰地。

"他并没有被关押，已经保释出去了，住在卡里恩的一座小城里，沃尔夫的指挥部就设在那里。"

"啊？"格雷略有些吃惊——可转念想想，卡拉瑟斯犯的不算是叛国罪，只是没能成功镇压一场兵变而已，因这种罪名被起诉，还真是不多见，"你了解个中细节吗？"

伍德福德张开嘴，似乎想要说什么，最终却深吸了一口气，摇摇头，喝起杯里的白兰地。看到他的反应，格雷猜，很可能大家都知道个中细节，整件事背后肯定有疑点。好吧，时间很充足，他迟早会从卡拉瑟斯口中直接听到事情原委。

随后，他们又闲聊了几句，格雷就向伍德福德道了声晚安离开了。掷弹兵们还在忙碌，现有的营地旁，又新搭起好几个帆布帐篷，空气里开始弥漫烤肉和热茶的香味。

汤姆大概已在某处搭好了帐篷。不过，他并不急着回去——度过了数周人群拥挤的航海生活的他，此刻正享受着脚踩坚实土地，身处荒郊野外的新奇感受。穿过一排排整齐的新帐篷，他走到火光照射的暗处，体味着隐藏在黑暗中的美妙感受，但他也保持着警惕，没有超出安全范围，至少是他所认为的安全范围。仅仅几码之外就是森林，高大的乔木和低矮的灌木生长在一起，借着还未黑透的夜色，剪影依稀可见。

一道飘闪而过的绿光吸引了格雷的目光，他心底顿时生起一股愉悦之感。接着又是一道……又一道……十道，十几道，半空中一下子出现了无数只萤火虫，柔和的绿色光点忽明忽暗，仿佛远处夜幕下的森林点起了许许多多的小蜡烛。在德国，他也见过一两次萤火虫，但从没见过这么多。那种光芒似魔法不可思议，如月光般纯洁。

他也说不清自己在那里呆了多久，一边望着那些萤火虫，一边沿营地边缘漫步。终于，他长舒口气，扭头准备回营地，酒足饭饱后的格雷感到些许舒适的慵懒，不急着去做任何事。他不需要带兵，不需要写报告……什么都不用做，只等到达卡里恩，和查理·卡拉瑟斯见面就好。

他轻叹一口气，钻进帐篷关上门帘，脱下外衣。

在他刚要睡着时，外面突然响起一阵尖叫和大喊，他猛地惊醒，坐起身来。睡在格雷脚边睡袋里的汤姆也像只青蛙似的跳了起来，跪在地上，双手撑地，疯了似的摸索藏在胸口的手枪和子弹。

格雷毫不犹豫地一把抓过自己睡前挂在帐篷桩上的匕首，掀起门帘，朝外望去。帐篷外，士兵们慌慌张张地跑动，有的撞到了帐篷上，有的高喊着命令，有的在大声求助。夜空中突然一亮，一团低矮的云泛起红光。

"是火船！"有人喊。格雷踩上鞋子，加入朝河边奔跑的人群。

哈伍德号就停泊在河中央。熊熊燃烧的火船正缓缓向她逼近，一艘、两艘、三艘——所谓火船，其实是在堆放易燃废物的木筏上浇上油，然后点起火。其中一艘小船的桅帆上燃起的熊熊大火照亮了夜空。还有一艘——像是印第安人的独木舟，上面似乎堆满了茅草和枯叶？由于距离太远，看不太清，但可以肯定的是，它已经离哈伍德号很近了。

格雷望着河中央的船，发现甲板上有动静——太远了，看不清人的轮廓，但上面的确有动静。哈伍德号无法起锚离开，来不及了——船员们把船上的救生艇放了下来，他们试图让火船转向，以避免哈伍德号葬身火海。

格雷被眼前的景象所吸引，根本没注意到营地另一侧仍旧传来阵阵尖叫和大喊。就在岸边的人们一言不发地望着河里的火船时，突然又出现了一阵骚动，有人后知后觉地发现，出事的不只是河里的哈伍德号。

"是印第安人！"格雷身边的家伙突然尖叫道，刺耳的声音划破了夜空。"印第安人！"

大家都开始叫喊起来，所有人都朝另一个方向跑去。

"停！别跑了！"格雷伸出胳膊，抓住从身边跑过的一个家伙，掐住对方的脖子，将其撂倒在地，接着提高嗓门，徒劳地想制止这场混乱。"你！你，还有你——拦住你们身旁的人，跟我来！"刚被格雷撂倒的家伙气得跳了起来，微弱的星光照亮了他愤怒的双眼。

"那可能是个陷阱！"格雷喊道。"都呆在这儿别动！拿好手里的武器！"

"站住！站住！"一个穿睡衣的小个子男人高声怒吼，吼声盖过了其他噪音，他还从地上捡起一根树枝，用它拦住四周想要跑开的人们，阻止他们离开营地。

河流上游又闪现出一处火光，接着更远的地方又是一处：火船越来越多了。目前，这些漂浮在河里的火船不过是黑夜中引人注意的小把戏。只要成功避开它们，哈伍德号完全可以成功脱险；格雷真正担心的，是发生在营地另一侧的事情，对方用意很明显，就是为了把人们从河岸边引开，让河中央的哈伍德号处于孤立无援的状态，这样，狡诈的法国人就可以趁众人的注意力被烈焰熊熊的火船和营地后侧的突袭吸引住的机会，偷偷从上游放下一艘装满炸药的驳船或登陆艇。

最前面那艘火船已经向河对岸漂去，没有对哈伍德号构成威胁，最终搁浅在沙滩上燃烧殆尽，明亮的火光在夜色映衬下显得耀眼动人。之前那个小个子男人——据格雷推测，他应该是一名中士——成功地稳住了一小群士兵，然后朝格雷敬了个礼，动作干净利落。

"一切准备妥当，随时待命，需要他们去拿步枪吗，长官？"

"去吧，"格雷回应，"动作要快。中士，你和他们一起，哦，你的军衔是中士，没错吧？"

"我是阿洛伊休斯·卡特中士，长官，"小个子点了下头，回答道，"能看到一位像您这样保持冷静清醒的长官，我真的很高兴。"

"谢谢你，中士，麻烦你把手头上能找到的士兵都找来，越多越好。如果方便的话，最好再找一两个枪兵。"

安排好相关事宜，他的注意力再次回到河中央，两艘小艇正把一艘火船从哈伍德号的航道上移开。它们围着火船，船员们不停地摇桨划水，他们划水时的努力和齐心协力的喊声，格雷都看在眼里，听在耳中。

"大人？"

听到身边突然响起的声音，格雷惊得差点吞下了自己的舌头。

他故作镇定地转过身，刚准备训斥汤姆在混乱中擅自冒险行动，还没来得及开口，年轻的男仆就已经在他脚边弯下了腰，手里捧着什么东西。

"您的马裤，大人，"汤姆声音颤抖，"我想，要是开战了，您或许需要它。"

"你想得很周到，汤姆。"格雷强忍住笑意，表扬道。他把腿伸进裤管里，提起裤腰，再把衬衫的下摆塞进去。"营地里到底发生了什么？你知道吗？"

他听到汤姆为难地咽了口口水。

"是印第安人，大人，"汤姆回答，"他们呼啸着穿过营地，点燃了一两个帐篷，我还看见他们杀了一个人，然后……然后剥了他的头皮。"他的声音变得有些粗重，似乎忍不住想要呕吐。"太可恶了。"

"我料到了。"那晚一点也不冷，格雷却感到胳膊上和脖子上汗毛直竖。瘆人的尖叫声停了下来，他仍能听到营地里传来一阵阵不小的骚动。不过和之前的混乱相比，情况起了变化；不再有慌乱的吼叫，取而代之的是军官、中士和下士们对士兵们发号施令。他们开始集合军队，清点人数，统计损失。

善解人意的汤姆拿来了格雷的手枪、弹袋包、火药，还有外套和长袜。考虑到森林里太黑，河岸到营地的路又窄又长，格雷让汤姆留了下来，但告诫他不要打扰卡特中士集结士兵。中士很有军事才能，刚才也去换上了马裤，为开战做准备。

"一切准备就绪，长官，"卡特敬了个礼，报告道，"请问您如何称呼，长官？"

"我是格雷中校。我命令你安排手下人密切关注哈伍德号的情况，中士，尤其注意是否有船只朝下游驶来。另外，去调查清楚营地里到底发生了什么，然后来向我汇报。"

卡特敬了个礼,敏捷地转过身,消失在夜色里,只听到他喊着:"快点,你们这些蠢货!都给我打起精神,打起精神来!"

汤姆突然发出一声短促的尖叫,像是被掐住了脖子,格雷转过身,下意识地掏出匕首,发现身后有道黑影。

"别杀我,英国人。"说话的是之前把他们带到营地的那个印第安人。对方的声音微微透出一丝笑意。"是上尉派我来找你的。"

"什么事?"格雷简短地问。他刚才被吓得不轻,心脏仍"怦怦"直跳。他不喜欢处于被动位置,更不喜欢这种在毫不察觉的情况下就可能被人轻易干掉的感觉。

"阿布纳基人点燃了你的帐篷,上尉担心他们会把你和你的男仆拖到森林里去。"

汤姆一听这话,气得大声咒骂,转身就想往树林里跑,却被格雷一把抓住。

"待在这儿,汤姆。没什么大不了的。"

"你说得倒轻松!"汤姆激动地回应,情绪失控的他已经忘了该有的礼节。"我猜我还能再给你找几条马裤,也许没那么容易,可你表妹的那幅画,还有她要转交给斯塔布斯上尉的小礼物呢?还有你那顶金边帽子呢,那可是好东西!"

格雷突然感到有点惊慌——他的表妹奥利维亚给她自己和她刚出生不久的儿子制作了一小尊塑像,托他带给她丈夫,也就是目前效力于沃尔夫手下的马尔科姆·斯塔布斯上尉。不过,他拍了拍体侧,松了一口气,那尊椭圆形塑像已经包好了安安稳稳地待在自己口袋里。

"没事的,汤姆,塑像在我身上。至于那顶帽子……我想,还是以后再说吧。对了,你叫什么名字,先生?"格雷问那个印第安人,没有个具体称呼,他总是不太习惯。

"马诺克。"印第安人回答,声音里仍旧透着一丝笑意。

"很好。你能带我的男仆回一趟营地吗?"他看到一个矮小但坚毅的身影出现在通向营地的路口处,那正是从营地赶回来的卡特中士。于是格雷改了主意,决定不顾汤姆反对,让印第安人护送自己的男仆离开。

◆

终于,哈伍德号脱离了危险,五艘火船里,有的直接漂离航道,还有的在船员们的努力下转向了别处。的确如格雷所料,从上游驶来了一艘船,可能是法国人的登陆艇,也可能不是。格雷临时在河畔召集起来的军队起了作用,士兵们同时连发射击,虽然子弹的射程短得可怜,根本不能伤及敌人分毫,却吓退了敌人的船只。

一切恢复平静,哈伍德号安全了,营地也进入了时刻警戒状态。格雷在破晓前回营地的途中遇到伍德福德上尉,得知突袭造成两人死亡,三人被俘,那三人被印第安人拖到了森林里。对方则有三人死亡,一人受伤——伍德福德打算趁其还活着,进行审讯,可又怀疑能否从对方口中得到任何有用信息。

"他们的嘴严得很。"上尉揉了揉被烟熏红的双眼。他脸上肌肉松弛,面色发灰,尽显疲态。"他们只会闭上眼睛,唱着该死的亡灵之歌,不管你对他们做什么,他们都不理会,只是继续唱歌。"

当格雷在破晓时分,拖着疲惫的身躯,准备爬进临时借用的帐篷休息时,也听到了印第安人的歌声,或许只是幻听也未可知。音调极高的印第安灵歌隐约传入耳中,起伏婉转,犹如清风拂过头顶树叶。那歌声持续了片刻,戛然而止,接着又响起来,微弱且断断续续。格雷眼看就要进入梦乡了。

那人吟唱的到底是什么？格雷有些好奇。所有人都不知道他在唱什么不要紧吗？或许那个名叫马诺克的印第安侦察兵在场，或许他知道。

汤姆在一排帐篷的末尾给格雷找了个可以暂时休息一下的小帐篷，八成是赶走了原本住在里面的某个中尉，不过格雷倒也不想拒绝汤姆的一番好意。这帐篷很小，刚能容下地上铺的一个帆布睡袋和一个作为桌子使用的箱子，箱子上摆着一个空烛台。虽然这里很简陋，但至少能让格雷有个地方休息一下。在他回营地的途中，天就开始下起了雨，此时，密集的雨点打在头顶的帆布帐篷上，"啪啪"作响，溅起一股并不惹人厌的霉味。即使印第安人还在吟唱亡灵之歌，那歌声也会被雨声吞没了。

格雷翻了个身，身下睡袋的填充物发出些许轻微的"沙沙"声，他随即进入了梦乡。

◆

格雷突然惊醒，发现与他面对面的是一个印第安人。下意识地惊慌过后，他并没有感到有刀架在脖子上，而是听到了一阵低低的窃笑声，只见那人微微往后退了退。幸好他及时清醒过来，才没有做出什么伤害马诺克的行为。

"怎么回事？"他喃喃道，用手掌根揉了揉眼睛。"这是怎么回事？"还有到底为什么你会躺在我床上？后面这句他没能问出口。

作为回应，印第安人伸出一只手，托起他的头，把他拉向自己，然后吻了他。印第安人的舌头轻轻舔舐着他的下唇，又犹如蜥蜴的舌头一般，钻进了他口中，后来便消失了。

印第安人也消失了。

格雷翻了个身，平躺着眨眨眼睛。原来是一场梦。外面仍旧下着雨，而且下得更大了。他深吸一口气，闻到熊脂和薄荷的气味，当然，是从他的皮肤上散发出来的——里面似乎还掺杂着一丝金属气味？周围的光线亮了不少，应该是白天了。他听到鼓手敲着战鼓穿过整个营地，叫士兵们起床，鼓槌落在鼓面上的"砰砰"声与"啪啪"的雨声、士兵们喊出的口令融为一体——可依旧显得微弱、阴郁。只怕连半小时都没睡到，格雷心想。

"天呐，"他不悦地喃喃道，僵硬地翻了个身，用外套盖住脑袋，想再睡一觉。

◆

哈伍德号缓缓朝上游逆流行驶，船员们对可能出现的法国侵略者时刻保持警惕。途中曾出现几次紧急情况，包括在河岸上扎营时，遇到又一次印第安人突袭。这次突袭以英国人的胜利告终，对方死了四个，格雷这边只有一个厨子受了点轻伤。但他们不得不在那里逗留些时日，等到一个多云的夜晚，才能悄悄穿过居于悬崖峭壁之上的魁北克边境要塞。其实，他们的行踪已经暴露，有一两座大炮朝他们所在的方向轰击，幸好距离较远，不会对他们造成威胁。终于，他们来到位于加瑞恩的港口，那是沃尔夫将军指挥部的所在地。

环城而建的军营越来越多，几乎要将这座城市吞没。河岸边的定居点里搭起好几英亩的帐篷，这里归属于一个小型法国天主教堂，人们隐约可以看见，城后的山顶上露出一个小小的十字架，那就是教堂所在地。当地的法国居民区里，随处可见对政治毫无兴趣的商人，看到大量军队入驻，只是以高卢人特有的方式耸耸肩，然后高高兴兴地跟驻军做敲竹杠的买卖。

格雷得知，将军此时不在，去内陆打仗了，但不出一月就会回来。若没有任务在身或是带着部队，中校这个军衔很碍事；驻地给格雷安排了一处合适的住所，然后就礼貌性地把他打发走了。没有任务在身的他，只能独自耸耸肩，决定去找找卡拉瑟斯上尉的下落。

想找到卡拉瑟斯并非难事。格雷刚走进第一家酒馆，就从老板口中打探到了上尉的住所。上尉住在一位寡居的兰伯特夫人家里，就在教堂附近。格雷不禁怀疑，但凡是酒馆，是不是都能轻而易举地从老板口中得知卡拉瑟斯的情况。在格雷印象中，查理是个好酒的家伙，如今，从酒馆老板听到卡拉瑟斯这个名字后的热情反应来看，显然这家伙还是老样子。不过，现在这种情况下，格雷也不能怪他。

寡居的兰伯特夫人是一位年纪轻轻、魅力十足的褐发美人，她在家门口迎接这位英国军官时，还抱有深深的怀疑，可当格雷告诉她，自己是卡拉瑟斯上尉的老友，希望见见他时，她脸上的表情才放松下来。

"Bon①，"她连忙打开门。"他很需要朋友。"

格雷爬上了两段狭窄的台阶，来到卡拉瑟斯住的阁楼前，他感到周围空气变得越来越温暖。一天之中，这时候的天气最舒适，到了下午三点左右就会变得憋闷起来。他敲了敲阁楼的门，听到卡拉瑟斯叫他进去的声音，心里感到一阵微妙的悸动。

卡拉瑟斯坐在一张快散架的桌旁，身穿衬衫和马裤，正伏案书写，他的一只胳膊肘边放着一个葫芦做的墨水盒，另一只胳膊肘边放着一罐啤酒。他面无表情地望了格雷一会儿，突然露出喜悦之色，猛地站起身来，这反应让两人多少都有些乱了阵脚。

---

①法语：太好了。

"约翰！"

格雷没来得及伸手去和卡拉瑟斯握手，就发现自己已经被紧紧抱住了，而他也以同样真挚的热情回应这个拥抱。卡拉瑟斯头发上熟悉的气味扑面而来，那一刻，记忆犹如洪水般在他脑海中奔涌，他真切地感受到卡拉瑟斯脸上的胡茬刺痛了自己的脸。虽然格雷此刻的情绪很激动，可拥抱时，他还是注意到卡拉瑟斯消瘦了不少，隔着衣服都能感觉到他的骨头戳人。

"我从未想过你会来。"卡拉瑟斯不停地重复这一句，大概说了四遍。随后他松开臂膀，退后一步，微笑着用手背迅速擦了擦双眼，那眼中分明含着泪。

"其实，你应该感谢一条电鳗，我会来都是拜它所赐，"格雷说着也笑了。

"一条什么？"卡拉瑟斯茫然地盯着他。

"说来话长——晚点再跟你讲。现在我们倒是该谈谈，你他妈都干了些什么好事，查理？"

听到这话，卡拉瑟斯枯瘦的脸庞不再像刚才那样喜出望外，但仍旧微微带着笑意。"啊，其实，这也说来话长呢。我让玛蒂娜多拿点啤酒来。"他挥手示意格雷在房间里唯一的一把凳子上坐下，格雷没来得及拒绝，卡拉瑟斯就走出了房间。于是格雷小心翼翼地坐下，生怕凳子会散架，还好似乎能承受得住他的重量。整间阁楼里，除了一把凳子、一张桌子、一个马桶和一个放着陶盆和水罐的老式的脸盆架，基本上没有其他家具。房间很干净，但空气里似乎有一股淡淡的气味——有些甜腻，令人作呕，他立马就发现，气味是从脸盆架后侧一个塞着木塞的瓶子里散发出来的。

就算格雷没闻到鸦片酊的气味，光看到卡拉瑟斯枯瘦的脸就能猜个七七八八。格雷重新坐回凳子上，浏览他进门前卡拉瑟斯伏案书写的文件。看样子，他是在为庭审做准备，最上面的是一份报告，讲的是卡拉瑟斯奉杰拉尔德·斯弗利上校之命，率领手下部队执行的一次远征任务。

"我们奉命行至蒙特默伦西以东约十英里处一个名叫伯利欧的村庄，劫掠家舍，焚烧房屋，驱赶牲畜。在这过程中，遭到村民手持农具群起反抗。其中二人被击毙，其余逃散。我们带回整整两车面粉、一些日用品、三头奶牛和两头壮驴。"

格雷还没看完，房门就开了。

卡拉瑟斯走进来，坐在床边，朝格雷在看的文件点点头。

"我觉得，最好提前把一切都写下来，以免活不到开庭审判。"他面带微笑，望着格雷的脸，毫不避讳地说出实话。"不用烦心，约翰。一直以来，我都知道自己活不长，不仅仅是因为——"他右手手掌朝上，掀开袖口，"——它。"

卡拉瑟斯又用左手轻轻拍拍胸膛。

"不止一位医生告诉我，我的心脏有缺陷。谁知道呢？说不定我连心脏都多长了一个——"他朝格雷咧嘴笑笑，突然出现在格雷眼前的，竟是那个依然记忆犹新的迷人笑容。"——又或许连原本那个都没长全。以前，我只是偶尔会晕倒，最近情况却越来越糟。有时，我甚至感觉心脏停止了跳动，而是在胸腔里无力地震颤着，接着便眼前发黑，呼吸急促。不过到目前为止，每次我都得以脱险——但总有一天，没那么幸运了。"

格雷注视着查理的右手，那只畸形的小手蜷曲着依附在大手旁，看起来就像是查理的掌心捧着一朵奇特的花。在他注视下，大小两只手缓缓张开，两只手的手指同时舒展开来，竟产生了一种奇异的美感。

"没事的，"他轻声说，"都告诉我吧。"

因镇压兵变失败而获罪实属罕见；这种控告很难取证，因而不太可能成立，除非还涉及其他因素。就目前情况来看，无疑是另有

263

隐情。

"你认识斯弗利,是吗?"卡拉瑟斯把文件放在自己的膝盖上,问道。

"根本不认识。我猜他是个混蛋。"格雷指了指卡拉瑟斯膝盖上的文件。"实际上呢?"

"一个自甘堕落的混蛋而已。"卡拉瑟斯整理好腿上的文件,仔细抚平纸角边缘,目不转睛地盯着它们。"你刚刚看的那些——和斯弗利无关,乃是沃尔夫将军的指令。我不确定他是想抢夺敌方要塞的粮饷,以期敌方在穷途末路时出兵,还是想要向蒙特卡姆施压,以令其派兵保卫乡间,然后各个击破——两者都有也说不定。有一点是肯定的:他是有意要对河岸两侧的殖民地实施恐怖行为,我们只是奉命行事。"他的脸微微扭曲了一下,接着突然抬头望向格雷。"你还记得苏格兰高地一战吗,约翰?"

"你知道我不会忘。"每个亲身经历了坎伯兰郡团血洗苏格兰高地一战的人,都绝不会忘记。他去过许许多多像伯利欧那样的苏格兰村庄。

卡拉瑟斯深吸一口气。"是的,没错。可问题是斯弗利想要占有我们从那些村子里夺取的战利品,并用卖掉它们在军中的合理分配当作借口。"

"什么?"这根本不符合军中惯例,每位士兵都有权利保留自己的战利品。"他以为自己是谁,海军上将吗?"海军的惯例,的确会把捕获物赏金所得分给全体船员,可海军是海军,和陆军相比,一艘军舰上的船员更像是一个统一的整体,而且有专门的海事法院来处理捕获物赏金船只的拍卖问题。

听到格雷的反问,卡拉瑟斯哈哈大笑。

"他的哥哥倒是个海军准将。或许这算是他自以为是的资本吧。不管怎么样,"他正色道,"他根本没把卖掉战利品的所得进行合理分配。不仅如此,他还开始削减士兵们的军饷。发放时间也越拖越迟,士兵们一犯小错,就停止发放,声称军饷还未送达——可不止一人亲眼看到从马车上卸货。

"虽然这样已经够过分了,可士兵们毕竟还吃得饱,穿得暖。但后来,他就做得太过火了。

"斯弗利开始偷窃军粮,挪用大量物资,擅自买卖。

"我只是怀疑,"卡拉瑟斯解释,"但没有证据。我开始暗中监视他,他也知道我的行动,因而收敛了几分。可他抵挡不住来复枪这种好东西的诱惑。

"军中要送来一打新来复枪,比普通的燧石枪好得多,十分稀罕。

"我想,应该是分配物资的负责人弄错了,才会把来复枪送到这里。我们根本没有步枪兵,因而用不上来复枪。斯弗利很可能正是想到这一点,才觉得可以将它们据为己有。

"可他没有得逞。卸货的两个列兵觉得箱子重量有问题,于是开箱查看。令人激动的消息不胫而走,然而当人们发现,分发到士兵手中的是磨损较为严重的燧石枪,而非崭新的来复枪,大家的激动化为了不满和震惊。有关此事的言论迅速流传开来,激起了公愤。

"事情坏就坏在,我们后来在利未的一家酒馆里收缴了一大桶朗姆酒。"卡拉瑟斯叹了口气,"大家喝了一整夜——那还是一月份,这里一月的夜长得很——决定去找回那箱来复枪。枪是在斯弗利住处的地板下找到的。"

"当时斯弗利在哪儿?"

"他就在住处。恐怕喝得烂醉。"卡拉瑟斯嘴角的肌肉抽动了一下。"不过,他还是成功地从窗户逃走了,冒雪逃到另一处驻守要塞。那里离我们的驻地只有二十英里。他冻伤了几个脚指头,却保住了性命。"

"真可惜。"

"没错。"卡拉瑟斯脸上的肌肉再次抽搐起来。

"那些肇事者怎样了？"

"大部分都没好结果。其中二人随即被捕，处以绞刑；还有三人后来被捕，此时身陷牢狱。"

"那你——"

"至于我，"卡拉瑟斯点点头，"我是斯弗利手下的副指挥，对兵变一无所知。起事者前往斯弗利住处时，有一位少尉前来通知我，兵变结束之前，我也的确赶到了现场。"

"当时那种情况，你做不了什么，不是吗？"

"我也根本没想要做什么。"卡拉瑟斯坦言。

"我明白。"格雷说。

"你真的明白？"卡拉瑟斯狡黠一笑。

"当然。我猜斯弗利还在军中，并仍居要职吧？没错，一定是这样。他或许震怒不已，想把兵变之罪嫁祸于你，可你我都知道，正常情况下，一旦事情真相传扬开，他也就无法得逞。所以你才会坚持要接受军事法庭的审判，不是吗？这样一来，你可以把真相公之于众。"鉴于卡拉瑟斯的身体状况每况愈下，即使最终获罪长期监禁，也不在乎了。

卡拉瑟斯脸上渐渐露出真诚的笑容。

"我就知道，我没选错人。"他说。

"我不胜荣幸，"格雷的语气有些冷淡，"不过，为何选我？"

卡拉瑟斯放下文件，坐在床上往后靠了靠，双手合抱一边膝盖。

"为何选你，约翰？"他脸上的笑容消失了，灰眼睛直视约翰的双眼。"你知道我们的职责所在,无非是混沌,死亡和毁灭。可你也知道我们为何要尽忠职守。"

"哦?恳请你直言,我可一直想知道呢。"

查理眼中闪过一丝诙谐之色,但还是正色道:"总有些人要来维护世间的秩序,约翰,士兵们为了各种各样的理由而战,其中大多是不光彩的。不过,你和你哥哥……"卡拉瑟斯突然停下,摇了摇头。

格雷发现,卡拉瑟斯的头发已经花白,可据他所知,卡拉瑟斯的年纪并不比自己大。

"这世间原本就充斥着混沌、死亡和毁灭。可像你这样的人——你忍受不了世间的邪恶。如果这世间能恢复和平与秩序,那一定是因为还存在着你,约翰,以及极少数像你这样的人。"

格雷觉得自己该说些什么,可又不知该怎么说。卡拉瑟斯站起来,走到格雷身边,伸出左手搭在他肩上,另一只手轻抚他的脸。

"《圣经》里怎么说的?"卡拉瑟斯轻声说,"'渴慕正义之人是有福的,因为他们必得饱足'。我正是渴慕正义之人,约翰。"他继续低语道。"你亦如此。你不会让我失望。"他的手指悄悄移到了格雷的皮肤上,透露着恳请的意味。

◆

"按军中惯例,军事法庭审判应由一名高级军官主持,并由数名他认为适合的军官组成庭审委员会,通常情况下,委员会由四名或四名以上成员组成,一般不少于三名。被告有权传唤支持自己的证人,委员会将对证人以及他们想要提问的任何人进行求证,并据此作出相应的判决,如果被告罪名成立,他将受到制裁。"

以上语意含糊的表述,正是那些有关军事法庭审判程序的书面定义和官样文章,就在格雷动身前,哈尔匆匆交给他的文件里都是这些内容。此类军事庭审并没有任何正规法律可循,当地法律也不适用。简言之,在军中,军纪本身就是法律,一直以来都是如此,格雷心想。

既然如此,在帮助查理·卡拉瑟斯完成心愿这件事上,格雷或许还有相当可观的发挥空间,也或许一点忙也帮不上,这完全取决于庭审委员会成员们的品性和专业程度。他理应尽快去了解一下这些人。

与此同时,他还有另一项任务要完成。

"汤姆,"格雷边在箱子里翻找,边问道,"你找到斯塔布斯上尉的住处了吗?"

"找到了,主人。您要是能别在箱子里乱翻了,我就告诉您,您这样会把衬衫弄坏的。"汤姆有些不满地看了看自己的主人,用胳膊肘轻轻把他推到一边。"您到底在箱子里找什么呢?"

"我表妹和外甥的塑像。"格雷退后一步,让汤姆俯身整理箱子里的衣物。男仆把那些翻皱了的衬衫重新折叠整齐,轻轻摆放在箱子里。箱子本身烧焦了,不过士兵们抢救及时,里面的衣物还完好无损,这让汤姆感到十分庆幸。

"给你,主人。"汤姆从箱子里取出一个小包裹,小心翼翼地把它递给格雷。"替我向斯塔布斯上尉问好。想必他看到这个礼物会很高兴的。这小家伙长得很像他父亲呢,对吧?"

虽然有汤姆带路,他们还是花了好一会儿才找到马尔科姆·斯塔布斯的住所。他的地址——如果那也算是个"地址"的话——位于城市的贫民区,穿过一条突然终止于河畔的泥泞小巷,就是他住的地方。这完全出乎格雷的意料;斯塔布斯是个不折不扣的社交动物,也是一名尽职尽责的军官。他何不投宿在旅馆,或在驻军地附近找一处条件不错的私人住宅?

一走进那条小巷,格雷就感到有些不安。他穿过沿途摇摇欲坠的棚屋和一群群玩耍的孩子,他们浑身脏兮兮的,会讲不止一种语言,看到有陌生人来,全都眼睛一亮,跟在格雷身后,用难懂的语言小声地彼此交流着,发出阵阵嘘声。可当他指指自己身上的制服,又朝周围环境挥了挥手,比画着向他们询问斯塔布斯上尉的事情时,他们却只是张开嘴,茫然地盯着他。

他穿过了整条小巷,还是没能找到愿意告诉他斯塔布斯上尉下落的人。他的靴子上粘了厚厚一层混合物,有泥巴、粪便和被经年的雨水从大树上打落的枯叶。这时,他看到一位印度老人,安详地坐在河边一块岩石上钓鱼,身上裹着一块英国产的条纹毛毯。这位老人说话时混杂着三到四种语言,格雷只能听懂其中两种,不过这足够让他理解老人的话了。

"*Un, deux, trois,*[①]你往回走,"老人边说,边伸出大拇指,先指着小巷的方向,然后朝小巷的一侧晃了晃。格雷又从老人讲的土著语言中依稀辨认出一个女人的名字——多半就是斯塔布斯入住那家的女主人。老人最后还提到了"*le bon Capitaine*"[②],这更坚定了格雷的判断。他分别用法语和英语向老人道谢,然后按照老人的话,往回走到小巷里第三所房子前,那群好奇的小孩仍旧跟在他身后,就像是风筝后面挂着一条破旧的长尾巴。

他敲了敲门,却没人回应,于是他绕着房子走了一圈,发现它的后侧有一间小棚屋,屋顶灰色的石烟囱往外冒着烟,那群孩子也仍跟着他。

天气很晴朗,天空呈现出宝石蓝的色彩,弥漫着初秋的气味。棚屋的门虚掩着,清新的空气可以顺着门缝灌进去,可格雷并没有擅自推开门。相反,他从皮带里抽出匕首,用刀柄敲了敲门。身后

---

①法语:一、二、三。
②法语:"一名好上尉"。

那群小家伙看到他手中匕首，不禁羡慕地倒吸了一口气。他好不容易才忍住没有转过身去朝他们鞠一躬。

门里并没有传来脚步声，门却突然开了，一个年轻的印第安女人站在门口注视着格雷。她似乎喜出望外，脸上一下子焕发出光彩。

格雷眨了眨眼睛，大吃一惊，就在他眨眼的瞬间，年轻女人脸上的喜悦消失了，她一只手抓住门框，想让自己站稳，另一只手在胸口紧握成拳。

"Batinse!①"她深吸一口气，显然被吓到了。"Qu'est-ce qui s'passe?②"

"Rien，"格雷连忙回应，他本人也被惊到了，"Ne t'inquiete pas, madame. Est-ce que Capitaine Stubbs habite ici?"（别怕，女士。我只是想问，斯塔布斯上尉住在这里吗？）

女人的瞳孔已经放大，开始翻起白眼，格雷拉住她的胳膊，生怕她会昏倒在他脚边。他身后的那群孩子里年纪最大的一个冲上来推开了门，一只手揽住女人的腰，半拖半扛地把她抬进屋。

其他孩子见状，也跟着那个大男孩挤进屋里，他们低声交谈着，应该是在对女人表示同情。大男孩把女人安置在了屋里的床上。一个小女孩挤到男孩身边，对床上的女人说了些什么，女孩几乎衣不蔽体，只穿了一条小短裤，细细的小腰上系了一根绳子，以防短裤掉下来。女人没做出任何回应，可小女孩却像是明白了什么似的，转身跑到门外。

格雷犹豫不决地站在原地，不知该怎么办。女人虽然脸色苍白，可呼吸还算正常，眼睑也还在跳动。

"Voulez-vous un peu de l'eau?③"他问，然后转身望向四周，

---

① 法语：老天爷啊！
② 法语：这是怎么回事？
③ 法语：你要喝点儿水吗？

看看有没有水可以给她喝。他发现壁炉边上有一桶水，可注意力却被水桶边的一样东西吸引了过去。那是印第安妇女用来背小孩的摇篮板，上面绑着一个襁褓中的婴儿，婴儿正眨着一双好奇的大眼睛，望着格雷。

当然，他早就知道这件事了，可在看到这一幕时，还是忍不住跪倒在婴儿身边，颤抖着伸出食指，试探性地想要上前抚摸。这个孩子的眼睛又黑又大，像极了母亲，肤色却比母亲更浅些，长着一头浓密的深色小卷发，是肉桂般的黄褐色。虽然说和父亲马尔科姆·斯塔布斯假发下藏着的刚盖住头皮的头发相比，这孩子的头发要厚实得多，可两个人的自然卷却是一模一样。

"上尉先生出了什么事？"格雷身后传来专横的质询声。他转过身，发现一个很胖的女人正站在他身后，俯视着他。格雷站起身，向她鞠了个躬。

"没什么，女士。"他安抚道。至少目前没什么，我也啥都不知道呢，"我只是在找斯塔布斯上尉，想告诉他一个消息。"

"哦。"胖女人听了，不再怒视格雷，情绪似乎也平复了些，收起了那副咄咄逼人的架势。她是个法国人，一眼就能看出，她是那个年轻女人的母亲或小姨。"那么，好吧。你要告诉他的那个消息，很急吗？"她注视着格雷；显然，其他的英国军官应该不常来这里拜访斯塔布斯。他八成在其他地方还有个正式住所，在那里，他可以处理军务。因而这里的人们看到格雷出现，会以为他带来的是斯塔布斯牺牲或受伤的消息也就不足为怪了。那家伙的情况到底如何，还是个未知数，格雷在心里暗自对自己说。

"不急，"他摸了摸衣袋里的塑像，回答道，"很重要，但不是什么急事儿。"说完这话，他离开了。那些孩子没再跟着他。

◆

通常情况下，想找到某个军人的下落并非难事，可马尔科姆·斯塔布斯却似乎人间蒸发了。接下来的一周，格雷找遍了指挥部、军营和整个村庄，却没有发现这个丢脸的表妹夫的一丝踪迹。更奇怪的是，似乎没人发现他不见了。斯塔布斯手下的人只疑惑地耸耸肩，而他的上级显然已经离开这里，去河流上游视察各个驻地了。无功而返的格雷只能回到河边的住所，思考下一步该怎么办。

经过分析，合理的可能性只有两种——不，是三种。第一种是，斯塔布斯听说格雷要来，猜到自己的秘密会败露，于是仓惶逃走，事实证明，格雷也的确发现了他的秘密。第二种是，他在酒馆或后巷里和别人发生了冲突，结果被人干掉了，此刻，他的尸体可能正躺在树林里厚厚的落叶下慢慢腐烂。最后一种可能性是，他被悄悄派往某地完成某项任务去了。

格雷对第一种可能性抱以极大的怀疑；斯塔布斯不是个容易慌张的人，如果听说格雷要来，他的第一反应一定是主动来找格雷，这样就能防止他在村里四处打探消息，自己的事情也就不会败露。想到这，格雷否定了这种可能性。

很快，他也否定了第二种可能性。如果斯塔布斯死了，不管死于谋杀还是意外，总会引起人们的警觉。通常情况下，军队了解手下军人的行踪，如果他们没出现在该出现的地方，就会采取相应的措施。这同样适用于失踪的军人。

那么，只剩下一种可能。如果斯塔布斯失踪了，却没有人去找他，那么自然能得出的结论就是，军队把他派往了别处。由于似乎没人知道他去了哪里，他要完成的很可能是一项机密任务。鉴于沃尔夫现在的地位和他当前的困扰，几乎可以断定，马尔科姆·斯塔布斯被派到了河流下游，去寻找一种进攻魁北克的策略。格雷舒了一口气，对自己的推断十分满意。这也就意味着，除非斯塔布斯被法国兵捉住、被野蛮的印第安人剥掉头皮或者掳走了，抑或是成为熊的美餐，否则他一定会回来。目前除了等待，别无他法。

他靠在树上，望着几只捕鱼的独木舟紧挨着河岸，缓缓朝河流下游漂去。天阴沉沉的，微风拂过皮肤，暑热过后的凉爽让人感到舒适。父亲的猎场看守人曾告诉他，多云的天气适合捕鱼。他并不知道这其间的因果关系——或许是因为鱼儿们嫌阳光刺眼，于是在晴天里就会躲进深水中黑暗隐蔽的地方，而天一阴，它们又会游上水面？

他突然想起了电鳗，萨德菲尔德告诉过他，这种鱼生活在亚马逊河布满淤泥的水域。那条电鳗的眼睛的确非常小，它的主人认为，它可以用它非凡的放电能力辨别外界的环境，还可以电死猎物。

就在那一刻，他感到有一股莫名的力量。于是他猛地抬头，发现离他不远的河水较浅的地方停着一只独木舟，上面有一个印第安人，正一边划桨，一边朝他露出灿烂的笑容。

"英国人！"那人喊道，"你愿意和我一起捕鱼吗？"

他浑身上下打了个激灵，猛地站起来。注视着他的正是马诺克，他想起了记忆中马诺克唇舌的触感，想起那股新制黄铜的气味。他的心跳开始加速——和一个几乎全然陌生的印第安人一起下河捕鱼？这很可能是个陷阱。他可能会被剥掉头皮，或许更糟。不过，能凭借第六感来辨别事物的动物，可不止电鳗一种，他心想。

"好的！"他回应。"我就来！"

◆

两周后，格雷终于走下马诺克的独木舟，再次回到岸上。他变得又黑又瘦,可心情不错,也没被剥掉头皮,头发完好如初。汤姆·伯德怕是要等疯了,他心想,虽然离开时给男仆留了口信,可当时自己也说不准什么时候会回来。这些天,想必可怜的汤姆一直在担心野蛮的印第安人会不会掳走自己的主人当奴隶使唤,或是剥掉头皮,把他的头发卖给法国人。

事实上,马诺克和格雷二人,一直乘着缓缓漂向下游的独木舟,兴之所至,就停下来捕鱼,遇到沙洲和小岛,便上去扎营,坐在橡树和赤杨的树荫下,用篝火烤制捕来的鱼,在炊烟袅袅的静谧下共享晚餐。他们时不时也会看到其他独木舟——不仅有独木舟,还有很多法国人开的客货船和双桅帆船,以及两艘缓缓逆流而上、鼓起风帆的英国军舰,水手们的叫喊从远处传来,那陌生的声音听在格雷耳中,似乎是易洛魁人的口音。

出发后的第一天,夏末的黄昏下,吃完晚餐,马诺克擦了擦手指,站起身,漫不经心地解开腰布,扔在地上。接着,他便站在那里,满脸笑意地望着格雷急不可耐地扯掉了身上的衬衫和马裤。

进餐前,他俩会跳进河里畅游一番,这样可以让他们打起精神;马诺克身上很干净,皮肤也不再油腻腻的,可格雷似乎还是能从这个印第安人身上感受到强烈的野兽气息,这让他心神不宁,产生了一种在野外狩猎的错觉。他不知自己之所以会产生这种体验,是由于印第安人的种族特点,还是马诺克日常的饮食都是野味所致。

"我尝起来是什么味道?"出于好奇,格雷问。

此时,马诺克正在格雷身上忙碌着,似乎嘟囔了一个类似于"公鸡"之类的词,不过也可能是暗指男性生殖器的那句脏话,这倒引起了格雷追问的兴趣。如果自己身上真的有牛肉、饼干或约克郡布丁的味道,马诺克能辨认出来吗?如果印第安人可以,那他会对这样的味道感兴趣吗?应该不会吧,格雷心想。接下来的整个夜晚,他们都是在痴缠中度过,连说话也顾不上。

格雷挠了挠屁股上的擦伤,那里被蚊子叮了好几个包,还被太阳晒得脱了皮。那两周里,他第一次尝试了当地印第安人的装束,发现这样的确很方便,可某天下午,他在阳光下躺了太久,还因此晒伤了屁股。从那以后,他就对自己的屁股很敏感,不想从印第安人口中听到任何拿他的白屁股打趣的话。

他陷在过去两周美好的回忆中,不知不觉就穿过了半个城区,后来才发现,这里的士兵明显比之前多了不少。鼓声响彻所有高高低低的泥泞街道,召集士兵们集合,军中的一天就在这样充满韵律的鼓声中开始了。格雷的步伐也不自觉地合上鼓声的节拍,他站直了身子,突然间,士兵们从营房里冲出,把他从晒伤屁股的甜蜜回忆里拽了出来。

他不自觉地瞟了一眼山上,看到屋顶飘扬的旗子,那里是战地指挥部的所在。沃尔夫回来了。

◆

格雷回到自己的住处,向汤姆报了平安,散开头发,梳理整齐,喷上香水,又重新扎成发辫,再换上干净的制服,换衣服时擦痛了自己晒伤的皮肤。出于礼貌的需要,他整理好仪容才去拜访沃尔夫将军。他见过詹姆斯·沃尔夫;沃尔夫和格雷年纪差不多,曾在洛登打过仗,在苏格兰高地一役里,他是坎伯兰郡团的尉官。虽然彼此没有私交,但有关沃尔夫的传闻,他倒是听过不少。

"你叫格雷,对吧?我没猜错,你就是帕德罗的弟弟?"沃尔夫朝格雷的方向抬起高高的鼻梁,对他嗤之以鼻,活像是两只狗打照面时一只会闻闻另一只的气味。

格雷觉得自己没必要这么做,于是礼貌地鞠了一躬。

"哥哥让我替他向您问好,长官。"

事实上,哥哥让格雷带来的消息远不只是问候这么简单。

"那个浮夸的混蛋,爱炫耀,毫无判断力,是个糟糕的军人,却老走狗屎运。这就是我对他的评价。千万别跟着他一起犯傻。"这才是哈尔在弟弟出发前匆忙的交谈中提到沃尔夫时的原话。

沃尔夫随和地点点头。"你是为了给谁来着——哦,对,卡拉瑟斯上尉——作证来的,对吧?"

"是的,长官。庭审日子定了吗?"

"我不知道。定了吗?"沃尔夫问他的副官,那是一个瘦高的男人,眼神里充满警觉。

"还没定,长官。不过,既然勋爵大人已经来了,我们就可以准备开庭了。我会通知莱斯布里奇·斯图尔特准将,他将主持这次庭审。"

沃尔夫挥了挥手:"不,等等。准将还有其他事办。只能等到……"

副官点点头,作了下笔记:"是,长官。"

沃尔夫注视着格雷,一副小男孩之间想要分享秘密的表情。

"你听得懂苏格兰高地语吗,中校?"

格雷眨了眨眼睛,有些吃惊。

"如果见到高地人,我应该能听懂一些,长官。"他礼貌地回答,沃尔夫听了,大笑起来。

"好样的。"将军扭过头,注视着格雷,赞许道。"我找到了一百多个苏格兰高地人,正想着他们有什么用。我想我想到了一个——一个小小的冒险。"

听了这话,副官忍不住也微笑起来,然后又迅速收敛了笑容。

"真的么,长官?"格雷谨慎地问。

"虽然会有些危险,"沃尔夫继续漫不经心地道,"不过他们是高地人……应该不会出什么大问题。你愿意加入吗?"

别跟他一起犯傻。哈尔,你说的没错,他心想,可如何拒绝一位指挥官的邀请呢？

"承蒙邀请，我感到高兴，长官。"他话一出口，脊背上便感到一阵短暂的不安。"什么时候？"

"两周以后——在一个月黑之夜。"沃尔夫激动地就差摇尾巴了。

"能否告诉我这次……呃……冒险到底是要干什么？"

沃尔夫先是和副官交换了一个眼神，然后转眼望向格雷，双眼中闪烁着兴奋的光芒。

"我们准备拿下魁北克，中校。"

◆

这样看来，沃尔夫认为自己找到了拿下魁北克的办法。准确地说，是他信任的侦察兵马尔科姆·斯塔布斯帮他找到的。格雷回到住所，把奥利维亚和小克伦威尔的塑像装进口袋，再度踏上寻找斯塔布斯的路途。

他根本没去想自己要跟马尔科姆说些什么。其实，在他发现了表妹夫的印第安情人和私生子之后，反而觉得还是不要马上见到斯塔布斯为妙；他或许根本不会听表妹夫的解释，而是直接一拳把他打倒在地。不过时间过去了这么久，如今他已经冷静了许多。他释然了。

他以为自己会一直这么想，直到他走进一家生意不错的酒馆——马尔科姆是个嗜酒如命的家伙——发现表妹夫坐在一张桌旁，身边围着一群朋友，一副放松快活的样子。斯塔布斯人如其名[①]，身高和腰围都差不多五英尺四，长着一头金发，只要高兴得过了头，或喝多了酒，脸就会变得通红。

[①] "斯塔布斯"在英语中有短粗的意思。

而此时此刻，他似乎心情不错，酒意正浓，边大声嘲笑身边某个同伴讲的话，边朝吧台女郎的方向挥了挥手中的空杯子。他转过身，看到了正朝自己走来的格雷，眼前突然一亮。格雷发现，这家伙应该也在户外待了挺久，皮肤晒黑的程度和格雷不相上下。

"格雷！"他喊道，"哎呀，看到你真让人高兴！到底是什么风把你吹来了！"接着，他看见了格雷的表情，原本的喜形于色敛去了些许，两道浓眉疑惑地皱了起来。

他还没反应过来。格雷已大步来到桌旁，伸手挥落桌上的酒杯，一把抓起斯塔布斯衬衫的胸口处。

"你跟我过来，该死的蠢货，"他的脸紧挨着斯塔布斯的脸，低语道，"否则我现在就杀了你，我发誓。"

接着，他松开手，站在那里，额头两侧的太阳穴充血得厉害。

斯塔布斯揉了揉胸口，一副被冒犯后十分震惊的样子——显然还有些害怕。格雷从他瞪大的蓝眼睛中看出了这一点。斯塔布斯缓缓地站起身，示意同伴们留下。

"没事儿，伙计们，"他装出一副很随意的样子，"这是我表兄——家里有什么急事吗？"

格雷看到其中两个人心照不宣地交换了一下眼神，然后谨慎地望着格雷。好吧，他俩是知情的。

他生硬地朝斯塔布斯做了个手势，让他走在前面，两人装作什么事情也没发生似的，一前一后出了酒馆。然而一到外面，他就抓起斯塔布斯的胳膊，把后者拖到一条小巷的拐角处。他猛地推开斯塔布斯，以至于后者失去了平衡，跌倒在墙边；格雷先是从下面猛踹他，然后跪在他的大腿上，膝盖用力抵住他厚实的大腿肌肉。斯塔布斯发出一声呻吟，像是被人掐住了脖子，没法叫出来。

格雷把手伸进衣袋里掏出那尊塑像，他的手因为愤怒而颤抖，他先让斯塔布斯看了一眼,接着便把塑像狠狠戳在对方脸上。斯塔布斯痛得叫出声,连忙抓住了它,格雷松开了手,摇摇晃晃地站起。

"你怎么敢做这种事?"他的声音低沉而震怒,"你怎么敢让你的妻子和儿子蒙羞?"

马尔科姆大口喘着气,一手捂住疼痛的大腿,慢慢恢复了沉着。

"这没什么,"他回应,"这和奥利维亚没有半点关系。"他咽了一口口水,用手擦擦嘴角,然后小心翼翼地看了一眼手中的塑像。"是小家伙,对吗?不错……小伙子长得不错。还真像我,不是吗?"

格雷又狠狠地朝他的肚子踹了一脚。

"没错,你的另一个儿子也很像你,"格雷压低嗓音,"你怎么能做这种事?"

马尔科姆痛得张大了嘴,却发不出一点声音。他就像一条脱水的鱼,只能挣扎着大口喘气。格雷冷冷地望着他,没有感到一丝同情。他恨不得把眼前这人千刀万剐,然后丢在炭火上活活烧死。他弯下腰,从斯塔布斯无力的手中夺过塑像,重新塞回自己口袋里。

过了许久,斯塔布斯才发出一声痛苦的喘息,之前憋成紫褐色的脸慢慢恢复到正常的砖红。他嘴角积起了一摊唾沫,他舔舔嘴唇,吐了口唾沫,坐起身,气喘吁吁地抬头望着格雷。

"还要继续打吗?"

"暂时先放过你。"

"很好。"他伸出一只手,格雷嘟囔着把他拉了起来。马尔科姆靠在墙上,注视着格雷,呼吸仍很急促。

"是谁给了你扮演上帝的权利,格雷?你是谁,凭什么来评判我,嗯?"

格雷差点又一拳上去，不过勉强忍住了。

"我是谁？"他反问，"我他妈是奥利维亚的表兄！在这块大陆上， 我是和她最亲的男人！至于你，需要我提醒吗？我看有这个必要，你他妈是她的丈夫。评判？你这话是什么意思，你这个无耻的好色之徒？"

马尔科姆咳嗽几声，又吐了一口唾沫。

"好吧，我说过了，这和奥利维亚无关——所以，也和你无关。"他的语气很平静，格雷却看到他喉部的血管猛烈地跳动，眼神也因紧张而游移不定。"这根本没什么。看在上帝的分上，在军队里混就他妈是这样的。每个人——"

格雷用膝盖顶住了斯塔布斯的要害部位。

"你再这样说试试，"他警告，斯塔布斯又跌坐在地，像胎儿似的蜷缩成一团，痛苦地呻吟着。"我们可以慢慢来，我有的是时间。"

格雷突然感到有人在看他，转身发现巷口聚了几个士兵，他们站在那里，犹豫着该怎么办。不过，格雷穿着一身军礼服，虽然衣服已经破旧不堪了，可一眼看去，仍能清楚地辨认出他的军衔。他恶狠狠地瞪了那几个士兵一眼，他们匆忙跑开了。

"我现在就该杀了你，你知道的。"过了片刻，他对斯塔布斯说。不过，格雷已从先前的震怒中慢慢平静了下来，看着脚边的人呕吐不止，他疲惫地续道，"与其让你这种可能会和奥利维亚身边的人——比如她的贴身侍女——私通的流氓苟活于世，还不如让她守寡，至于你能留下什么遗产不重要。"

斯塔布斯含糊不清地嘟囔着什么，格雷弯下腰，揪住他的头发，让他抬起头。

"你在说什么？"

"不是……那样的。"马尔科姆边发出一阵闷哼，边用尽全身力气努力坐起身，蜷起膝盖，喘了几口气，脑袋靠在自己的膝盖上，这才接着往下说。

"你什么都不知道，不是吗？"他声音很低，头也没抬起来。

"你根本没有目睹我所看到的一切，也没有……没有经历过我所经历过的一切。"

"你这是什么意思？"

"那些……那些杀戮，根本不是……真正的战役，也不光荣。死的都是些普通的农夫、妇女……"格雷看到斯塔布斯咽了口唾沫，喉头明显一颤。"我——我们——已经连续屠杀几个月了。洗劫乡间，烧毁农场和村庄。"他叹口气，宽阔的肩膀塌了下来。"那些士兵，他们根本不把这放在心上。其中一半人原本就是粗野莽夫。"讲到这里，斯塔布斯停下来喘了口气。"在一户人家的门口朝男主人开枪，然后在他的尸体旁掳走他的妻子，这些……都是稀松平常的事情。"他咽了口唾沫，"这些可不只是买死人头皮的蒙特卡姆的所作所为。"他的声音依旧低沉。格雷听得出斯塔布斯讲的是真话，他无法回避，那种痛苦的语气绝非肉体上的疼痛可比。

"每个军人都目睹过这样的场面，马尔科姆。"他沉默了片刻，回应道，语气竟变得温柔起来。"你是一名军官，控制好部下是你该做的。"不可能每次都做到，他心想。

"我知道，"马尔科姆忍不住哭出声来，"可我做不到。"

格雷静静地等他哭完，越来越觉得这件事简直蠢透了，心里也越来越不安。终于，宽阔的肩膀停止了抽动，地上的人慢慢平静下来。

又过了片刻，马尔科姆开了口，声音略有些颤抖。

"每个人都需要找一个解脱的办法，不是吗？可选择的余地太窄了。喝酒、赌博，或是女人。"他抬起头，微微转了个身，想换个舒服点的姿势,却痛得做了个鬼脸。"不过你好像对女人不太感兴趣,是吗?"他抬起头,补充道。

格雷心里一沉,可随即又发现马尔科姆只是在陈述事实,并没有指责他意思。

"是的,"他深吸了一口气,回答道,"大多数情况下,我选择喝酒。"

马尔科姆点点头,用袖子擦了擦鼻子。

"喝酒对我来说没啥用,"他说,"喝完我就睡着了,可我根本忘不了。那些场景……会在梦里重现。至于妓女——我——我可不想染病,还有……我也见不到奥利维亚。"他低头喃喃道,"我也不擅长赌博,"他清了清嗓子,"可要是躺在一个女人的臂弯里——我却能安安稳稳地睡上一觉。"

格雷靠在墙边,一下子没了力气,感觉自己也像马尔科姆·斯塔布斯一样被猛揍了一顿。金黄色的枯叶从树上飘落,在他俩身边打转,最终落入泥泞之中。

"好吧,"格雷终于开口,"你接下来想怎么办?"

"不知道,"斯塔布斯似乎已变得逆来顺受,"思考一些问题吧,我猜。"

格雷弯下腰,伸出一只手;斯塔布斯小心翼翼地站起来,朝格雷点点头,摇摇晃晃地向巷口走去。他弓着腰,环住自己,似乎生怕自己的五脏六腑会掉出来。可走到一半,他又停下脚步,回头望了望。

他脸上的表情一半是焦虑,一半是难堪。

"那个塑像——能给我吗?他们仍旧是我的家人,奥利维亚和……我儿子。"

格雷深深叹了口气,感觉自己似乎已在这世间活了千年之久,疲惫不堪。

"没错,他们仍旧是你的家人。"他从口袋里掏出塑像,小心翼翼地把它塞进斯塔布斯的大衣里。"永远记住这一点,好吗?"

◆

两天后,一队运兵船在福尔摩斯海军上将的率领下抵达驻地。小城里突然涌入很多饥渴的男人,未经腌制的鲜肉、刚刚出炉的面包、烈酒和女人,都成了他们竞相追逐的对象。一位信使来到格雷的住处,给他带来哥哥送来的包裹,并转达了上将的问候。

包裹很小,却包装得十分仔细,外面有一层油布,并用麻绳捆得很结实,绳结上印着哥哥的封漆。这不像是哈尔的作风,从他手上寄出的文件通常都是匆匆几笔了事,绝不多说一句没必要的闲话,连署名都很少见,更不用说封漆了。

汤姆·伯德显然也觉得这包裹有点不对劲;他把它单独放在一边,和其他信件隔开,用一大瓶白兰地压住,似乎生怕它跑了似的。也可能是他觉得,格雷在阅读这份厚厚的信件前,需要先喝点酒提提神。

"你考虑得真周到,汤姆。"格雷低语道,微笑着伸手去拿拆信刀。

事实上,包裹里的信件还不到一页纸,既没写称呼,也没有署名,完全是哈尔的作风。

明妮想知道你在那里有没有挨饿,不过我不懂她这么问用意何在,因为答案一定是肯定的。小家伙们想知道你有没有剥掉别人的头皮——他们坚信没有哪个印第安人能有本事剥掉你的头皮;我对此也表示赞同。你回来时,最好能带上三把印第安战斧。

包裹里装了一个镇纸;珠宝商说这是上好的石材打磨的。此外还有一份亚当斯的供认书。他昨天被绞死了。

包裹里还装了一个水洗皮做的小袋子和一份看似很正式的文件，文件的内容写在几张上好的羊皮纸上，折叠整齐，印上火漆——这份文件的火漆是乔治二世的。格雷把文件放在桌上，从他的箱子里拿出一只锡杯，倒了一满杯白兰地，此时的他，对贴身男仆细致入微的洞察力又有了新的理解。

一切准备妥当，他便坐下来，拿起包裹里的小袋子，从里面倒出一个十分贵重的小型镇纸，它的造型是海浪中升起半轮明月，镶嵌着一大块切面蓝宝石，犹如黄昏时分天空中的长庚星。詹姆斯·弗雷泽是从哪儿搞到这东西的？他不禁心生疑问。

他把镇纸拿在手中把玩了片刻，十分佩服工匠精良的手艺，最终把它放在了一边。他抿了一小口白兰地，谨慎地望着桌上那份官方文件，似乎生怕它会爆炸似的。他的担心其实不无道理。

他将文件拿在手中，一阵微风从窗口吹进来，稍稍吹动了他手中的文件，感觉就像是一张鼓起的风帆，下一秒就会被狂风折断了桅杆。

等待无济于事。不管怎样，哈尔肯定知道了文件里的内容；他最终还是会告诉格雷的，不论格雷想不想知道。格雷叹口气，放下手中的白兰地，拆开了封印。

我，伯纳德·唐纳德·亚当斯，自愿供认如下……

这是真的吗？格雷心想。他没见过亚当斯的笔迹，不知这份文件是他本人手写的还是别人听了口述记录下来的——不，等等。他翻到后面几页，查看了署名。是出自同一人之手。好吧，这是他本人写的。

格雷眯起眼睛仔细观察。笔迹似乎非常有力，不像是受过刑的人写的。或许，真的是他本人所写吧。

"我真是个蠢货，"他低声自言自语。"还是赶快看看这该死的文件里写了些什么吧!"

他一口饮尽杯里剩下的白兰地,在石栏上展平信纸,读了起来。父亲之死终于真相大白。

◆

前帕德罗公爵怀疑詹姆斯二世党羽(雅各布派)的存在有一段时间了,并且早就发现了三个参与者。不过,他没有暴露他们的身份,直到后来他自己因被起诉叛国罪而遭发放了逮捕令。得知这个消息后,他立刻通知了亚当斯,把他传唤到公爵位于阿灵顿的乡间住宅。

亚当斯不知公爵对自己参与雅各布派的事了解多少,但也不敢贸然出逃,以免公爵在被捕后告发自己。所以,他带上一把手枪,连夜赶往阿灵顿,天亮之前就到了那里。

他来到公爵宅邸的温室花园外门口,公爵亲自迎接了他,两人进行了"一场对话"。

帕德罗公爵因触犯叛国罪被发放逮捕令的当天,我就知道了。我对此十分不安,因为在那之前,公爵已传唤过我本人和我的部分同党,暗示我们他已经开始怀疑是否有人发动一场企图复辟斯图亚特王朝的秘密行动。

我极力反对逮捕公爵大人,因为我不知道他对这项秘密行动到底了解多少,我担心如果他的安全受到威胁,他会指控我和我的主要同党,即约瑟夫·阿巴斯诺特、克里默勋爵和埃德温·贝尔曼爵士。埃德温爵士此时认为,帕德罗公爵不会对我们造成威胁;他提出的任何指控都会被视为了自保而做出的徒劳辩白,而且,他的被捕势必会让一大批人认为他罪有应得,这样就能分散大众的注意力,我们的计划也就不会败露。

公爵得知自己即将被捕的消息后，当晚就送信到我的住所，通知我立刻赶往他的乡间住宅。我不敢违抗，也不知道他手里到底掌握了什么证据，因而连夜赶往了他的宅邸，在天亮之前到达。

亚当斯在公爵的温室花园里见到了他。不管他们要进行的是一场怎样的对话，其结果必然会引起轩然大波。

我当时身上携带了一把手枪，进入公爵宅邸前，已经往枪里装好了子弹。我这样做只是为了防身，因为我不知道公爵会对我做些什么。

亚当斯此行十分危险。杰拉尔德·格雷，也就是帕德罗公爵，在迎接亚当斯时，也是有备而来。根据亚当斯的陈述，公爵当时已从夹克里掏出了手枪——至于他是想要袭击亚当斯，还是只想吓吓他，就不得而知了——慌乱中的亚当斯也掏出了手枪。双方都开了枪。亚当斯认为，当时公爵的枪应该是走火了，因为以公爵的枪法，那么近的距离，他不可能会失手。

亚当斯的枪没有走火，他也瞄得很准，看到公爵的胸口被鲜血染红，亚当斯仓皇而逃。逃跑时，他回头望了一眼，看见公爵已命不久矣，但仍站在那里，紧紧抓住身边那棵桃树的树枝，想要支撑住自己的身体。公爵用尽了最后一点力气，在倒地前，向亚当斯掷出自己手中那支已毫无用处的枪。

约翰·格雷静静地站在原地，用手指缓缓地摩挲这几页羊皮信纸。他看到的并非亚当斯笔下轻描淡写的寥寥几笔。他看到的是父亲的血。当清晨第一缕阳光穿过温室的玻璃屋顶照射下来时，那一抹暗红，如宝石般美丽夺目。父亲乱蓬蓬的头发，和每次打猎归来时一个样。而父亲身旁的那棵桃树也倒在了温室地上的瓷砖上，再没了从前的生机和繁茂。

格雷把手中文件放回桌上；微风吹乱了纸页，他很自然地拿起哥哥才送给他的新镇纸，压在那几张羊皮纸上。

卡拉瑟斯当初为什么会选择自己作为他的证人？总有些人要来维护世间的秩序。你和你的哥哥就是这样的人，卡拉瑟斯曾如是对他说。你忍受不了世间的邪恶。如果这世界能恢复和平和秩序，那是因为还存在着像你这样的人。

或许吧。他不知卡拉瑟斯是否懂得追求和平和秩序所要付出的代价——但接下来，他又想起了查理憔悴的面容，那个曾经的俊美青年已经不复存在，除了一副形容枯槁的皮囊和顽强的求生意志，一无所有。

没错，查理是知道的。

◆

天刚黑透，他们就上了船。护航舰队包括了福尔摩斯海军上将那艘名叫"罗斯托夫特号"的旗舰，以及其他三艘战舰，名字分别为"松鼠号"、"海马号"和"猎户号"，此外还有好几艘武器单桅帆船，其他船上装备了军需品、火药、弹药和一千八百名士兵。"萨瑟兰号"脱离了舰队，留在后方，它在刚刚超出堡垒射程范围的地方抛了锚，以便注意敌军的动向；河面上有许多浮桶和来来往往的法国小艇。

格雷和沃尔夫一起乘坐海马号，那上面还载着一百多个苏格兰高地人，航行过程中，他们都在甲板上，因为待在船舱会让人的精神过于紧张。

临行前哥哥的告诫一直在他脑海中回荡——不要跟那家伙一起犯傻——可现在后悔已经晚了。为了不再胡思乱想，他和另一位军官进行了一场吹口哨比赛，两人都要吹完一整首《老英格兰的烤牛肉》，谁先笑出声，谁就输。格雷虽然输了比赛，却也不再为哥哥的话烦心。

午夜刚过,几艘大船悄悄收起了帆,抛下船锚,像沉睡中的海鸥一般漂浮在漆黑的河面上。弗伦湾是马尔科姆·斯塔布斯侦察队推荐给沃尔夫将军的登陆点,位于下游七英里处险峻破碎的板岩峭壁脚下,再往前行进就是亚伯拉罕高地。

"你觉得,它是以《圣经》中的亚伯拉罕命名的吗?"听到高地的名字,格雷好奇地问,后来他才得知,原来在峭壁之上有一片农庄,农庄主人名叫亚伯拉罕·马丁,曾是一名领航员。

总的来说,他觉得这名字的由来实在过于平淡无奇。和古代先知,和与上帝的对话,和魁北克堡垒关押了多少义士都无关,反而让这个平淡无奇的名字的由来变得有些戏剧性。

沃尔夫和他精心挑选出来的高地人官兵,当然还有格雷,一起悄悄登上了小型平底船,这些小船将把他们带到下游的登陆点。

湍急的流水声几乎盖过了船桨的划水声,船上的人们也几乎不怎么交谈。沃尔夫坐在领头船的船头,面朝手下的部队,时不时扭头望望岸边。突然,他毫无预兆地讲起话来。他的声音并不大,但深夜里十分安静,船上的士兵们不怎么费劲就能听清他在说什么。令格雷大吃一惊的是,沃尔夫竟是在朗诵《墓园挽歌》。

还真是个浮夸的蠢货,格雷心想——不过他倒也不得不承认,这时候听到《墓园挽歌》竟然让人有几分动容。沃尔夫本无意炫耀。他似乎只是在自言自语,当他朗诵到最后一节时,格雷感到自己浑身一颤。

"'炫炫之豪族,煌煌之王侯,
美貌所招徕,财货所添购,
最终皆难免,灰飞烟灭时。
荣华何足道,百年归丘垄。'"

朗诵到结尾处,沃尔夫的声音越加低沉,只有离他最近的三四个人才能听到。格雷恰好离他很近,能清楚地听到他小声清了清嗓子,看到他的肩膀耸动了几下。

"先生们,"沃尔夫突然提了嗓门,"和攻下魁北克相比,其实我更想写出这样的诗句。"

士兵间传出一阵小小的骚动,有人忍不住笑出了声。

我何尝不这样想呢,格雷心想。写下这首诗的诗人,此时多半正坐在剑桥温暖的炉火旁,吃着黄油烤面饼,根本不用担心从高处跌落,或是屁股被子弹打得开花。

他不知道这是否只是沃尔夫浮夸的性格所致。或许是——也或许不是,他心想。当天早上,他在厕所边曾碰到瓦尔辛上校,瓦尔辛告诉他,前一天晚上,沃尔夫给了他一个吊坠,让他把它带给沃尔夫的未婚妻兰丁汉姆小姐。

不过呢,即将有场硬仗要打时,军人委托朋友保管好自己重要的私人物品是很正常的事。如果你战死沙场或是受了重伤,在战友们发现你之前,你很可能就已被敌人当做战利品掳走了,并不是每个人都能拥有一个值得信任的仆人可以托付遗物。战场上,格雷自己也经常收到朋友们的托付,通常是鼻烟壶、怀表或戒指之类——在克雷菲尔德一役以前,他的好运气在部队里是出了名的。可今晚,没有人托他帮自己保管东西。

他感到水流发生了变化,便本能地换了个姿势,坐在他身边的西蒙·弗雷泽朝相反的方向换了个姿势,结果两人撞在了一起。

"Pardon[①]。"弗雷泽轻声道。前一天晚上,沃尔夫命所有人围在餐桌旁朗诵法语诗,弗雷泽的口音公认是最地道的,几年前,他曾在荷兰和法国人打过仗。一旦有哨兵向他们喊话,总是由弗雷泽负责回应。毫无疑问,此刻弗雷泽连思考问题也用的是法语,拼命想让自己的大脑浸淫在法语思维中,以免嘴里一慌张蹦出英语

---

①法语:不好意思。

来。

"*De rien*①。"格雷用法语低声回应,弗雷泽硬是把笑声憋在了喉咙里。

今晚是个阴天,夜空中飘荡着稀疏的乌云,呈现出条纹状。这是个好现象;这样一来,河面就会在光影分割下支离破碎,河里的岩石和漂浮的树枝也能起到一定隐蔽作用。即使如此,一名优秀的哨兵还是能准确地辨认出河上的舰队。

格雷的脸被冻麻木了,可手掌还在冒汗。他又摸了摸皮带上别着的匕首;意识到自己每隔几分钟就会摸摸它,好像要确保它一定在那里似的,可他忍不住要这么做,并且觉得这种行为没什么大不了。他一直眯着眼睛,密切关注着周围的一切,以防敌人在不经意间暴露出一丝火光,或是哪块由敌人伪装而成的石头稍稍挪动了一下……可他什么也没发现。

还有多远?他心想。两英里?三英里?他还没亲眼目睹过那些峭壁,不确定它们到底位于卡里恩下游多远的地方。

虽然气氛紧张,可"哗啦啦"的流水声和船只轻轻摇晃的节奏还是渐渐使他产生了困意。他摇摇头,打了个大大的哈欠,想要驱散困意。

"*Quel est c'est bateau?*"岸上传来一声叫喊,是有人在用法语问"那是什么船",声音传到船上已变得很微弱,就像是一只夜鸟的鸣叫那样不引人注意。可就在下一刻,西蒙·弗雷泽紧紧握住了格雷的手,力道差点要捏断格雷的骨头。弗雷泽猛吸一口气,放声用法语喊道:"*Celui de la Reine*(是王上的船)!"

格雷咬紧牙关,生怕此时自己发出什么动静,触犯了保佑他们的神明。如果那哨兵要求对一句暗号,他的这只手恐怕从此就残

---

①法语:没关系。

了,他心想。幸好,过了一小会儿,哨兵再次喊道:"*Passez!*[①]"弗雷泽紧握的手终于放开,他大口大口地喘气,活像是一只风箱,然后用胳膊肘轻轻抵了一下格雷,又小声地用法语说:"不好意思。"

"别他妈不好意思。"格雷揉了揉自己的手,小心地弯了弯手指,低声回应。

他们离登陆点越来越近。士兵们开始前前后后转动身体,比刚才格雷的动作还要频繁,他们是在提前检查武器,顺便整理衣服,咳嗽两声,吐几口唾沫,做好登陆的一切准备。离靠岸还有一刻钟时间,可这短短的一刻钟简直能让人精神崩溃——黑暗中传来另一名法国哨兵的喊话声。

格雷的心一下子揪起来,拉扯到旧伤口引发的疼痛让他差点发出喘气声。

"*Qui etes-vous? Que sont ces bateaux?*"法国哨兵怀疑地质问,意思是来者是谁?这些是什么船?

这次,格雷已经做好了准备,主动抓住弗雷泽的手。弗雷泽稍等了一会儿,便朝河岸的方向探出身去,嗓音嘶哑地喊道:"*Des bateaux de provisions! Tasiez-vous—les anglais sont proches!*[②]"格雷差点笑出声,最终忍住了。萨瑟兰号确实就在左近,船上大炮瞄准下游,士兵们当然知道。不管怎样,哨兵竟信以为真,压低了嗓门,回应道:"*Passez!*"船队便顺利地通过了这里,朝最终目的地开去。

船底触到了沙滩,船上一半的人立马跳了下来,把船继续往岸边拖。沃尔夫激动得半跳半跌地上了岸,完全没了之前在船上的严

---

①法语:通过!
②法语:这些是补给船!别出声——英国兵就在附近!

肃。他们在离岸边不远的一处小沙洲上搁浅，其他的船只也都到了岸边，一群黑色的人影如蚁群般聚集起来。

二十四个苏格兰高地人打头阵，试着往上爬——他们只能尽可能清出一条道路，因为峭壁不仅很险峻，还装了铁丝网和削尖的原木——为后面的部队开辟道路。西蒙庞大的身躯一进入黑暗，低声命令士兵们做好准备的时候，他的法国口音就立刻变成以齿擦音为主的盖尔语。格雷倒是相当怀念这样的西蒙。

格雷不知道沃尔夫之所以选择这些高地人，是因为他们善于攀爬，还是因为他更愿意让这些人替他手下的部队来冒这个险。应该是后者吧，他心想。和大多数英国军官一样，沃尔夫不信任高地人，还有些瞧不起他们。不过，其他那些军官至少没有选择和高地人并肩作战——也没有与他们为敌过。

从格雷此刻所在的峭壁脚下，他看不到峭壁上那些高地人，但能听见他们发出的声音：脚步声，挣扎声，碎石滚落的"哗啦"声，用力时发出的咕哝声，他还听出他们用盖尔语呼唤上帝、圣母及各种神明的声音。离他不远的一个高地人士兵从领口掏出一串珠链，亲吻了上面挂着的小十字架，然后又把它塞回去，然后抓住岩壁上长出的一棵小树苗，跳了上去，他身上的苏格兰短裙在空中摇摆，腰间别着的大刀也微微晃动了几下，接着他便被黑暗吞没。格雷又摸了摸自己腰间的刀柄，那把匕首是他的平安符。

他们在黑暗中等待了许久。从某种程度上说，他有些嫉妒高地人，不管可能会遇到什么，起码他们不会感到无聊。峭壁上传来刺耳的挣扎声，脚打滑后发出的呻吟，以及士兵们互相拉扯搀扶声，由此可见，想爬上峭壁几乎是一项不可能完成的任务。

突然，一阵轰鸣和碰撞从上面传来，接着便有几根削尖原木从铁丝网里脱落，从黑暗中掉下来，集结在岸边的士兵们在慌乱中四散逃开。其中一根原木尖头朝下落在离格雷不到六英尺的地方，笔直地插在沙滩上,抖动了几下。岸边的士兵不约而同地退到了沙洲上。

上面的挣扎和呻吟变得越来越微弱,接着便戛然而止。刚才一直坐在石头上的沃尔夫,此时站起身,抬头向上望去。

"他们做到了,"他低语道,兴奋得双拳紧握,格雷也同样为此感到兴奋,"上帝啊,他们真的做到了!"

这是个好消息,峭壁下的士兵们都屏住了呼吸,因为峭壁上还设有一个岗哨。除了风吹动树叶发出的"哗啦"声和河水流动声之外,再无其他声响。

只有一次机会。岸上的士兵们调整了姿势,摸了摸各自的武器,准备好面对上面未知的情况。

上面传来了任何响声吗?格雷分辨不出,他太紧张了,忍不住跑到峭壁一侧去小便。刚方便完,还在提裤子,他听到了西蒙·弗雷泽的声音从上面传来。

"抓住守卫队了,上帝保佑!"西蒙喊道,"快点,伙计们——要不了多久天就亮了,时间紧迫!"

接下来几个小时是在一片混乱中度过的。自从跟随哥哥的军团穿越苏格兰高地运送火炮以来,这是他所经历过的最艰难的尝试。不,事实上,当他在黑暗之中,一条腿卡在岩壁和树之间,脚下三十英尺什么都看不见,仅靠一双手忍着灼烧般的疼痛握住向上攀爬的绳子,承受着二百磅体重时,这比那次的经历更糟糕。

高地人的出现令岗哨里的守卫队大吃一惊,守卫队长刚想逃,就被高地人开枪射中了脚后跟,整支守卫队于是都沦为俘虏。这是最简单的部分,接下来,整支登陆部队都要沿峭壁爬上来。由于高地人已清出一条路——如果这样的路也算是路的话——他们现在不仅准备让登陆部队的所有成员爬到崖顶,还要将十七门重型大炮、十二门榴弹炮、三门迫击炮,以及炮弹、火药、木板、管道等各种能让大炮发挥出威力的必需品运送上去。至少，格雷思索道，等他们完成这项任务后，那条几乎与地面垂直的通道可能就要被踩踏成平坦的放牛小径了。

天空渐渐泛白，格雷站在崖顶，抬头仰望片刻。他正在监督最后一门大炮的运输，他看到船队如燕群般驶回峭壁下的岸边，把河对岸另外一千二百名士兵接了过来。此前，他们被沃尔夫派往河对岸，行军至利未，潜伏在那里的树林中，等待高地人冲锋成功。

峭壁边缘伸出一个脑袋，还肆无忌惮地骂着脏话。那人绊了一跤，摔倒在格雷脚边，格雷这才看清是谁。

"卡特中士！"格雷笑着拉起地上的年轻人，"你怎么也来了？"

"真他妈见鬼，"中士用力拍了拍外套上的灰，愤愤地回答，"我们最好能打场胜仗，别的我就啥都不想说了。"没等格雷回应，他转过身朝峭壁下大吼，"快点啊，你们这群该死的混蛋！你们早餐都吃的是枪子儿么？都他妈给我打起精神！快爬呀，该死的！"

这次极为艰苦的行动最终奏效了，当清晨的阳光照亮亚伯拉罕高地之时，魁北克城墙上的法国哨兵目瞪口呆地望着眼前超过四千英军已摆好战斗队形，兵临城下。

通过望远镜，格雷可以望见城墙上的哨兵。距离太远，无法看清他们的面部表情，可那些惊慌失措的姿态倒是一眼就能看出。眼见一位法国军官先是抓了抓脑袋，然后像驱赶一群鸡似的挥了挥手臂，命令手下冲向各个方向，格雷不禁笑了起来。

沃尔夫站在一座小山丘上，抬起长长的鼻子，仿佛是在呼吸清晨的空气。格雷猜想他八成觉得自己的姿势高贵又威风。他这副尊容让格雷联想到腊肠犬嗅到獾的气味时的样子，沃尔夫警惕又热切的眼神简直和腊肠犬无异。

格雷又何尝不是如此呢？虽然刚刚经历过一个疯狂的夜晚，双手磨掉了皮，小腿备受摧残，扭伤了膝盖和脚踝，外加缺吃少睡，可军中士气却出奇的高昂，士兵们像畅饮了美酒般兴奋不已。格雷知道，他们其实早已累得头昏眼花了。

风中传来微弱的鼓声：那是法国兵们在营地里集合。没过几分钟，他看到法国骑兵们从堡垒中飞奔而来，脸上露出可怕的笑容。看来，对方准备把所有能集结的部队都召集到一起，看到这幅景象，格雷感到腹中一阵抽搐。

这是理所当然的。如今已是九月，冬季就快到了，由于沃尔夫实施的焦土政策，城中和堡垒中的物资根本不够让他们熬过一次长时间的围攻。法军在这里，英军驻扎在他们前方——对双方来说，情况其实很简单，显然法军会在英军之前弹尽粮绝。蒙特卡姆选择全力迎战，因为除此之外，他别无选择。

很多英军士兵都带上了好几壶水和一些食物。开战前，他们可以放松一下，填饱肚子，活动肌肉——不过没有人把视线从正在堡垒前集结的法国兵身上移开。格雷拉伸望远镜，发现虽然有大批部队在集结，可他们绝不是训练有素的军队；蒙特卡姆从乡间征集了不少民兵，其中包括农夫、渔民，以及所谓的"森林猎手"，他还召集了一些印第安人。格雷警惕地注视着那一张张涂满油彩的脸和他们头上抹过油的鸟冠头饰。和马诺克相处的那段日子消除了他对印第安人的恐惧感，在森林里，印第安人可以潜行自如，可换到开阔的地方，面对火炮，他们就有些力不从心了。

蒙特卡姆集结部队的时间短得惊人，似乎他们都早已准备好了。法军开始进军时，太阳还没升到一半高度。

"武器都他妈给我拿稳了，你们这帮混蛋！要是在我下命令前开火，我就把你们的脑袋塞进炮筒里当炮弹！"格雷听到阿洛伊修斯·卡特中士独具特色的声音，虽然隔得比较远，却听得很清楚。描绘得不那么生动的话，就是内容相同的口号声在英军队列间回响了许久。如果说在场的每位军官都用一只眼睛紧盯着法军，那么他们的另一只眼睛一定注视着站在山丘上的沃尔夫将军，眼神中燃烧着期盼的火花。

格雷感到自己的血液在体内翻腾，他不停晃动着两只脚，想要缓解一条腿抽筋引起的疼痛。行进的法军部队停下脚步，单膝跪下，齐发子弹。第二排站着的士兵也同时开火。可距离太远，根本无法起到任何效果。英军部队里发出一阵低沉的抱怨——出于本能和渴望。

格雷的一只手握在腰间的匕首上，久久没有移开，以至于刀柄上的纹路印在了手指上，另一只手则紧握着一把军刀。他在这里并没有发号施令的权力，却还是有一种极为强烈的冲动，想要举起手中军刀，得到士兵们的瞩目，控制他们，团结他们。他甩甩肩膀，想放松一下，然后扫了一眼沃尔夫。

法军又是一阵齐射，这次的距离够近了，前排有几名英军士兵中枪倒地。

"稳住，稳住！"命令如炮火般震慑住了士兵们。导火索散发出浓郁的硫磺味，比火药散发出的烟气更刺鼻；炮兵们也依照命令没开炮。

法军大炮开火了，一发发炮弹猛烈地射向空中，但实际的威力很小，起不到打击作用。法军到底有多少人？格雷思考着。或许是我方的两倍，可这不是问题，不是问题。

汗水从他脸上滑落，他用衣袖擦了擦眼睛。

"稳住！"

敌人越来越近。队伍里有不少骑马的印第安人，他可以看到他们骑着马，聚集在一起，从左侧朝这边碾压过来。这些家伙长得还真是……

"稳住！"

沃尔夫缓缓地举起胳膊，手握军刀，所有人都深吸一口气。沃尔夫身边是他最得意的掷弹兵，他们的队伍整齐划一，硫磺气味的烟雾将他们笼罩其中。

"来吧，你们这群孬种，"格雷身边的士兵喃喃道，"来吧，来吧！"

烟雾飘散到整个战场上，形成低矮的白色云雾。四十步，进入有效射程。

"稳住，稳住，稳住……"有人一直自言自语，想要缓解内心的恐慌。

阳光照射在英军队列里的军官们举起的一把把军刀上，发出耀眼夺目的光芒，军官们重复着沃尔夫的命令。

"稳……住……"

所有的军刀一同挥下。

"开火！"大地被震得摇晃起来。

沃尔夫的喉咙中迸发出一声巨吼，伴随着整支军队的咆哮。他本人也用尽全力挥舞着军刀，和身边敌人进行肉搏。

齐射的威力是毁灭性的，地上很快就堆满了尸体。格雷从一个倒下的法国兵身上跨了过去，趁另一个法国兵装子弹的时机，把军刀插入了他的身体，切开脖子和肩膀，再用力拔出军刀，继续前行。

英军火炮开炮的速度和枪上膛的速度一样快，每一炮都震得人肉疼。他咬紧牙关，躲过一把隐隐约约向他刺来的刺刀，接着他开始大口喘气，孤身一人站在那里，眼睛被浓烟熏得直流泪。

他转了一个圈，胸口猛烈起伏着，似乎失去了方向感。周围的烟太浓了，一时间，他竟无法判断自己身处何地。这不要紧。

突然有一大片模糊不清的东西从他身边经过，同时还发出尖叫，他本能地躲开，跌坐在地。马蹄声从他身边呼啸而过，他还听到了印第安人的叫喊，以及战斧破空的"刷刷"声，幸好那一斧没砍到他脑袋。

"该死。"他喃喃道，接着连忙站起身。

附近的掷弹兵忙得不可开交，他们就像是会移动的小型炮台，默默地走向法国兵身边，丢出炸弹。他听到掷弹兵长官的吼叫，听到炸弹爆炸时震耳欲聋的轰鸣。

一颗手榴弹在离他几英尺的地方爆炸了，他感到大腿一阵剧痛，一块弹片刺穿了马裤，嵌进了肉里，流出血来。

"天呐！"他喊道，这才意识到站在一群掷弹兵对面不是什么明智的选择。他甩了甩脑袋，不再想这些，赶紧离开。

这时，他听到一个熟悉的声音，让他一下子警醒：那是苏格兰高地人狂野的尖叫，叫声中充满极度的愤怒和狂乱的兴奋。那些高地人挥舞着手中的大刀，杀得正欢，他看到其中有两个从浓烟中冲出，苏格兰裙摆下是赤裸的双腿，他们正在追一群法国逃兵。看到这幅景象，他笑得胸口起伏，喘不过气。

他没看到浓烟中还有一个人，直到踩到一个很重的东西，摔了一跤，直接把那人压倒在地。那人大声惨叫，格雷连忙从他身上爬起来。

"对不起。你是——天呐，马尔科姆！"

他跪在地上，弯腰想要躲避浓烟，他用外套掩着，拼命地大口喘气。

"耶稣啊。"马尔科姆的右腿膝盖以下部分不见了，血肉模糊，连骨头都碎了，还在朝外喷血。哦……不对。他的腿还在。它——至少，还能看出有个脚——躺在不远处，还穿着破袜子，外面套着鞋。

格雷扭头呕吐。

吐出的胆汁刺激了鼻腔，他呛得直咳嗽，直泛唾沫。接着他转过身，抓住自己腰间的皮带，把它扯了下来。

"别……"看到格雷准备用皮带扎住自己的大腿，斯塔布斯气喘吁吁地伸出一只手。他的脸色愈加惨白，比他腿上露出的骨头更白。"不用了。还是……还是让我死掉好了。"

"你会死才见了鬼，"格雷简短地回应。

他的手一直在抖，上面沾满滑溜的血液。他试了三次，才把皮带一端穿进另一端的皮带扣里，总算还是成功了，他用力拉紧皮带，斯塔布斯痛得叫唤。

"过来。"他耳边响起了一个陌生的声音，"我们把他抬走。我会——该死！"格雷抬起头，震惊地发现这个高个子英国军官向前一跃，挡住了本来会把格雷的脑袋砸得粉碎的枪托。他下意识地掏出自己的匕首，刺进那个法国兵的腿里。法国兵尖叫着弯下腿，陌生的军官趁机将他推开，一脚踹在他脸上，踩住他的喉咙，用力碾下去。

"我来帮忙。"那个军官冷静地说，他弯腰架起马尔科姆的一只手臂，把他扶了起来。"你扶住另一边，我们送他回去。"他们俩一起把马尔科姆架起来，他的两只手分别搭在两人肩上，他们拉他朝前走，丝毫不在意身后的法国兵还在地上挣扎、呻吟。

马尔科姆一直撑到两人把他送到战场后方、军医忙碌的地方。就在格雷和那位陌生的军官把马尔科姆交给军医时，一切都结束了。

格雷转身，看到士气低落的法国兵如一盘散沙，朝堡垒的方向逃去。英军如洪流般席卷过满目疮痍的战场，他们欢呼着缴获了法军遗弃的大炮。

整场战役持续了不到一刻钟。

格雷坐在地上，脑海一片空白，不知道自己在这里待了多久。

他猜测，时间应该不算太长。

他发现身边站着一名军官，隐约觉得这人似乎有些面熟。是谁呢……哦，对了，是沃尔夫的副官。他还不知道对方的名字。

他缓缓站起身，感到身体僵硬得像一块放了九天的布丁。

沃尔夫的副官仍站在原地。他的双眼望向法军堡垒和逃散的法国兵，可格雷看得出，他根本没看那里。格雷回头望了一眼沃尔夫将军之前站的那座小山丘，将军也不在那儿了。

"沃尔夫将军呢？"他问。

"将军他……"副官话说了一半，艰难地咽了口唾沫，"他中弹了。"

他当然会出事啊，那个蠢货，格雷在心里暗骂，站在那儿当活靶子，不中弹才怪了呢。可接着，他看到副官眼中的泪水，便知道糟了。

"他死了？"他问了个愚蠢的问题，那位副官——他怎么就没想过问问这人的名字呢——点点头，用被浓烟熏黑的袖子擦了擦同样被熏黑的脸。

"他……先是手腕中了一枪，接着身上又中了一枪，就倒下了，想要爬起来，可再次倒在了地上。我帮他翻身……告诉他我们赢了，法国兵都逃跑了。"

"他听明白了吗？"

副官点点头，往喉咙里深吸一口气。"他说——"他顿了顿，咳嗽一声，接着语气变得坚定起来，"他说，知道取得了胜利，便死而无憾了。"

"他真这么说了？"格雷茫然地问。他亲眼目睹过人死亡的过程，而且是很多次，在他看来，当时的情形多半是这样的：即使詹姆斯·沃尔夫临死之前真的说出了什么能让人听清的话，那也是"该死"或"上帝啊"之类的，不过具体说的是什么，端乎于将军的宗教信仰，而格雷对此一无所知。

"嗯，很好。"格雷莫名地自问自答道，然后转身望着远方的法军堡垒。幸存下来的法国兵正如蚁群般朝那里涌去，在逃散的人群中，他发现蒙特卡姆的旗帜在风中飘扬。旗帜下方不远处，有一个穿着将军制服的人骑在马背上，没戴帽子，勾着腰，马鞍上的身体前后摇晃，他手下的军官紧护在两侧，生怕他掉下来。

虽然明显战局已定，至少今天不用再战了，英军还是重组了作战队列。格雷发现，之前那位救了自己性命还帮他把马尔科姆·斯塔布斯从战场上拖下来的高个子军官就在附近，正一瘸一拐地朝他的部队走去。

"那边那个少校，"他推了推沃尔夫的副官，朝高个子军官的方向点点头，"你知道他叫什么吗？"

副官眨眨眼睛，"当然知道。那是斯弗利少校。"

"哦。好吧，该来的终究会来，不是吗？"

◆

福尔摩斯海军上将是沃尔夫的三把手，三天后，他接受了魁北克的投降，沃尔夫和他的二把手蒙克顿准将都已战死沙场，蒙特卡姆也没保住命，不过他是在战争结束后的第二天早上断气的。除了投降，法军别无选择：冬季要来了，堡垒和城区里的人们会在围攻者放弃之前就弹尽粮绝。

战役结束两周后，约翰·格雷回到卡里恩，发现天花在村里像秋风一般无情地传播开来。马尔科姆·斯塔布斯的情人染病身亡，那女人的母亲提出把斯塔布斯的儿子卖给格雷。他礼貌地请求她再等些时日。

查理·卡拉瑟斯也死于天花，他极度虚弱的身体在病毒迅速的侵蚀下最终不堪折磨。格雷掩埋了他,他不希望卡拉瑟斯那只畸形的小手被有心之人盗走,因为不论是印第安人,还是当地居民,都对这类畸形的器官有迷信的崇拜心理。他独自乘了一只独木舟,来到圣劳伦斯河中一座荒凉的小岛上,把卡拉瑟斯的骨灰撒在风中。

葬完老友归来,他发现了一封信,是由哈尔转寄的,写信人是外科医生约翰·亨特先生。格雷看了看瓶里的白兰地还有多少,然后叹了口气,打开信封。

我亲爱的约翰勋爵:

最近,我听闻尼科尔斯先生在春天不幸离世的消息,并从一些言论中得知,公众认为您对他的死负有责任。我认为有必要告诉您,事实上,他的死与您无关,以免您内疚。

格雷慢慢坐在凳子上,目不转睛地盯着信纸。

您的子弹的确击中了尼科尔斯先生,不过这起事故与他的死无关。当时,我就注意到您是朝天上放了空枪——我曾多次向在场的人解释这一点,可他们大多似乎并不在意。子弹的飞行轨迹明显有一个微微上扬的角度,然后才从上方落下来击中尼科尔斯先生。这样一来,子弹的威力就大大减弱了,而子弹本身的大小和重量又可以忽略不计,因而它只是从他锁骨处的皮肤扎了进去,然后被骨头挡住了,并没有造成任何严重后果。

真正导致他死亡的是他体内的动脉肿瘤,他体内与心脏相连的一根大动脉的血管壁有严重缺陷;这种缺陷往往是先天性的。电击产生的压力和决斗时的紧张情绪显然会导致动脉瘤的破裂,恐怕这种紧急情况根本无法进行治疗,几乎是必死无疑。无论怎样都不可能救活他。

您忠实的仆人,
约翰·亨特医生

读完这封信，格雷的心情极为复杂。他感到轻松了不少，没错，这对他来说是一个极大的安慰，就像是从噩梦中醒来的感觉。同时，他心里也觉得有点不公平，甚至气愤。上帝啊，他竟然差点因此被逼婚！当然，他原本也有可能因为这场决斗致残或丧命，不过这种可能性似乎不重要；毕竟，他是名军人——这种事情时有发生。

放下信纸的那一刻，他的手微微颤抖着。感到轻松之余，他心中的感激和些许的愤怒慢慢变成了恐惧。

我认为有必要告诉您……他脑海里出现了亨特医生的脸，响起了他的声音，充满怜悯，善解人意，还透着一丝笑意。看似一句简单的话，可格雷能深深地感受到其中的讽刺意味。

是的，知道埃德温·尼科尔斯并非因自己而死，他的确很高兴。可竟然是亨特医生告诉他的……想到这，他胳膊上就起了一层鸡皮疙瘩，身体也不自觉地发起抖来。

"哦，上帝！"格雷叫出声来。他去过一次亨特家——是去参加亨特夫人举办的一次诗歌朗诵会，她办的沙龙远近闻名。亨特医生向来不参加夫人举办的这些活动，不过有时也会从房间里出来招待一下客人。格雷去的那次，他出现了，还和格雷以及其他几位有科学头脑的绅士们聊了起来，后来，他还邀请他们去参观他的一些很有名的收藏品：鸡冠上移植了一颗人牙的公鸡，两个头的小孩，腹部长出一只脚的胎儿。

亨特并没有多提墙上摆的那些罐子，里面装满眼球、手指、肝脏切片……还有天花板上悬挂的两三具完整的人体骨骼，每具骨骼的关节都被固定得很牢，颅骨顶部还穿了一根皮带。当时，格雷没有怀疑亨特是从哪里用什么手段搞到它们的。

尼科尔斯生前缺了一颗犬齿，缺口旁的那颗门牙也破损得很严重。如果他再次拜访亨特家，没准能亲眼看到一颗缺了牙的颅骨？

他拿起白兰地酒瓶，打开瓶塞，直接对着瓶口喝起来，他喝得很慢，喝了很久，直到瓶子里的白兰地见底。

格雷身边的小桌子上摆满各种文件。那块蓝宝石镇纸下还压着一个包得很整齐的包裹，那是寡居的兰伯特夫人交给他的，当时她脸上挂着泪。他伸出一只手，放在包裹上，间接地感受着从查理指尖传递来的触感，那双手曾轻抚过他的脸颊，曾温柔地包裹着他的心。

你不会让我失望的。

"没错，"他柔声道。"你说得对，查理，我不会让你失望。"

◆

马诺克自愿充当翻译，经过长时间谈判，他以两个金几尼、一张色泽鲜艳的毛毯、一磅白糖和一小桶朗姆酒的价格，买下了这个孩子。孩子的外祖母一直阴沉着脸，格雷猜她不是出于悲伤，只是因为不满和厌倦。她女儿死于天花后，她的生活变得更艰难了。格雷从马诺克口中得知，这老太婆说他们是吝啬的混蛋，法国人可要大方多了。他忍了又忍，才没有再添上一个金几尼。

如今已是深秋，树上的叶子早就掉光了。他穿过小城，朝山顶那座法国小教堂走去，光秃秃的树枝映衬在浅蓝色天空中，犹如单调的黑铁工艺品。教堂周围有几座低矮的房屋，一群孩子在屋外玩耍；其中有几个停下来望着他，可大多数孩子根本没注意他——英国兵在他们眼里并不陌生。

勒卡里神父温柔地接过格雷手中的襁褓，揭开盖在婴儿头上的毯子，望着孩子的小脸。小家伙醒着，伸出小手在空中抓来抓去，神父看了便伸出一只手指，让他抓着玩。

"啊。"他看到婴儿明显的混血儿肤色，不禁感叹了一声，格雷知道，神父以为这个孩子是他的。他本想要解释，可解释又有什么意义呢？

"我们会为他举行天主教徒的洗礼。"勒卡里神父抬头望着格雷说。神父年纪不大，身材很胖，肤色黝黑，胡子刮得很干净，却有一张温柔的面孔。"你不介意吧？"

"不会。"格雷掏出钱包，"给——这是他的生活费。如果你需要让我支付他以后每年的生活费，我每年会再寄五英镑。还有这个——是我的通信地址。"他突然想起了什么，连忙补充道，"记得给我寄他的一撮头发，"他说。"每年都要寄，"他不是不相信神父，只是……只是想让自己放心。

他转身刚想离开，神父却微笑着叫住他。

"先生，这孩子起名字了吗？"

"这——"他一下子顿住了。孩子的母亲肯定给他起了名字，可马尔科姆·斯塔布斯在死去并被运回英国之前，并没有告诉自己孩子的名字。该给他起个什么名字？随他那个不负责任的父亲叫马尔科姆吗？不行。

或许叫查理，以纪念卡拉瑟斯……

……总有一天。

"叫他约翰吧，"他突然说道，然后清了清嗓子。"约翰·西纳蒙。"

"*Mais oui*[①]，"神父点点头，用法语说。"*Bon voyage, monsieur—et voyez avec le Bon Dieu*。[②]"

"谢谢，"格雷礼貌地回应，然后头也不回地转身离开，朝河岸边走去，马诺克正在那里等着与他告别。

（梁涵 译）

---

①法语：那好吧！
②法语：先生，祝您一路平安——上帝与您同在！

乔治·R. R. 马丁

乔治·R. R. 马丁是雨果奖、星云奖和世界奇幻奖得主,曾在《纽约时报》畅销书排行榜第一的作家,著有里程碑意义的奇幻小说"冰与火之歌"系列,被誉为"美国托尔金"。

乔治·R. R. 马丁生于美国新泽西州的贝约恩市,1971年卖出第一篇小说,并迅速成为上世纪七十年代最受欢迎的科幻作家之一。凭借《晨临雾逝》《杀人之前请三思》《第二种孤独》《风港的暴风雨》(与丽莎·图托合著,后扩展为长篇《风港》)、《超载》等精品小说,他当上了本·波瓦主编的《类比》杂志上的明星,他也为《惊奇故事》《奇妙》《银河》及其他杂志献文。1974年他在《类比》杂志上发表的精彩中篇《莱安娜之歌》,为他赢得了第一座雨果奖。

到七十年代末,马丁的科幻作家生涯达到了顶峰,他写出著名的《沙王》——这是马丁流传最广的科幻故事,1980年赢得雨果星云双奖(1985年,马丁的《子女的肖像》又获星云奖),他还写了《十字架与龙》,并于同年赢得雨果奖,这让马丁成为历史上头一位同一年因小说赢得两项雨果奖的作家。此外,马丁的科幻作品包括《孽海花》、《石头城》、《星际女郎》等等。这些小说被收集在小说集《沙王》里,那是同时代最强的选集之一。这时的马丁,基本已离开了《类比》这个杂志阵地,只是八十年代在斯坦利·施密特主管的《类比》上发表了星际旅行家哈瓦德·图夫的系列故事(后被结集为《图夫航行记》)和几个中篇(如《夜行者》);与之相对,从七十年代末到八十年代初,马丁最优秀的作品都出现在《奥尼》杂志上。在七十、八十年代,马丁还出版了具有纪念意义的科幻小说《光逝》,这是他唯一一本独立完成的科幻长篇,他的中短篇被结集为《莱安娜之歌》《沙王》《星与影之歌》《死人唱的歌》《夜行者》和《子女的肖像》。八十年代初,他开始离开科幻领域,投身恐怖小说,写出了长篇恐怖小说《热夜之梦》,并以《梨形男》赢得布拉姆•斯托克奖,《狼皮交易》赢得世界奇幻奖。但在八十年代末,随着恐怖小说市场的滑坡和野心勃勃的小说《末日狂歌》的失败,马丁暂时离开了小说行业,转行成为了成功的电视编剧。在十多年时间里,他在《新阴阳魔界》《侠胆雄狮》这样的电视剧中担任编剧或制片人。

多年以后,马丁在1996年胜利回归小说出版行当,他写出了具有里程碑意义的奇幻小说《权力的游戏》,这开始了"冰与火之歌"的历程。从《权力的游戏》中抽取的单独的中篇《龙之血脉》,在1997年为马丁赢得了雨果奖。"冰与火之歌"系列的其他作品《列王的纷争》《冰雨的风暴》《群鸦的盛宴》和《魔龙的狂舞》,奠定了该系列在现代奇幻文学中不可动摇的地位。马丁最新的作品包括一本巨型回顾选集《梦之歌:乔治•R.R.马丁回顾》、一本中篇合集《星际女郎与密合体》、与加德纳•多佐伊斯及丹尼尔•亚伯拉罕合著的小说《猎人行》。作为编辑,他的"百变王牌"系列长盛不衰,近期有《直线》《自杀的王》等作。

"冰与火之歌"外传系列讲述的是高个邓肯爵士和他的侍从伊戈的故事,它的第一篇《雇佣骑士》曾进入世界奇幻奖决选。这两个人物随即变得炙手可热,他们在外传系列的第二篇《誓言骑士》里再度担任助教。下面这篇生动的中篇小说,是他们的第三次冒险,他们参加了一场险恶的比武大会,所有人都有非同寻常的表现——包括邓肯与伊戈自己!

"邓肯与伊戈"系列最近还出版了图画小说《雇佣骑士》和《雇佣骑士二:誓言骑士》。

神秘骑士

邓克与伊戈离开石堂镇时,夏雨淅淅。

邓克骑老战马"雷霆",一旁的伊戈骑精神抖擞的小驯马"雨水",骡子"学士"跟在后。学士驮着邓克的盔甲和伊戈的书、他们的铺盖卷、帐篷、衣服、许多硬邦邦的咸牛肉条、半壶蜜酒和两皮袋水。伊戈松垮的宽边旧草帽盖在骡子头上,为它遮雨,男孩还贴心地替骡子剪出耳洞。伊戈自个儿戴新草帽——若非耳洞,邓克简直没法分辨两顶草帽。

行到镇门前,伊戈忽然勒马。门上铁矛插了一颗叛徒的人头示众,看样子刚插上不久,血肉中粉色多于绿色,但已吸引了大队食腐乌鸦。死者的嘴唇和脸颊都被撕烂咬穿,眼睛成了两个棕色的洞,缓缓流出红色泪珠,流过干涸的血痂。死者的嘴耷拉着大张开,似乎在向门下的旅人说教。

邓克见过这光景。"我小时候从君临城头的铁矛上偷过一颗人头。"他告诉伊戈。事实上,慌慌张张跳上去偷人头的是"白鼬",因为拉夫和布丁说他不敢,但守卫们冲来制止时,白鼬吓得赶紧把人头往下丢,教邓克抢到了。"某个叛徒领主或强盗骑士的头,也或许只是个普通杀人犯。反正脑袋在枪上插几天都一样。"他和他那三个伙伴用这颗头去吓唬跳蚤窝的女孩,他们在小巷里穷追不舍,非要女生亲一下那颗头才放走。那颗头由此享受了无数亲吻,因为君临城没哪个女孩有白鼬跑得快。这部分故事还是别告诉伊戈的好。白鼬、拉夫、布丁,一群小怪物,而我是其中最坏的一个。他和伙伴们一直留着那颗头,直到血肉变黑、脱落——这样子没法提着它追女孩,所以某天晚上,他们冲进一家食堂,将剩下的半颗头丢进了锅里。"乌鸦先挑眼睛吃,"他告诉伊戈,"那颗头的脸颊会陷下去,血肉变绿……"他眯眼端详。"且慢,我认得这张脸。"

"你当然认得,爵士。"伊戈说,"这就是三天前,那个布道抨击血鸦大人的驼背修士。"

他想起来了。就算散布叛国言论,他仍是服侍七神的神职人员。"他双手沾满哥哥和侄子们的鲜血。"驼背修士向聚集在市镇广场上的群众宣讲,"他召唤影子,在母亲子宫中扼杀了英勇的瓦拉尔王子的骨血。我们的少王子现在何处?他弟弟、甜美的马塔瑞斯呢?贤王戴伦和无畏的破矛者贝勒呢?都死了,都进了坟墓,这个人却活着,这只血口白羽的恶鸟栖息在伊里斯国王肩上,朝他耳中灌输逸言。地狱的印记烙在他脸庞和空洞的眼眶里,是他带来干旱、瘟疫和谋杀。觉醒吧!我呼吁大家,记得狭海对岸我们真正的王。天上有七位天神,地下有七大王国,黑龙有七个儿子!觉醒吧,老爷夫人们。觉醒吧,英勇的骑士和坚强的农夫。让我们推翻邪恶的巫师血鸦,把自己和子孙后代从无尽的诅咒中解放出来。"

每个字都是叛逆。即便如此,看到修士落得如此下场,看到空空的眼眶,他仍觉震惊。"是的,是他。"邓克说,"我们快离开这地方。"他踢了"雷霆"一脚,就着呢喃的细语,与伊戈骑出石堂镇大门。血鸦大人有几只眼睛?谜语如此问,一千零一只。有人说国王之手学习变脸邪术,甚至可化为独眼狗或一团雾;又有人说他派出一群群憔悴的灰狼搜捕敌人,食腐乌鸦也是他的间谍,四处刺探并向他汇报。大多数传说只是谣言,对此邓克毫不怀疑,但同样毋庸置疑的是血鸦的探子满天下。

在君临,他亲眼见过血鸦一回。布林登·河文肤发犹如白骨,而他的眼睛——他只有一只眼睛,另一只在红草原被同父异母的哥哥"寒铁"夺去——红似血滴，酒红色胎记爬过脸和脖子，绰号因此而来。

远离城镇后，邓克才清清嗓子说话："砍修士的头不对。他不过动动嘴皮子，言语就像风。"

"有的言语像风，有的则是叛国。"别看伊戈骨瘦如柴，手肘肋骨都清晰可见，却有张大嘴巴。

"你这会儿说起话来像个堂堂正正的王子了。"

伊戈把这当成挖苦——这确实是。"他的确是个修士，但他布道时歪曲事实，爵士。干旱并非血鸦大人的错，春季大瘟疫也不是。"

"或许如此，但如果要把傻瓜和骗子统统抓来砍头，只怕七大王国一半的镇子都没人住了。"

◆

六天后，雨水已成记忆。

邓克脱掉外衣，尽情享受温暖的阳光洒在皮肤上的感觉，凉风徐徐，犹如少女清新芬芳的吻，令他不禁叹了口气。"水，"他宣布，"闻到没？离湖不远了。"

"我只闻到学士，它好臭。"伊戈用力一拉骡子，"学士"刚才自个儿啃起路边青草来，老毛病又犯了。

"湖边有家老客栈，"邓克做老人的侍从时去过一回，"阿兰爵士说他们家酿的棕色麦酒味道很醇正，我们等船时或许可以来两杯。"

伊戈期待地看了他一眼："好把食物冲下肚，爵士？"

"食物？"

"一刀烤肉？"男孩提议，"一只鸭子？一碗肉汤？有什么吃什么，爵士。"

他们三天没吃热餐了。这三天他们靠树上掉的果子和硬如木头的老咸牛肉条过活。人是铁饭是钢，启程去北境前，弄点真东西填肚有好处。毕竟那个长城远着呢。

"我们还可以在那儿过夜。"男孩继续建议。

"殿下是想睡羽毛床？"

"稻草对我足够了，爵士。"伊戈不服气地说。

"我们没钱住店。"

"我们有二十二个铜分、三个铜星和一枚银鹿，外加那颗带缺口的老石榴石，爵士。"

邓克抓抓耳朵："我记得咱们有两枚银鹿哇。"

"我们是有，但你买了帐篷，就只剩一枚了。"

"如果我们开始住店，很快连一枚都不剩。你想睡贩夫走卒睡过的床，想被他们身上的跳蚤咬醒吗？"邓克嗤之以鼻，"我才不咧，我自个儿的跳蚤不爱陌生人。我们睡星空下就好。"

"星空很好，"伊戈同意，"但土地太硬，爵士，有时能枕个枕头挺不错。"

"枕头是给王子殿下睡的。"伊戈是个合格的侍从，任何骑士都无法挑剔，但他有时会不自觉地流露出王子做派。别忘了，那小子有真龙血脉。邓克只有乞丐的血脉⋯⋯跳蚤窝的人这么说的，要不就说他是早晚被吊死的命。"我们也许可以喝几杯酒，吃顿热饭，但不能把钱浪费在床铺上，那些铜分得留着付船费。"他上次过湖，船夫确实只收了几个铜分，但那是六年、抑或七年前的事，最近物价年年上涨。

"好吧，"伊戈道，"我们可以用我的鞋过湖。"

"我们可以，"邓克说，"但我们不用。"用伊戈的鞋太危险。一传十十传百，消息会很快传播出去。他把侍从剃成光头不是没理由的：伊戈有古瓦雷利亚人的紫眼，头发亮如箔金，中间丝丝银线。若任其留发，跟戴上三头龙胸针没差。如今维斯特洛动荡不安，而且……好吧，能不冒险就不冒险。"你敢再提那该死的鞋，小心我给你一大耳刮子，打得你飞过湖去。"

"游过去更好，爵士。"伊戈水性极佳，邓克却是个旱鸭子。男孩在马上转身，"爵士？有人从路上赶来。听见马蹄声没？"

"我不是聋子。"邓克还看见了灰尘，"匆匆赶路的大队人马。"

"是土匪么，爵士？"伊戈在马鞍上直起身子，兴奋多于恐惧。男孩都这样。

"土匪会比较安静，这么闹腾一定是哪家领主。"邓克松了松鞘里的剑，"不过话说回来，还是闪到旁边让他们先走，谁知道这老爷是什么德行。"小心驶得万年船，路上已不像贤王戴伦时期那么平安了。

于是他和伊戈躲到荆棘丛后。邓克取下盾牌，穿到手上。这面风筝盾又长又沉，有些年头了，松木盾面，铁皮包边，他在石堂镇买来替换被"长寸"劈碎的那面。邓克没时间涂上榆树和流星纹章，所以它还留着前任主人的徽记：吊在绞架下的褴褛灰人。他不会为自己选这样的纹章，但好歹盾牌便宜。

片刻间第一批骑手疾驰而过，那是两个骑骏马的公子哥。枣色马上的少年头戴镀金露面铁盔，盔上饰有三根长羽毛：白羽、红羽和金羽，他坐骑的头冠也有相似的装饰。蓝金二色装饰的黑马跑在枣色马旁，马饰随风荡起阵阵涟漪。两名骑手并辔疾行，呼喝笑闹，长披风迎风招展。

随后是个老爷，姿态较为镇定，他领着长长的队伍，共二十多人，包括马夫、厨子和仆人——看来是服侍这三位骑士的——以及几个亲兵和骑马的十字弓手。十几辆马车满载盔甲、帐篷和补给。

老爷的马鞍上挂着盾牌，盾上纹章是暗橙底色上的三座黑色城堡。

邓克见过这纹章，但在哪里见过的呢？佩戴这纹章的老爷年纪颇大，嘴唇紧闭，面色阴沉，黑白夹杂的胡须修剪整齐。他可能去过杨树滩，邓克猜想，也或许我为阿兰爵士做侍从时在他的城堡服务过。老雇佣骑士多年来辗转于众多城堡和堡垒，以至于邓克连其中一半都记不清。

老爷忽然勒马不前，怒视荆棘丛。"你，藏里面的，快快现身。"老爷身后，两个十字弓手搭上箭矢，余人继续赶路。

邓克从长草中钻出，盾牌穿在左手，右手按住长剑圆头。由于一路骑马奔波，他脸上覆满红棕泥点，腰部以上什么也没穿。他自知是怎么个邋遢模样，但无疑给对方留下更深印象的是他的个头。"无意打扰，大人。我们只有两个人，我和我的侍从。"他招呼伊戈。

"侍从？你自诩为骑士？"

邓克不喜欢对方看他的眼神。这眼神似能将人生吞活剥。看来最好把手从剑上拿开。"我是个寻觅雇主的雇佣骑士。"

"每个被我吊死的强盗骑士都这么声称。你盾上的图案倒挺有远见，'爵士'……若你真是爵士的话。绞架和吊死鬼，这就是你的纹章？"

"不是，大人，我要重新涂。"

"为什么？从尸体上搜刮的？"

"我光明正大拿钱买的。"三个城堡，橙底黑色……在哪儿见过？"我可不是强盗。"

老爷的眼睛犹如两片燧石："你脸上的伤怎么来的？鞭子抽的？"

"匕首割的。不过这不关您的事，大人。"

"关不关由我决定。"

两名年轻骑士已策马返回，查看状况。"在这儿啊，老葛。"黑马骑手说。他是个精瘦优雅的年轻人，五官清秀细致，胡须修剪整洁，闪亮的黑发直垂下颔。他的深蓝色丝绸紧身上衣以金缎镶边，胸前被锯齿状金线四等分，第一块和第三块绣了金提琴，第二块和第四块绣了金剑。他的眼睛和外套一样是深蓝色，其中兴味盎然。"埃林怕你坠马——依我看，这是个苍白的借口，我就要把他甩在马屁股后头吃土了。"

"哪儿冒出两个强盗？"枣色马上的骑手问。

伊戈被他的侮辱激怒："你不该叫我们强盗，大人。我们看见你们风尘仆仆地跑来，还以为你们是强盗呢——所以我们才躲。这位是高个邓肯爵士，我是他的侍从。"

对他这番声明，两位公子哥似乎只当是青蛙叫。"我确信他是我见过的最大号的傻大个，"三根羽毛的骑士宣布。他长了张圆胖的脸，顶着一头深蜂蜜色卷发。"我敢打赌，他有七尺高，试想摔个跟头会有多大动静。"

邓克自觉血气上涌。这个赌你赢不了，他心想。上次伊戈的哥哥伊蒙为他量身高，离七尺正好差一寸。

"这是你的战马吗，巨人爵士？"羽毛装饰的公子哥又问，"宰了它当晚餐倒不错。"

"埃林大人经常失礼，"黑发骑士解释，"请原谅他未经大脑的蠢话，爵士先生。埃林，你得向邓肯爵士道歉。"

"如果必须的话。原谅我吧，爵士？"他不等回答，便调转马头，扬长而去。

另一位骑士留下来："你也去参加婚礼吗，爵士？"

他声音里有种让邓克想要点头鞠躬的气势。邓克按捺住冲动："我们去渡口，大人。"

"我们也一样……但我不是什么大人哟，这里的大人只有老葛和刚才跑开的浪荡子埃林·库克肖。我跟你一样,乃是云游四方的雇佣骑士,人称'提琴手'约翰爵士。"

的确是雇佣骑士会挑的名字,但邓克没见哪个雇佣骑士有这等华丽的打扮、装备和坐骑。端着金饭碗的雇佣骑士,他心想。"我已通报过姓名,我的侍从叫伊戈。"

"非常荣幸,爵士。来吧,与我们同去白墙城,比试几回合,以庆祝巴特威大人新婚。我敢打赌,你会表现不俗。"

自杨树滩的草地之后,邓克再未参加比武会。若能赢得几笔赎金,北上途中就衣食无虞,他盘算。此时盾牌上有三座城堡的老爷出言反对:"邓克爵士急着赶路呢,我们也是。"

提琴手约翰对长辈的劝告浑不在意:"我想亲自跟你比试,爵士先生。我跟世界各地、各个民族的人都比过武,但没见过你这么高的。令尊也很高大吗?"

"我不知道我爹是谁,爵士。"

"我很遗憾。我的父亲也早已去世。"提琴手转向三城纹章的老爷,"邀请邓克爵士做个伴儿吧。"

"我们不需要这种家伙。"

邓克一时语塞。一般而言,高贵的领主不会邀请身无分文的雇佣骑士。我就像他们的仆人。看看这支队伍,库克肖大人和提琴手有马夫照料坐骑、厨子准备饭菜、侍从打理盔甲,甚至还有卫兵保护安全。邓克只有伊戈。

"这种家伙?"提琴手笑道,"哪种家伙啊?大家伙么?瞧他的身量。我们正需要好手,我常听说,年轻人赛过老顽固。"

"傻瓜才这么说。你对此人一无所知,或许他真是个强盗,或许他是血鸦的探子。"

"我不是探子,"邓克道,"还有,大人谈到我时,请不要当我是聋子、死人或身在多恩。"

那对燧石般的眼睛瞪着他:"多恩是个好去处,爵士,我赞成你去。"

"别介意,"提琴手说,"他人老了,向来杯弓蛇影。老葛,我跟此人一见如故,邓肯爵士,您愿赏光随我们去白墙城吗?"

"大人,我……"他怎能跟这等贵人一同宿营?仆人会帮他们搭帐篷,马夫会帮他们梳洗马匹,厨子会给他们每人端上一只烤鸡或一份牛排,而邓克与伊戈只有冷硬的咸牛肉条。"我不能去。"

"你看,"三城纹章的老爷立刻接口,"他有自知之明,知道跟我们不是同路人。"老爷打马上路。"库克肖大人领先半里格了。"

"我又得追着他的小丑服跑了。"提琴手朝邓克抱歉地一笑,"也许咱们还会见面,至少我希望如此。真想跟你比试比试。"

邓克不知如何作答:"比武场上好运,爵士先生。"最后他挤出一句,但约翰爵士业已拨转坐骑,追赶队伍去了。老领主紧跟提琴手,邓克倒是乐见他离开。他不喜欢那对燧石般的眼睛,也不喜欢埃林大人的傲慢。提琴手虽平易近人,但言谈中透着古怪。"两把提琴两柄剑,用锯齿十字隔开,"他一边看着远处的尘土,一边对伊戈说,"是哪个家族?"

"哪个都不是,爵士,我没在任何纹章书里见过这个纹章。"

或许他真是个雇佣骑士。当年在杨树滩,傀儡师"高过头的"坦茜莉问他想在盾牌上涂什么时,邓克自己就发明了纹章。"那个老爷是佛雷家的亲戚?"佛雷家的盾牌上也有城堡,而他们的领地离此不算远。

伊戈翻个白眼:"佛雷家的纹章是灰底上以桥梁连接的两座蓝色塔楼,那个人是橙底上三个黑色城堡。爵士,你看见桥了吗?"

"没看见。"这小子有时候真讨厌。"再对我翻白眼,小心我给你一耳刮子,把你的招子打进脑袋里。"

伊戈挺委屈："我不是这意思——"

"管你什么意思，告诉我他是谁。"

"星梭城伯爵葛蒙·培克。"

"河湾地的领主，对吧？他真的有三座城堡？"

"只在盾牌上有了，爵士。培克家从前是有三座城堡，后来丢了两座。"

"怎么会丢了两座？"

"支持黑龙，爵士。"

"噢。"邓克觉得自己太傻了。又是这档子事儿。

二百年来，王国一直由征服者伊耿与他姐妹们——他们一统七大王国，铸造了铁王座——的后代统治，坦格利安家族以黑底上红色的三头火龙为徽章。十六年前，伊耿四世国王的私生子戴蒙·黑火起兵反叛他嫡生的兄弟。和许多私生子一样，戴蒙沿用了家族纹章，只把颜色反转。叛乱于红草原终结，戴蒙和他的双胞胎儿子在血鸦大人的箭雨下葬身。幸存下来并愿意屈膝的叛军获得赦免，只是要付出领地、头衔或罚金为代价，并都得献出人质以确保其忠诚。

橙底上的三座黑色城堡。"我想起来了。阿兰爵士不爱谈红草原之战，但有回喝多了跟我说他老妹的儿子死在战场上。"老人的声音几乎又在耳边回响，他又闻到老人呼吸里的酒气。"铜分树村的罗杰，他被一位盾牌上有三座黑色城堡的老爷一锤砸碎了脑袋。"葛蒙·培克伯爵。老人至死不知仇家的名字，或许是不想知道。培克伯爵和提琴手约翰一行已成为远方一缕红色沙尘。都十六年前的事了，篡夺者死了，其党羽要么被流放要么被赦免，无论怎样都与我无关。

邓克与伊戈默默走了一段，倾听哀伤的鸟鸣。半里格后，邓克清清嗓子："他说去巴特威的家堡，那离这儿远吗？"

"就在湖对岸，爵士。伊耿王在位时，巴特威伯爵是财政大臣，戴伦王提拔他做了首相，但没干多久。他的纹章是层叠的绿白黄波浪，爵士。"伊戈喜欢卖弄纹章学知识。

"他是你爹的朋友？"

伊戈扮个鬼脸。"我爹从不喜欢他。内战时期，巴特威伯爵的次子加入叛军，长子却支持国王，这样他两边都有果子吃。巴特威伯爵是个见风使舵的人。"

"有人会说这是谨慎。"

"我父亲认为是懦弱。"

啊，他确实会那么认为。梅卡亲王为人强硬、骄傲、挑剔。"要上国王大道，必须经过白墙城，何妨去填填肚子呢？"只消想想，他的肚子就"咕咕"叫唤。"也许哪个婚宴宾客需要护卫保护自己回家啊。"

"你说我们去北境。"

"长城矗立了八千年之久，多挺一会儿没问题。再说还有一千里格要走，多赚几枚银币正好当盘缠。"邓克幻想自己骑在雷霆背上，挑翻盾牌上有三座城堡的阴郁老爷。那真是太美好了。"打败你的是阿兰爵士的侍从。"当他赎回盔甲和战马时我要这样告诉他，"他代替被你杀害的男孩做了爵士的侍从。"老人会喜欢这一幕。

"你不是要参加长枪比武吧，啊？爵士？"

"或许这是个机会。"

"根本不是，爵士。"

"或许我该给你个大耳刮子。"赢两场就够，两场的赎金补偿一场失败，剩下的还够我们像国王那样吃上一年。"若有团体战，我就加入。"比起长枪比武，邓克的体格和力量在团体战中更占便宜。

"按习俗，婚礼不安排团体战，爵士。"

"按习俗，婚礼都安排有大餐。我们要赶远路，干吗不先吃个饱呢？"

◆

看见湖面时，太阳几乎沉没西天，金红色湖水，明亮得像一大片荡漾的铜箔。柳树丛中现出旅馆阁楼，邓克赶紧穿上汗湿的外衣，拿湖水洗了把脸，尽可能洗掉一路行尘，再用湿漉漉的手指梳理夹着金丝的蓬厚乱发。虽然他无法掩饰魁梧的体型和脸上的伤疤，但至少可以看起来不那么像个粗野的强盗骑士。

旅馆比料想的大，是个占地颇广的木制大灰屋，上层搭了几间阁楼，一半建于水中的竿子上。泥泞的湖岸上搭了条粗木板路去渡口，但无论渡船还是摆渡人都不见踪影。路对面有个茅草屋顶的马厩，被环绕干燥的石墙，好在门开着。他们走进马厩院子，发现里面有口井，还有饮水槽。"把马照料好，"邓克吩咐伊戈，"但别让它们喝太多。我去找吃的。"

店主人在打扫阶梯。"坐船？"那女人劈面就问，"来晚啦。太阳落山了，除非碰上满月，否则奈德不会划。他明天一早才会回来。"

"他要多少钱？"

"一个人三铜分，一匹马十铜分。"

"我们有两匹马和一头骡。"

"骡子也收十铜分。"

邓克心算了一下，共计三十六铜分，太贵了。"我上次来，一个人才要二铜分，一匹马六铜分咧。"

"你跟奈德说去，我管不着。床我也没有，夏尼大人和科托因大人各带来一大帮人,店都快挤爆了。"

"培克大人在吗?"杀死阿兰爵士侍从的凶手。"库克肖大人和提琴手约翰是他的同伴。"

"奈德最后一趟把他们摆过去了,"她上上下下地打量邓克,"你跟他们一伙?"

"不,只是路上撞见。"旅馆窗户里飘出阵阵香气,令邓克垂涎欲滴。"不太贵的话,我们想来点你的烤肉。"

"那是一整头野猪,"女人说,"涂过好多胡椒,配上洋葱、蘑菇和碎萝卜。"

"萝卜可以省,就给我们几条野猪肉,再加一大杯你家最上乘的棕色麦酒。这些要多少钱?或许今晚我们还有钱在你家马厩打个地铺?"

最后这句是个错误。"马厩是给马住的,所以才叫马厩。我承认,你倒是有马的块头,但我只看见两条腿。"她拿起扫帚赶他。"别指望我喂饱七大王国的每个人。野猪是给客人享用的,麦酒也是,首先得让大老爷们满意,不能让他们抱怨我这儿缺吃少喝。喏,湖里有的是鱼,断树桩那还有其他流浪汉。他们都自称是雇佣骑士,如果你信的话。"她的语调清楚地表明她自己不信。"也许那帮家伙会分点吃的给你,反正我没有。快滚,老娘忙着咧。"说罢她狠狠砸上旅馆门,邓克甚至不及问断树桩在哪儿。

伊戈坐在马槽上,脚浸在水里,正用那顶大软帽扇风。"今晚吃烤猪吗,爵士?我闻到肉香。"

"是野猪,"邓克不甘心地说,"不过野猪怎比得上上好的咸牛肉?"

伊戈扮个鬼脸:"我吃自己的鞋行不行,爵士?然后用咸牛肉再做一双。牛肉更结实。"

"不行,"邓克尽力忍住笑,"不准你吃鞋,再说一个字你就得吃我的拳头。给我下来。"他在骡背上找到巨盔,朝下投给伊戈。"从井里打点水来泡牛肉。"不泡上很长时间,咸牛肉能把牙崩断。用麦酒泡味道更好,但水也凑合。"不准用马槽里的水,那是你的洗脚水。"

"我的洗脚水能给它调味儿,爵士。"伊戈边说边扭了扭脚趾,但最终还是乖乖照办了。

◆

雇佣骑士不难找。伊戈看见他们的营火在湖边树林中闪烁,两人便牵马和骡子徒步赶去。男孩用一条胳膊夹着邓克的头盔,每走一步都溅出水来。太阳已成西边地平线的暗红余晖,林间很快豁然开朗。这里从前肯定是片鱼梁木林,见证过森林之子统治维斯特洛的时代,如今却只剩一圈白色树桩和纠结的骨白树根。

鱼梁木桩间有两个男人坐在篝火旁,传递着一袋葡萄酒。他们的马在林外草地吃草,武器和盔甲排放整齐。一个年轻得多的男子靠着一棵栗树坐,与其他两人保持距离。"幸会,爵士们,"邓克用愉快的语调打招呼。贸然打扰全副武装的人可不明智。"我是高个邓肯爵士,这孩子是伊戈。能让我们分享营火吗?"

一位矮胖的中年骑士起来致意,他一身破烂华服,长着火焰般的姜黄络腮胡。"幸会,邓肯爵士,你真是个大块头……哦,当然也欢迎你的小朋友。他叫'伊戈'?蛋头的意思?哈,这算哪门子名字?"

"简短的名字,爵士。"伊戈不会傻到承认伊戈是伊耿的简称。至少不会对陌生人承认。

"的确。你的头发怎么了?"

根虫,邓克心想,告诉他是根虫,小子。这故事最稳妥,他们讲得也最多……但有时伊戈会多余地淘气。"我自己剃光的，爵士，不赢得马刺我就一直留光头。"

"高尚的誓言。我是'雾原镇之猫'凯勒爵士。那棵栗子树下坐着加勒敦……呃，波尔爵士。我身边这位好爵士是梅纳德·普棱。"

听到这名字，伊戈竖起耳朵。"普棱……你是韦赛里斯·普棱大人的亲戚吗，爵士？"

"算远亲吧。"梅纳德爵士承认。他又高又瘦，背有点驼，一头长直亚麻色头发。"不过我怀疑大人他会不会认我这个亲。大家都说他是甜李子，我是酸李子。"普棱一身紫袍，但袍子染色差，边沿业已磨损，用鸡蛋大小的月长石扣针扣在肩膀，袍子下他穿茶色粗布衣和有污点的棕色皮衣。

"我们有咸牛肉。"邓克提出。

"梅纳德爵士有袋苹果，"雾原猫凯勒说，"我有腌鸡蛋和洋葱，凑在一起就能开场盛宴咧！请坐，爵士，我们挑了堆好桩子来垫屁股。若我没算错，明儿中午以前我们都得待在这。只有一条渡船，不够载所有人，老爷和他们的跟班当然要优先照顾。"

"帮我卸马。"邓克吩咐伊戈，两人一起为雷霆、雨水和学士解鞍。

待牲口们都吃饱喝足，自行在夜色中走动休息后，邓克才接过梅纳德爵士递来的酒袋。"酸酒总比没酒强，"雾原猫凯勒宣称，"而我们将在白墙城喝到佳酿。据说巴特威大人拥有青亭岛以北最好的窖藏。他和他祖父都做过国王之手，他还很虔诚，家财万贯。"

"钱都是从奶牛身上赚的，"梅纳德·普棱道，"他该用乳房做纹章。这帮巴特威血管里流的是奶，佛雷也好不到哪去，这场牛倌和税吏的联姻，从头到尾伴着铜臭。当年黑龙起兵，奶牛大人派一个儿子帮戴蒙,另一个儿子帮戴伦,自以为立于不败之地,结果两人双双死在红草原,他的小儿子也在春季大瘟疫中病故。他这才忙着续弦,若不赶紧生个儿子,巴特威家怕要绝嗣了。"

"罪有应得,"加勒敦·波尔爵士用磨刀石又磨了一下长剑,"战士痛恨懦夫。"

少年声音里的鄙视引得邓克仔细端详他。加勒敦爵士的衣服料子很好,但又旧又不合身,似乎是传下来的。一丛丛暗棕色头发从他的铁半盔下支出,少年本人矮胖敦实,小眼睛靠得很近,肩膀宽厚,胳膊肌肉发达。他的眉毛犹如两只春天里的滋润毛虫,鼻子像球根,下巴突出。他很年轻,也许只有十六岁,至多不超过十八岁。若非凯勒爵士说他是个骑士,邓克会把他当成侍从。少年脸上没胡子,倒有一堆疹子。

"你当上骑士多久了?"邓克问他。

"够久了,这个月该满半年了。我是在二十多人见证下,被翻斗瀑的莫甘·邓斯特布尔爵士册封为骑士,而我自出生起就在接受骑士训练。我骑马比走路学得快,在第一颗乳牙脱落前就打掉过成人的牙齿。我会在白墙城建功立业,赢得那颗龙蛋。"

"龙蛋?这是冠军的奖品?真的?"最后一条龙半世纪以前死了,不过阿兰爵士见过它的蛋。它们硬得像石头,漂亮得无法直视,老人曾告诉邓克。"巴特威大人怎么搞到一颗龙蛋的?"

"伊耿王在他家老城堡过了一夜,便把蛋送给了他祖父。"梅纳德·普棱爵士解释。

"是为了奖励他的勇气吗?"邓克追问。

凯勒爵士忍俊不禁:"有人会这么讲。不过据说陛下到他家时,老巴特威大人有三个黄花闺女,第二天早上她们的小肚子里就都怀上了王家野种。真是激情一夜。"

这种故事邓克听得多了。若传闻属实,庸王伊耿临幸过王国一半的处女，生下的私生子更是满坑满谷。最糟的是，老国王临死前将他们统统划归正统，无论和酒馆侍女、妓女、羊倌女之流生的野孩子，还是和贵族所生的高贵私生子，概不例外。"这些故事若有一半是真，只怕咱们都成了伊耿老王的私生子。"

"谁说不是呢？"梅纳德爵士打趣道。

"你该和我们一起去白墙城，邓肯爵士，"凯勒爵士怂恿，"你的体格一定能引起某位老爷的注意。或许你能谋到一份好差事。我知道我会的。苦桥男爵乔佛里·卡斯威将会到场，他三岁时我为他做了第一柄剑。一柄松木剑，以适合他的手，我年轻时曾宣誓为他父亲服务。"

"你宣誓用的也是木剑吗？"梅纳德爵士问。

雾原猫凯勒颇有风度地笑了："我保证，那是上好的铁剑，我很乐意用它再向半人马旗宣誓。邓肯爵士，即便你不愿参加长枪比武，总可以陪我们赴婚宴。宴会上有歌手和乐师，杂耍艺人与变戏法的，还有一个滑稽侏儒团咧。"

邓肯皱眉："伊戈和我还有很长的路要走，我们要北上临冬城。伯隆·史塔克大人正招兵买马，打算把海怪从岸边清理干净。"

"北境太冷了，"梅纳德爵士道，"想杀海怪还得去西境。兰尼斯特正营建舰队，准备直捣铁民老巢，一劳永逸地剿灭达衮·葛雷乔伊。在陆上打事倍功半，他会溜回海里。你得在水中逮住他。"

此话有理，但邓克不想跟铁民在海里打，从多恩到旧镇的"白夫人"号上，他曾穿戴盔甲协助船员对抗掠袭者。那是一场孤注一掷的血腥厮杀，他几乎跌进水里，几乎送掉性命。

"王室也该学学史塔克和兰尼斯特的样，"雾原猫凯勒爵士说，"至少亮剑出征。坦格利安在干什么？伊里斯王埋首书本，雷格王子在红堡厅堂里裸奔，梅卡亲王则缩在盛夏厅足不出户。"

伊戈用木棍捅篝火，搅起火星照亮黑夜。邓克欣慰地看到男孩忽略了对他父亲的评价。或许他终于学会了管住舌头。

"要我说，都是血鸦的错。"凯勒爵士续道，"身为国王之手，却不干正事儿，听任海怪们在落日之海上蹿下跳，到处捣乱。"

梅纳德爵士一耸肩。"寒铁去了泰洛西，策划拥戴戴蒙·黑火的儿子们，血鸦的注意力全放在那。他留着王家舰队，以防寒铁渡海。"

"哈，那倒有可能，"凯勒爵士道，"而且许多人会起来响应。血鸦是所有灾祸的来源，这只白蛆在啃噬王国的心脏！"

邓克皱紧眉头，回想起石堂镇的驼背修士。"这种话说出来要掉脑袋的。有人会说你宣扬叛国。"

"说出真相怎叫叛国？"雾原猫凯勒问，"戴伦王在世时，正派人可以直言不讳，不是吗？"他粗鲁地哼了一声。"血鸦把伊里斯供在铁王座上，天知道有没有进一步企图？伊里斯身子虚，他死后河文公爵和梅卡亲王之间必有一场血战，这是首相对决王储。"

"朋友，你忘了雷格王子，"梅纳德温和地指出，"他和他的孩子们——而非梅卡——才是伊里斯的继承人。"

"雷格是个弱智。算了吧，我对他没恶意，但他和他那对双胞胎都不会长命。不管死在梅卡的钉头锤还是血鸦的魔咒下……"

七神在上，伊戈突然大声尖叫，令邓克措手不及。"梅卡亲王是雷格王子的弟弟，他非常爱他，决不会加害哥哥或哥哥的儿子。"

"住嘴，小子，"邓克呵斥他，"诸位骑士没空听你发表意见。"

"你不能阻止我说话。"

"我能，"邓克喝道，"我当然能！"这张碎嘴早晚会害死你，多半把我也搭上。"咸牛肉泡够了，去给咱们的朋友每人撕一条，搞快点。"

伊戈涨红了脸，半晌间，邓克以为这小子还要回嘴。但最终他只是闷闷不乐、摆出十一岁男孩特有的激愤表情照办了。"是，爵士，"他边说边在邓克的头盔里捞牛肉。分发食物时，剃光的头被营火照出红光。

邓克拿了自己那块，对着发愁。泡过的牛肉从木头变成了皮革，仅此而已。他吸吮肉片一角，尝到咸味，试着不去想象旅馆的肉叉上噼啪作响、油脂滴落的烤野猪。

暮色渐深，苍蝇和刺蚊从湖上蜂拥而来。苍蝇对马更感兴趣，但蚊子偏爱人血。不想被咬，就得靠着火，忍受烟气。叮死或红烧，邓克阴郁地想，乞丐的选择。他挠挠胳膊，挪得离火堆更近。

酒袋很快转了回来，那酒又烈又酸。邓克长饮了第二口，传出酒袋。雾原猫讲起黑火叛乱时他如何救了卡斯威男爵的性命。"眼见亚蒙德大人的掌旗官倒下，我即刻跳下马，周围都是叛——"

"爵士，"加勒敦·波尔打断，"你说谁是叛徒？"

"当然是黑火的人。"

火光在加勒敦爵士手中的钢剑上闪烁，他脸上的疹子犹如血红的伤口，他每根肌肉都绷紧得像拉满弦的十字弓。"我父亲为黑龙而战。"

又来了，邓克喷口鼻息，红还是黑？这个问题总会捅娄子。"我确信凯勒爵士无意冒犯令尊。"

"嗯，"凯勒爵士赞同，"红龙黑龙都是过去式，没必要再起争执。小子，我们都是树篱下的兄弟。"

加勒敦爵士把这番话掂量了一番，想弄清自己有没有受嘲弄。"戴蒙·黑火不是叛徒，老王亲手把族剑传给了他。虽然他并非嫡生，但老王明白他的价值，不然怎不把黑火剑传给戴伦呢？老王的意思就是要他君临天下，因为戴蒙是强者。"

一阵沉默。邓克听见火苗轻微的噼啪声,感觉到蚊子在后颈上爬。他挥手赶蚊子,眼睛盯住伊戈,以防男孩有什么非分举动。"红草原之战时我还是个孩子。"眼见没人说话,邓克开口,"但我替一位为红龙而战的骑士当过侍从,此后又服务过一位支持黑龙的骑士。两边都有勇士。"

"都有勇士。"雾原猫有气无力地应和。

"他们是英雄。"加勒敦爵士翻转盾牌,让所有人看见上面的家徽:夜黑底色上射出的红黄火球。"我继承了英雄的血。"

"你是'火球'的儿子!"伊戈惊道。

人们头一次看见加勒敦爵士露出笑容。

雾原猫凯勒爵士凑近查看那孩子,"怎么可能?你多大?昆廷·波尔死在——"

"——我出生之前。"加勒敦爵士替他说完。"我是他转世重生。"他重重地收剑入鞘。"我会在白墙城赢得龙蛋,证明给你们看。"

◆

第二天的事应验了凯勒爵士的预言。奈德的渡船根本不可能载走所有人,科托因大人、夏尼大人及其一干随从当然被优先考虑。即便只载他们,船也得往来几趟,每趟都要花一个多小时。由于湖边全是泥,人们先得铺上木板,将马和马车运上船,到了对岸还得将它们放下。两位大人就谁先登船的问题吵起来——夏尼年长,科托因却觉得自己出身更高贵——这进一步拖延了行程。

邓克无事可做,只能在暑气中干等。"用上我的鞋,就可以先过湖。"伊戈指出。

"我们可以,"邓克回答,"但我们不用。科托因大人和夏尼大人比我们先到，何况他们都是领主。"

伊戈扮个鬼脸："叛徒领主。"

邓克朝他皱眉："什么意思？"

"他们都曾追随黑龙。准确地说，是夏尼大人本人和科托因大人的爹。伊蒙和我常在梅拉昆学士的绿桌上用上色的玩具兵和小旗帜重演当年那场大战。科托因有个四分纹章，其中二分是黑底银杯，另二分是金底黑玫瑰，那面旗帜飘扬在戴蒙军左翼；夏尼和寒铁一起在全军右翼，他在那仗中几乎伤重至死。"

"都是陈年旧账。他们现在好端端地来了，不是吗？可见他们都已屈膝臣服，并得到戴伦王赦免。"

"是的，可是——"

邓克捏住男孩的嘴："管住舌头。"

伊戈管住了舌头。

夏尼的最后一船人刚离岸，斯莫伍德伯爵夫妇却又带着一大帮人赶到，他们只得再等。

雇佣骑士们的小小同盟果然隔夜便土崩瓦解。加勒敦爵士烦躁郁闷，离群索居；雾原猫凯勒爵士断定中午之前他们上不了船，便凭着一面之缘独自去套斯莫伍德伯爵的近乎；梅纳德爵士则去跟旅馆店主聊家常。

"离那人远点。"邓克警告伊戈，普棱身上有些东西他觉得不对劲。"不管嘴上怎么说，他很可能是个强盗骑士。"

他的警告似乎让伊戈对梅纳德爵士更感兴趣。"我还没见过强盗骑士呢。你觉得他是来偷龙蛋的吗？"

"我确定巴特威大人会严加看守他的蛋。"邓克挠着脖子上蚊子咬的包，"你觉得他会在婚宴上展示龙蛋吗？我想见识见识。"

"我可以把我的蛋给你见识，爵士，可惜它在盛夏厅。"

"你的？你有龙蛋？"邓克皱眉俯视男孩，想弄清这是不是个笑话,"哪来的?"

"龙生的,爵士,他们把蛋放进我的摇篮。"

"你想挨一耳刮子吗?世上没有龙了。"

"没有龙,但有蛋。最后一条龙留下五颗蛋,龙石岛上的蛋更多,那些都是在血龙狂舞之前产下的。我的哥哥们都有自己的蛋。伊利昂的蛋像是金子和银子打的,中间有火焰花纹;我的蛋又白又绿,上面有许多涡旋。"

"你的龙蛋。"他们把蛋放进我的摇篮。邓克与伊戈朝夕相处,几乎忘了他是伊耿王子。他们当然会把龙蛋放进他的摇篮。"好吧,别人在场时,千万不能提及龙蛋。"

"我不是傻瓜,爵士。"伊戈压低声音,"总有一天魔龙会回来。我大哥戴伦梦见过,伊里斯王在预言里也读到过。也许孵化的就是我这颗蛋。那不是太美妙了吗!"

"是么?"邓克有些怀疑。

伊戈深信不疑。"伊蒙和我经常假装自己的蛋会孵化。孵出龙来,我们便可以翱翔天际,跟伊耿一世和他姐妹们一样。"

"说得好。要是世上的骑士死个精光,我还可以当御林铁卫队长咧。若这些见鬼的蛋如此珍贵,巴特威大人干吗还拿来送人?"

"向王国上下炫富?"

"我猜也是。"邓克又挠挠脖子,瞥了加勒敦·波尔爵士一眼,眼见对方紧着马鞍带,焦躁地等待渡船。他那匹马不成的。加勒敦爵士骑了匹摇摇欲坠的公马,又老又瘦。"你知道他父亲?为什么叫'火球'?"

"因为他性急如火又满头红发。昆廷·波尔爵士本是红堡教头,我父亲和叔叔们的武艺都是他教的,嗯,高贵私生子们也拜在他门下。伊耿国王允诺提拔他为御林铁卫,于是火球送妻子去当静默姐妹,一心一意等候铁卫出缺。怎料伊耿国王驾崩后,戴伦国王却指名威廉·维尔德爵士。我父亲说是火球和寒铁合谋怂恿戴蒙·黑火称王的，戴伦派御林铁卫去逮捕黑火也是他从中破坏。火球后来还在兰尼斯港门口杀了莱佛德伯爵，把灰狮困在凯岩城。在曼德河渡口，他一个接一个地砍倒庞洛斯伯爵夫人的儿子们，据说只饶过了小儿子，作为对母亲的一点慈悲。"

"他真高尚。"邓克干巴巴地承认，"昆廷爵士也死在红草原？"

"他之前就死了，爵士。"伊戈回答，"他在溪边下马喝水时被冷箭射穿喉咙，放箭的只是个普通弓箭手，没人知道叫什么。"

"普通人只要一心想干掉大人物，也能变得非常危险。"邓克看着渡船缓缓驶过湖。"船来了。"

"它好慢。我们是要去白墙城么，爵士？"

"有何不可？我想看龙蛋。"邓克笑道，"如果我赢得比武大会，咱俩就都有龙蛋了。"

伊戈怀疑地看着他。

"啥？干吗这样看我？"

"我本来可以告诉你，爵士，"男孩庄重地回答，"但你要我学会管住舌头。"

◆

雇佣骑士们被远远安排在下席，离门比离高台近。

白墙城乃四十年前由现任领主的祖父修建，按城堡的标准，几乎算是崭新。它被周围百姓戏称为"奶屋"，因为其墙壁、堡垒和塔楼都由优质的精致白石砌成，石料采自谷地，费尽辛苦翻山越岭运来。城内地板和柱子是有金色纹路的乳白色大理石，头顶梁椽为骨白色鱼梁木的树干。邓克无法想象这一切要花多少钱。

不过，城内大厅比他去过的一些城要小。怎么说头上有屋顶就好，邓克一边想，一边坐到梅纳德·普棱爵士和雾原猫凯勒爵士之间的长凳上。他们三人虽不请自来，仍被接纳参加婚宴，因为在大喜之日拒绝招待骑士会触霉头。

年轻的加勒敦爵士却遭刁难。"火球没有儿子。"邓克听见巴特威大人的总管大声宣告。小伙子激烈反驳，争执中多次提及莫甘·邓斯特布尔爵士，而总管寸步不让。眼见加勒敦爵士手触剑柄，十几个长矛兵站了出来，似乎就要动手——幸亏一位叫卡比·皮姆的大个金发骑士救场。邓克离太远听不清，但见皮姆用胳膊环住总管的肩，微笑着凑在耳边低语了几句。总管皱起眉头，对加勒敦爵士说了些什么，令爵士的脸涨成紫色。他看起来就要哭了，邓克边看边想，或者说想杀人。事后，年轻骑士终于被允许进入城堡大厅。

可怜的伊戈没这么幸运。"领主和骑士才能在大厅用餐。"邓克带男孩进去时，一个管事傲然宣称。"内院搭了桌子，侍从、马夫和士兵去那儿吃。"

若你对他的身份稍有了解，就该立马请他上高台，让他坐上加垫宝座。邓克不太喜欢其他侍从的模样。少数几个与伊戈同龄，但大多是经验丰富的战士，远较其年长，他们早早选择了服侍的生涯而放弃成为骑士。他们有选择吗？只凭骑士精神和一身武艺当不了骑士，价值不菲的战马、长剑和盔甲是最大的门槛。"管住舌头，"把伊戈留在那群人中之前他再次告诫，"他们都是成年人，别多嘴惹事。坐下安静地吃，光听不说话，也许能打听到一些有用的消息。"

至于邓克自己，他很欣慰能有个遮阴之地，有酒有肉。即便雇佣骑士也会厌倦每吃一口得先嚼半个钟头的吃法。下席的食物较为平淡无奇，好在供应充足，邓克觉得这就够了。

但正如老人所说，农夫的骄傲却是贵族的耻辱。"这不是我的位置。"加勒敦爵士向管事激烈抗议。为赴宴,他特地换上干净上衣,一件袖口和领子有金色蕾丝装饰、胸前绣有波尔家族红V形上三个白色圆盘的纹章的衣服,旧归旧但做工精致。"你可知我父亲是谁?"

"毫无疑问,他是一位高贵的骑士和伟大的领主。"管事回答,"跟这里很多人的父亲一样。您要么入席要么离开,爵士先生,对我来说都没差。"

最终,男孩拉长了脸和其他雇佣骑士一起坐到下席。长凳上的骑士挤满了长长的白色大厅,来宾比邓克猜想的多,而且有的客人似乎远道而来。自杨树滩后,他和伊戈没见过这么多领主和骑士,指不定会撞见熟人。我们真该待在树篱下,睡在树丛中。如果被人认出……

仆人在每人身前的桌布上各放下一条黑面包,邓克很高兴能暂时打消疑虑。他横着撕开面包,下面半块拿来当盘子,上面半块顺手吃掉。面包虽陈,但比起咸牛肉是美味,至少不用先在麦酒、牛奶或水里泡软。

"邓肯爵士,你是大红人唷。"当莱维尔伯爵一行昂首阔步地从他们面前走过,前往大厅前方的高位时,梅纳德·普棱爵士说。"高台上那些小姑娘看你看得眼珠都不转,我敢打赌,她们没见过你这样的大个子。你即便坐着,也比厅里的人至少高半头。"

邓肯将背一驼,他已习惯了被人围观,但不代表他喜欢这滋味。"让她们看好了。"

"高台下那位就是'老公牛'。"梅纳德爵士道,"都说是个巨汉,但我看来他唯一称得上巨的也就是肚子。你在他身边就他妈是个巨人。"

"确实如此,爵士,"长凳上另一位骑士说。此人面色灰黄,表情阴沉,一身灰绿服饰,精明的小眼睛在细细的弯眉下靠得很近，一圈修剪整齐的黑胡子环绕嘴巴，头上则有些谢顶。"在这种大场合，你光凭块头就足以名扬天下了。"

"听说'屠夫'布雷肯也要来。"长凳远处有人说。

"我想不会。"绿灰服饰的人道，"这只是为庆祝大人结婚举办的比武会，以校场上的冲刺来荣耀床单下的冲刺，我想奥瑟·布雷肯这等人不会感兴趣。"

凯勒爵士喝了口葡萄酒。"我敢打赌，巴特威大人本人也不会下场，他会坐在阴凉的包厢里为他的代理骑士喝彩。"

"他会亲眼见证他的骑士倒下，"加勒敦·波尔爵士吹嘘，"最后把龙蛋亲手奉上给我。"

"加勒敦爵士乃火球之子。"凯勒爵士向新人解释，"请教尊姓大名，爵士先生？"

"乌瑟·昂德利夫爵士，无名小卒的后代。"昂德利夫的衣服料子不错，干净整洁，但裁剪朴素，一枚蜗牛形状的银扣别住披风。"若你的长枪跟你的舌头一样利索，小伙子，或许你能给那大块头点颜色看。"

趁仆人倒酒的工夫，加勒敦爵士瞥了邓克一眼。"管他块头多大，对上的话，我必胜无疑。"

邓克看着自己的酒杯被斟满。"我剑使得比枪好，"他承认，"最拿手的是战斧。有团体战吗？"他的块头和力量在团体战中大有用武之地，他知道自己会表现不错；长枪比武就是另一回事了。

"团体战？在婚礼上？"凯勒爵士震惊地问，"这怎么可能？"

梅纳德爵士嗤笑一声："婚礼就是一场团体战，结过婚的都知道。"

乌瑟听了吃吃发笑："恐怕这里只有长枪比武，好消息是除龙蛋之外，巴特威大人承诺奖励决胜战的失败者三十枚金龙，半决赛的失败者也各能拿到十枚金龙。"

十枚金龙也不坏，十枚金龙足以买到驯马，这样一来，除了作战，邓克不用再骑雷霆。十枚金龙足以为伊戈打造一套板甲，为邓克置备一顶缝有榆树和流星徽记、堂堂正正的骑士帐篷。十枚金龙足以让我们吃上烤鹅、火腿和鸽子派。

"每轮获胜者还能赢得赎金。"乌瑟爵士边说边挖面包盘子，"传闻有人为比武胜负做庄，巴特威大人不爱冒险，但有的客人赌注阔绰。"

他话音刚落，安布罗斯·巴特威就步入了大厅，艺人阳台上奏起喇叭。邓克和其他人一同起立，目送巴特威挽着新娘，踏过密尔花纹地毯走向高台。那女孩不过十五岁，刚刚来潮，新郎则足有五十岁，刚刚丧偶。她粉粉嫩嫩，他一身灰肤。她的新娘斗篷拖在身后，是亮丽的绿、白和黄三色，看起来又热又重，邓克搞不懂她如何能忍受。下巴壮硕、顶着一头稀疏的亚麻色头发的巴特威大人看起来也又热又重。

新娘的父亲紧跟在新娘身后，牵着年幼的儿子。河渡口领主是个穿蓝灰服饰的瘦子，模样颇为讲究，他那没下巴的四岁儿子还在流鼻涕。随后入场的是科托因伯爵、瑞斯利伯爵及他们的夫人——两位夫人都是巴特威大人与其第一任妻子所生。接下来是佛雷家的女儿们及其各自的丈夫。再后面是葛蒙·培克伯爵、斯莫伍德伯爵和夏尼伯爵，再来是若干次等领主和有产骑士。邓克在这群人中瞥见了提琴手约翰和埃林·库克肖。宴会尚未正式开始，埃林大人却似乎已喝多了。

等这群人走上高台，高桌变得跟下面的长凳一样拥挤。巴特威大人和他的新娘在两把厚软垫的镀金橡木宝座上落座，其他人坐的是扶手雕工奇异的高背椅。宝座后的墙上，自梁橡垂下两面旗：灰底蓝色的佛雷双塔和绿、白、黄的布特维尔波浪。

佛雷大人带领大家祝酒。"敬国王！"他的第一段祝酒词非常简单。加勒敦爵士略略抬抬杯子，邓克跟他碰了杯，也跟乌瑟爵士和其他人碰过。然后大家饮酒。

"敬慷慨的东道主布特威大人，"佛雷第二次祝酒，"愿天父赐他长命百岁、多子多福。"

大家又饮酒。

"敬我心爱的女儿、童贞新娘巴特威夫人，愿圣母让她丰饶多产。"佛雷朝自己的女儿一笑，"希望我年底之前就能抱孙子，最好是双胞胎。所以亲爱的，今晚你可要好好搅拌你老公唷！"

客人们的笑声震动房椽，他们三度举杯。红葡萄酒又甜又浓。

佛雷大人还有话说："敬国王之手布林登・河文大人，愿老妪的明灯为他照亮智慧之路。"他将高脚杯高高举起，一饮而尽，高台上的巴特威夫妇及其他人也有样学样；下席的加勒敦爵士却翻转杯子，将酒全洒在地。

"浪费好酒哇。"梅纳德・普棱爵士叹道。

"我不会为弑亲者干杯，"加勒敦爵士声明，"血鸦不光是巫师，还是个野种。"

"他生来是私生子，"乌瑟爵士温和地赞同，"但他父王临死前已将他划归正统。"他干了杯中酒，梅纳德爵士等人也是如此，厅内却有近半的人放低杯子，甚至像波尔那样干脆倒掉。邓克觉得手中酒杯很沉。血鸦大人有几只眼睛？谜语如此问，一千零一只。

祝酒一轮接一轮，有的仍由佛雷大人发起，有的由其他人倡议。大家为巴特威大人的封君、年轻的徒利公爵喝了一轮，公爵因故缺席婚礼；大家为据说卧病在床的高庭公爵"长刺"里奥的健康喝了一轮；大家还为缅怀高贵的死者们干杯。这倒不错，邓克思慕地想，我很乐意为他们干杯。

提琴手约翰爵士最后一个起来祝酒："敬我英勇的兄长们！我

知道他们今夜都在微笑。"

为明日的长枪比武，邓克本不想喝太多，但每次祝酒后酒杯都被人斟满，而他发现自己确实口渴。"永远不要拒绝一杯葡萄酒或是一角麦酒，"阿兰爵士曾告诉他，"也许要等上一年才有机会再喝。"不为新郎新娘祝酒是失礼的，他告诉自己，当着众多陌生人的面，不为国王和首相干杯则太危险。

谢天谢地，提琴手之后再无人祝酒。巴特威大人笨重地起身，感谢大家光临，并承诺明日的比武定是一场盛会。"宴会正式开始！"

烤乳猪被送上高桌，接着是连羽毛一起烧的孔雀和撒上碎杏仁烤的大梭子鱼——这些美味下席无福消受。他们没吃到烤乳猪，吃的是泡在杏仁奶里、撒了胡椒的咸猪肉；他们没吃到孔雀，吃的是炸得褐黄松脆，肚中塞满洋葱、草药、蘑菇和烤栗子的阉鸡；他们没吃到梭子鱼，吃的是面皮包裹雪白鳕鱼排，配上某种邓克说不上来的可口的棕色酱料。此外，下席还有豌豆粥、黄油芜菁、蜜蘸萝卜和跟"棕盾"本尼斯气味一样浓烈的成熟白奶酪。邓克心满意足，却又一直担心院子里的伊戈吃不好。为防万一，他把半只阉鸡偷偷滑进斗篷口袋，外加几块面包和一小块浓烈的奶酪。

笛子与提琴奏出欢快乐曲，席间话题很快转移到明天的比武。"福兰克林·佛雷爵士在绿叉河一带赫赫有名，"乌瑟·昂德利夫似乎对本地英杰了如指掌，"他是新娘的叔叔，喏，就高台上那位。卢卡斯·内兰来自弗拉格沼泽，实力不容小觑，蟹爪半岛的莫蒂默·鲍格斯爵士的身手跟他在伯仲之间。其他挑战者都是些随从骑士和乡野土豪，其中最强的是卡比·皮姆和绿骑士加尔崔，但他们决非巴特威的女婿黑汤姆·海德的对手。那家伙可狠毒，据说为赢得大人的长女，便杀了其他三个求婚者，还曾把凯岩城公爵挑下马。"

"啥，小泰伯特大人？"梅纳德爵士问。

"不，是老灰狮，春天走的那个。"人们会这样形容春季大瘟疫中过世的人。春天走的。数以万计的人在那个春天病逝，包括一个国王和两个王子。

"别忘了布尔威爵士，"雾原猫凯勒提醒，"老公牛他在红草原杀了四十人。"

"他杀的人每年都在增加，"梅纳德爵士道。"布尔威已是过时人物。看看他，年过六旬的软胖子，右眼几乎瞎掉。"

"不用左顾右盼寻觅冠军了。"邓克身后有人朗声说，"本人在此，爵士先生们，如假包换。"

邓克回头，发现提琴手约翰似笑非笑地站在他后面。此人的白丝上衣拖着红缎镶边的长袖，长度过膝，胸前有一条沉重的银链，链上饰有大颗暗色紫晶，正与其眼睛搭配。光那条链子就抵得上我全副家当，邓克心想。

红酒为加勒敦爵士的双颊添色，他的疹子如同火烧："你是何人，如此大言不惭？"

"在下提琴手约翰。"

"你到底是乐师还是骑士？"

"不才能用长枪良弓奏出甜美乐章。婚礼需要歌手，比武召唤骑士。我可以加入你们吗？巴特威好意邀我上高台，但比起老头和粉嘟嘟的阔太太，我更乐意与我的雇佣骑士弟兄们为伍。"提琴手拍拍邓克肩膀，"劳驾挪个地方，邓肯爵士。"

邓克向旁一让："饭菜快吃没了，爵士。"

"没关系，我知道巴特威的厨房在哪儿。总还有酒吧？"提琴手散发出橙子和酸橙味，还有一丝奇异的东方香料。或许是豆蔻。邓克弄不清，他哪尝过豆蔻呢？

"你不该自吹自擂。"加勒敦爵士告诉提琴手。

"自吹自擂？请您千万原谅，爵士先生，我决不想冒犯火球的儿子。"

少年吃了一惊:"你知道我是谁?"

"虎父无犬子。"

"看,"雾原猫凯勒道,"婚礼馅饼来了。"

六个厨房小弟把装在木轮大推车上的馅饼推进门,那馅饼硕大无朋,烤得棕黄松脆,里面传出阵阵尖叫、扑腾和打闹。巴特威伯爵夫妇走下高台,携手握剑,一起切开馅饼,五十只鸟儿顿时炸了出来,在大厅里乱飞。邓克参加的其他婚宴上,馅饼里装的不外乎白鸽或黄莺,这个馅饼里却装了蓝鸟、云雀、鸽子、白鸽、仿声鸟、夜莺、棕色小麻雀和一只红色大鹦鹉。"一共二十一种鸟。"凯勒爵士说。

"是二十一种鸟屎。"梅纳德爵士道。

"真没情调啊,爵士。"

"你肩上就有鸟屎。"

"馅饼正该这么弄,"凯勒爵士嗅了嗅,扫扫外套,"馅饼象征婚姻,真正的婚姻包罗万象——欢笑与悲伤,痛苦和喜悦,爱情、欲望跟忠诚,不同的鸟代表不同的感情。没有男人知道新娘会带给他什么。"

"她的小穴呗,"普棱道,"还能是什么?"

邓克从桌边抽身:"我想呼吸点新鲜空气。"实际上他想撒尿,但在骑士们之中,最好注意礼节。"请原谅。"

"早去早回啊,爵士,"提琴手说,"杂耍艺人马上登场,闹洞房更不可错过。"

门外的夜风犹如巨兽的舌头舔着邓克。院子里压实的土地似乎在摇晃⋯⋯或许摇晃的是他自己。

比武场的栏杆已在外院中央竖起来,墙边立起三层木看台,巴特威伯爵夫妇及其他高官贵客将坐在阴凉的加垫座位里观看比武。

比武场两头都有很多帐篷，骑士们将在那里穿戴盔甲，一架架比武长枪也准备就绪。风短暂地吹起旗帜，邓克闻到栏杆上的白石灰味。他向内院走去，他必须赶紧找到伊戈，让那孩子去主持人那里为他报名——这是侍从的职责。

然而他对白墙城全然陌生，不知怎的就迷了路。他莫名其妙地来到兽舍外头，猎狗们闻到气味，纷纷咆哮怒号。它们想撕碎我的喉咙，他心想，要么就是馋我斗篷里的鸡。他赶紧原路返回，途中经过圣堂，一个笑得喘不过气的女人匆匆跑过，一名光头骑士拼命追赶。骑士不断跌倒，最后女人只得回来扶他。我应该去圣堂向七神祈祷，让这名骑士作我的第一个对手，邓克心想，但这种想法太歹毒了。我是来撒尿，不是来祈祷的。近在咫尺的地方有段白石阶梯，梯下有个灌木丛。去那儿解。他摸索下去，解开马裤，尿憋得太久，这会儿真是源源不绝。

上头某扇门开了。邓克听见阶梯上的脚步声，靴子跟石头刮擦。"……寒铁不肯赏光，真是大煞风景……"

"寒铁见鬼去，"一个熟悉的声音说，"私生子个个靠不住，连他也不例外。反正，赢下几场胜仗他就会屁颠屁颠地赶来了。"

培克大人。邓克屏住呼吸……也屏住了尿。

"你这是纸上谈兵。"一个比培克更浑厚的嗓音说，隆隆的低音里带着怒气。"奶血老家伙和其他人都指望那孩子一鸣惊人，但光靠光鲜外表和伶牙俐齿可办不到。"

"龙可以办到。王子坚称那颗蛋会孵化。他梦见过，正如他梦见过他兄长们的死。魔龙现世，天下归心。"

"龙是一回事，梦见龙是另一回事。我向你保证，血鸦这会儿可不是在做白日梦。我们需要一个货真价实的战士，不是胡言乱语的痴汉。那孩子当真是虎父无犬子？"

"你只需做好分内事，剩下的我来操心。等我们得到巴特威的钱和佛雷的人马,赫伦堡自会跟进,接着是布雷肯家。奥瑟有自知之明——"

说话人渐行渐远,声音也逐渐远去。邓克终于又能撒尿了。他抖抖命根子,系好马裤。"虎父无犬子。"他喃喃道。说谁呢?火球的儿子?

等他重新登上阶梯,两位说悄悄话的大人已走过庭院。他几乎要出口呼喊,把两位大人瞧个明白,但在最后一刻忍住了。他现在孤身一人,手无寸铁,又喝得半醉。或许是彻底醉了。他站在原地皱了会儿眉头,迈步走回大厅。

厅内正上到最后一道菜,表演开始。佛雷大人的一个女儿用高高的竖琴弹起《两颗跳动如一的心》,弹得差劲极了。一些杂耍艺人互相投掷火炬,一批杂技演员空翻筋斗。佛雷大人的外甥唱起《狗熊与美少女》,卡比·皮姆爵士用木勺在桌上打拍子,不一会儿,整个大厅都吼叫回应:"这只狗熊!狗熊!全身黑棕,覆着毛绒!"卡斯威男爵埋首于桌上一摊葡萄酒里,醉得人事不省,莱维尔伯爵夫人开始啜泣,没人知道她伤心的原因。

葡萄酒杯仍被不断斟满。浓郁的青亭岛红酒让位于本地佳酿——至少提琴手这么声称,邓克完全尝不出区别。席间还供应姜汁葡萄酒,他好奇地尝了一口。也许要等上一年才有机会再喝。他的雇佣骑士同僚们,那些好伙伴,谈起了女人。邓克不知坦茜莉今夜人在何方,罗汉妮男爵夫人他倒知道——无疑在冷沟堡跟老尤斯塔斯爵士睡觉,听老爵士吹着八字胡打呼噜——所以他忍着不去想她。她们想过我吗?他不清楚。

他的忧思被一帮面涂油彩的侏儒粗鲁地打断。侏儒们从一只装有轮子的木猪肚子里冲出,在席间追逐巴特威大人的弄臣,还用充了气的猪膀胱打他,打中就会发出下流的声音。这是邓克多年来见过最好玩的事,他和众人一起哄堂大笑。佛雷大人的儿子入了迷,乃至亲自下场，问侏儒借了个膀胱，哈哈大笑着跑来砸婚宴宾客。邓克这辈子没听过这么难听的笑声，高亢、打嗝似的"咯咯"笑声，令他有种想打男孩屁股，或把男孩直接丢进水井的冲动。他敢拿脏东西砸我的话，说不定我真会动手。

"这门婚事还得感谢这小鬼。"没下巴的小鬼叫嚣着冲过时，梅纳德爵士道。

"怎么说？"提琴手举起空酒杯，路过的仆人为他满上。

梅纳德爵士朝高台瞥了一眼，新娘在喂新郎吃樱桃。"大人开不了小甜心的苞啦。据说新娘早就在李河城跟帮厨小弟私通，时常下到厨房幽会，谁知某天晚上被她的小弟弟盯了梢。他看见姐姐和情夫恩爱云雨，便放声尖叫，厨子和卫兵们匆忙赶来，发现刷碗的小子把大小姐压在揉面用的大理石板上干得正欢，两人都像命名日一样一丝不挂，从头到脚沾满面粉。"

这不可能是真的，邓克心想。巴特威大人领地辽阔，富甲天下，怎可能迎娶一个被厨房小弟玷污过的姑娘，还拿出龙蛋做奖品？河渡口佛雷家族不比巴特威家高贵，唯一的区别是后者的摇钱树是奶牛而前者的是座桥。唉，谁知道老爷们的盘算？邓克咬了几颗坚果，不禁琢磨起偷听到的话。醉鬼邓克，你觉得自己听到了什么？他忍不住又喝下一杯姜汁葡萄酒，因为第一杯的味道太美。喝完后，他把头枕在交叠的胳膊上，休息一下眼睛，烟尘太大了。

◆

等他再睁眼，半数婚宴宾客都起立欢呼："上床！上床！"喊声震耳欲聋，害得邓克从关于"高过头的"坦茜莉和红寡妇的美梦中惊醒。"上床！上床！"他们不依不饶地喊。邓克坐起来，揉揉眼睛。

福兰克林·佛雷爵士一把将新娘抱下高台,男人和男孩们蜂拥而上。高桌边的贵妇们则围住了巴特威大人。莱维尔伯爵夫人一扫愁容,正试图把大人从椅子上拽起来,大人的一个女儿解了大人的鞋,某个佛雷女人脱了他的外衣。巴特威嬉笑着、虚弱地驱打女人们。邓克发现他喝醉了,福兰克林爵士醉意更浓……以至于差点把新娘丢在地上。邓克还没弄明白怎么回事,就被提琴手约翰拖了起来。"这儿!"他大叫,"让巨人来抱她!"

他记得的下一件事,便是爬塔楼楼梯,怀中新娘蠕动。他搞不懂自己怎么还站得稳,女孩没一刻消停,男人们围得水泄不通,一边扯女孩的衣服,一边说要把女孩涂满面粉,再好好揉捏。那伙侏儒也来添乱,在邓克脚边挤来挤去,又叫又笑,还用膀胱揍他小腿。他全神贯注才没被他们绊倒。

邓克不知巴特威大人的卧室怎么走,只是被人推搡簇拥不由自主地前进,等进了房,新娘已满脸潮红,几近全裸,还"咯咯"笑个不停——她全身上下只有左腿的袜子不知怎地幸存下来。邓克同样面红耳赤,这可不是累的,有心人都能发现他明显的勃起,幸好大家的注意力全放在新娘身上。巴特威夫人长得跟坦茜莉一点也不像,但怀抱着半裸的蠕动尤物,仍令他不由得想起后者。"高过头的"坦茜莉,对我来说并不高。他不知能否与她重逢,有些晚上他认定自己梦见了她。不,呆子,你只是梦见她喜欢上你。

巴特威大人的卧房宽敞奢华,地上铺满密尔地毯,墙上的壁龛和烛台中点了一百根香烛,门边还摆了一件镶满黄金和宝石的全套板甲。这间房甚至拥有独立的厕所,那是外墙里的小石室。

邓克终于把新娘放到婚床上,一个侏儒立刻跳上床,抓住她一边乳房玩闹地一挤。女孩厉声尖叫,男人们大乐,邓克见状一把抓住侏儒的衣领,将踢打抗议的他拖离新娘身边。他拎着小矮子,正待将其丢出门,却看见了龙蛋。

巴特威大人将蛋安放在一根大理石台座上，枕着黑色天鹅绒垫。它比鸡蛋大得多，但没他想象中大。蛋表面覆满精致的红色鳞片，在灯光和烛光辉映下闪耀如宝石。邓克放下侏儒，拿起龙蛋，只为了体验一会儿。蛋重得出乎意料，用来砸人头都不会裂开。鳞片摸起来十分光滑，他把蛋拿在手里转，那种深沉、丰富的红色也跟着闪烁。血火同源，他心想，但红色中还有金色斑点和午夜般的黑色涡旋。

"嘿，你！干什么，爵士？"一位他不认识的骑士怒视着他，那是个炭黑胡须、满脸疖子的大汉，但真正让邓克心惊的是骑士浑厚而充满怒气的嗓音。就是他，跟培克在一起的就是他。他正发怔，骑士又道："拜托，赶紧放下，别用你油腻腻的脏手玷污大人的宝贝。否则我对七神发誓，你会后悔的。"

这骑士不若邓克醉得厉害，乖乖照办似是明智之举。于是他小心翼翼地把龙蛋放回枕垫，在衣袖上擦擦手指。"我没有恶意，爵士。"呆子邓克，脸皮比城墙还厚。随后他推开黑须骑士，走出门外。

楼梯上喧哗不断，充斥着兴高采烈的叫闹和女孩儿家的嬉笑——女人们正把巴特威大人送入洞房。邓克不想跟她们照面，所以干脆向上爬，爬到星空下的塔顶，头顶繁星点点，周围是月光中闪耀的苍白城堡。

酒劲上涌，他必须靠着护墙。我疯了吗？为什么去拿龙蛋？他想起坦茜莉的傀儡戏，那条木龙是杨树滩上一切纷乱的导火线。这段回忆总让邓克充满罪恶感。三个好人用生命拯救了一个雇佣骑士，这不合情理，完全说不通。呆子，你要汲取教训：你这种人永远不该与龙或龙蛋打交道。

"看起来像是雪做的。"

邓克转头，提琴手约翰就站在他身旁，穿着那身丝绸和金线织成的衣服，面带微笑。"什么是雪做的？"

"城堡啊，瞧那月光下的白石。你去过颈泽以北么，邓肯爵士？听说那边还有夏雪。你见过长城么？"

"没有，大人。"他干吗提起长城？"我们正要去那里，我和伊戈。我是说去北境，去临冬城。"

"我真想与你们同行。你可以为我带路。"

"带路？"邓克皱紧眉头。"临冬城就在国王大道边上，一路向北就成，不可能错过。"

提琴手笑道："确实不太可能……但有的呆子还是会迷路。"他走到护墙边，俯瞰外面的城堡。"他们说北方人很野，林子里全是狼。"

"大人？你上来做什么？"

"埃林在找我，我不想被他找到。他喝多了很烦人，我是说埃林。我见你溜出那个恐怖的卧室，便偷偷跟上。我跟你坦白，我虽然喝多了，但还没到能应付赤条条的巴特威的程度。"他朝邓克高深莫测地一笑，"我梦见了你，邓克爵士，早在你我相遇之前。那天我在路上看见你，顿时忆起你的面容，仿佛彼此已是老友。"

邓克从未有过如此奇特的感觉，一切恍若昨日重现。我梦见了你。我的梦和你的梦不同，邓肯爵士，我的梦会成真。"你梦见了我？"他用被酒精侵蚀的浑浊嗓音问，"那是什么梦？"

"我梦见，"提琴手讲述，"你一身白衣飘飘，长长的白袍从宽肩垂下。你成了白骑士，爵士先生，你成了御林铁卫的兄弟，七大王国最伟大的骑士。你唯一的使命乃是效忠、保护和侍奉你的国王。"他把手放在邓克肩上。"你一定做过同样的梦。我知道你做过。"

是的，他确实做过。就在老人第一次让我握剑时。"每个男孩都梦想成为御林铁卫。"

"但最终只有七人能披上白袍。成为其中之一，你不高兴吗？"

"我？"公子哥抚摩起他的肩膀，邓克下意识地躲开对方的手。"我可能会高兴吧，也可能不会。"御林铁卫是终身职，发誓不娶妻不封地。也许某天我能找到坦茜莉呢。我为啥不能有老婆孩子？"反正我做什么梦都没用，只有国王能册封御林铁卫。"

"你这样说，是要逼我去夺得铁王座喽？我宁愿教你拉提琴。"

"你醉了。"乌鸦还说八哥黑。

"我醉得很厉害，酒精让一切皆有可能，邓肯爵士。我觉得，你身披白袍的样子犹如天神下凡，但你若不喜欢那身袍子，或许更愿意当领主？"

邓克冲他大笑。"少来，我还想长出巨大的蓝翅膀，上天翱翔咧！反正都是痴心妄想。"

"你嘲笑我。真正的骑士从不嘲笑他的国王。"提琴手听起来很受伤，"等你目睹龙蛋孵化，希望你还记得我的话。"

"龙蛋孵化？孵出活龙？什么，在这里吗？"

"我梦见了。我梦见了白城堡、你和破壳而出的魔龙。我全梦见了，正如我曾梦见我的两位兄长死于非命。当时他们十二岁，我才七岁，所以他们嘲笑我，后来却果真死了。如今我二十二岁，我相信我的梦。"

邓克想起另一场比武会，想起自己在绵绵春雨中和一位王子漫步。我梦见了你和死去的龙，伊戈的哥哥戴伦对他说，庞然巨兽的翅膀遮住整片草场，它倒在你身上，你活下来，龙却死了。后来的事一一应验。可怜的贝勒，梦境如危险的流沙。"如你所言，大人，"他告诉提琴手，"请容我告退。"

"你去哪儿，爵士？"

"上床睡觉。我醉得像条狗。"

"做我的狗吧，爵士。夜晚多么美好，让我们一起嗥叫，惊动天上诸神。"

"你看上我哪点？"

"我看上你的剑。我要你当我的亲信，我要栽培提拔你。我的梦不说谎，邓肯爵士，你一定会得到白袍，我也一定会得到龙蛋。一定，因为我梦见了。也许那颗蛋会孵化，或者——"

身后的门被猛然推开。"在这儿，大人！"两名卫兵登上塔顶，葛蒙·培克大人跟在后头。

"老葛啊。"提琴手慢吞吞地说，"闯进我的卧房做什么，大人？"

"这是塔顶，爵士，你喝多了。"葛蒙大人比了个严厉的手势，卫兵们立刻上前。"让我们扶你回房。拜托，你明天还要上场，卡比·皮姆可不好对付。"

"我想跟好骑士邓肯比试。"

培克面无表情地看了邓克一眼。"再说吧。你必须在第一轮先击倒卡比·皮姆爵士。"

"那么皮姆一定会倒下！他们都会倒下！百战百胜的神秘骑士，即将书写属于自己的传奇！"一名卫兵架起提琴手的胳膊，"邓肯爵士，看来我们必须分别了。"卫兵们将他带下楼梯时，他说。

葛蒙大人和邓克留在塔顶。"雇佣骑士，"他咆哮，"你妈没教你别去龙口拔牙吗？"

"我不知道我妈是谁，大人。"

"我看出来了。他许诺你什么？"

"领主之位。白袍。巨大的蓝翅膀。"

"我许诺你这个：刚才的事若走漏半点风声，便有三尺青锋穿你个透心凉。"

邓克摇晃脑袋，试图清醒一点，结果不管用。他弯腰呕吐。

呕吐物溅到培克的靴子上，大人咒骂连连。"雇佣骑士。"他厌恶地叫道，"这里不欢迎你。真正的骑士不会失礼地不请自来，你们这帮垃圾堆里出来的——"

"哪儿都不欢迎我们，但哪儿都有我们的身影，大人。"酒精壮了邓克的胆，否则他说不出这话。他用手背擦擦嘴。

"记住我的话，爵士，不然你一定会付出代价。"培克大人抖掉靴上污物，转身就走。邓克靠在护墙上，心里不知葛蒙大人和提琴手哪个更疯。

回到大厅，他的雇佣骑士同僚只剩梅纳德·普棱。"你撕她内衣时，她奶子上有没有面粉啊？"对方想知道。

邓克摇摇头，给自己又倒上一杯葡萄酒。他尝了一口，觉得喝够了。

◆

巴特威手下的管事为老爷夫人们在主堡安排了房间，他们的随从则下榻军营。其他宾客要么在地窖里睡稻草搁板，要么在西墙下找地方搭帐篷。邓克在石堂镇买的那顶平凡的油布帐篷不太体面，好歹能遮阳挡雨。好些邻居都没睡，闪亮的丝帐好似夜色中五彩缤纷的灯笼。一顶画满向日葵的蓝色帐篷中传出欢声笑语，另一顶白紫条纹帐篷则飘来做爱的吵闹。伊戈搭的帐篷离其他人有段距离，学士和两匹马在附近徜徉，邓克的武器和盔甲整齐地堆放在城墙脚下。他爬进帐篷，发现自己的侍从正盘腿读书，光头被旁边的蜡烛照得闪闪发亮。

"就蜡烛读书坏眼睛。"读书对邓克来说难如登天，虽然伊戈试图教他。

"我得就着蜡烛,才看得清字儿,爵士。"

"你想吃一耳刮子吗?这啥书啊?"邓克瞥见书页上的明亮颜色,小小的彩绘盾牌镶嵌在字里行间。

"关于纹章的,爵士。"

"你在找提琴手的来历?找不到的。他们不会把雇佣骑士写进书,书里只有老爷和冠军们。"

"我没找他。我在院子看到了其他纹章……桑德兰侯爵来了,大人,他的纹章是绿蓝波浪上三个苍白的贵妇头颅。"

"那个姐妹男?真的?"三姐妹群岛位于咬人湾中,邓克听修士们说那是个堕落的地方,那里的居民个个贪婪,而桑德兰侯爵的姐妹屯更是全维斯特洛最臭名昭著的走私窝点。"远道而来咧,他一定跟巴特威的新娘有啥亲戚关系。"

"完全没有,爵士。"

"那就是冲着这顿饭。三姐妹群岛人吃鱼,对不?总吃鱼早晚会腻。对了,你吃饱没?我给你带了半只鸡和一些奶酪。"邓克掏空斗篷口袋。

"我们吃过排骨,爵士。"伊戈依然埋首书中,"桑德兰大人为黑龙打过仗,爵士。"

"就像尤斯塔斯老爵士?他不坏,对吧?"

"是不坏,爵士,"伊戈道,"可——"

"我看到龙蛋了。"邓克把带来的食物与硬面包和咸牛肉塞到一起,"几乎是全红的。血鸦大人也有龙蛋吗?"

伊戈放低书本。"他凭什么有?出身那么低。"

"他是个私生子,但出身不低。"血鸦虽出于苟合,但父母双方均血统高贵。邓克正待把偷听到的事告诉伊戈,忽然注意到男孩脸上的伤。"你的嘴怎么了?"

"打架了，爵士。"

"给我瞧瞧。"

"流了几滴血而已，我擦过葡萄酒。"

"你跟谁打架？"

"几个侍从，他们说——"

"别管他们怎么说。我怎么教你的？"

"管住舌头，别惹事。"男孩摸摸破嘴唇。"可他们说我父亲是弑亲者。"

小子，他确实是，虽然是无心之过。邓克告诫伊戈几十遍了，别把这样的话放心里。你知道真相，这就够了。在酒肆旅馆或林中营地，流言传得沸沸扬扬，全国上下都晓得梅卡王子在杨树滩上用他的钉头锤砸死了哥哥破矛者贝勒，随之衍生出各种阴谋论调。"假如他们知道梅卡王子是你父亲，决不敢乱说。"没错，他们会在你背后窃窃私语，但不敢当面提出。"你管不住舌头，跟这些侍从说了什么？"

伊戈有些不安。"我说贝勒亲王完全是死于意外。我还说梅卡王子爱他哥哥贝勒，结果亚当爵士的侍从说他爱哥哥爱到想哥哥去死，马洛尔爵士的侍从说他也这样爱着他哥哥伊里斯。所以我才出手，狠揍那些个侍从。"

"我该狠揍你一顿，让你的耳朵跟你的嘴一样肿上一圈。你爹也会这么做。你以为梅卡亲王需要小孩来为他辩护吗？当初他让你跟着我时说过什么？"

"做你忠实的侍从，决不逃避困难和任务。"

"还有呢？"

"遵守国王的律法和骑士的规章，听你的话。"

"还有呢？"

"要么剃发要么染发，"男孩有些不情愿地复诵，"不准把真名告诉任何人。"

邓克点点头。"那小子喝了多少酒?"

"一点大麦酒。"

"瞧见没?是麦酒在说话。言语就像风,伊戈,随它去吧。"

"有的言语像风,"男孩向来顽固,"有的则是叛逆。这是场叛徒的比武会,爵士。"

"啥,他们都是叛徒?"邓克摇头,"即便是真的,那也是陈年旧事。黑龙死了,曾为他而战的人要么跟着完蛋,要么被赦免。何况你说的也不尽然,巴特威大人的儿子为两边都打过仗。"

"这说明他是半个叛徒,爵士。"

"都是十六年前的事!"邓克的酒劲过了,怒气几乎把他冲清醒了。"巴特威大人的总管主持比武会,叫作科斯格罗夫。去找他,替我报名长枪比武。不,等等……别报我的真名。"太多领主在场,或许有人记得杨树滩上的高个邓肯爵士。"就说我是绞架骑士。"平民百姓喜欢比武会上出现神秘骑士。

伊戈摸摸肿得老高的嘴唇。"绞架骑士,爵士?"

"因为这面盾牌。"

"我知道,可是——"

"照我说的做。今晚你书也读够了。"邓克用拇指和食指掐灭蜡烛。

◆

第二天,酷日火辣无情。

城堡的白石被烤出一浪又一浪闪烁的热气,空中弥漫着烘干泥土和踩踏过的青草的味道,没有一丝微风来搅动主堡和城门楼上低垂的绿白黄三色旗。邓克鲜少见到"雷霆"如此烦躁,当伊戈为它紧肚带时，这匹牡马一个劲儿地甩头，甚至朝男孩露出巨大的方形白齿。太热了，邓克暗忖，无论对人还是对马。战马本比普通马烈性得多，而这样的日头，恐怕连圣母也会心生火气。

院子中央，比武已经开始。哈柏特爵士骑一匹黑色服饰的金色骏马，上面画了培吉家族的红白双蛇纹章；福兰克林爵士骑一匹栗色马，坐骑的灰丝搭布上绣有佛雷家族的双塔纹章。两骑相交，红白双色枪干净利落地折断，蓝枪则被粉碎，但两人都没落马。看台上响起一阵喝彩，城墙上的卫兵们也喊了几声，但总体显得稀疏、短暂又空洞。

这样的天，连喝彩都嫌太热，邓克爵士擦擦额上的汗，比武就更受不了了。脑袋里犹如有鼓在敲。让我赢下两场，两场就欢天喜地。

两名骑士在场子尽头调转马，扔下毁坏的长枪，这已是第四回合。我只想一回合决胜负。邓克直到步入赛场才穿上盔甲，但现在已感到铁甲下内衣汗津津地贴紧了皮肤。满身臭汗不是最糟糕的，他安抚自己，一边回忆"白夫人"号上的战斗。那天铁民蜂拥翻过船舷，战后他浑身被鲜血浸透。

培吉和佛雷换好长枪，又踢马上前。马蹄轰隆，扬起团团干裂尘土。这次长枪断裂的巨响让邓克一缩。昨晚喝得太多，吃得太饱。他模糊地记得抱新娘上台阶，又在塔顶与提琴手约翰和培克大人交谈。我去塔顶做什么？似乎谈到了龙，还是龙蛋，或者别的什么，可——

一阵夹杂着欢呼与哀叹的喧哗让他回过神来。邓克发现跑向场子尽头的金马已没了骑手，哈柏特·培吉爵士虚弱地在地上打滚。再过两对就轮到我出场。越早把乌瑟爵士挑下马，就能越早脱下这身该死的盔甲，喝杯冷饮，稍事休息——下一轮比武前，他至少有一小时休息时间。

巴特威大人的胖总管爬到看台顶部,召唤下一对选手。"'挑战者'阿格雷爵士,"他高唱,"蓝尼村骑士,在白墙城的巴特威大人驾前效力。加勒敦·佛花爵士,褐柳院骑士。请上场证明你们的勇气吧。"看台上笑成一团。

阿格雷爵士身材消瘦,皮肤犹如皮革,作为一名久经沙场的随从骑士,穿的是凹痕点点的灰甲,坐骑没有装饰——邓克了解这类人,他们跟旧靴子一样坚韧,行事干净利索。他的对手,年轻的加勒敦爵士骑在那匹可怜的小牡马上,身披沉重的全身锁甲和没有面罩的铁半盔,手臂上的盾牌画有乃父的火球纹章。他需要胸甲和防护更严密的头盔,邓克心想,这样的装备,若是头上或胸前挨一记,会死人的。

加勒敦爵士显然被出场介绍激怒了。他火气冲天地拨转坐骑,朝场子里众人叫嚣:"我乃加勒敦·波尔,不是什么加勒敦·佛花。司仪,你会为你的嘲弄付出代价。我正告你,我身上流着英雄的血。"总管不屑现身,年轻骑士的抗议只引发了更多笑声。

"为啥笑话他?"邓克大声问,"就因为他是私生子吗?"佛花是给予河湾地的贵族私生子的姓。"褐柳院又是咋回事?"

"我去打听,爵士。"伊戈道。

"不用了,不关咱们的事。我的头盔呢?"阿格雷爵士和加勒敦爵士在巴特威大人夫妇面前垂下长枪致敬。邓克发现巴特威大人倾身附耳对他的新娘说了什么,女孩便"咯咯"笑起来。

"这儿,爵士。"伊戈戴上了草帽为眼睛遮阴,避免阳光直晒光头。邓克平素喜欢拿那顶帽子跟男孩开玩笑,现在却情愿付出一切交换它。在这样的烈日下,草帽比铁帽合适多了。他拨开眼前的头发,双手将巨盔摆正,在颚下系紧。沉重的铁盔压在脖子和肩膀上,衬里一股汗臭,他的头还因昨天的酒而隐隐作痛。

"爵士,"伊戈说,"退赛还不晚。若你输掉雷霆和这副盔甲……"

我的骑士生涯就到头了。"凭啥是我输?"邓克质问。阿格雷爵士和加勒敦爵士骑向场子两头。"又不是对上狂笑风暴。这里哪个骑士能作我对手?"

"几乎每个骑士都能,爵士。"

"我赏你一大耳刮子。乌瑟爵士比我大上十岁,身材又只有我一半。"阿格雷爵士放下面罩,加勒敦爵士没面罩可放。

"杨树滩之后你就没上过场,爵士。"

无礼小子。"我练过。"当然算不上正规训练,但只要条件允许,他便会骑马刺木靶或铁环,有时还命伊戈上树,在高度合适的树枝上悬一面盾牌或木桶板。

"你使剑比使枪来得顺手,"伊戈续道,"如果拿斧头或钉头锤打,没几个人比得上你的力量。"

话中真相让邓克更烦。"这里不比剑,更不比钉头锤。"他尖刻地指出。火球的儿子和阿格雷爵士策马冲锋。"拿我的盾牌来。"伊戈扮个鬼脸,跑去取盾牌。

场子对面,阿格雷爵士的长枪击在加勒敦爵士的盾牌上,刮了开去,在火球上划出一道长沟;波尔的长枪却正中胸甲,力道之猛,竟震断了对手的鞍带,骑士连同马鞍一起滚落尘土,令邓克大开眼界。这孩子就跟他夸耀的一样强。不知这样的表现能否平息嘲笑。

喇叭奏响,声音大得令邓克一缩。司仪又爬上看台。"卡斯威家族的乔佛里爵士,苦桥男爵和渡口守护者。雾原镇之猫凯勒爵士。请上场证明你们的勇气吧。"

凯勒爵士的盔甲材质上佳,但年岁久远,布满凹痕刮痕。"圣母慈悲,邓肯爵士,"上场前他告诉邓克与伊戈,"让我对上卡斯威大人。我来此正是为了见他。"

若说今天场子上有谁比邓克的状态还差，非卡斯威大人莫属，这位男爵昨晚在婚宴上喝得酩酊大醉。"昨晚这一醉，他能上马已是奇迹，"邓克道，"你定能获胜，爵士。"

"噢，不，"凯勒爵士精明地一笑，"想吃奶油的猫懂得何时撒娇何时亮爪子，邓肯爵士。一旦大人的枪轻擦过我的盾牌，我就会翻滚在地。而后当我把坐骑和盔甲交给大人时，我会恭维大人自我给他做了第一把剑以来，力量有多大长进。他会想起我，而我将再次成为卡斯威家的人，苦桥骑士。"

这毫无荣誉可言。邓克几乎脱口而出，但最终只咬了咬舌头。凯勒爵士不是头一个用荣誉换来火炉旁温暖位置的雇佣骑士。"如你所说，"他喃喃道，"祝你好运。呃，或者说厄运，如果你喜欢的话。"

乔佛里·卡斯威大人是个瘦弱的二十岁青年，好歹全身甲胄的样子比起昨天栽在一摊葡萄酒中要威武。他盾上画一只手挽长弓的黄色半人马，白丝马饰上有同样的半人马，头盔顶上则有个黄金半人马。用半人马当纹章的人不该骑得这么歪扭。邓克不知凯勒爵士的长枪技巧如何，但以卡斯威大人骑马的姿势判断，任谁能把他挑下马。雾原猫只需高速冲锋。

伊戈捉住雷霆的缰绳，邓克沉重地翻上僵硬高耸的马鞍，他一边等，一边察觉到自己成了众人瞩目的焦点。他们想瞧瞧大个子雇佣骑士的能耐，邓克告诉自己，我会证明给他们看。

雾原猫果不食言。卡斯威大人的长枪边跑边颤，凯勒爵士则故意乱瞄，两人的坐骑都不过是慢跑。结果当乔佛里大人的枪碰巧擦到雾原猫的肩膀，他便应声而倒。我还以为猫着地都很优雅呢，眼看雇佣骑士在尘土中打滚，邓克心想。卡斯威大人的枪并未折断，他调转马头，反复向空中高举长枪，好像刚打败了长刺里奥或狂笑风暴。雾原猫摘下头盔，慌乱地追赶坐骑。

"盾牌。"邓克吩咐伊戈,男孩听命呈上。邓克将左臂穿过绑带,握紧把手。风筝盾的重量让他安心,但其长度又显得颇为笨拙,再次看见吊死鬼纹章更让他泛起阵阵不安。这是个不祥之兆。他决心尽快换个图案。愿战士保佑我顺利冲刺,利落获胜。巴特威的总管登上阶梯时,他默默祈祷。"乌瑟·昂德利夫爵士。"司仪高唱,"绞架骑士。请上场证明你们的勇气吧。"

"小心啊,爵士。"伊戈把比武长枪递给邓克时警告道——那是一根十二尺长的锥形木棍,顶端有个拳头形状的光滑铁头。"那些侍从说乌瑟爵士骑术出色,动作也很快。"

"动作很快?"邓克喷口鼻息,"盾牌上画了只蜗牛,能快到哪儿去?"他双腿一夹雷霆的马腹,催马缓缓前行,长枪竖起。一场胜利就不会亏本,两场胜利便能赚一笔。对上这帮人,两场胜利不算是非分之想。至少他抽了个好签,真的,他本可能对上老公牛或卡比·皮姆爵士或其他地方好手。邓克不知大会主持是否故意让雇佣骑士们相互配对,好让真正的贵族免遭首轮被下等人击落下马的耻辱。没关系了,老人常说"千里之行始于足下",我现在要把注意力全放在乌瑟爵士身上。

比武选手在巴特威大人夫妇安坐的看台下相会,伯爵夫妇坐在城墙阴凉中的软垫上观看。佛雷侯爵陪坐旁边,膝上抱着他那鼻涕虫儿子。虽然足有一排侍女为他们打扇,巴特威大人锦缎外衣的腋下仍现出汗印,巴特威夫人的头发更是汗湿成一股一股的——她看上去百无聊赖,热得很不自在,但当她瞄见邓克,却努力挺起胸脯,让邓克在头盔下面红耳赤。他垂下长枪向她和她夫君致意,乌瑟爵士也一样。巴特威祝愿他们比武好运,他老婆吐了吐小舌头。

就是现在。邓克跑到比武场南端,八十码外,他的对手也就位。乌瑟爵士的灰公马体积比雷霆小,但更年轻活泼。爵士身穿绿色瓷釉板甲和银色锁甲,轻便的圆铁盔饰有绿色和灰色的丝流苏,绿色盾牌上画了一只银色蜗牛。好盔甲和好马意味着一大笔赎金，只要将他挑下马。

喇叭奏响。

雷霆开始小跑。邓克把长枪放低朝向左侧，越过马头和选手之间的木栏。盾牌保护着他的左侧。他伏身前进，腿脚夹紧雷霆，隆隆前进。我们是一体。人、马和长枪，合为一头血肉、木头与钢铁的野兽。

乌瑟爵士也猛冲而来，灰马扬起漫天尘土。只剩四十码，邓克催雷霆加速，将长枪尖头正对那只银色蜗牛。烈日，尘土，暑气，城堡，巴特威大人和他的新娘，提琴手与梅纳德爵士，骑士，侍从，马夫，百姓，统统消失，他眼中只有敌人。他又踢了一下马刺，雷霆全速奔跑。蜗牛如电光火石般向他迫近，随着灰马长腿的蹬踏而不断放大……上面还有乌瑟爵士寒光闪闪的枪头。我的盾牌很坚固，足可承受这一击。我只需对准蜗牛。粉碎那只蜗牛，去赢得胜利。

十码开外，乌瑟爵士将长枪微微上扬。

长枪相交时，邓克耳边一声轰响。他感到胳膊和肩膀上的后坐力，但他刺偏了目标。挟人马猛冲之势，乌瑟的长枪铁头正中他眉心。

◆

邓克醒来时仰面朝天，直盯着拱顶天花板，有那么一会儿，浑不知置身何处，从何而来。他脑袋里"嗡嗡"作响，人脸乱飞——老爵士阿兰、"高过头的"坦茜莉、"棕盾"本尼斯、红寡妇、"破矛者"贝勒、"明焰"伊利昂、可怜的疯掉的万斯伯爵夫人。然后，他猛然回想起比武场上的一切：热日，蜗牛，迎面而来的重击。他呻吟着用手肘翻转身体，结果脑海中如同巨鼓擂响。

至少双眼还好用，头上也没多个窟窿。他意识到自己身处地窖，四周码放着葡萄酒桶和麦酒桶。这里挺凉快的，他心想，酒水也近在咫尺。邓克嘴里一股血味儿，令他有点害怕，要是咬断了舌头，那他不仅脸皮厚，还成了个哑巴。他嘶哑地说了句"日安"，只为了听听自己的声音。话音在穹顶下回荡，邓克竭力想站起来，却只感到眩晕。

"慢点，慢点。"身旁响起一个颤巍巍的声音。一位驼背老人出现在床边，长发和袍子一样灰。老人脖子上挂着许多种金属穿成的学士颈链，面孔苍老，沟壑纵横，长着大大的鹰钩鼻，两颊深陷。"别动，让我先看看你的眼睛。"他用拇指和食指撑开邓克的眼皮，先检查左眼，然后是右眼。

"我头疼。"

学士嗤之以鼻。"你该庆幸它还生在你肩膀上，爵士。给，这东西能缓缓，喝吧。"

药很恶心，但邓克把每一滴都吞了下去，努力忍着不吐出来。"比武会，"他用手背抹干嘴，问道，"告诉我，进行得怎样了？"

"还不是照样乱哄哄、傻乎乎的，人骑在马上，拿棍子互捅。斯莫伍德伯爵的侄子折了手腕，伊登·莱斯利爵士被自己的马压断腿，好歹没死人。我本来担心你是头一个，爵士。"

"我被打下马了？"他脑袋里像塞了团羊毛，要不也不会厚着脸皮问出这种蠢问题。话一出口，邓克就后悔了。

"你摔那一跤可是连长城都要晃一晃。在你身上压钱的人悔不当初，你的侍从则要发狂了。若非我把他撵走，他会寸步不离地守在你身边。我这儿用不着碍手碍脚的小孩儿，于是我提醒他他还有职责在身。"

邓克一片茫然："什么职责？"

"你的马啊,爵士先生,还有盔甲武器。"

"对。"邓克想起来了。男孩是个好侍从,记得自己的职责。我却输掉了老人的剑,还有铁人佩特为我打的盔甲。

"你那位提琴手朋友也来探望过。他要我给你最好的照料,我把他也撵了出去。"

"你照顾我多久了?"邓克舒展了一下右手手指,看来还算完好。不过是脑袋疼得要死,反正阿兰爵士说我不用脑子。

"根据日晷推算,四个小时。"

四个小时不算太糟,他曾听说有个骑士被打成重伤后沉睡了四十年,醒来已是垂垂老矣。"请问,乌瑟爵士赢下第二场没?"或许蜗牛会赢得冠军。若是输给全场最好的骑士,邓克觉得多少好受些。

"他?他还真赢了。他对上新娘的表兄亚当·佛雷爵士,那本是位前程似锦的小伙子。亚当爵士落马时,新娘晕了过去,我们不得不把她搀回房。"

邓克勉力起身,只觉天旋地转,老学士扶住他。"我的衣服呢?我得出去。我得……得去……"

"你要是想不起来,说明没啥要紧的。"学士不耐烦地挥挥手,"我建议你最近不要暴饮暴食,若是两眼间再挨上那么一下……算啦,我早就晓得,当骑士的总是左耳进右耳出。走吧,快走,我还要照料其他白痴咧。"

◆

出门后,邓克看到一只鹰在明澈蓝天中翱翔,让他有些嫉妒。几片云在东面堆积,和邓克的心情一样晦暗。他踏上回比武场的路,烈日照在头顶,犹如铁锤敲打铁毡,脚下土地似乎也游移不定……或者说是他自己在摇晃。光是出地窖的阶梯上,他就险些摔了两回。我本该叫伊戈来帮忙。

他缓步穿过外院,走在人群外围。只见埃林·库克肖男爵在两名侍从搀扶下一瘸一拐地下场,他成了年轻的加勒敦·波尔的新一轮手下败将。第三名侍从捧着男爵的头盔,那三根骄傲的长羽毛已尽数折断。"提琴手约翰爵士。"司仪高唱,"佛雷家族的福兰克林爵士,来自李河城的河渡口领主帐下。请上场证明你们的勇气吧。"

邓克目睹提琴手骑着大黑马威风凛凛地上场,锈有金剑和提琴的蓝绸马饰随风飘荡。他的胸甲、护膝、护肘、护颈和护胫都上了蓝色瓷釉,底下的链甲则是镀金。福兰克林爵士骑一匹灰斑马,银色鬃毛油光水滑,正配爵士的灰绸衣和银盔甲。他的盾牌、外套和马饰上均有佛雷家的双塔纹章。两人交手了数回合,邓克驻足观望,却视而不见。呆子邓克,脸皮比城墙还厚,他自嘲,盾牌上画了只蜗牛,你怎能输给盾牌上画蜗牛的人?

周围欢声雷动,他抬头看见福兰克林·佛雷已经落马。提琴手下马扶起败北的对手。他离龙蛋又近了一步,邓克心想,而我呢?

邓克走到后门,正遇到昨晚宴会那队侏儒准备离开。他们把小马赶进那只装有轮子的木猪,另一辆篷车倒无甚新奇之处。共有六个侏儒,个个矮小畸形,其中几个可能是孩子,由于身材都差不多,委实难以分辨。大白天他们穿着马皮裤和粗纺兜帽斗篷,看起来没有穿杂色衣时那么可笑。"日安。"邓克礼貌地问候,"这就上路了?东边有云,恐怕要下雨。"

他得到的唯一回应是最丑的侏儒瞪了他一眼。昨晚我是把他撑下了巴特威夫人的婚床吗?凑近后能闻到小矮子身上一股茅坑味儿,邓克只嗅了一下便加快脚步。

穿过牛奶作坊似乎跟他和伊戈穿越多恩沙漠一样漫长。他一手扶墙，时不时靠一靠，每当转头，世界就在摇晃。水，他心想，我要喝水，不然就得晕倒了。

一位路过的马童把最近的井指给邓克，他在那儿遇见雾原猫凯勒正和梅纳德·普棱轻声交谈。凯勒爵士一副垂头丧气的模样，但看到邓克抬起头。"邓肯爵士？我们听说你死了，或是快死了。"

邓克揉揉太阳穴："我倒真希望如此。"

"我理解你。"凯勒爵士叹口气，"卡斯威大人不认得我了。我告诉他我给他做了第一把剑，他却像看傻子一样看着我。他说苦桥容不下我这种三脚猫骑士。"雾原猫苦笑一声，"他要走了我的武器盔甲，还有战马。我能怎么办呢？"

邓克无言以对。自由骑手得有马可骑，当佣兵也要操家伙才行。"你会找到另一匹马的，"邓克边提水桶边说，"七大王国到处都有马。会有别的领主资助你。"他掬起一捧水，一饮而尽。

"别的领主，可是，哪个领主会要我？我不像你那么年轻力壮，也没你的块头。大块头总有人要，譬如巴特威老爷就喜欢大个骑士。看看汤姆·海德吧，你还没见他比武吧？他一路过关斩将。火球的小子也是。还有提琴手——我要是败在他手上就好了，他不要赎金，他说他除了龙蛋啥也不要……当然，还有对手的友谊。"

梅纳德·普棱哈哈大笑。"好一把歌颂骑士精神的小提琴。那小子正奏响暴风骤雨，谁经得起他折腾。"

"不要赎金？"邓克说，"真有风度。"

"钱包鼓鼓自然风度翩翩。" 梅纳德爵士道，"你若有心，也该学乖了，邓肯爵士，趁早开溜吧。"

"开溜？去哪儿？"

梅纳德爵士耸耸肩。"随你便。临冬城，盛夏厅，阴影之地旁的亚夏，都无所谓，离开这里就好。牵起马带上装备悄悄从后门溜走，没人记得你。蜗牛要关心下一场的对手，其他人则只想看好戏。"

邓克有点动心。有马有武器，他就还是个骑士；丢了这些，他不比乞丐强。大个子乞丐也是乞丐。但他的武器、盔甲，连同雷霆，已属于乌瑟爵士。乞丐总比小偷强。在跳蚤窝和白鼬、拉夫、布丁他们一起厮混时，他两者都算，是老人拯救了他的一生。他知道铜分树村的阿兰爵士会如何回应普棱的建议。现在阿兰爵士死了，他的话得由邓克说出来："雇佣骑士也有气节。"

"你愿持节而死，还是折节而生呢？算了，饶了我吧，省省你那番正义凛然的说教。总之我劝你带孩子走，绞架骑士，别落得跟你纹章一样的下场。"

邓克火气上冲："你如何知道我的下场？你跟提琴手约翰一样会做梦？连我的侍从你都晓得？"

"我知道鸡蛋最好离油锅远远的，"普棱道，"白墙城不是毛头小子该来的地方。"

"那敢问你在比武中又表现如何呢，爵士先生？"邓克质问。

"哈，我才不冒险上场咧，兆头不对。要你说，谁会赢得龙蛋？"

反正不是我，邓克想。"七神知道，我不关心。"

"不妨猜猜，爵士，眼睛长在你头上。"

他沉思片刻。"提琴手？"

"很好，原因呢？"

"我只是……凭感觉。"

"我也一样。"梅纳德·普棱说，"我有种很糟糕的感觉，为所有蠢到敢阻碍我们伟大的提琴手的男人……或者男孩。"

◆

伊戈在他们的帐篷外刷雷霆的毛,但眼神游离,心不在焉。这孩子始终在担心我。"行了,"邓克叫道,"再刷雷霆就跟你一样秃了。"

"爵士?"伊戈丢下刷子,"我就知道笨蜗牛杀不死你,爵士。"他一把抱住邓克。

邓克拍掉男孩的草帽,扣到自己头上。"学士说你拿了我的盔甲走了。"

伊戈恼怒地抢帽子。"我已经擦洗好你的锁甲,还给颈甲、胫甲和胸甲抛了光,爵士,但头盔被乌瑟爵士的长枪留了个大坑,你得找个武器师傅重新打造。"

"让乌瑟爵士打造吧,这些都是他的了。"没马,没剑,没盔甲,或许那些侏儒会接纳我。六个侏儒用猪膀胱揍一名巨人,肯定很滑稽。"雷霆也是他的。走,我们给他送去,并祝他接下来比武好运。"

"现在就去,爵士?你不想赎回雷霆吗?"

"用啥,小子?鹅卵石和羊粪蛋儿?"

"我想过这个问题,爵士,你不可以去借吗?"

邓克打断他:"没人会借我那么多钱,伊戈,凭什么?我算哪根葱,不过是个自称骑士的大呆瓜,直到某天差点被蜗牛一棍子捅掉脑袋。"

"好吧。"伊戈说,"你骑雨水,爵士,我骑回学士。我们去盛夏厅,你可以在我父亲麾下效劳。他的马厩里坐骑如云,你可以挑一匹战马,再找一匹驯马。"

伊戈是好意,但邓克不能灰溜溜地跑去盛夏厅,不能像这样去——丢盔卸甲,身无分文,连一把放在亲王脚边、表示效忠的剑都没有。"小子,"他说,"谢谢你,但我不想要你父亲大人的施舍,也不想要他的马。或许分道扬镳的时候到了。"邓克总可以加入兰尼斯港或旧镇的守备队,守备队欢迎大个子。我的脑袋撞过从兰尼斯港到君临每家酒馆的每条房梁,除了留下满头包,或许我也该拿这副体格赚点钱了。但守备队不需要侍从。"能教的我都教你了,虽然还远远不够。你最好找个合适的教头,某个知道长枪该握哪边的可敬的老骑士。"

"我不要可敬的老骑士,"伊戈说,"我只要你。要是我用——"

"够了,想都别想,我不听。收好兵甲,我们给乌瑟爵士送去,再向他道贺。没必要拖拖拉拉,徒增难堪。"

伊戈踢了踢地,脸像拉长的大草帽。"好吧,爵士,听你的。"

◆

乌瑟爵士的帐篷外观朴素无华:深色帆布、四角方正,用麻绳固定在地面,唯一的装饰是正中杆子上挂着一面绘有银色蜗牛的灰色长三角旗。

"等在这儿。"邓克吩咐伊戈。男孩牵着雷霆,棕色大战马驮着邓克的武器和盔甲,甚至包括他新买的旧盾牌。绞架骑士。多凄凉的神秘骑士啊。"我很快就出来。"他低头弯腰,钻进门帘。

帐篷朴实的外表让邓克对里面的豪华猝不及防,只见地上铺着色彩绚丽的密尔编织地毯,雕饰华丽的搁板桌旁放着几把行军折椅,羽毛床上堆满柔软的靠枕,铁火盆吐出氤氲香气。

乌瑟爵士坐在桌边,和一名年龄跟邓克相仿的笨拙侍从一起数钱。桌上的金龙银鹿堆得老高,一壶葡萄酒摆在乌瑟爵士手边。

蜗牛不时轻咬硬币,或挑出某个。"你要学的还很多,威尔,"邓克听见他说,"这个钱被切过,那个被割了边。至于这个呢?"他用手指摆弄着一枚金币。"看清楚再收。拿去,说说你看到了什么。"金龙翻滚过半空,威尔想接,钱币却从他指间弹开,掉在地上,他不得不双膝跪下寻找,找到后在手里翻了两圈,才说:"这个是好的,大人。一面有龙,一面是国王……"

昂德利夫瞥见邓克。"上吊的爵士,很高兴看到你还能走动,我真怕失手杀了你。可否请你帮个忙,教教我的侍从金龙的特征?威尔,把钱给邓肯爵士。"

邓克只好接过。他打我下马,还要我拍他马屁吗?他皱紧眉头,用手掌掂量金币,检查过正反两面,又咬了一口。"纯金,未经切割打磨,分量十足。这钱我也会收下,大人,有什么问题?"

"关键是国王。"

邓克拿近来看。钱币上那张脸年轻干净、英姿飒爽。伊里斯王在钱币上是有胡子的,老王伊耿也是,两者之间在位的戴伦王倒是修面整洁,但钱上的模样显然不是他。这钱不算太旧,不可能是庸王伊耿以前的。邓克盯着头像下的字。六个字母。这和他在其他金龙上看到的一样——六个字母便是"戴伦"。但邓克知道贤王戴伦长什么样,这决计不是,他看了又看,终于发现第四个字母的形状有些怪,那不是……"戴蒙,"他惊呼道,"上面画的是戴蒙。可从来没有戴蒙王,只有——"

"——篡夺者。戴蒙·黑火在叛乱中私自铸币。"

"但这是金子,"威尔争辩,"只要是金子,就和别的金龙一样好用啊。"

蜗牛给他一耳刮子。"白痴!没错,这是金子,叛徒的金子,反贼的金子。拿着这枚钱就是谋反,使唤它更是罪加一等。我得把它熔了。"他又揍了侍从一巴掌,"滚出去,这位好骑士跟我有事要谈。"

威尔连滚带爬，眨眼没了影。"请坐。"乌瑟爵士彬彬有礼地说，"喝酒吗？"昂德利夫在自己的帐篷里和在宴席上简直判若两人。

蜗牛会躲进壳，邓克暗想。"谢谢，不用了。"他把钱币扔还给乌瑟爵士。叛徒的金子。黑火的金子。伊戈说这是场叛徒的比武会，我却不当回事。他应该跟男孩道歉。

"就半杯，"昂德利夫坚持，"你听起来该喝点。"他倒了两杯，递给邓克一杯。脱下盔甲的蜗牛大人更像商人而非骑士。"我猜你是为罚金而来。"

"正是。"邓克喝了口酒，指望这能平复脑袋里的"嗡嗡"声。"我带来了我的战马、武器跟盔甲。请接受它们，还有我的祝贺。"

乌瑟爵士露出笑容。"我猜该轮到我赞美你骑得漂亮了。"

邓克不知"骑得漂亮"是不是"骑术糟糕"的委婉说法。"谢谢你能这么说，但——"

"你误会我了，爵士。斗胆借问，你是怎样当上骑士的呢？"

"铜分树村的阿兰爵士在跳蚤窝遇见了在追赶猪的我。他原来的侍从死在红草原，所以他需要找个人给他洗甲备马。他答应，只要我服侍他，他就教我剑术、枪术和马术，于是我跟他走了。"

"动人的故事……不过我要是你，会略过猪的部分。不知阿兰爵士如今身在何方？"

"他死了，我埋葬了他。"

"这样啊。你把他带回家乡铜分树村了？"

"我不知道他的家乡在哪儿。"邓克没见过老人的铜分树村。阿兰爵士很少提到那里，还没有邓克提到跳蚤窝的次数多。"我把他埋在朝西的山坡上，好让他欣赏日落。"折椅在他身下发出响亮的"吱嘎"声。

乌瑟爵士坐回椅子上。"我有自己的铠甲,马也比你的好。我要一匹老马和一袋子破铜烂铁有什么用呢?"

"我的盔甲是铁人佩特打造的,"邓克有些生气,"伊戈天天精心照料。链甲不沾一丁点锈迹,板甲用的是上等精良的钢。"

"精良但沉重,"乌瑟爵士抱怨,"对正常体量的人来说还太大了。你可是体格惊人哪,高个邓肯。至于你的马,要骑嫌老,要吃还塞牙。"

"雷霆的确不年轻了。"邓克承认,"而且如你所言,我的盔甲略大。但你尽可以卖了它,在兰尼斯港和君临有的是铁匠会买。"

"他们或许会同意用十分之一的价格买下,"乌瑟爵士道,"以便熔成金属。不,我想要的是可爱的银子,不是老旧的铁块,我要王国的流通钱币。好了,你到底想不想赎回自己的装备?"

邓克皱眉把玩酒杯。酒杯乃足银铸就,杯口镶着一圈金蜗牛。杯中酒液也是金色的,甘美异常。"如果问我的想法,呃,我何尝不愿赎回来,只是——"

"——你连两枚银鹿都拿不出手。"

"如果你能……能把马匹和盔甲借还给我,日后我会付清赎金的。一有钱就付。"

蜗牛被逗乐了:"你上哪儿去弄钱呢?等天上掉吗?"

"我可以为某位领主效力,或是……"这话很难说出口,让他觉得自己像个乞丐,"或许需要几年时间,但我一定会偿还您,我发誓。"

"以你骑士的荣誉?"

邓克的脸刷的一下红了。"我可以写欠条。"

"就凭雇佣骑士在小纸片上划拉的字?"乌瑟爵士翻翻白眼,

"除了擦屁股，别无用途。"

"你也是雇佣骑士。"

"你这是在侮辱我。没错，我的确云游四方，不听人差遣……但我许多年没睡在荒郊野外了，住旅馆更舒服得体。这么说吧，我是你见过的最优秀的赛场骑士。"

"最优秀的？"他的傲慢惹恼了邓克，"恐怕狂笑风暴不会同意，爵士，长刺里奥和屠夫布雷肯也不会。杨树滩上，没人谈论蜗牛。若你是有名的比武冠军，怎会如此默默无闻？"

"我几时说我是冠军了？我要是沽名钓誉，还不如长一脸水痘。承蒙夸奖啦，但是算了，我会赢得下场比武，但在决胜战中我会输掉。巴特威为亚军备下三十枚金龙，足够了……此外还有可观的赎金和赌注。"他朝满桌银鹿金龙挥挥手，"你看起来人高马大，尽管这在场上啥用没有，但笨蛋总是以貌取人。威尔替我拿到了一赔三的赔率，夏尼伯爵那蠢货甚至出到一赔五。"他捡起一枚银鹿，用纤长的手指一弹，银鹿便在桌上旋转起来，"我下一场会干掉老公牛，然后轮到褐柳院骑士——如果他能挺到那时的话。这两场赔率一定很高，谁叫老百姓总是多愁善感，爱戴父老乡亲呢。"

"加勒敦爵士流着英雄的血。"邓克脱口而出。

"噢，但愿如此，英雄的血可以增加赔率，妓女的血说出来就得掉价。你难道没发现，加勒敦爵士一有机会就会唠叨他的英雄父亲，却从没提过他母亲吗？他当然不会提。他是营妓所生，那妓女名叫简妮，在红草原之战以前，人称'一铜板'简妮，不过那一战前夜，她接客太多，于是人们改称她为'红草原'简妮了。毫无疑问，火球是在那晚之前上她的，但她还有其他上百个男人。要我说，我们的朋友加勒敦自信过头了，他甚至没有红发。"

英雄的血，邓克想着："他说他是个骑士。"

"噢，此话不假。这小子和他老妹在一个叫褐柳院的窑子里长大，一铜板简妮死后，其他妓女养育了他们，并时时给这小子灌输他母亲编造的故事，说他是火球的种。附近有个老侍从教导他，以换取麦酒和女人，可惜他也不过是个侍从，没法封这小杂种为骑士。半年前，一队骑士碰巧路过妓院，有位莫甘·邓斯特布尔爵士醉酒后看上了加勒敦爵士的老妹。那妹子还是个处女，邓斯特布尔又没钱买她的童贞，于是他们做了笔交易。莫甘爵士在褐柳院中二十位见证人面前册封她哥哥为骑士，然后妹子跟他上楼，让他开了苞。事情就是这样。"

任何骑士都有权册封骑士。作阿兰爵士的侍从时，邓克听过各种故事，故事里的人用好处、威胁或一袋银币换得骑士身份，但用妹妹的贞操换取真是闻所未闻。"不过是传言，"他听见自己说，"不足为信。"

"我从卡比·皮姆那儿听来的，他自称是那场骑士册封的见证人之一。"乌瑟爵士耸耸肩，"英雄之子，妓女之子，或两者皆是都无所谓，反正我不会给他机会。"

"说不定天上诸神让你抽到其他对手。"

乌瑟爵士挑了挑眉："可惜科斯格罗夫是个贪财的凡夫俗子。我向你保证，我接下来必然会抽到老公牛，然后是那孩子。敢打赌吗？"

"我没什么能赌的了。"邓克不知哪个更让他心烦意乱——是蜗牛贿赂大会主持来抽到想要的对手，还是自己曾被对方挑中。"我说完要说的话了。我的坐骑、长剑和全套盔甲都归你所有。"

蜗牛十指相对："或许有别的法子。你也并非一无是处，你落马的样子很壮观。"乌瑟爵士的双唇在浅笑时闪闪发亮，"我可以把战马和盔甲借还给你……如果你愿意为我效劳的话。"

"效劳？"邓克不理解，"怎样效劳？你有侍从了，难道你还有城堡？"

"如果有城堡的话，我会考虑雇你。但说实话，我更想要家体面的旅馆，城堡的修葺费用太高。不，我只要你在接下来的比武会中和我对战。二十场就够了。这个很简单，对吧？你还能分得我利润的十分之一，而且我保证以后不挑你脑袋，只对准你宽阔的胸脯。"

"你让我和你同行，然后不断被你打落马下？"

乌瑟爵士满意地"咯咯"笑："你这么个魁梧的大家伙，没人相信端着蜗牛盾牌、弯腰曲背的老头能干掉你。"他摸摸下巴，"顺带一提，你得换个纹章。吊死鬼看起来的确凶残，但是……呃，他被吊死了，不是吗？他是个一败涂地的死鬼。你得换上更能唬人的标志。熊头或许可以。一个骷髅，不，三个更好。或者挑在长矛上的婴儿。你还得留长头发，蓄起胡子，越长越乱效果越好。不为人知的小比武会多得数不清，如此悬殊的赔率下，我们赚的钱甚至够买龙蛋，直到——"

"——直到大家都知道我是个不可救药的骑士？我输掉的是盔甲，不是荣誉。你可以拿走雷霆和我的全副装备，其他免谈。"

"荣誉当不了饭吃，爵士。你不跟我走，下场可能十分凄惨。至少我能帮你开开窍，把你从对长枪比武一无所知的愚蠢状态中拯救出来。"

"你把我当傻瓜看待。"

"我一直这样看待你。好歹傻瓜也得活命。"

邓克真想一拳揍掉他脸上的笑容。"我明白你为何在盾牌上画蜗牛了。你不是真正的骑士。"

"你听起来像个真正的白痴。你莫非对身处险境全然不觉？"乌瑟爵士把杯子放到一边，"你知道我为何挑你的头，爵士？"他站起身，轻触邓克胸口。"戳这里同样会一击落马。脑袋小，更难击中……但也更致命。有人付了钱的。"

"付钱？"邓克向后退开，"你什么意思？"

"六枚金龙作定金，你死后再付四枚。要买一名骑士的命，这价格真是侮辱，但你该为此谢天谢地，若是出价更高，只怕我的枪头会瞄准你的眼睛。"

邓克又开始头晕了。有人花钱买我的命？我在白墙城内不曾结仇啊。除了伊戈的哥哥伊利昂，根本没人恨他，但明焰王子已被流放到狭海对岸。"谁付的钱？"

"日出时分，主持人确定对决人选后没多久，一个仆人带来了金币。他用兜帽遮住脸，也没说主子姓名。"

"理由呢？"邓克问。

"我没问。"乌瑟满上自己的杯子，"我觉得你的敌人比你所知的多，邓肯爵士。为什么不呢？有人会觉得你是我们所有不幸的起因。"

邓克感到一只冰冷的手攥住了心脏："把话说清楚。"

蜗牛耸耸肩："我或许未曾前往杨树滩，但我毕竟靠长枪比武讨生活，我像学士观测星移斗转那样忠实地关注历次比武会。我知道某位雇佣骑士如何在杨树滩引发了一场七子审判，并导致死在他弟弟破矛者贝勒梅卡手下。"乌瑟爵士重新坐下，伸开双腿，"贝勒亲王广受爱戴，而明焰王子交友甚多，他的朋友们不会忘记王子殿下被流放的原因。慎重考虑我的提议吧，爵士，蜗牛或许会在身后留下一线黏液，但小小黏液于人无害……而若与龙共舞，势必玩火自焚。"

◆

邓克步出蜗牛的帐篷时，天色暗了，东方的乌云愈加浓重黑暗，太阳沉向西方，在院子里拖出长长的影子。邓克看到侍从威尔在检查雷霆的蹄子。

"伊戈呢？"他问。

"秃头小子？我咋知道？跑哪儿玩去了吧。"

伊戈不忍心和雷霆分离，邓克暗忖，多半回帐篷看书了。

但伊戈没在帐篷里。书整齐地捆好，堆在男孩的铺盖卷边，男孩本人不知所终。邓克隐隐觉得出了差错，伊戈不是未经允许就乱跑的孩子。

咫尺之外一座条纹帐篷旁，两名头发斑白的大兵在狂饮大麦酒。"……行了，妈的，再来一杯。"其中一人嘀咕道，"太阳出来喽，草地绿油油喽，嗯哼……"另一个人推了他一把，他们注意到邓克。"爵士？"

"看到我的侍从没？他叫伊戈。"

一个兵挠了挠耳后短短的灰发茬。"我记得他，头发比我还短，话却说个不停。他被那帮小兔崽子纠缠了一阵，但那是昨晚的事。后来没见着他，爵士。"

"多半被吓跑啦。"另一个兵估计。

邓克狠狠瞪了他一眼。"如果他回来，告诉他在这儿等我。"

"好的，爵士，没问题。"

或许他只是去看比武了。邓克掉头奔向比武场，经过马厩时，他发现加勒敦·波尔爵士在洗刷漂亮的枣红战马。"你可曾见到伊戈？"他问。

"他刚从这儿跑过去。"加勒敦爵士从口袋里掏出根胡萝卜，喂枣红战马吃。"我的新马不赖吧？科托因大人派侍从来赎，但我告诉他省省，我要自己留着。"

"大人不会喜欢这答案。"

"大人说我没权利在盾牌上画火球，他说我该画上一丛褐柳。

去他妈的大人。"

邓克不禁露出笑容。他也曾受过同样的对待,生生吞下明焰王子和史提夫伦·佛索威爵士之流的冷嘲热讽。他和这位年轻尖酸的骑士同病相怜。据我所知,我娘也是个妓女。"你赢了几匹马?"

加勒敦爵士耸耸肩:"数不清了。莫蒂默·鲍格斯还欠我一匹,他说宁愿把坐骑煮来吃也不让婊子的杂种骑,他还把盔甲锤烂之后才给我,上面都是窟窿。或许我能拿那堆废铁换点什么。"他听起来感怀多于恼怒,"我出生的……旅馆有个马厩,我小时候就在那里干活,经常趁马主人不备偷偷牵马出去遛弯。马儿都喜欢我,无论阉马、杂种马、驯马、驮马、耕马还是战马,我统统骑过,甚至包括多恩的沙地良驹。我认识的一位老人教会我制作长枪。我原以为只要让大家见识到我的实力,他们就会承认我是我父亲的儿子。但他们没有,到现在都没人承认。"

"有些人永远都不会承认,"邓克告诉他,"无论你如何努力。好在另一些人……人和人不一样,我遇到过好人。"他沉吟片刻,"比武会结束后,我和伊戈打算北上,去临冬城效劳,帮史塔克家抵御铁民。你可以和我们同去。"北境自成一体,阿兰爵士常这么说,在那儿,没人关心一铜板简妮和褐柳院骑士的故事。在那儿,没人会嘲笑你。他们只因你的剑评价你,以你的价值衡量你。

加勒敦爵士怀疑地打量他:"我为什么要去那边?你想让我当逃兵躲起来?"

"不。我只想……结伴而行,路上不像以前那么太平了。"

"这倒是。"男孩勉强道,"但我父亲曾被国王许以御林铁卫之位,我要完成他未竟的心愿。"

你披上白袍的可能性跟我差不多,邓克几乎脱口而出,你是营妓的野种,正如我来自跳蚤窝的阴沟。国王才不会把至高无上的荣誉给予你我这种人。但这孩子不会喜欢这些真话,所以他只说:

"那么祝你勇往直前，一帆风顺。"

他没走出几步，就被加勒敦爵士叫住。"等等，邓肯爵士。我……我不该那么刻薄。我母亲常告诫我，骑士应当谦恭守礼。"男孩似乎在拼命斟酌字句，"上轮比武后，培克大人来找我，邀请我去星梭城效力。他说一场许久未见的大风暴即将席卷维斯特洛，为此他需要剑，也需要使剑的人，忠诚的、懂得服从的人。"

邓克难以置信。葛蒙·培克不论在路上还是在这里都明确表示出对雇佣骑士的轻蔑，而这份邀请却如此慷慨。"培克是个大领主，"他谨慎地说，"但……但我信不过他。"

"是的。"男孩激动地说，"他的邀请是有条件的。他答应将我纳入麾下……但我必须证明自己的忠诚。他会安排我在下一轮对决他的朋友提琴手，他要我承诺输掉比赛。"

邓克相信男孩的说法。他本该感到震惊，但不知怎的，却一点也不奇怪。"你怎么回答？"

"我说即便放水也没法输给提琴手，因为我之前击败了比他武艺更精湛的人。今天，我会赢得龙蛋。"波尔虚弱地笑笑，"这不是他想要的答案。他说我愚不可及，让我自求多福。他说提琴手有很多朋友，而我一无所有。"

邓克伸手按住他肩膀，挤了挤。"你至少有一个朋友，爵士。等我找到伊戈，就是两个。"

男孩看着他的眼睛，点点头。"知道世界上还有真正的骑士，太好了。"

◆

在观战人群中寻找伊戈时，邓克头一次有机会仔细打量汤姆德·海德爵士。这位巴特威老爷的女婿身高体壮，胸膛像个桶，煮沸皮甲外套黑板甲，华丽的头盔塑造成布满鳞片、嘴角流涎的恶魔形状。他的坐骑比雷霆高三掌、重两石，简直是个披锁甲的怪兽。满身铁块让他行动迟缓，冲锋速度很慢，但这毫不影响他轻松击败克莱伦斯·查尔顿爵士。查尔顿被抬上担架时，海德摘下了恶魔头盔。他那颗脑袋又大又秃，炭黑胡须方方正正，两颊和脖子上生满刺眼的红疖。

邓克认出来了。海德就是他在卧室中触摸龙蛋时吼他的人，也是他偷听到与培克大人说话的人。

那番话陡然涌入脑海：真是大煞风景……当真是虎父无犬子？……寒铁……货真价实的战士……奶血老家伙……当真是虎父无犬子？……我向你保证，血鸦这会儿可不是在做白日梦……当真是虎父无犬子？

邓克盯着看台，也许伊戈会回到贵族中间他应有的位置。但看台里依然不见男孩踪影，也不见巴特威和佛雷，只有巴特威那百无聊赖、焦躁不安的新娘。怪了，邓克意识到，这是巴特威的城堡，巴特威的婚礼，佛雷又是他岳父，整场比武大会以他们之名举办。他们何故缺席？

"乌瑟·昂德利夫爵士。"司仪高唱。太阳被一片云彩吞下，阴霾掠过邓克的脸。"布尔威家族的席奥默爵士，外号'老公牛'，黑冠城骑士。请上场证明你们的勇气吧。"

老公牛血红的盔甲令人望而生畏，他头盔上还带着两根黑色牛角。不过他需要一名强壮的侍从扶持才能上马，而骑行时不停转动脑袋，说明梅纳德爵士对他眼睛的论断不假。无论如何，他的入场还是赢得了一阵热烈欢呼。

蜗牛爵士自没这等待遇，而这正中其下怀。第一回合，两名骑士的长枪都将将擦中对方。第二回合，老公牛在乌瑟爵士的盾牌上折断了枪，蜗牛则完全刺偏。第三回合仍是如此，乌瑟爵士看起来摇摇欲坠。他故意示弱,邓克暗想,诱导更有利的赔率。他一眼瞥到威尔忙得不可开交,正为主人收取赌注,这才想起自己该把注全压在蜗牛身上,好歹赚几个小钱。呆子邓克,脸皮比城墙还厚。

老公牛在第五回合轰然落马,被一次灵巧地滑过盾牌的攻击击中胸口。他落马时脚缠在马镫上,足足拖出四十码开外。于是担架又进场了,他抬人给学士照料。天空掉下零星雨点,打湿了布尔威遗弃在地的外套。邓克面无表情地看着这一切,思绪都在伊戈身上。若我那神秘的仇人向他下手怎么办?这不是不可能的。一人做事一人当,我惹的事绝不应由男孩承担。

◆

邓克找到提琴手约翰爵士时,对方正为下一场比武穿戴。至少三名侍从在他身边忙碌,帮他扣上盔甲带子,为他的坐骑打理装饰。埃林•库克肖大人鼻青脸肿、忿忿不平地坐在旁边,喝着兑水的葡萄酒,看到邓克,气得把酒全洒在胸口。"你怎么还站得起来?蜗牛明明打瘪了你的头。"

"铁人佩特为我打了顶好头盔,大人,而阿兰爵士常说我的脑袋硬得像石头。"

提琴手大笑:"别管埃林。火球的私生子把他打下马,让他尊贵的小屁股吃了土,现在他把所有雇佣骑士都恨之入骨了。"

"那个满脸粉刺的可怜虫才不是昆廷•波尔之子,"埃林•库克肖坚持,"就不该允许他参赛。这要是我的婚礼,他这样放肆我非抽死他不可。"

"哪家姑娘会下嫁你呢?"约翰爵士说,"况且你喋喋不休的抱怨比波尔的放肆烦人得多。邓肯爵士,绿骑士加尔崔可是你朋友?恐怕我得让他和他的马暂时分家。"

邓克对此毫不怀疑。"我不认识他,大人。"

"来杯酒么?还有面包和橄榄?"

"我只要您一句话,大人。"

"哈,对你,我是知无不言,言无不尽。我们进帐详谈吧。"提琴手帮他掀开门帘。"别跟来,埃林。说真的,你最好少吃几颗橄榄。"

进得帐内,提琴手转向邓克。"我就知道乌瑟爵士杀不死你,我的梦不说谎。蜗牛很快就要对上我了。击败他后,我会要回你的武器和盔甲,当然,还有你的战马——不过你真该换一匹。我愿聊表心意,你意下如何?"

"我……不……我不能。"邓克心里不安,"我并非不识好歹,只是……"

"怕欠债?别放在心上,我不要你的钱,爵士先生,我只要你的友谊。再说,没有坐骑你怎能成为我的骑士?"约翰爵士戴上龙虾铁手套,伸了伸手指。

"我的侍从不见了。"

"或许跟姑娘跑了?"

"伊戈还没到找姑娘的岁数,大人。他肯定不会自己跑掉,就算我死了,他也会守着直到尸体变凉。再说他的马还在,骡子也在。"

"你若不介意,我派我的人去找。"

我的人。邓克不喜欢这话的弦外之音。这是场叛徒的比武会,他心想。"你不是雇佣骑士。"

"我不是,"提琴手的微笑里满是孩子气,"但你打一开始就清楚。我们在路上刚见面你就称我为'大人',不是么?"

"那是因为你的行为举止、衣着谈吐……"呆子邓克,脸皮比城墙还厚。"昨晚在塔顶,你说……"

"酒精让我口无遮拦,但我没有半句虚言。我们注定是要在一起的,你和我,我的梦不说谎。"

"你的梦不说谎,"邓克道,"但你会。约翰并非你的真名,对吧?"

"当然不是。"提琴手眼里闪着调皮的光。他有伊戈的眼睛。

"他的真名需要时自会告知需要知道的人。"葛蒙·培克大人气冲冲地钻进帐篷。"雇佣骑士,我警告你——"

"噢,得了吧,老葛。"提琴手说,"邓肯爵士是我们的人,或者说很快就是了。我说过,我梦见过他。"帐外响起司仪的喇叭,提琴手转过头。"他们召唤我上场了。抱歉失陪,邓肯爵士,待我解决掉绿骑士加尔崔爵士再叙。"

"诸神赐予您力量。"出于礼貌,邓克客套了一句。

约翰走了,葛蒙大人却没走。"他的梦会害死所有人。"

"买通加尔崔爵士花了多少钱?"邓克听到自己说,"银币够么?还是要金币?"

"看来有人管不住嘴。"培克坐进一张折椅,"外面有我十几个手下,随时可以叫他们进来割你喉咙,爵士。"

"你为何不叫?"

"陛下会伤心。"

陛下。邓克肚子上像挨了一拳。又一条黑龙,他心想,又一场黑火叛乱。很快又有一场红草原之战。残阳青草,殷红似血。"这场婚礼是何居心?"

"巴特威大人想续一房年轻老婆替他暖床,佛雷大人正巧有个不怎么清白的姑娘,而这场婚礼给志趣相投的诸侯们提供了聚会的借口。多数应邀者曾为黑龙而战,其他的要么跟血鸦有隙,或是时运不济,抑或野心勃勃。我们本有子女在君临为质,以确保忠诚,但大部分人质死于春季大瘟疫,所以我们不再束手束脚。现在是最好的时机,伊里斯身体羸弱,他是个书虫,不是个战士。老百姓不了解他——他们了解的那些情况只会让他们更加不满;至于国内诸侯,对他更谈不上敬意。的确,他父亲也很弱势,但当大位受到威胁时,他有儿子们为他披挂上阵。贝勒与梅卡,锤子和铁砧……如今破矛者贝勒不在,梅卡亲王又躲在盛夏厅跟国王和首相置气。"

是啊,邓克心想,某个愚蠢的雇佣骑士还把梅卡亲王最疼爱的儿子送到了敌人手中。有什么能比这更能确保亲王乖乖待在盛夏厅呢?"你忘了血鸦的手段,"他说,"他决不羸弱。"

"的确,"培克大人承认,"但没人喜欢巫师,何况他还是个在诸神与世人面前被诅咒的弑亲者。只要一露怯或遭遇败绩,血鸦的部下自会如夏雪般融化。而若王子所梦成真,若是一条活龙自白墙城诞生——"

邓克替他说完,"——那铁王座就成了你们的囊中之物。"

"是他的,"葛蒙·培克大人纠正,"我不过是个谦卑的仆从。"他站起身,"别想离开城堡,爵士,你只要敢试,我就以叛国罪处死你。我们走得太远,无法回头了。"

◆

铅灰色天空的雨下得越来越大,提琴手约翰和绿骑士加尔崔爵士手握崭新的长枪,分立比武场两端。一些婚礼宾客开始裹起斗篷,涌向大厅。

加尔崔爵士骑白色种马,头盔顶装饰着一束下垂的绿羽毛,马笼头上也有一根这样的羽毛。他的披风由深浅不一的绿色方块拼成,护胫和护手有耀眼的金丝滚边,翠绿色盾牌上镶了九条翡翠胭脂鱼,连他的胡子都仿照狭海对岸泰洛西人的风尚染成绿色。

绿格披风的骑士和年轻的金剑与提琴大人潇洒地交手了九回

合,长枪也折断了九次。到第八回合,地面已变得泥泞,高大的战马在雨水汇成的小池塘间奔驰。第九回合,提琴手差点落马,在最后一刻才奋力扭身。"好枪法,"他大笑着高喊,"你差点击落我,爵士先生。"

"我很快就会。"绿骑士隔着雨帘大喊。

"我觉得不会。"提琴手扔掉破碎的长枪,侍从立刻递上一把新的。

接下来的对冲成了最后一次。加尔崔爵士的长枪徒劳地刮过提琴手的盾牌,约翰爵士则正中绿骑士胸口,将其干净利落地刺落马下,溅起一大片棕色水花。邓克看见东方天际有闪电划过。

看台很快就空了,平民和贵族纷纷奔逃躲雨。"慌成这副德行。"埃林•库克肖不知不觉间钻到了邓克身边,喃喃地说,"才几滴小雨,这帮英勇的爵爷们就恨不得找个老鼠洞躲进去。若是真正的风暴来临,会成什么样呢?"

真正的风暴。邓克知道埃林大人指的不是天气。他想干什么?难不成突然想跟我交朋友?

司仪又爬上台。"汤姆德•海德爵士,白墙城骑士,在巴特威大人驾前效力。"他的喊声伴着远处的雷鸣,"乌瑟•昂德利夫爵士。请上场证明你们的勇气吧。"

邓克望向乌瑟爵士,正好看到对方脸上凝固的笑容。这不是他买通的对阵,主持人出卖了他。但为什么?想必有高人干预,某个在科斯格罗夫心目中远比乌瑟•昂德利夫重要的人。邓克琢磨了一会儿。他们不知道乌瑟压根没打算当冠军,他突然想通,他们认为他是个威胁,所以安排黑汤姆为提琴手扫清障碍。海德参与了培克的阴谋,该放水时自会放水,这样就只剩下……

突然间,培克大人风风火火地奔过泥泞的比武场,几大跨步登梯上台,披风在身后翻飞。"我们被出卖了!"他嚎叫道,"我们中间有血鸦的间谍！龙蛋被偷了！"

提琴手约翰爵士兜转马头。"我的蛋？这怎么可能？巴特威大人派人日夜看守着卧室啊。"

"他们都死了。"培克大人宣称，"但有人临死前说出凶手的名字。"

他打算指控我么？邓克暗想。昨晚他把巴特威夫人抱入洞房时，至少一打人看见他碰了龙蛋。

葛蒙大人恶狠狠地一指。"就是他，妓女之子。抓住他。"

比武场远端，加勒敦·波尔爵士迷惑地张望着，霎时间摸不着头脑，直到察觉人们从四面八方向他冲去。男孩随即以邓克难以置信的速度行动起来，最前头的人把手伸向他喉咙时，他的剑已抽出一半。波尔扭身躲开来人的手，但又有两人欺近。他们撞翻他，将他拖过泥地，其他人围在旁边，又叫又踢。他们也会那样对我，邓克明白。此刻他很无助，就像在杨树滩，得知要被砍掉一只手和一只脚的时候。

埃林·库克肖把他拉到一旁。"如果你还想找回你的小侍从，就别管闲事。"

邓克转向他："你什么意思？"

"我可能知道该上哪儿去找那孩子。"

"哪儿？"邓克没心情兜圈子。

场子对面，加勒敦爵士被两名身披锁甲、头戴半盔的士兵粗鲁地架起来，下半身沾满棕色泥浆，血水和雨水滑下脸颊。英雄的血，邓克暗想，他看到黑汤姆在俘房面前跳下马。"龙蛋在哪儿？"

鲜血从波尔嘴角渗出。"我怎么会偷蛋？我会堂堂正正赢得它。"

是啊，邓克心想，而这恰恰为他们不容。

黑汤姆用铁手套给了波尔一记重拳。"搜他的鞍袋。"培克大人命令,"我打赌龙蛋好端端地藏在里面。"

埃林男爵压低声音。"他们会找到的。想见你的侍从就跟我来。趁他们忙不开,机不可失。"他没等邓克回应。

邓克只能跟随,三个箭步便冲到男爵身边。"如果你敢动伊戈一根汗毛……"

"放心,我对小男孩没兴趣。这边。快点。"

邓克随他穿行在雨帘中,过了一道拱门,走下一串泥泞的台阶,又转过墙角,脚下水花四溅。他们紧贴墙根,行在阴影中,最后进了一个地砖平整光滑的封闭院落。院落四周皆有房屋,百叶窗统统紧闭,中间有一口低矮石墙环绕的井。

好一处僻静之地,邓克心想。他不喜欢这里的气氛,经年的直觉驱使他去摸剑,随即想起长剑被蜗牛赢走了。正当他在臀间曾挂剑的地方摸索时,锋利的匕首抵住了他的腰。"动一下,我就掏出你的腰子,拿给巴特威的厨子去做菜。"匕首威胁性地刺透邓克的夹克后背。"去井口。不要轻举妄动,爵士。"

如果伊戈也被他扔下了井,一把小小的匕首可救不了他。邓克缓步向前,内心怒火中烧。

身后的武器消失了。"你可以转身了,雇佣骑士。"

邓克转身。"大人,是为龙蛋吗?"

"不,是为龙。你以为我会把他拱手相让?"埃林男爵扮个鬼脸,"我不该相信那个卑鄙的蜗牛,我会要回我付的每个子儿。"

他?邓克实在想不透,这个圆胖、白皙、涂满香水的公子哥就是我神秘的仇人?他不知该哭还是该笑。"乌瑟爵士理应得到报酬,是我脑袋太硬。"

"看上去是这么回事。退后。"

邓克退后一步。

"退后，退后，再退点。"

又退一步，他已挨到井边，坚硬的石墙顶住了腰。

"坐到边上去。你不介意洗个澡吧？反正不会更湿了。"

"我不会游泳。"邓克一只手放在井台上，石头湿滑，有一块在他掌下轻轻松动。

"真可惜。你是自己跳呢，还是非要我帮一把？"

邓克向下一瞥，只见雨点在水面打出一片涟漪，水面离地至少二十尺，井壁爬满黏滑的水藻。"我没妨害过你啊。"

"你也永远没有机会了。戴蒙是我的，我会统领他的御林铁卫。你不配披上白袍。"

"我从没指望当御林铁卫。"戴蒙。这名字在邓克脑海回荡。不是约翰，是戴蒙，承其父之名。呆子邓克，脸皮比城墙还厚。"戴蒙·黑火有七个儿子，其中两个死在红草原，那是一对双胞胎——"

"伊耿和伊蒙，他们跟你一样是卑鄙无耻的蛮子，小时候就爱折磨我和戴蒙取乐。寒铁带戴蒙去海外流浪时我哭了，后来培克告诉我他要回来我又哭了。但随后他就在路上遇到了你，忘记了我的存在。"库克肖作势挥舞匕首。"要么跳下去，要么白刀子进红刀子出，你自己选！"

邓克握住松动的石头，但那石头比他希望的更紧，没等他拽出石块，埃林伯爵已扑了过来。邓克扭身闪开，刀尖划破了左臂，这时石块终于脱出，邓克反手将其砸向男爵，敲碎了对方的牙。"跳下去，是吗？"他又给了公子哥一下，然后扔掉石头，扭住库克肖的手腕，直扭得关节"噼啪"作响，匕首掉在石地上。"还是您先请，大人。"邓克让开身形，猛拽公子哥的胳膊，照后背踹了一脚。埃林男爵头朝下掉入井中，溅起好一阵水花。

"干得漂亮，爵士。"

邓克急忙转身。雨帘之下，他只能分辨出兜帽斗篷的轮廓和一只苍白的眼睛。待那人走近，才隐隐看出阴影之下是梅纳德•普棱爵士熟悉的面孔，那只苍白的眼睛不过是别住斗篷的月长石胸针。

埃林男爵在井下扑腾着求救。"杀人了！救命啊！"

"他要杀我。"邓克解释。

"难怪你流了这么多血。"

"血？"他低头一看，这才发现左臂从肩膀红到手肘，被鲜血浸透的外衣贴紧皮肤。"呃。"

邓克不记得自己跌倒，只是突然感到身体贴地，雨点落在脸上。他能听到埃林男爵在井下哀嚎，但击水声越来越弱。"得把手臂包扎好。"梅纳德爵士一只手伸到邓克身下。"起来。我可扛不动你。起来。"

邓克竭力站起来。"埃林男爵。他快淹死了。"

"没人会想念他。尤其是提琴手。"

"他不是……"邓克疼得脸色刷白、气喘吁吁，"提琴手。"

"的确，他是黑火家族的戴蒙二世——若能夺得铁王座，他多半会如此自称。你要是知道有多少诸侯希望他们的国王是个英勇的傻瓜，一定会惊呆的。这个戴蒙委实年轻浮华，骑在马上威风凛凛。"

井里的声音几不可闻。"我们不能给他扔条绳子吗？"

"好让他爬出来杀你？别傻了，让他自食其果吧。来，靠着我。"普棱扶他穿过院子。靠近看，梅纳德爵士的样子有些奇怪，邓克看得越久，就越觉不认识对方。"还记得吧，我劝你逃跑？似乎你把荣誉看得高于生命。但你有没有想过，能光荣地死固然辉煌，可若危在旦夕的不是你自己的性命呢？你的答案还是一如既往吗，爵士先生？"

"谁的性命？"井中传出最后一片水声。"伊戈？你指伊戈?"邓克抓住普棱的胳膊,"他在哪儿?"

"他与诸神同在。我想你知道原因。"

邓克心如刀绞,甚至忘了胳膊的疼痛。他呻吟着说:"他用了靴子。"

"我猜也是。他把戒指给罗沙师傅看了,学士便把他带到巴特威面前。看到戒指,巴特威肯定尿了裤子,盘算起自己是否站错了队,还有血鸦对他们的计划知道多少。答案是:真不少。"普棱轻笑。

"你到底是谁?"

"一位朋友。"梅纳德·普棱说,"我曾暗中监视你,推测你来这毒蛇窝搅和的动机。现在给我闭嘴,疗伤要紧。"

顺着阴影,两人一路走回邓克的小帐篷。一进帐,梅纳德爵士就生起火,倒满一碗酒,放在火堆上煮沸。"伤口还算干净,幸亏不是用剑的手。"他说着切开邓克血迹斑斑的衣袖。"看样子没伤到骨头,不过还是得清洗,否则你这条胳膊就废了。"

"这都不重要。"邓克五内俱焚,觉得自己快吐了。"伊戈死了?"

"——都怪你,你应该带他远离这个是非之地。但我可没说孩子死了,我说他与诸神同在。你有干净亚麻布吗?丝绸?"

"我只有一件外衣,是在多恩搞到的上等货。你什么意思,他与诸神同在?"

"待会儿说,先处理胳膊。"

酒很快开始冒气,梅纳德爵士找到邓克口中的上等丝绸上衣,怀疑地嗅了嗅,然后一脸不屑地抽出匕首,割开衣服。邓克忍住抗议。

"安布罗斯·布特威这辈子没干过一桩干脆事。"梅纳德爵士边说边把三条丝绸揉成团,浸进酒里。"他打一开始就对这场阴谋心存疑惧，而这份怀疑在他得知那小子没有那把剑的时候达到了顶峰。今天早晨，失踪的龙蛋带走了他最后一点勇气。"

"加勒敦爵士没偷龙蛋。"邓克说，"他整天都在院子里，要么自己上场，要么看别人比武。"

"但培克还是会在他的袋子里找到龙蛋。"酒已沸腾，普棱戴上一只皮手套，"忍着别叫。"他从沸酒里抽出一条丝绸，开始清理伤口。

邓克没有叫。他咬紧牙关，咬到了舌头，拳头把大腿捶得淤青，但他始终没叫。梅纳德爵士用剩下的上等上衣做成绷带，紧紧绑住胳膊。"感觉如何？"完成后，他问。

"真他妈疼。"邓克打着哆嗦，"伊戈究竟在哪儿？"

"我说过，他与诸神同在。"

邓克霍地站起，用没受伤的右手掐住普棱的脖子。"给我说清楚，我讨厌哑谜。告诉我这孩子在哪儿，否则我扭断你该死的脖子，管你是不是朋友。"

"他在圣堂里，你最好带上武器。"梅纳德爵士笑了，"够清楚了，邓克？"

◆

他先去了乌瑟·昂德利夫爵士的帐篷一趟。

邓克冲进帐，发现只有侍从威尔俯在洗衣桶前清洗主人的内衣。"怎么又是你？乌瑟爵士赴宴去了。你想要什么？"

"我的剑和盾。"

"带赎金来了？"

"我没有。"

"那我干吗把东西还你？"

"我有用。"

"这不是理由。"

"那又怎样？挡我就宰了你。"

威尔目瞪口呆。"它们在那边。"

◆

邓克停在城堡的圣堂前。*诸神保佑我没来晚。*他重新绑好剑带，牢牢系在腰上，又把绞架盾牌绑在受伤的胳膊上，每踏一步，盾牌的重量都牵起一阵抽痛。如果被人撞到，恐怕会尖叫出声。他用完好的右手推开门。

圣堂内昏暗静谧，只有七神的祭坛上烛火闪烁。正如比武会期间应该的那样，战士面前蜡烛最多，许多骑士上场前会来此祈祷战士赐予力量和勇气。陌客的祭坛被阴影笼罩，仅有一根蜡烛孤零地燃烧。圣母和天父面前各摆了几十根，铁匠和少女要少一些，而在老妪闪耀的明灯下，跪着安布罗斯·巴特威伯爵。他俯首默祷，祈求老妪的智慧。

圣堂内不止他一人。邓克刚想靠近，就被两名卫兵拦住去路。他们严峻的脸孔隐在铁半盔下，锁甲外罩巴特威家族的绿白黄三色外套。"站住，爵士。"一个卫兵说，"此事与你无关。"

"不，与他大有关系。我警告过你们，他会找到我的。"是伊戈的声音。

伊戈从天父下的阴影中走出，秃头在烛火下闪闪发光。邓克差点就冲向男孩，发出欢快的尖叫，将其扯进臂弯，好好揉捏一番。但伊戈语气中的某些东西让他犹豫。他听起来并不害怕，更像是在气头上，*我从没见他如此严肃。巴特威大人跪着。有什么不对劲。*

巴特威伯爵用力站起来，即便在昏暗的烛光下，他的皮肤看起来也是苍白湿滑。"让他进来。"他吩咐卫兵们。等卫兵们退开，伯爵示意邓克上前。"我没动这孩子一根汗毛。我做国王之手时，跟他爹很熟。我们得让梅卡亲王了解，一切都不关我的事。"

"他会了解的。"邓克保证。这里到底发生了什么？

"培克，全是培克干的，我向七神发誓。"巴特威伯爵把一只手放在祭坛上。"如有半句虚言，诸神降罚于我。是他通知我该请谁不该请谁，是他带来那个小冒牌货。你必须相信我，我从未想过参与任何谋反活动。当然，我不否认，汤姆•海德曾极力撺掇。他是我女婿，娶了我的长女，但我不会包庇他，他就是个叛徒。"

"他是你的代理骑士。"伊戈说，"如果他有份，你也不可能置身事外。"

管住舌头，邓克很想咆哮，你这张碎嘴会害死我们。但巴特威怕了："殿下您有所不知，海德掌握着我的卫队。"

"你肯定还有些忠诚的卫兵。"伊戈说。

"几乎都在这里了，"巴特威伯爵可怜巴巴地坦白，"此外我只信得过几个人。我忏悔，是我平时太大意，但我绝不是叛徒。佛雷和我打一开始就不信培克大人的冒牌货。他甚至没有那把剑！若是真龙传人，寒铁会把黑火剑给他。这家伙只会谈论龙……疯子，疯子，愚蠢的疯子。"伯爵大人用袖子轻拭脸上汗水，"现在他们还拿走了蛋。那颗龙蛋是国王陛下亲自赏给我祖父，以奖励他忠诚服务的。今早我起来它还在那儿，我的守卫发誓没人出入卧室。也可能培克大人买通了他们，这不好说，总之蛋是没了。肯定被他们拿了，不然就是……"

不然就是龙孵化了，邓克心想，若一条活生生的龙再次出现在维斯特洛上空，拥有它的王裔必定一呼百应。"大人，"他说，"能否让我和我的……侍从说几句？"

"如你所愿，爵士。"巴特威伯爵跪下继续祈祷。

邓克把伊戈拽到一旁,单膝跪下,好面对面说话。"我想给你个大耳刮子,打得你脑袋朝后转,下半辈子都为这事后悔。"

"你确实应该,爵士。"伊戈至少知道脸红,"很抱歉,我只想给父亲送只乌鸦。"

好让我继续当骑士。这孩子是好意。邓克瞥了瞥作祈祷的巴特威。"你把他怎么了?"

"只是吓唬吓唬他,爵士。"

"嗯,这我看出来了,不到天亮,他的膝盖就会跪出茧子。"

"我想不出别的办法,爵士。我一亮出父亲的戒指,学士就把我送到了他们手里。"

"他们?"

"巴特威伯爵和佛雷侯爵,爵士,还有那些守卫。他们都慌了。有人偷走了龙蛋。"

"我希望不是你干的。"

伊戈摇摇头。"不是,爵士。学士把我的戒指拿给巴特威看,我就知道麻烦大了。我想过承认偷了龙蛋,但我觉得他不会信。后来我想起父亲提过血鸦大人的一句名言:宁教天下人怕我,休教我怕天下人。于是我告诉他们,是我父亲派我们来刺探,此刻他正率军北上。若不跟我们合作,供出叛国阴谋,他们便会人头落地。"他腼腆地一笑,"效果超乎预期,爵士。"

邓克想抓住这孩子的肩膀,晃到他牙齿打颤。这不是游戏,他真想大叫,这事关生死。"佛雷侯爵全听到了?"

"是啊,他立马祝巴特威大人新婚快乐,自个儿打道回府了。于是这位大人就带我来这儿祈祷。"

佛雷可以脚底抹油,邓克心想,巴特威却无处可逃。但他迟早会怀疑梅卡亲王的军队为何迟迟不现身。"要是让培克大人知道你在城堡里——"

圣堂外门被轰然撞开。邓克转过身,正对上全身甲胄的黑汤姆·海德愤怒的目光,雨水从他湿透的披风不住滴下,又被他的脚踩成泥浆。十几名士兵紧随其后,手持长矛战斧。他们身后的天空划过一道蓝白相间的闪电,在白石地板上勾勒出冷峻的身影。裹挟着湿气的冷风席卷而入,圣堂内所有蜡烛都随之一暗。

噢,七层地狱啊。邓克只来得及冒出这一个想法,便听海德叫道:"那孩子在这儿,给我拿下。"

巴特威伯爵站了起来。"不行。站住。不准碰这个孩子。汤姆德,你意欲何为?"

海德一脸轻蔑:"我们家不是所有人血管里流的都是奶,大人。我要定了那小子。"

"你没搞清状况。"巴特威的声调变得又高又细,还带着颤音,"大势已去,佛雷大人跑了,其他人也会陆续离开。梅卡亲王正率军赶来。"

"那就更该拿孩子当人质。"

"不行,不行。"巴特威说,"我不想跟培克或他的冒牌货扯上瓜葛。我不想打仗。"

黑汤姆冷冷地看着自己的岳父。"懦夫。"他啐道,"你给我想清楚,不打仗只能等死。"他指指伊戈,"第一个碰他的赏一枚银鹿。"

"不,不。"巴特威转向自己的卫兵,"拦住他们,听到没?我命令你们,拦住他们。"前后两拨卫兵都迷惑地站在原地,不知该听谁的。

"非得我亲自动手?"黑汤姆抽出长剑。

邓克也抽出武器。"站到我后面,伊戈。"

"你们都放下武器!"巴特威尖叫,"圣堂里不能见血!汤姆德爵士,此人是王子的贴身护卫,他会杀了你的!"

"除非他压在我身上。"黑汤姆咧嘴大笑,"我见过他长枪比武的洋相。"

"我剑使得比枪好。"邓克警告他。海德对此嗤之以鼻,直接发起冲锋。

邓克粗暴地把伊戈拽到身后,迎上海德的剑。他稳稳接住黑汤姆的第一击,但对方砍在盾牌上力道太猛,令他缠了绷带的胳膊一阵剧痛。他朝海德的脑袋回敬一击,却被黑汤姆闪开,并同时挥剑反击。邓克用盾牌勉强接住,木屑四处翻飞。海德见状哈哈大笑,加紧了攻势,高削低砍,紧紧相逼。邓克用盾牌挡下每一击,但每一击都带来彻骨痛楚,他发觉自己步步后退。

"反击啊,爵士,"他听见伊戈在喊,"反击啊,反击啊,他就在你前面。"邓克嘴里泛着血味儿,更糟的是,伤口裂开了。他感到天旋地转。黑汤姆的剑几乎要把长长的风筝盾劈成碎片。没有这堆橡木和铁皮,我早已下了地狱,邓克想着,旋即记起自己端的是松木盾牌。顷刻间,他的背重重抵住了祭台,他踉跄着单膝跪地,再也无路可退。

"你不是骑士。"黑汤姆宣布,"哭鼻子了吧,呆子?"

那是因为疼痛。邓克忽然起身,将盾牌挥向对手。

黑汤姆摇晃着后退,但勉力保住了平衡。邓克不给他喘息之机,直接猛扑过去,用破烂的盾牌反复砸,凭借体格和纯粹的力量将海德驱赶到圣堂中间。然后他放开盾牌,挥出长剑。当钢铁划破羊毛,深深刺入大腿时,海德发出了惨叫。他绝望地挥剑狂砍,却让自己门户大开。邓克用盾牌挡下这一击,使尽全身力量还以颜色。

黑汤姆退了一步,恐怖地盯着掉在陌客祭坛前的前臂。"你,"他大口喘着粗气,"你,你……"

"我说过,"邓克一剑封喉,"我剑使得比枪好。"

◆

黑汤姆身下的血泊不断扩散,两名士兵奔回了雨地里,剩下的只是手握长矛,不知所措,一边等着主人发话,一边打量邓克。

"这……太糊涂了。"巴特威最后说。他转向伊戈和邓克,"我们必须赶在那两人给葛蒙•培克通风报信之前离开白墙城,客人里向着他的比向着我的多。从北城墙的边门溜出去……来吧,抓紧时间。"

邓克重重地收剑入鞘。"伊戈,你跟巴特威大人走。"他一只手环住男孩,压低嗓音,"一有机会就分手,在他前骑雨水离开。去女泉城,那儿比君临近。"

"你呢,爵士?"

"别管我。"

"我是你的侍从。"

"没错,"邓克说,"所以你得听我的,否则就等着挨耳刮子。"

◆

一群人正准备离开大厅,他们在门口停下,戴上兜帽遮雨。这群人中有老公牛,还有又喝醉了的瘦弱的卡斯威男爵。这两人看到邓克避之唯恐不及,莫蒂默•鲍格斯爵士虽饶有兴致地打量他,但半句话也不跟他说。乌瑟•昂德利夫倒是不客气:"你赴宴迟了,爵士,"他边说边戴上手套。"而且,你拿回了长剑。"

"如果你只关心这个,我会付赎金的。"邓克已扔掉了那面砸得稀烂的盾牌,垂下斗篷盖住伤臂上的血迹。"除非我死于非命,那样的话,我允许你搜掠我的尸体。"

乌瑟爵士听了大笑,"不知我嗅到的是勇气还是傻气,在我印象中,这两种气味太像了。接受我的邀请还不晚,爵士先生。"

"我从没想过接受。"邓克决然地说,不等回答就挤开对方,穿过双开大门。厅内弥漫着麦酒、烟尘和湿羊毛的味道。上方看台里,几名乐师演奏着轻柔的曲调。高桌边笑声连连,卡比·皮姆爵士和卢卡斯·内兰爵士在赌酒。高台上,培克大人和科托因大人谈得正欢,而安布罗斯·巴特威的新娘被孤零零地晾在高位上。

在下席,邓克看到凯勒爵士正借巴特威大人的麦酒浇愁。他的盘子里装满浓稠的炖汤,炖料用的是昨晚剩下的食物。在君临的食堂,人们管这叫"褐汤"。凯勒爵士明显对此毫无胃口,他一口没沾,任其冷掉,表面凝了一层薄薄的油膜。

邓克悄悄坐上他旁边的长凳。"凯勒爵士。"

雾原猫点点头,"邓肯爵士,来点麦酒么?"

"不了。"他最不需要的就是喝酒。

"你不舒服吗,爵士?恕我冒昧,你看起来——"

"——比我感觉的要好。加勒敦·波尔怎样了?"

"他们把他丢进了地牢。"凯勒爵士摇摇头,"管他是不是妓女生的,那孩子不像个贼。"

"他不是贼。"

凯勒爵士瞥了他一眼。"你的胳膊……怎么搞得——"

"匕首划的。"邓克皱眉看向高台。今天他两度死里逃生,他知道,这对绝大多数人来说够幸运了。呆子邓克,脸皮比城墙还厚。他站起来。"陛下!"他喊道。

周围的一些人放下勺子,停止交谈,纷纷看向他。

"陛下!"邓克提高声音,他踩在密尔地毯上,大步踏向高台。"戴蒙!"

现在半个大厅的人都安静下来。高桌旁,自称提琴手的男子转头朝他微笑。邓克注意到他穿了一件紫色上衣来赴宴。紫色,以衬托他的眼睛。"邓肯爵士,很高兴你来加入我们。我有什么可以为你效劳吗?"

"我要您还加勒敦·波尔,"邓克说,"一个公道!"

他的话在墙壁间回荡,大厅内的男女老少霎时间呆若木鸡。然后科托因大人一拳擂在桌上,咆哮起来:"什么狗屁公道,早该吊死他!"十数个声音立刻附和,哈柏特·培吉爵士更声称:"他是个私生子,私生子都是贼,非奸即盗。关键在于血统。"

邓克感到绝望。我孤立无援。但紧接着雾原镇之猫凯勒爵士站了起来,身体还在微微地晃。"也许那孩子的确是个私生子,诸位大人,即便如此,他也是火球的私生子。诚如哈柏特爵士所说,关键在于血统。"

戴蒙皱了皱眉。"没人比我更尊敬火球,"他说,"但我不相信这个虚伪的骑士是他的后代。他不仅偷盗龙蛋,还连害三命。"

"他既没偷东西,也没有杀人。"邓克坚持,"如果真的出了三条人命,那么真凶依然逍遥法外。陛下和我一样清楚,加勒敦爵士一整天都待在院子里,一场接一场地参赛。"

"是的,"戴蒙承认,"我起初也有怀疑。不过龙蛋却是在他的行李中找到的。"

"当真?龙蛋现在何处?"

葛蒙·培克伯爵抬起冰冷的双眼,盛气凌人地说:"龙蛋保管在守卫严密的安全地方,这与你何干,爵士?"

"请你拿出来。"邓克道,"我想再看它一眼,大人。之前太仓促了,不曾看仔细。"

培克眯起眼睛。"陛下,"他告诉戴蒙,"据我所知,这名雇佣骑士和加勒敦爵士一道不请自来地来到白墙城,很可能是同伙。"

邓克不理他。"陛下，培克大人在加勒敦爵士的随身物品中栽赃嫁祸。若您不信，就让他拿出来，亲自检查。我保证，那不过是一颗涂了油彩的石头。"

人群沸腾了。一百个声音同时开口，十几名骑士跳将起来。年轻的戴蒙看起来和加勒敦爵士被指控时一样茫然无措。"你喝多了吗，我的朋友？"

我宁愿是我喝多了。"我流了很多血，"邓克承认，"但脑袋还清醒。加勒敦爵士是被冤枉的。"

"为什么？"戴蒙疑惑地问。"如果如你所说，波尔是清白的，大人为何要说他偷了东西，还安排上色的石头作证据？"

"为了让他别挡你的道。大人用金子和承诺收买了您所有的对手，只有波尔不吃这套。"

提琴手满脸通红。"这不是真的。"

"这千真万确。带加勒敦爵士上来，您可以亲自询问。"

"我正有此意。培克大人，马上带私生子上来。龙蛋也带过来，我要仔细瞧瞧。"

葛蒙·培克憎恶地瞪了邓克一眼。"陛下，我们正审问私生子。请您放心，再过几小时，他的供书就会呈上。"

"审问？大人的意思是拷打吧。"邓克说，"再过几小时，恐怕加勒敦爵士会承认谋害了陛下的父王和兄长。"

"够了！"培克大人脸都气紫了，"再说一个字，休怪我把你的舌头连根拔下！"

"胡扯。"邓克说，"两个字了。"

"你会后悔的，"培克恶狠狠地威胁，"抓住他，锁进地牢！"

"住手，"戴蒙的声音静得怕人，"我要知道一切的真相。桑德兰、莱维尔、斯莫伍德,尔等带上人马,去地牢带加勒敦爵士。务必确保他人身安全,若有人胆敢阻挠,就说奉了国王的旨意。"

"遵命。"莱维尔伯爵答应。

"我会依照我父亲的方式解决此事。"提琴手声明,"加勒敦爵士被控身负重罪,作为骑士,他有权拿起武器捍卫自己。我将在比武场上与他一决高下,让天上诸神裁决他有罪或是无辜。"

◆

无论英雄的血还是妓女的血,他都流得太多。邓克看着莱维尔伯爵的两名手下把赤身裸体的加勒敦爵士扔在他脚边时,心里想。

男孩被打得很惨,脸肿得奇形怪状,牙齿有的碎裂有的脱落,右眼一直在渗血,胸口上下遍布烙铁烫出的红色伤口。

"你安全了。"凯勒爵士低声说,"这里没有别人,大家都是雇佣骑士,诸神知道我们是好人。"戴蒙安排他们住进学士的房间,命令他们把加勒敦爵士身上的伤口都包扎好,做好比武准备。

为波尔洗脸洗手时,邓克发现男孩的左手被拔掉了三个指甲。这处伤势最让他担心,"你还握得住长枪吗?"

"长枪?"加勒敦爵士一开口,嘴里同时流出血水和唾沫。"我的十指都在?"

"都在,"邓克说,"但只剩七个指甲。"

波尔点点头:"黑汤姆打算砍我的手指,只是突然被叫走了。我要和他比试?"

"不,我杀了他。"

他笑了。"总得有人杀了他。"

"你将对决提琴手,他真名是——"

"——戴蒙,对吧?他们跟我说,他是条黑龙。"加勒敦爵士轻笑,"我父亲为黑龙而死,我本来很乐意替他效劳。我可以为他出生入死,上刀山下火海在所不辞,但不能假装输给他。"他扭头吐出一颗断牙,"能不能给我杯酒?"

"凯勒爵士,酒袋。"

男孩猛灌一大口,擦了擦嘴。"瞧我,抖得像个娘们儿。"

邓克皱紧眉,"你还能骑马吗?"

"帮我洗个澡,把我的盾牌、长枪和马鞍拿来,"加勒敦爵士说,"你会看到我还能做什么。"

◆

直到破晓前,雨水才小到能进行比武。城堡院子成了烂泥塘,在上百支火炬的照耀下映出湿漉漉的微光。场地之外,灰雾升腾,犹如幽灵的手指,爬过苍白的石墙,握住城垛。许多婚礼宾客趁夜色溜走了,剩下的再次爬上看台,在湿透的松木板上就座。葛蒙·培克伯爵站在他们中间,身旁围了一圈下级领主和随从骑士。

邓克离开阿兰爵士才几年,侍从技巧尚未生疏。他帮加勒敦爵士扣紧不合身的铠甲,头盔跟护颈严丝合缝,再扶其上马,递来盾牌。前面的比试在木盾上留下几道深深的划痕,但熊熊燃烧的火球依然清晰可见。他看起来几乎和伊戈一般年纪,邓克心想,不过是个被吓坏的男孩,还有些倔强。他胯下的枣红母马迅捷又精神,但他应该骑自己的马。枣红战马也许饲养训练得更好,但骑士和自己的坐骑是一体的,这匹马对他而言太陌生了。

"给我枪,"加勒敦爵士说,"战枪。"

邓克跑到武器架前。之前所有比试用的都是比武长枪,战枪更短也更沉,八尺长的杨树枪杆前端有个铁尖。邓克选好一根,抽了出来,用手仔细滑过枪身,确保没有裂口。

场地远端，戴蒙的一名侍从为他拿了同样的长枪。他不再是提琴手了，他战马上的装饰也不再是金剑与提琴，取而代之的是黑火家族红底黑色的三头龙。王子还洗掉了黑色染发剂，瀑布般的银金长发倾泻到衣领，在火光下如熔金般熠熠生辉。伊戈若是不剃头，只怕也是这般模样，邓克发觉自己很难想象伊戈蓄发的样子，但他知道有朝一日必定能看到——假定他俩能活到那天的话。

司仪再次登台亮相。"私生子加勒敦爵士被控犯有偷窃和谋杀之罪行，"他宣告，"请上场证明自己的清白。黑火家族的戴蒙二世，安达尔人、洛伊拿人和先民的正统国王，七国统治者暨全境守护者，请上场证明对私生子加勒敦的指控真实可靠。"

突然之间，时光倒流，邓克又站在杨树滩上，倾听破矛者贝勒为拯救他的性命上场前的话语。他把战枪放回原处，抽出一根比武长枪——十二尺长，细长优雅。"用这个。"他告诉加勒敦爵士，"我们在杨树滩的七子审判中用的是这个。"

"提琴手选了战枪，他想杀我。"

"他得先打中你。只要你瞄得准，他的枪根本碰不到你。"

"我不确定。"

"我确定。"

加勒敦爵士一把抓过长枪，调转马头，小跑向比武场。"那么，愿七神保佑我俩。"

东方，一缕晨曦冲破了粉色天空。戴蒙用金马刺一踢马腹，犹如一道闪电冲来，他放平致命的枪尖，直指前方。加勒敦爵士举起盾牌，策马迎上，手中稍长的枪越过马头，指向年轻篡夺者的胸膛。两匹飞驰的马溅起翻飞泥水，两个骑士相遇的一刻，火把似乎散发出更明亮的光华。

邓克闭上双眼，耳畔传来一次撞击，一声叫喊，一人落马。

"不。"他听到培克大人痛苦的呼号，"不不不不不！"这一刻,邓克几乎为他感到遗憾。他睁开眼睛,只见那匹高大的黑色种马小跑着,却没了骑手。邓克跳上前去,握住马缰。比武场另一头,加勒敦·波尔调转马头,高举破裂的长枪。人们冲进比武场,扶起趴在地上一动不动的提琴手,他的脸浸在水坑里,从头到脚沾满泥巴。

"烂泥龙!"有人高喊。笑声在比武场里扩散,此时朝阳终于洒入白墙城。

人群只哄闹了一阵,当邓克和凯勒爵士帮加勒敦·波尔下马时,第一声喇叭吹响,城墙上的哨兵举旗示警。一支大军浮现于晨雾中,将城堡团团围住。"伊戈竟没说错!"邓克震惊地对凯勒爵士说。

◆

女泉城的慕顿伯爵、鸦树城的布莱伍德伯爵和暮谷城的达克林伯爵合并一处,加上从君临周围王领抽调的哈佛家、罗斯比家、史铎克渥斯家和马赛家的部队,以及国王的直属军——他们由三名御林铁卫统领,配属有三百名装备了惨白的鱼梁木长弓的鸦齿卫。连疯子丹奈尔·罗斯坦也率部离开赫伦堡的闹鬼塔楼,黑甲犹如铁手套般紧紧包裹住她的身躯,一头红发迎风飞舞。

五百根长枪和五千根长矛的锋利尖头反射着旭日的光明。夜里黯淡的旗帜如今披上了五彩羽衣。两条高贵的巨龙盘踞在黑暗的旗面上,凌驾于其他纹章——一条是伊里斯·坦格利安一世的三头巨兽,鲜红如火;另一条是白龙,振翅喷吐猩红火焰。

原来不是梅卡,看到旗帜,邓克明白了。盛夏厅亲王的标志是四条三头龙,两两相对,代表自己是已故戴伦·坦格利安二世国王的四子;一条白龙代表的是国王之手,布林登·河文公爵。

血鸦亲征白墙城。

第一次黑火叛乱在鲜血与荣耀中终结于红草原。第二次黑火叛乱则胎死腹中。"他们吓不倒我们，"小戴蒙在城垛上望着铁桶般的包围圈，宣布道，"因我们是正义的。我们会杀出一条血路，直捣君临！快快吹响战号！"

骑士、诸侯和士兵们却窃窃私语，有的已经开溜，躲进马厩、后门，或其他有希望苟延性命的角落。当戴蒙抽出长剑、举过头顶时，每个人都看出那不是黑火。"今日，我们将续写红草原的传奇。"篡夺者信誓旦旦。

"去你妈的，提琴小子。"一位年长的侍从吼回去，"老子还想多活两年咧。"

最后，戴蒙·黑火二世单枪匹马出城，在军前勒马叫阵，提出要跟血鸦公爵一对一决斗。"我愿跟你、跟懦夫伊里斯、抑或你指定的任何骑士交手。"但血鸦公爵的手下一拥而上，把他拽下马，戴上黄金镣铐。他的旗帜被扔到泥地里，付之一炬。火烧了很久，扭曲的烟柱盘旋升起，几里格外都能看见。

从头到尾只发生了一起流血事件。莱维尔大人的某位部下自吹是血鸦的眼线，并说很快就能领赏。"不出这月，我就能爽快地干女人，痛饮多恩红酒了。"他话音未落，就被一名科托因大人的骑士割了喉咙。"喝吧。"骑士眼看着莱维尔的人被自己的血呛死，"并非来自多恩，却也是红的。"

阴郁沉默的队伍走出白墙城大门，他们的武器堆成了一座闪闪发光的小山丘，然后他们被绑走，静候血鸦公爵发落。邓克、雾原镇之猫凯勒爵士和加勒敦·波尔爵士也在其中。他们试图寻找梅纳德爵士，但普棱昨晚就消失了。

下午晚些时候，御林铁卫罗兰·克雷赫爵士在一干犯人中找到邓克。"七层地狱啊，邓肯爵士，你藏哪儿去了？河文大人找了你好几个钟头。请跟我来。"

邓克跟他走了。克雷赫的长披风飘在身后,随风阵阵鼓动,洁白犹如月下新雪。此情此景让他回想起提琴手在塔顶说的话。我梦见你一身白衣飘飘,长长的白袍从宽肩垂下。邓克不禁嗤笑。是啊,你还梦见石蛋里孵出魔龙。都不过是痴人说梦。

首相的大帐离城半里,在一棵大榆树的树荫下。十几头奶牛在附近草坪上徜徉。是非成败转头空,邓克心想,牛羊吃草鸟啄虫。这是老阿兰的又一句口头禅。"如何处置他们呢?"穿过一队席地而坐的俘虏时,他问罗兰爵士。

"押回君临审判。骑士和士兵应该不会受严惩,他们不过是听命行事。"

"那领主们呢?"

"一部分会被赦免,只要如实招供,再交出一名子女做人质,确保以后忠心不贰;对那些在红草原已被赦免过一回的人就要严厉些了,他们可能会坐牢乃至被剥夺产业,罪大恶极的要掉脑袋。"

走到血鸦的帐篷边,邓克发现公爵已开始下手了。大帐入口两侧,葛蒙•培克和黑汤姆•海德的头插在长矛上,他们的盾牌陈列其下。橙底上三个黑色城堡。他杀了铜分树村的罗杰。

死去的葛蒙大人那双燧石般的眼睛依旧怒目圆睁。邓克帮它们阖上。"这又何必?"一名守卫问,"反正很快会被乌鸦吃掉。"

"这是我欠他的。"如果罗杰没死,老人看到在君临的小巷里追着猪跑的邓克时,肯定懒得看第二眼。过世的老国王把族剑传给了这个儿子而不是另一个,这便是故事的开头。如今我站在这里,可怜的罗杰却躺在坟墓中。

"首相等着呢。"罗兰•克雷赫催促。

邓克走过他身边,入帐觐见布林登•河文公爵,私生子、巫师和国王之手。

他发现伊戈就站在里面,沐浴一新,换上了符合国王侄子身份的华服。佛雷大人坐在旁边的行军折椅上,手拿一杯红酒,他那可恶的小继承人在他膝上扭个没完。巴特威大人也在……不过是双膝跪地,面色惨白,抖如筛糠。

"谋反罪不会因谋反者是个懦夫而减轻。"河文公爵宣布,"我听够了你的废话,安布罗斯大人,我顶多信一成。既然如此,我准你保留十分之一的财产,外加你新娶的老婆,希望你喜欢她。"

"白墙城呢?"巴特威颤抖着问。

"收归铁王座。我要把它一块块拆掉,在地基上撒盐,二十年后,没人会记得它的存在。愚蠢的老傻瓜和少不更事的叛徒至今还会去红草原里戴蒙·黑火倒下的地方种花,我不能让白墙城变成黑龙的第二座纪念碑。"他挥挥苍白的手掌。"快滚吧,臭虫。"

"首相慈悲。"巴特威跟跄着向外走。他太悲伤,甚至没认出擦肩而过的邓克。

"你也可以走了,佛雷大人。"河文命令,"我们稍后再谈。"

"谨遵首相谕旨。"佛雷带儿子离开了帐篷。国王之手随即转向邓克。

他比邓克记忆中老了一些,严苛的脸上添了许多风霜的线条,但他的皮肤依然苍白如骨,脸颊和脖子上丑陋的胎记也依然清晰——人们都说那像渡鸦。他穿着黑靴子,鲜红的外衣,外罩烟色披风,用铁手扣针别住。他的长发垂肩,又白又直,还拨到前面挡住了他在红草原被寒铁挖出的那只眼睛。剩下的一只是血红的。血鸦大人有几只眼睛?一千零一只。

"梅卡殿下让宝贝儿子跟着一名雇佣骑士,想必有他的考虑,"他说,"但我无法想象,这名雇佣骑士会把亲王的儿子带进一座乱臣贼子聚集的城堡。我怎会在毒蛇窝里找到我的侄孙,爵士?巴特威大人要我相信是梅卡亲王派你们来,假扮神秘骑士刺探叛乱底细,这可是真的?"

邓克单膝跪下。"不,大人。我是说,是的,大人。那是伊戈告诉他的。我是说,伊耿。伊耿王子。这部分是真的。但其他不是。"

"我明白了。这么说你俩是偶然得知这场篡位阴谋,随即打算凭一己之力挫败它,对吗?"

"也不是。实际上,我们只是……误打误撞。"

伊戈双手抱胸:"但在你带兵出现以前,一切都在我和邓肯爵士掌控之中。"

"我们并非孤立无援,大人。"邓克补充,"那些雇佣骑士帮了我们。"

"是的,大人,有雾原镇之猫凯勒爵士、梅纳德·普棱爵士,还有加勒敦·波尔爵士——就是他把提琴……篡夺者挑下了马。"

"哈,这故事我听无数人讲过了。褐柳院的私生子,妓女和叛徒的后代。"

"他是英雄的传人。"伊戈坚持,"若他也在俘房之中,我希望你能释放并奖励他。"

"你凭什么对国王之手指手画脚?"

伊戈没有退缩。"你知道我凭什么,叔祖。"

"你的侍从真无礼,爵士。"河文公爵告诉邓克,"你得好好敲打他。"

"我尽力了,大人。不管怎么说,他毕竟是王子。"

"没错,"血鸦道,"他是真龙传人。起来吧,爵士。"

邓克起身。

"早在征服战争之前,坦格利安家的人就会梦见未来之事。"

血鸦说，"个别黑火家的人继承了这一天赋并不奇怪。戴蒙梦见一条龙诞生在白墙城，确实如此，那白痴只是弄错了颜色。"

邓克看向伊戈。戒指，他看到了，他父亲的戒指。没有藏在靴子里，而是戴在他手上。

"我有点想带你回君临，"河文大人对伊戈说，"让你以……客人的身份留在朝堂。"

"我父亲不会喜欢这主意。"

"我想也是。梅卡殿下的脾性……有些……敏感。或许我该把你送回盛夏厅。"

"我的位置在邓肯爵士身边。我是他的侍从。"

"七神啊，随你们吧。你们可以走了。"

"我们可以走，"伊戈说，"但你得先给钱。邓肯爵士要付蜗牛赎金。"

血鸦大笑："我在君临见过的那个害羞男孩怎么成了这样？就按你说的，我的王子。去找我的会计，要多少都行——当然得在合理范围之内。"

"只是借。"邓克坚持，"我会还的。"

"毫无疑问，等你学会长枪比武之后。"河文公爵挥挥手指，示意他们离开，然后展开一张羊皮纸，用鹅毛笔划掉一些名字。

他在决人生死，邓克明白。"大人，"他说，"我们在门外看到那些人头。那个……提琴手……戴蒙……会不会也被砍头？"

血鸦大人从羊皮纸上抬起头。"这要由伊里斯国王决定……但戴蒙有四个弟弟，还有其他姐妹，如果我傻到摘了他那颗漂亮脑袋，他母亲会伤心的，他的朋友会诅咒我为弑亲者，寒铁则会拥戴他弟弟哈耿。死去的小戴蒙便成了英雄，而苟活下去的他将是我同父异母兄弟未来的阴谋中最大的障碍。第二个黑火国王光明正大地活着，他怎能替第三个加冕？再说，如此高贵的俘虏对朝廷而言是不错的点缀，足以展示伊里斯国王陛下的仁爱之心。"

"我也有个问题。"伊戈道。

"我开始明白你父亲为何急于摆脱你了。你想问什么呢，侄孙？"

"谁拿了龙蛋？门口有守卫，台阶上更多，没可能悄无声息地溜进巴特威的卧室啊。"

河文公爵笑了，"要我猜，可能有人爬进了厕所的茅坑。"

"可茅坑太小。"

"对成人来说太小，但孩子可以。"

"或是侏儒。"邓克脱口而出。一千零一只眼睛，为什么不能有几只属于滑稽侏儒团呢？

（屈畅、赵琳　译）